AS TRILHAS DA GLÓRIA

Do Autor

O CRIME COMPENSA

O DÉCIMO PRIMEIRO MANDAMENTO

DOZE PISTAS FALSAS

O EVANGELHO SEGUNDO JUDAS

FALSA IMPRESSÃO

FILHOS DA SORTE

GATO ESCALDADO TEM NOVE VIDAS

O QUARTO PODER

AS TRILHAS DA GLÓRIA

JEFFREY ARCHER

AS TRILHAS DA GLÓRIA

Tradução
Paulo Afonso

Copyright © Jeffrey Archer, 2009
Publicado originalmente por Macmillan, um selo da Pan Macmillan Ltd., 2009.

Título original: *Paths of Glory*

Capa: Raul Fernandes

Fotos de capa: "The sun rising over snow-covered Mount Everest", © Timothy Lamon/GETTY Images; e "Antique Compass on Map", © Jeffrey Coolidge/Corbis/Latinstock

Editoração: DFL

Texto revisado segundo o novo
Acordo Ortográfico da Língua Portuguesa

2011
Impresso no Brasil
Printed in Brazil

CIP-Brasil. Catalogação na fonte
Sindicato Nacional dos Editores de Livros, RJ

A712t	Archer, Jeffrey, 1940- As trilhas da glória/Jeffrey Archer; tradução Paulo Afonso. — Rio de Janeiro: Bertrand Brasil, 2011. 462p.: 23cm Tradução de: Paths of glory ISBN 978-85-286-1535-7 1. Romance inglês. I. Afonso, Paulo. II. Título.
11-6270	CDD: 823 CDU: 821.111-3

Todos os direitos reservados pela:
EDITORA BERTRAND BRASIL LTDA.
Rua Argentina, 171 — 2º andar — São Cristóvão
20921-380 — Rio de Janeiro — RJ
Tel.: (0xx21) 2585-2070 — Fax: (0xx21) 2585-2087

Não é permitida a reprodução total ou parcial desta obra, por quaisquer meios, sem a prévia autorização por escrito da Editora.

Atendimento e venda direta ao leitor:
mdireto@record.com.br ou (21) 2585-2002

Em memória de
CHRIS BRASHER,
que me encorajou a escrever este livro

AGRADECIMENTOS

Meus especiais agradecimentos à montanhista e historiadora
Audrey Salkeld,
por sua inestimável ajuda, orientação e perícia.

Meus agradecimentos também a
Simon Bainbridge, John Bryant, Rosie de Courcy,
Anthony Geffen, Bear Grylls, George Mallory II,
Alison Prince e Mari Roberts.

Este livro foi inspirado em uma história real.

Elegia escrita em um cemitério de vilarejo

Bazófias da heráldica, pompas do poder,
Belezas, riquezas que o homem captura,
O mesmo destino haverão de conhecer:
As trilhas da glória só levam à sepultura.[1]

THOMAS GRAY (1716-1771)

---

[1] "Elegy Written in a Country Churchyard": *The boast of heraldry, the pomp o pow'r,/ And all that beauty, all that wealth e'er gave,/ Awaits alike th'inevitable hour:/ The paths of glory lead but to the grave.*

PRÓLOGO

1999

Sábado, 1º de maio de 1999

— A última vez em que fui fazer uma *escalada de bloco* usando botas cardadas, caí — disse Conrad.

Jochen teve vontade de gritar de alegria, mas sabia que, se respondesse à mensagem codificada, poderia alertar algum grupo rival que estivesse sintonizado na mesma frequência — ou até pior, algum jornalista bisbilhoteiro poderia perceber que eles haviam descoberto um corpo. Embora mantivesse o rádio ligado, esperando uma pista que revelasse qual das duas vítimas fora encontrada pelo grupo de buscas, não ouviu mais nenhuma palavra. Um estalido confirmou que havia alguém na linha, alguém que não desejava falar.

Jochen seguiu as instruções à risca e, após sessenta segundos de silêncio, desligou o rádio. Ele gostaria de ter sido escolhido para participar do grupo de montanhistas que fora procurar os corpos, mas não tivera sorte. Alguém precisava permanecer no acampamento-base para operar o rádio. Olhou para a neve que caía fora da tenda e tentou imaginar o que estaria acontecendo no alto da montanha.

—◦—

Conrad Anker olhou para o corpo congelado, de pele branca como mármore. As roupas, ou o que restava delas, pareciam ter pertencido a um vagabundo, e não a alguém educado em Oxford ou em Cambridge. Amarrada no peito do morto, via-se uma grossa corda de cânhamo, cujas pontas esgarçadas revelavam onde se haviam rompido no momento da queda. Os braços estavam estendidos acima da cabeça, e a perna esquerda se sobrepunha à direita. A tíbia e a fíbula fraturadas faziam o pé parecer separado do restante do corpo.

Ninguém na equipe falava; estavam todos concentrados em encher os pulmões com o ar rarefeito. A 8.200 metros, as palavras eram racionadas. Por fim, Anker se ajoelhou e fez uma prece a Chomolungma, deusa-mãe da Terra. Ficou o tempo que achou necessário. Afinal, historiadores, alpinistas, jornalistas e simples curiosos haviam esperado mais de setenta e cinco anos por aquele momento. Removendo uma de suas grossas luvas de lã, pousou-a na neve. Com movimentos lentos e exagerados, curvou-se para a frente, esticou o dedo indicador da mão direita e puxou delicadamente o colarinho endurecido do casaco do morto. Enquanto lia as nítidas letras vermelhas bordadas na parte interna, conseguia ouvir as batidas do próprio coração.

— Ah, meu Deus — disse uma voz atrás dele. — Não é Irvine. É Mallory.

Anker não fez comentários. Precisava confirmar a informação que haviam viajado 8 mil quilômetros para obter. Enfiando a mão sem luva no bolso do casaco do morto, retirou a sacolinha de algodão tecida laboriosamente pela esposa de Mallory. Abriu-a com gestos suaves, temendo que se desintegrasse em suas mãos. Caso encontrasse o que estava procurando, o mistério estaria solucionado.

Uma caixa de fósforos, uma tesourinha de unhas, um lápis grosso, uma anotação, escrita no verso de um envelope, informando quantos cilindros de oxigênio ainda estavam funcionando antes da escalada final, a conta (não paga) de um par de óculos de neve comprado na Gamages, um Rolex sem ponteiros e uma carta da esposa de Mallory, datada de 14 de abril de 1924. No entanto, o que ele esperava encontrar não estava lá.

Anker olhou para os outros membros da equipe, que aguardavam impacientes. Então respirou fundo e proferiu as palavras lentamente.

— Não há nenhuma foto de Ruth.

Um deles deu um grito de alegria.

LIVRO UM

UM GAROTO INCOMUM

1892

1

St. Bees, Cúmbria, terça-feira, 19 de julho de 1892

Se perguntassem a George por que começara a andar em direção ao rochedo, ele não saberia explicar. O fato de que teria de entrar no mar antes de chegar ao seu alvo não parecia preocupá-lo, embora ele não soubesse nadar.

Somente uma pessoa na praia, naquela manhã, demonstrava interesse pela caminhada do menino de 6 anos. O reverendo Leigh Mallory dobrou seu exemplar do *Times* e o pousou na areia, a seus pés. Não queria alarmar a esposa, que estava deitada na espreguiçadeira a seu lado, de olhos fechados, aproveitando os poucos raios de sol, alheia aos perigos que seu filho mais velho poderia estar enfrentando. Ele sabia que Annie entraria em pânico, como acontecera quando o garoto subira no telhado do centro comunitário, durante um encontro da União de Mães.

O reverendo Mallory inspecionou rapidamente seus três outros filhos, que brincavam contentes à beira da água, despreocupados com o destino do irmão. Avie e Mary recolhiam conchas trazidas pela maré da manhã, enquanto o irmão mais novo, Trafford, concentrava-se em encher com areia um pequeno balde de lata. Mallory voltou a observar o filho e herdeiro, que continuava se dirigindo decididamente para o rochedo. Ainda não estava preocupado; o menino certamente acabaria percebendo que deveria retornar. Quando as ondas começaram a cobrir os joelhos do garoto, no entanto, ele se ergueu da espreguiçadeira.

Embora já estivesse quase totalmente submerso, George alcançou o afloramento rochoso e habilmente se ergueu das águas. Pulando de pedra em pedra, logo chegou ao topo do rochedo. Sentou-se lá e ficou contemplando o horizonte. Embora sua matéria favorita na escola fosse história, ele ainda não devia ter ouvido falar do rei Canuto.[2]

Seu pai o observava com certo nervosismo, pois as ondas já galgavam as pedras. Paciente, esperou que o filho percebesse o perigo, quando decerto olharia para trás e gritaria por socorro. Mas ele não o fez. Quando os primeiros borrifos de espuma tocaram os pés do garoto, o reverendo Mallory caminhou lentamente até a beira da água.

— Muito bom, menino — disse ele, ao passar perto do filho mais novo, que estava concentrado em construir um castelo de areia.

No entanto, não deixou de fitar o primogênito, que ainda não olhara para trás, embora as ondas já lambessem seus tornozelos. Mergulhou então no mar e começou a nadar em direção ao rochedo, no estilo peito, que aprendera nas forças armadas. A cada lenta impulsão, porém, conscientizava-se de que as pedras estavam mais longe do que pensava.

Finalmente, alcançou o rochedo. Subiu desajeitadamente até o topo e, sem a segurança demonstrada pelo filho, cortou-se em vários lugares. Ao se aproximar do garoto, tentou não demonstrar que estava sem fôlego e bem pouco à vontade.

Foi quando ouviu o grito. Virou-se e viu a esposa de pé à beira da água, gritando desesperadamente.

— George! George!

---

[2] Canuto II, rei da Dinamarca (995-1035). Consta que, ainda criança, acompanhou o pai, Sueno I, na vitoriosa expedição marítima dos vikings à Inglaterra. (N.T.)

—Talvez seja melhor a gente voltar, meu filho — sugeriu o reverendo Mallory, tentando não parecer nervoso. — Não queremos que sua mãe fique preocupada, não é?

— Só mais um pouco, papai — pediu George, continuando a olhar para o oceano, com ar resoluto.

O pai achou que não poderiam esperar mais e, delicadamente, retirou-o do rochedo.

Levou muito mais tempo para alcançar a segurança da praia do que levara para alcançar o rochedo, pois, com o filho nos braços, era obrigado a nadar de costas, contando apenas com as pernas para se impulsionar. Foi a primeira vez que George percebeu que o percurso de volta pode ser mais demorado que o de ida.

Quando o reverendo Mallory alcançou a praia e se deixou cair sobre a areia, a mãe de George correu até eles. Pondo-se de joelhos, abraçou o menino.

— Graças a Deus, graças a Deus! — gritou ela, demonstrando escasso interesse pelo marido exausto.

As duas irmãs de George permaneciam a alguns passos da maré montante, chorando baixinho, enquanto o irmão mais novo continuava a erguer sua fortaleza, jovem demais para que pensamentos sobre a morte lhe passassem pela mente.

O reverendo Mallory sentou-se e olhou para o filho mais velho, que mais uma vez contemplava o mar, embora o rochedo já não mais estivesse à vista. E ocorreu-lhe que aquele menino parecia não ter noção de medo nem consciência do perigo.

1896

2

Médicos, filósofos e até historiadores têm debatido a importância da hereditariedade ao tentar entender o sucesso ou o fracasso das gerações subsequentes. No entanto, se algum deles tivesse estudado os pais de George, teria muita dificuldade para explicar de quem o filho herdara seu raro talento, para não falar da boa aparência e da presença marcante.

O pai e a mãe de George se consideravam de classe média alta, embora lhes faltassem recursos para tal pretensão. Os paroquianos do reverendo Mallory, em Mobberley, Cheshire, consideravam-no tradicionalista, ultraconservador e tacanho; e classificavam sua esposa como esnobe. George, concluíam, devia ter herdado seu talento de algum parente distante. O reverendo tinha consciência de que seu primogênito não era uma criança comum e estava disposto a fazer os sacrifícios necessários para matriculá-lo na Glengorse, uma sofisticada escola preparatória no sul da Inglaterra.

George costumava ouvir seu pai dizer: "Bem, vamos ter de apertar os cintos, ainda mais se quisermos que Trafford siga seus passos." Certo dia, após refletir sobre o assunto por algum tempo, ele perguntou à mãe se havia na Inglaterra escolas preparatórias que suas irmãs pudessem frequentar.

— Meu Deus, não — replicou ela, com desdém. — Seria um desperdício de dinheiro. De qualquer forma, qual seria o propósito?

— Para começar, Avie e Mary teriam as mesmas oportunidades que eu e Trafford — sugeriu George.

Sua mãe considerou a ideia ridícula.

— Para que fazer as meninas passarem por essa provação? Isso não iria melhorar em nada as chances que elas têm de arranjar um bom marido.

— Não é possível — aventou George — que um marido queira ter uma esposa culta?

— Isso é a última coisa que um homem quer — respondeu sua mãe. — Você logo vai descobrir que a maioria dos maridos quer apenas uma mulher que lhes proporcione um herdeiro e um herdeiro substituto. E que tome conta dos empregados.

George não ficou convencido; e decidiu esperar pelo momento propício para tocar no assunto com o pai.

―◦―

As férias de verão dos Mallory, em 1896, não foram passadas em St. Bees, na praia, mas nas colinas de Malvern, em longas caminhadas. Enquanto o pai de George, bravamente, tentava ao menos acompanhá-lo nas elevações maiores, os outros membros da família logo descobriram que não conseguiriam acompanhar aquele ritmo e se contentaram em perambular pelos vales abaixo.

Com o reverendo resfolegando alguns metros atrás, George voltou ao incômodo assunto da educação das irmãs.

— Por que as meninas não têm as mesmas oportunidades que os meninos?

— Porque isso não está na ordem natural das coisas, meu filho — arquejou o pai.

— E quem decide a ordem natural das coisas?

— Deus — respondeu o reverendo Mallory, sentindo-se em terreno seguro. — Foi Ele quem determinou que o homem deve trabalhar para sustentar e abrigar a família, enquanto sua esposa permanece em casa cuidando da prole.

— Mas Ele já deve ter notado que as mulheres muitas vezes são abençoadas com mais bom-senso que os homens. Tenho certeza de que Ele sabe que Avie é muito mais inteligente que eu ou Trafford.

O reverendo Mallory precisou de algum tempo para analisar os argumentos do filho, e mais ainda para decidir como contestá-los.

— Os homens são naturalmente superiores às mulheres — sugeriu, enfim, sem muita convicção, antes de acrescentar frouxamente: — E nós não devemos nos intrometer na natureza.

— Se isso é verdade, pai, por que a rainha Vitória conseguiu reinar com tanto sucesso por mais de sessenta anos?

— Simplesmente porque não havia ninguém do sexo masculino que pudesse herdar o trono — retorquiu o pai, sentindo que entrava em terreno perigoso.

— Que sorte para a Inglaterra não haver nenhum homem disponível quando a rainha Vitória ascendeu ao trono — comentou George. — Talvez tenha chegado a hora de permitir que as meninas tenham as mesmas oportunidades que os meninos para progredir no mundo.

— Isso nunca vai acontecer — gaguejou o pai. — Uma ação desse tipo subverteria a ordem natural da sociedade. Se as coisas fossem como você quer, George, como sua mãe iria encontrar uma cozinheira ou uma faxineira?

— Arranjando um homem para fazer o trabalho — sugeriu George, sem nenhuma malícia.

— Meu Deus, George, acredito que você está se tornando um livre-pensador. Você andou ouvindo aqueles discursos inflamados do tal de Bernard Shaw?

— Não, pai, mas li uns panfletos dele.

Muitos pais aceitam o fato de que os filhos talvez os superem em inteligência. Mas, considerando que George acabara de completar seu décimo aniversário, o reverendo Mallory jamais admitiria tal coisa. No tocante a subidas, entretanto, já reconhecera havia muito tempo que o filho estava em uma classe superior.

Quando já se preparava para disparar a pergunta seguinte, George percebeu que o pai ficara para trás.

3

George não chorou quando os pais o enviaram à escola preparatória. Não porque não quisesse, mas porque outro menino, vestido com o mesmo casaco vermelho e a mesma bermuda cinzenta, berrava a plenos pulmões no outro lado do vagão.

Guy Bullock vinha de um mundo diferente. Ele não saberia dizer a George, exatamente, o que o pai fazia para viver; mas, fosse o que fosse, a palavra *indústria* surgia a todo instante — algo que George tinha certeza de que sua mãe não aprovaria. Outra coisa ficou bastante clara depois que Guy lhe falou sobre as férias que passara com a família nos Pireneus. Aquele garoto jamais deparara com a expressão "vamos ter de apertar os cintos". Apesar de tudo, ao chegarem à estação de Eastbourne naquela tarde, já se haviam tornado grandes amigos.

No dormitório da escola, dormiam em camas contíguas e sentavam-se lado a lado na sala de aulas. No último ano em Glengorse, ninguém ficou surpreso quando eles dividiram o mesmo quarto. Embora George o superasse em quase tudo, Guy não se mostrava ressentido. Na verdade, deleitava-se com o sucesso do amigo, mesmo quando George foi nomeado capitão da equipe de futebol e conquistou uma bolsa de estudos no Winchester College. Guy disse ao pai que jamais teria conseguido uma vaga no Winchester se não tivesse compartilhado o quarto com George, que vivia insistindo para que ele se esforçasse mais.

Certo dia, enquanto Guy conferia os resultados dos exames no quadro de avisos da escola, George se mostrou mais interessado em um anúncio que fora fixado abaixo. O sr. Deacon, professor de química, convidava os formandos a acompanhá-lo em uma escalada que faria na Escócia durante as férias. Guy tinha pouco interesse em escaladas, mas, como George acrescentara o nome à lista, ele também escreveu o seu, logo abaixo.

George não era um dos alunos favoritos do sr. Deacon, talvez porque a química não fosse uma das matérias em que se destacava. Entretanto, como sua paixão por escaladas superava em muito sua indiferença pelo bico de Bunsen ou pelo azul de tornassol, ele decidiu que teria de se entender com o sr. Deacon. Afinal de contas, confidenciou a Guy, se o danado do homem se dava ao trabalho de organizar uma escalada anual, não podia ser de todo ruim.

—◦—

Assim que pisou nas desoladas Terras Altas da Escócia, George viu-se em um mundo diferente. Durante o dia, caminhava pelas colinas cobertas de urzes e samambaias. À noite, à luz de uma vela, sentava-se no interior da tenda e lia *O médico e o monstro* até, relutantemente, cair no sono.

Sempre que o sr. Deacon se aproximava de uma nova colina, George se postava na retaguarda do grupo e analisava a rota escolhida. Uma ou duas vezes, chegou a sugerir uma rota alternativa. Mas o sr. Deacon ignorava suas sugestões, lembrando que organizava escaladas na Escócia havia dezoito anos, e que talvez Mallory devesse ponderar sobre o valor da experiência. George ia para o final da fila e continuava a seguir o mestre, por caminhos bastante batidos.

Certa noite, durante o jantar, enquanto George saboreava salmão e gengibirra pela primeira vez, o sr. Deacon passou um tempo considerável elaborando planos para o dia seguinte.

— Amanhã — informou ele — vamos enfrentar nosso teste mais difícil. Mas, depois de dez dias de subidas nas Terras Altas, estou certo de que vocês estão mais do que preparados para o desafio.

Uma dúzia de rostos jovens e ansiosos fixou os olhos no sr. Deacon, que prosseguiu:

— Vamos tentar escalar a montanha mais alta da Escócia.

— Ben Nevis — disse George. — Mil trezentos e quarenta e quatro metros — acrescentou, embora jamais tivesse visto a montanha.

— Mallory está correto — disse o sr. Deacon, claramente irritado com a interrupção. — Assim que alcançarmos o topo, que nós, montanhistas, chamamos de cume ou pico, almoçaremos. E vocês poderão contemplar uma das mais belas vistas das Ilhas Britânicas. Como teremos de voltar ao acampamento antes do pôr do sol, e como a descida é sempre a parte mais difícil de qualquer escalada, todo mundo deverá se apresentar para o café da manhã às sete horas, pois partiremos às oito em ponto.

Guy prometeu acordar George às seis, pois o amigo costumava dormir até tarde e perder o café da manhã — e os cronogramas do sr. Deacon eram semelhantes aos de uma operação militar. No entanto, George estava tão excitado com a perspectiva de escalar a montanha mais alta da Escócia que foi ele quem acordou Guy na manhã seguinte. Foi também um dos primeiros a se apresentar ao sr. Deacon no café da manhã e já aguardava diante de sua tenda muito tempo antes da hora em que o grupo deveria partir.

O sr. Deacon consultou o relógio. Faltando um minuto para as oito, enveredou a passos rápidos pela trilha que os levaria ao sopé da montanha.

— Exercício de apitos! — gritou, após terem coberto cerca de 1,5 quilômetro.

Todos os garotos, com exceção de um, pegaram seus apitos e, entusiasticamente, sopraram o sinal que indicaria que estavam em perigo e precisavam de ajuda. O sr. Deacon não conseguiu disfarçar um sorriso de lábios apertados ao perceber qual dos pupilos deixara de obedecer à ordem.

— Devo presumir, Mallory, que você esqueceu seu apito?

— Sim, senhor — respondeu George, aborrecido com o fato de que o sr. Mallory prevalecera sobre ele.

— Então você vai ter que retornar ao acampamento imediatamente. Pegue o apito e tente nos alcançar antes de iniciarmos a subida.

George não perdeu tempo com protestos. Partiu como um raio na direção oposta e, tão logo chegou ao acampamento, engatinhou para dentro da tenda, onde avistou o apito sobre o saco de dormir. Soltando um palavrão, pegou-o e começou a correr de volta, esperando se emparelhar com os colegas antes que começassem a escalada. Ao chegar à base da montanha, porém, a pequena fileira de montanhistas já iniciara a subida. Guy Bullock, na retaguarda, não parava de olhar para baixo, esperando ver o amigo. Quando o avistou correndo na direção deles, sentiu-se aliviado e acenou freneticamente. George acenou de volta, enquanto o grupo prosseguia sua lenta caminhada pela encosta.

— Mantenham-se na trilha — foram as últimas palavras que ele ouviu do sr. Deacon, antes que todos dobrassem a primeira curva.

Ao desaparecerem de vista, George parou de correr e observou a montanha, banhada pelo sol da manhã. Saliências bem-iluminadas e grotas escuras ofereciam centenas de rotas para o cume. Todas ignoradas pelo sr. Deacon e por seus fiéis seguidores, que se atinham ao caminho recomendado no manual.

George fixou o olhar em uma vereda tortuosa. Era o leito seco de um riacho, que devia fluir preguiçosamente pela encosta durante nove meses do ano — mas não naquele dia. Saiu então da trilha, ignorando as setas e a sinalização, e caminhou até a base da montanha. Sem pensar duas vezes, pulou sobre a primeira saliência que viu, como um ginasta subindo em uma trave, e agilmente iniciou a escalada, sem jamais hesitar nem olhar para baixo. Só parou, por alguns momentos, quando deparou com uma pedra larga e irregular a 300 metros do sopé.

Estudando o terreno por alguns instantes, identificou uma nova rota e partiu novamente. Às vezes, acompanhava um trecho da trilha convencional; outras, percorria uma rota ainda virgem. A meio caminho do topo, fez uma pausa. Olhou para o relógio — 9h07 — e se perguntou qual poste de sinalização o sr. Deacon e o restante do grupo já teriam alcançado.

À frente, havia uma vereda indistinta, que parecia ser utilizada apenas por animais ou montanhistas experientes. George a seguiu até deparar com um rochedo escarpado. Era como uma porta trancada, impedindo o acesso a quem não tivesse a chave. Durante alguns minutos, ele analisou suas opções: poderia voltar por onde viera ou poderia seguir o longo caminho que contornava a saliência, o que o levaria de volta à segurança da trilha pública. Ambas, no entanto, acrescentariam à subida um considerável período de tempo. De repente, algo o fez sorrir. Um carneiro, que estava empoleirado sobre uma laje acima, soltou um balido queixoso — sem dúvida, estranhando a presença humana — e se afastou aos pulos, revelando involuntariamente a rota que o intruso deveria tomar.

George observou a leve depressão na qual deveria colocar uma das mãos, e depois um pé, para iniciar a subida. Sem olhar para baixo, foi progredindo lentamente pela face vertical, em busca de saliências e reentrâncias que pudessem servir de apoio, por menores que fossem. Quando encontrava alguma e se içava, usava-a depois como apoio para um dos pés. Embora o paredão não excedesse 15 metros de altura, ele levou cerca de vinte minutos para se aproximar do topo e contemplar, pela primeira vez, o pico do Ben Nevis. Sua recompensa por ter escolhido a rota mais difícil foi imediata. Para chegar ao cume, só teria de subir um aclive suave. Um caminho raramente percorrido, que ele subiu trotando.

Ao chegar ao cume, sentiu-se como se estivesse no topo do mundo. Não ficou surpreso ao descobrir que o sr. Deacon e o restante do grupo ainda não haviam chegado. Sentando-se, contemplou os campos abaixo, que se estendiam por quilômetros. Ainda demorou uma hora até que o sr. Deacon e seus fiéis seguidores aparecessem. O professor não conseguiu disfarçar a contrariedade quando os outros garotos começaram a saudar e a aplaudir a figura solitária sentada no cume.

Aproximando-se de George, ele perguntou:

— Como você conseguiu nos ultrapassar, Mallory?

— Eu não ultrapassei vocês, senhor — respondeu George. — Só encontrei um caminho alternativo.

A expressão do sr. Deacon não deixou dúvida de que ele não queria acreditar no garoto.

— Como eu já lhe disse muitas vezes, Mallory, a descida é sempre mais difícil que a subida, até pela quantidade de energia gasta para atingir o topo. Essa é uma das coisas que os novatos deixam de considerar — disse ele. Após uma pausa dramática, acrescentou: — Muitas vezes à custa do próprio sacrifício — George não fez comentários.

— Então, por favor, permaneça junto ao grupo durante a descida.

Assim que os garotos acabaram de devorar os lanches que haviam trazido, o sr. Deacon os enfileirou e assumiu seu lugar na dianteira. Só partiu quando se certificou de que George estava entre os alunos, conversando com seu amigo Bullock. Teria lhe ordenado que fosse para a frente da fila se tivesse ouvido o que ele estava dizendo:

— Vejo você no acampamento, Guy.

Em uma coisa o sr. Deacon provou que estava certo: a descida da montanha era não só mais exaustiva que a subida; era também mais perigosa. E, como ele previra, demorou muito mais.

Quando o sr. Deacon e sua tropa exausta chegaram ao acampamento, já de noitinha, não conseguiram acreditar no que viram: George Mallory sentado no chão, de pernas cruzadas, bebendo gengibirra e lendo um livro.

Guy Bullock soltou uma gargalhada, mas o sr. Deacon não achou graça. Pediu que George se levantasse e lhe falou severamente sobre a importância das regras de segurança no montanhismo. Ao terminar o sermão, ordenou que George abaixasse as calças e se inclinasse. Como não tinha uma vara à mão, retirou o cinto de couro de suas calças cáqui e aplicou seis golpes na pele nua do garoto. Ao contrário do carneiro, George não berrou.

No alvorecer da manhã seguinte, o sr. Deacon acompanhou George até a estação ferroviária mais próxima. Depois de lhe comprar uma passagem, confiou-lhe uma carta, para que a entregasse ao pai assim que chegasse a Mobberley.

◄o►

— Por que você voltou tão cedo? — perguntou o pai de George.

George lhe entregou a carta e permaneceu em silêncio, enquanto o reverendo Mallory rasgava o envelope e lia as palavras escritas pelo sr. Deacon. Então, apertando os lábios para disfarçar um sorriso, olhou para o filho e sacudiu um dedo.

— Meu filho, lembre-se de ser mais diplomático no futuro para não embaraçar as pessoas mais velhas ou seus superiores.

1905

4

Segunda-feira, 3 de abril de 1905

A família estava sentada à mesa, tomando o café da manhã, quando a criada entrou na sala trazendo a correspondência, que depositou ao lado do reverendo Mallory, juntamente com um abridor de cartas confeccionado em prata — ritual que cumpria todas as manhãs.

O pai de George ignorou deliberadamente o pequeno cerimonial enquanto passava manteiga em mais uma torrada. Ele sabia muito bem que, já havia alguns dias, seu filho aguardava o boletim escolar de fim de ano. George fingiu estar igualmente indiferente enquanto tagarelava com o irmão sobre as últimas façanhas dos irmãos Wright nos Estados Unidos.

— Se vocês me perguntarem — atalhou a mãe deles —, eu direi que não é natural. Deus fez os pássaros para voar, e não os homens. E tire os cotovelos da mesa, George.

As meninas não emitiram nenhuma opinião, cientes de que, sempre que discordavam da mãe, ela declarava que crianças eram para ser vistas, e não ouvidas. Essa regra parecia não se aplicar aos meninos.

O pai de George não participou das conversas; estava ocupado examinando os envelopes, tentando determinar quais eram importantes e quais poderiam ser colocados de lado. Somente uma coisa era certa:

quaisquer envelopes que parecessem conter solicitações de pagamento por parte dos comerciantes locais permaneceriam fechados por muitos dias, no fundo da pilha.

O reverendo Mallory concluiu que dois envelopes mereciam atenção imediata: o que trazia o carimbo do Winchester College e outro com um brasão gravado no verso. Ele bebericou o chá e sorriu para o primogênito, que ainda fingia não estar interessado na pantomima que se desenrolava no outro lado da mesa.

Por fim, pegou o abridor de cartas e abriu o envelope mais fino, desdobrando uma carta do bispo de Chester. Sua Excelência Reverendíssima confirmava que ficaria encantado em pregar na Igreja Paroquial de Mobberley, contanto que fosse encontrada uma data conveniente. O pai de George passou a carta para a esposa. Ao ver o timbre do palácio, um sorriso se esboçou em seus lábios.

O reverendo Mallory demorou a abrir o outro envelope, mais grosso, fingindo não notar que todas as conversas ao redor da mesa haviam cessado de repente. Depois, extraiu dele um livreto, cujas páginas começou a folhear lentamente, analisando o conteúdo. Às vezes dava um sorriso; outras, franzia a testa. Entretanto, não externou nenhuma opinião. Era uma situação rara demais para que ele não se deleitasse com a experiência por mais alguns momentos.

Finalmente, olhou para George e disse:

— Segundo lugar em história, com 86 por cento. — Olhou de novo para o livreto. — "Trabalhou bem no semestre, bons resultados nas provas e um louvável ensaio sobre Gibbon. Espero que ele considere se especializar nessa matéria quando for para a universidade." — O pai sorriu antes de virar a página. — Quinto lugar em inglês, com 74 por cento. "Um ensaio muito promissor sobre Boswell. No entanto, ele precisa gastar mais um pouco de tempo com Milton e Shakespeare, e muito menos com R. L. Stevenson." — Foi a vez de George sorrir. — Sétimo em latim, com 69 por cento. "Excelente tradução de Ovídio, bem acima da média que Oxford e Cambridge exigem de todos os postulantes."

Décimo quarto em matemática, com 56 por cento; somente 1 por cento acima da média mínima. — Ele fez uma pausa, franziu a testa e continuou a leitura. — Vigésimo nono em química. — O reverendo Mallory olhou para o filho. — Quantos alunos há na sala?

— Trinta — respondeu George, ciente de que seu pai sabia a resposta.

— O seu amigo Guy Bullock, sem dúvida, evitou que você fosse o último — disse ele, retornando ao relatório. — Vinte e seis por cento. "Demonstra pouco interesse na realização das experiências. Recomendo que deixe de lado essa matéria se estiver pensando em ingressar em uma universidade."

George não fez nenhum comentário. Seu pai desdobrou uma carta que estava anexada ao boletim. Dessa vez, não deixou a família em suspense.

— O inspetor do seu alojamento — informou ele — é de opinião que lhe vão oferecer uma vaga em Cambridge por volta do Dia de São Miguel. — Ele fez uma pausa e acrescentou: — Cambridge me parece uma escolha surpreendente, considerando que é um dos pedaços de terra mais planos deste país.

— É por isso, pai, que espero que o senhor me deixe visitar a França neste verão. Para aprimorar minha educação.

— Paris? — perguntou o reverendo Mallory erguendo uma sobrancelha. — O que você tem em mente, meu caro filho? O Moulin Rouge?

A sra. Mallory lançou um olhar penetrante para o marido, de modo que não deixasse dúvidas de que desaprovava uma observação tão maliciosa diante das meninas.

— Não, pai, *rouge* não — replicou George. — *Blanc*. Mont Blanc, para ser mais exato.

— Mas isso não seria extremamente perigoso? — perguntou sua mãe, ansiosa.

— Nem de longe tão perigoso quanto o Moulin Rouge — comentou seu pai.

— Não se preocupe, mãe, de jeito nenhum — disse George, rindo.
— Meu inspetor, o sr. Irving, vai me acompanhar o tempo todo. Além de ser membro do Clube Alpino, ele vai segurar vela caso eu seja sortudo o bastante para ser apresentado a alguma dama.

O reverendo permaneceu em silêncio por algum tempo. Ele jamais discutia o custo de alguma coisa diante dos filhos, embora tivesse se sentido aliviado quando George obteve uma bolsa de estudos no Winchester, o que lhe poupava 170 libras na taxa escolar anual de 200 libras. Dinheiro não era assunto que ele tratasse à mesa do café da manhã, embora nunca estivesse longe de sua mente.

— Quando vai ser sua entrevista para Cambridge? — perguntou finalmente.

— Na quinta-feira da próxima semana, pai.

— Então eu lhe respondo na sexta-feira.

5

Quinta-feira, 13 de abril de 1905

Embora Guy o tivesse acordado a tempo, George conseguiu se atrasar para o café da manhã. Atribui a culpa ao fato de ter de fazer a barba, uma habilidade que ainda não dominara.

— Você não tem uma entrevista em Cambridge hoje? — perguntou seu inspetor de alojamento, depois que George se serviu de uma segunda porção de mingau.

— Sim, senhor — disse George.

— Se me lembro corretamente — acrescentou o sr. Irving consultando o relógio —, seu trem para Londres deverá partir em menos de meia hora. Eu não ficaria muito surpreso se os outros candidatos já estivessem esperando na plataforma.

— Mal-alimentados e sem ter ouvido suas sábias palavras — disse George com um sorriso.

— Eu não penso assim — disse o sr. Irving. — Falei com eles antes do café da manhã, pois acho fundamental que não se atrasem para as entrevistas. Se você acha que eu sou um maníaco por pontualidade, Mallory, espere até conhecer o sr. Benson.

George empurrou sua tigela de mingau para Guy, ergueu-se lentamente e saiu airosamente do refeitório, como se não tivesse nenhuma preocupação no mundo. Quando se viu sozinho, atravessou o pátio em disparada, como se estivesse tentando vencer uma corrida olímpica. Chegando ao alojamento, subiu as escadas de três em três degraus. Foi quando se lembrou de que não havia arrumado a mala. Ao entrar no quarto, porém, ficou encantado ao encontrar sua pequena mala de couro perto da porta, já preparada. Guy devia ter previsto que ele, mais uma vez, deixaria tudo para a última hora.

— Obrigado, Guy — disse George em voz alta, esperando que seu amigo estivesse gostando da muito merecida segunda tigela de mingau.

Pegou então a mala e correu escadaria abaixo, descendo os degraus de dois em dois e atravessando de novo o pátio. Só parou quando chegou à cabine do porteiro.

— Onde está a carruagem da escola, Simians? — perguntou ele, desesperado.

— Saiu há uns 15 minutos, senhor.

— Droga — resmungou George, antes de sair correndo pela rua em direção à estação, certo de que ainda conseguiria tomar o trem.

Enquanto corria, teve a desconfortável sensação de que deixara alguma coisa para trás. Fosse o que fosse, não tinha dúvida de que não teria tempo de buscá-la. Ao dobrar a esquina da Station Hill, avistou um grosso rolo de fumaça cinzenta se erguendo no ar. O trem estaria chegando ou partindo? Aumentando o ritmo da corrida, passou a toda por um atarantado cobrador e desembocou na plataforma, apenas para ver o guarda acenar a bandeirola verde, subir os degraus do último vagão e fechar a porta.

Ele ainda correu atrás do trem, que começava a se mover, mas não conseguiu alcançá-lo. A composição ganhou velocidade e desapareceu em uma nuvem de fumaça, enquanto o guarda lhe lançava um sorriso compreensivo.

— Droga — repetiu George, enquanto o cobrador rapidamente se aproximava dele.

Depois de recobrar o fôlego, o homem perguntou:

— Posso ver sua passagem, senhor?

Foi quando George se lembrou do que havia esquecido.

Pousando a mala na plataforma, abriu-a e, ostensivamente, remexeu as roupas, como se estivesse procurando o bilhete, que sabia estar em sua mesinha de cabeceira.

— A que horas sai o próximo trem para Londres? — perguntou em tom despreocupado.

— O trem sai de hora em hora — respondeu o homem imediatamente. — Mas você ainda vai precisar de uma passagem.

— Droga — disse George pela terceira vez, sabedor de que não podia se dar ao luxo de perder o próximo trem. — Devo ter deixado o bilhete na escola — acrescentou com ar desamparado.

— Então vai ter que comprar outro — disse o cobrador.

George sentiu um início de desespero. Teria trazido dinheiro? Procurou nos bolsos do paletó e ficou aliviado ao encontrar a moeda de meia coroa que sua mãe lhe dera no Natal. Perguntando-se onde ela a teria obtido, seguiu o cobrador até a bilheteria e comprou uma passagem de terceira classe de Winchester a Cambridge, ida e volta, pagando 1 xelim e 6 *pence*. George sempre quisera saber por que os trens não tinham segunda classe, mas achou que não era uma boa hora para perguntar. Esperou o cobrador perfurar seu bilhete, retornou à plataforma e comprou um exemplar do *Times* com o vendedor de jornais, dando adeus a mais 1 *penny*. Sentou-se então em um desconfortável banco de madeira e abriu o jornal para saber o que estava ocorrendo no mundo.

O primeiro-ministro Arthur Balfour louvava a nova *entente cordiale* assinada recentemente entre Grã-Bretanha e França. No futuro, as relações com a França só poderiam melhorar, assegurava ele ao povo britânico. George virou a página e começou a ler um artigo sobre Theodore Roosevelt, recém-empossado como presidente dos Estados Unidos. Quando o trem das nove horas para Londres chegou fumegando, ele examinava os classificados da primeira página, que ofereciam de tudo, de loção capilar a cartolas.

George sentiu-se aliviado com a pontualidade do trem e mais ainda quando este entrou na estação de Waterloo alguns minutos adiantado. Saltou do vagão, atravessou a plataforma correndo e chegou à rua. Pela primeira vez na vida, chamou uma carruagem de aluguel em vez de esperar o próximo trem para a estação de King's Cross — uma extravagância que seu pai teria desaprovado. No entanto, a cólera paterna seria bem maior se George perdesse a entrevista com o sr. Benson e, por conseguinte, a oportunidade de obter uma vaga em Cambridge.

— King's Cross — disse George, subindo na carruagem.

O condutor estalou o chicote e o velho e cansado tordilho iniciou sua laboriosa marcha por Londres. Embora conferisse o relógio a cada minuto, George tinha confiança em que chegaria a tempo para a entrevista com o sr. Benson, tutor sênior do Magdalene College,[3] que estava marcada para as três da tarde.

Na estação de King's Cross, ele descobriu que o próximo trem para Cambridge partiria dentro de 15 minutos. Pela primeira vez naquele dia, conseguiu relaxar. Não previra, no entanto, a parada da composição em todas as estações — de Finsbury Park a Stevenage. Quando o trem, enfim, entrou resfolegando em Cambridge, o relógio da estação marcava 14h23.

George foi o primeiro a saltar. Depois de apresentar o bilhete para ser perfurado, saiu à procura de outra carruagem de aluguel. Não encontrou nenhuma. Começou então a correr pelas ruas, seguindo as placas de sinalização até o centro da cidade, sem fazer a menor ideia da direção que deveria tomar. Perguntou a diversos passantes se poderiam lhe informar o caminho para o Magdalene College, mas sem sucesso. Enfim, encontrou um jovem usando um capelo e uma curta beca preta, que lhe deu informações precisas. Depois de agradecer, George se pôs novamente a caminho, agora à procura de uma ponte sobre o rio Cam.

---

[3] O Magdalene College é uma das faculdades da Universidade de Cambridge. (N.T.)

Estava correndo sobre a ponte quando um relógio, a distância, bateu três vezes. Ele sorriu aliviado. Chegaria apenas alguns minutos atrasado.

No outro lado do rio, parou diante de uma pesada porta de carvalho. Girou a maçaneta e empurrou a porta, mas esta não se moveu. Bateu duas vezes com a aldraba e aguardou algum tempo, mas ninguém respondeu ao chamado. Olhou para o relógio: 3h04. Bateu à porta novamente e, uma vez mais, ninguém apareceu. Será que iriam barrar sua entrada quando ele estava só uns minutinhos atrasado?

George acionou a aldraba pela terceira vez, e não parou até ouvir uma chave girar na fechadura. A porta se abriu com um rangido, revelando um homem baixo e curvado, usando chapéu-coco e um longo casaco preto.

— O colégio está fechado, senhor — foi tudo o que ele disse.

— Mas eu tenho uma entrevista com o sr. A. C. Benson às três horas — implorou George.

— O tutor sênior me deu instruções claras para que eu trancasse o portão às três horas e não permitisse a entrada de ninguém depois desse horário.

— Eu só... — começou ele, mas suas palavras caíram em ouvidos moucos, pois o homem lhe bateu a porta na cara e trancou novamente a fechadura.

George começou a esmurrar a porta, embora soubesse que ninguém viria atendê-lo. Então, maldisse sua estupidez. O que diria quando as pessoas lhe perguntassem como fora a entrevista? O que diria ao sr. Irving quando retornasse ao colégio à noite? Como poderia encarar Guy, que, com certeza, compareceria pontualmente à sua entrevista na semana seguinte? Ele sabia qual seria a reação de seu pai: o primeiro Mallory, em quatro gerações, que não se formaria em Cambridge. Quanto à sua mãe... como ele poderia voltar para casa?

Olhou furioso para a pesada porta dupla que impedia sua entrada e pensou em bater novamente. Mas sabia que seria inútil. Perguntou-se então se não haveria outro modo de entrar no colégio. Como o rio Cam corria no lado norte, funcionando como um fosso, não havia outra entrada. A menos que... George olhou para a alta parede de tijolos e começou a andar de um lado para o outro, como se estivesse analisando uma encosta rochosa. Detectou diversas saliências e reentrâncias formadas por 450 anos de gelo, neve, ventos, chuvas e sol. E identificou um possível caminho.

O portão era encimado por um pesado arco de pedra, cujo rebordo superior estava próximo ao parapeito de uma janela, que serviria como excelente ponto de apoio para o pé. Acima, havia outra janela, menor, de onde ele poderia alcançar o telhado inclinado da portaria, o qual, conforme ele suspeitava, deveria ser idêntico no outro lado do prédio.

Deixando a mala no chão — nunca leve pesos desnecessários para uma escalada —, ele pôs o pé direito em um pequeno buraco a 20 centímetros do pavimento e se impulsionou para cima com o pé esquerdo, segurando uma saliência que lhe permitiu içar-se até o arco de pedra. Diversos passantes pararam para observar seus progressos. Quando ele finalmente subiu no telhado, foi recompensado com aplausos abafados.

George passou alguns momentos estudando o outro lado do prédio, que dava para um grande pátio interno. A descida, como sempre, deveria ser mais difícil que a subida. Pendurando-se no teto, ele segurou a calha com as duas mãos e foi descendo lentamente, enquanto procurava um ponto de apoio. Ao sentir um parapeito com o bico do sapato, soltou uma das mãos. Foi quando o sapato saiu de seu pé e a mão que segurava a calha começou a escorregar. Ele quebrara uma regra de ouro do montanhismo, que recomenda manter sempre três pontos de contato. George sabia que iria despencar, eventualidade que costumava ensaiar quando desmontava a barra de ginástica no ginásio do colégio. Só que a barra nunca estivera tão alta. Deixou-se então cair, e teve seu primeiro momento de sorte naquele dia: aterrissou em um macio canteiro de flores, onde conseguiu fazer um rolamento.

Quando se levantou, viu um cavalheiro idoso olhando para ele. Será que o pobre homem estaria pensando que ele era um ladrão descalço?

— Posso ajudá-lo, meu jovem? — perguntou o homem.

— Obrigado, senhor — respondeu George. — Eu tenho uma entrevista com o sr. Benson.

— Você encontrará o sr. Benson em seu estúdio a esta hora.

— Desculpe, senhor, mas eu não sei onde é o estúdio — disse George.

— Vá até aquela arcada — disse o homem, apontando para o outro lado do gramado. — Segundo corredor à esquerda. Você verá o nome dele gravado na porta.

— Obrigado, senhor — agradeceu George, inclinando-se para calçar o sapato.

— De nada — respondeu o cavalheiro idoso, afastando-se em direção aos alojamentos dos professores.

George atravessou correndo um gramado e passou pela arcada, desembocando num magnífico pátio em estilo elisabetano. Enveredou pelo segundo corredor e parou para examinar os nomes em um painel. A. C. Benson, Tutor Sênior, terceiro andar. Disparou pelas escadas e, no terceiro andar, parou diante da sala do sr. Benson. Tomando fôlego, bateu suavemente à porta.

— Entre — respondeu uma voz.

George abriu a porta e entrou nos domínios do tutor sênior. Um homem gorducho, de rosto corado e bigode espesso, olhou para ele. Sob a beca, usava um terno levemente axadrezado e uma gravata-borboleta com bolinhas amarelas. Estava sentado a uma mesa grande, coberta de livros encadernados em couro e ensaios de alunos.

— Em que posso ajudá-lo? — perguntou ele, arrumando as lapelas da beca.

— Meu nome é George Mallory, senhor. Eu tenho uma entrevista com o senhor.

— *Tinha* uma entrevista seria mais exato, Mallory. Você era esperado às três horas, e eu dei ordens expressas para que nenhum candidato tivesse permissão para entrar no colégio após esse horário. Sou obrigado a lhe perguntar como você conseguiu entrar.

— Eu escalei a parede, senhor.

— Você *o quê?* — perguntou o sr. Benson, erguendo-se lentamente da cadeira, com a incredulidade estampada no rosto. — Venha comigo, Mallory.

George seguiu o sr. Benson sem falar nada. Ambos desceram as escadas, atravessaram o pátio e foram até o cubículo do porteiro, que deu um pulo ao ver o tutor sênior.

— Harry — disse o sr. Benson —, você permitiu que este candidato entrasse no colégio depois das três horas?

— Não, senhor. Com certeza, não fiz isso — disse o porteiro, olhando para George com ar de descrença.

O sr. Benson virou-se e encarou George.

— Mostre-me exatamente como você entrou no colégio, Mallory — ordenou ele.

George conduziu os dois homens até o jardim e apontou para suas pegadas no canteiro de flores. O tutor sênior não se mostrou convencido. O porteiro não emitiu nenhuma opinião.

— Se você escalou a parede para entrar, como está alegando, Mallory, também pode escalar a parede para sair.

O sr. Benson deu um passo para trás e cruzou os braços.

George caminhou devagar pelo passeio, estudando a parede com atenção, até decidir a rota que iria tomar. Perplexos, o tutor sênior e o porteiro do colégio observaram o jovem escalar habilmente a parede, sem nenhuma pausa, até se escarranchar sobre a quina do telhado.

— Posso descer de volta, senhor? — perguntou George, em tom lamurioso.

— Certamente que sim, meu jovem — disse o sr. Benson sem hesitação. — Está claro para mim que nada será capaz de impedir você de entrar neste colégio.

6

Sábado, 1º de julho de 1905

Quando George disse a seu pai que não tinha intenção de visitar o Moulin Rouge, estava falando a verdade. De fato, o reverendo Mallory já havia recebido uma carta do sr. Irving com um itinerário detalhado da viagem que faria aos Alpes — que não incluía uma parada em Paris. Mas isso foi antes de George salvar a vida do sr. Irving, ser preso por perturbação da ordem e passar uma noite na cadeia.

A mãe de George nunca conseguia esconder a ansiedade quando o filho partia para uma de suas escaladas, mas sempre enfiava uma nota de 5 libras no bolso de seu casaco, sussurrando-lhe que não contasse nada ao pai.

George se encontrou com Guy e com o sr. Irving em Southampton, onde tomaram a barca para o Havre. Ao desembarcarem no porto francês, quatro horas mais tarde, um trem os aguardava para transportá-los a Martigny. Durante o longo percurso, George passou a maior parte do tempo olhando pela janela.

A paixão do sr. Irving pela pontualidade lhe veio à mente quando encontraram uma carruagem aberta esperando por eles ao descerem do trem. O cocheiro estalou o chicote e o pequeno grupo iniciou sua jornada em meio às montanhas. George aproveitou a oportunidade para observar mais de perto alguns dos grandes desafios que teria pela frente.

Já escurecera quando os três homens se hospedaram no Hotel Lion d'Or, em Bourg St. Pierre, no sopé dos Alpes. Após o jantar, o sr. Irving estendeu um mapa sobre a mesa e repassou seus planos para a próxima quinzena, assinalando as montanhas que tentariam escalar: o Grande São Bernardo (2.469 metros), o Mont Vélan (3.731 metros) e o Grand Combin (4.314 metros). Se fossem bem-sucedidos nas três incursões, seguiriam viagem até o Monte Rosa (4.634 metros).

George estudou o mapa com atenção, já impaciente pela chegada da manhã seguinte. Guy permaneceu em silêncio. Embora soubesse que o sr. Irving selecionava apenas os montanhistas mais promissores para acompanhá-lo na visita anual que fazia aos Alpes, estava começando a duvidar se fizera bem em se candidatar.

George não tinha essas apreensões.

Quando alcançaram o topo do Grande São Bernardo em tempo recorde, no dia seguinte, até o sr. Irving ficou surpreso. No jantar daquela noite, George lhe pediu para ser o líder da escalada quando subissem o Mont Vélan.

O sr. Irving já percebera que George era o aluno mais dotado para o alpinismo que já tivera, além de naturalmente mais talentoso que seu experiente professor. No entanto, aquela era a primeira vez que um aluno lhe pedia para ser o líder — e já no segundo dia da expedição.

— Vou permitir que você nos lidere nas encostas mais baixas do Mont Vélan — condescendeu o sr. Irving. — Mas, assim que chegarmos a 1.500 metros, eu assumo.

O sr. Irving jamais assumiu, pois no dia seguinte George liderou o pequeno grupo com a segurança e a habilidade de um alpinista experiente, até mesmo indicando ao sr. Irving algumas rotas que ele jamais havia considerado. Quando dois dias depois eles escalaram o Grand Combin em tempo menor que qualquer um já alcançado pelo sr. Irving, o mestre se tornou aluno.

Agora, tudo o que parecia interessar a George era quando teria permissão para escalar o Mont Blanc.

— Não por enquanto — disse o sr. Irving. — Nem mesmo eu tentaria isso sem um guia profissional. Mas, quando você for para Cambridge no próximo outono, vou lhe dar uma carta de apresentação para Geoffrey Young, o montanhista mais experiente naquela área. Ele vai decidir quando você estará apto a enfrentar essa dama.

O sr. Irving, todavia, tinha certeza de que eles estavam prontos para escalar o Monte Rosa. George os conduziu até o cume da montanha sem o menor percalço, embora Guy, por vezes, achasse difícil acompanhar os demais. Foi na descida que aconteceu o acidente. Talvez o sr. Irving se tivesse deixado levar pela complacência — a pior inimiga de um alpinista —, acreditando que nada poderia sair errado após a subida triunfante.

George havia iniciado a descida com sua habitual autoconfiança. No entanto, ao chegarem a uma garganta particularmente íngreme, decidiu diminuir o ritmo, lembrando-se de que Guy não achara fácil vencer aquele trecho durante a subida. Já tinha quase transposto a garganta quando ouviu o grito. Sua reação imediata foi, sem dúvida, salvar a vida de todos. Então, rapidamente, fincou a picareta na neve espessa, firmou-a com a bota e enrolou a corda em torno do cabo, segurando-a com a mão livre. Quando Guy passou por ele em queda livre, a única coisa que pôde fazer foi olhar. Presumiu que o sr. Irving tivesse efetuado os mesmos procedimentos de segurança e que ambos conseguiriam deter a queda de Guy, mas seu inspetor de alojamento não reagira com igual rapidez. Embora tivesse cravado a picareta na neve, ele não conseguira enrolar a corda no cabo. Um instante depois, também passou voando por George. George não olhou para baixo, mas manteve a bota firmemente pressionada contra a cabeça da picareta, tentando de todas as formas manter o equilíbrio. Não havia nada entre ele e o vale, 200 metros abaixo.

Quando seus dois parceiros chegaram ao final da queda e ficaram pendurados no ar, ele se manteve firme. Mas não estava certo de que a corda não se romperia com a tensão, provocando a morte deles. Antes que tivesse tempo para rezar, sua dúvida foi respondida, embora de forma temporária: ele ainda continuava agarrado à corda. No entanto, o perigo não havia passado, pois era preciso fazer alguma coisa para trazer os dois homens de volta à montanha.

Ele olhou para baixo e viu os companheiros agarrados à corda, desesperados, rostos brancos como neve. Usando uma habilidade que desenvolvera praticando infindavelmente no ginásio da escola, começou a balançá-los para a frente e para trás, bem devagar, até que o sr. Irving conseguiu firmar o pé na encosta da montanha. Então, enquanto George mantinha sua posição, o sr. Irving repetiu o procedimento, balançando Guy para a frente e para trás, até que este também estivesse a salvo.

George não desprendeu a picareta até estar convencido de que o sr. Irving e Guy estavam totalmente recuperados. Então, centímetro a centímetro, pé ante pé, conduziu os dois abalados montanhistas até a segurança de uma ampla laje, 9 metros abaixo, onde descansaram por cerca de uma hora. Quando se sentiram em condições de continuar a descida, o sr. Irving os guiou até encostas mais suaves.

Eles mal se falaram durante o jantar. Mas todos eles sabiam que, se não retornassem à montanha, Guy jamais voltaria a escalar. Portanto, no dia seguinte, o sr. Irving reconduziu seus pupilos ao Monte Rosa, seguindo uma rota mais longa e menos exigente. Quando George e Guy regressaram ao hotel naquela noite, já não eram mais crianças.

No dia anterior, os três alpinistas haviam precisado apenas de alguns minutos para se safar. No entanto, cada um daqueles minutos poderia ser medido em sessenta partes, que não seriam esquecidas pelo resto de suas vidas.

7

Desde que eles chegaram a Paris, ficou claro que o sr. Irving não era estranho à cidade. George e Guy ficaram muito felizes em deixá-lo tomar a frente das coisas, pois haviam concordado com sua sugestão de passar o último dia da viagem na capital francesa, comemorando a boa sorte que lhes sorrira.

O sr. Irving os hospedou em um pequeno hotel familiar, situado num pitoresco pátio no 7º *arrondissement*. Após um leve almoço, ele os apresentou à vida diurna de Paris: o Louvre, Notre Dame, o Arco do Triunfo. Mas foi a Torre Eiffel, construída para a Exposição Mundial de 1889, em comemoração ao centenário da Revolução Francesa, que despertou a imaginação de George.

— Nem pense nisso — disse o sr. Irving, quando percebeu seu pupilo olhando para o ponto mais alto da estrutura de aço, 313 metros acima deles.

Tendo comprado três bilhetes por 6 francos, o sr. Irving conduziu Guy e George até um elevador que os transportou lentamente até o alto da torre.

— Nesse espaço de tempo nós não teríamos chegado nem aos contrafortes do Mont Blanc — comentou George enquanto contemplava Paris.

O sr. Irving sorriu, perguntando-se se conquistar o Mont Blanc seria o bastante para George Mallory.

Depois de mudarem de roupa para o jantar, o sr. Irving levou os rapazes a um pequeno restaurante na Margem Esquerda, onde se deliciaram com um *foie gras*, acompanhado por pequenas taças de Sauternes gelado. Seguiram-se um *boeuf bourguignon* melhor que qualquer guisado que eles já tivessem comido e um queijo *brie* maduro — ambos regados com um fino Borgonha. Tudo bem diferente da comida da escola. George achou que aquele tinha sido um dos dias mais empolgantes de sua vida. Mas o dia estava longe de acabar. Depois de apresentar os dois pupilos às alegrias do conhaque, o sr. Irving os escoltou de volta ao hotel. Pouco antes da meia-noite, despediu-se deles e se retirou para seu quarto.

George começou a se despir, mas Guy permaneceu sentado à beira da cama.

— Vamos ficar aqui mais uns minutos e depois sairemos de novo.

— Sairemos de novo? — murmurou George.

— Sim — disse Guy, assumindo alegremente a liderança, para variar. — De que adianta vir a Paris e não conhecer o Moulin Rouge?

George continuou a desabotoar a camisa.

— Eu prometi à minha mãe...

— Eu sei que você prometeu — caçoou Guy. — E agora quer que eu acredite que o homem que planeja conquistar as alturas do Mont Blanc não está querendo explorar as profundezas da vida noturna parisiense?

Relutantemente, George tornou a abotoar a camisa, enquanto Guy apagava a luz, abria a porta do quarto e espreitava o corredor. Após se convencer de que o sr. Irving devia estar enfiado na cama com seu exemplar de *Three Men in a Boat* (Três homens em um bote),[4] saiu do quarto. George, que o seguia com certa relutância, fechou a porta sem fazer barulho.

Chegando ao saguão, Guy saiu apressadamente para a rua e fez sinal para uma carruagem, antes que George tivesse tempo de hesitar.

---

[4] Romance humorístico do escritor inglês Jerome K. Jerome, publicado em 1889. (N.T.)

— Moulin Rouge — disse ele, com uma confiança que não demonstrara nas encostas das montanhas. O condutor partiu em marcha acelerada. — Se o sr. Irving pudesse nos ver agora... — acrescentou, abrindo uma cigarreira de prata que George nunca tinha visto.

Eles atravessaram o Sena e se dirigiram a Montmartre, uma elevação que não fizera parte do itinerário do sr. Irving. Pararam defronte ao Moulin Rouge. Quando George viu como os frequentadores estavam bem-vestidos — alguns até de smoking —, perguntou a si mesmo se conseguiriam ser admitidos em uma boate tão glamorosa. Mais uma vez, Guy assumiu a liderança. Depois de pagar ao motorista, tirou uma nota de 10 francos da carteira e a entregou ao porteiro, que lançou aos dois jovens um olhar desconfiado, mas embolsou o dinheiro e permitiu que entrassem.

No interior da boate, o *maître* tratou os rapazes com idêntica falta de entusiasmo, embora Guy tivesse exibido outra nota de 10 francos. Um jovem garçom os conduziu até uma pequena mesa nos fundos da sala e lhes ofereceu um cardápio. Enquanto George olhava fixamente para as pernas da vendedora de cigarros, Guy, preocupado com suas minguantes finanças, selecionou o segundo vinho mais barato da lista. O garçom retornou momentos depois e serviu uma taça de Semillon a cada um justamente no instante em que as luzes se apagavam.

George se aprumou na cadeira quando dezenas de garotas, usando flamejantes vestidos vermelhos sobre camadas de anáguas brancas, começaram a executar uma dança que o programa descrevia como cancã. Quando erguiam bem alto as pernas cobertas por meias pretas, eram ovacionadas e saudadas com gritos de *"Magnifique!"* pela plateia, quase inteiramente masculina. Embora George tivesse sido criado com duas irmãs, jamais vira tanta carne exposta, mesmo quando iam à praia em St. Bees. Guy pediu uma segunda garrafa de vinho. George começou a suspeitar que aquela não era a primeira incursão de seu amigo a uma boate; mas Guy fora criado em Chelsea, não em Cheshire.

No momento em que a cortina desceu e as luzes se acenderam, o garçom reapareceu, apresentando uma conta sem relação alguma com os preços que constavam na carta de vinhos. Guy esvaziou a carteira, mas a quantia não foi suficiente. George foi obrigado a se desfazer de sua nota emergencial de 5 libras. O garçom franziu a testa ao ver dinheiro estrangeiro, mas embolsou a grande nota branca sem nenhuma sugestão de que haveria troco — eis no que resultara a *entente cordiale* do sr. Balfour.

— Ah, meu Deus! — exclamou Guy.

— Concordo — disse George. — Eu não imaginava que duas garrafas de vinho pudessem custar tanto.

— Não, não — replicou Guy, sem olhar para o amigo. — Eu não estava me referindo à conta.

Ele apontou para uma mesa perto do palco.

Com idêntico espanto, George avistou seu inspetor de alojamento abraçado a uma mulher parcamente vestida.

— Acho que chegou a hora de fazermos uma retirada estratégica — sugeriu Guy.

— Concordo — disse George.

Levantando-se de suas cadeiras, ambos se dirigiram à porta, sem olhar para trás.

Quando pisaram na calçada, uma mulher vestida com uma saia ainda mais curta que as usadas pelas vendedoras de cigarro do Moulin Rouge se aproximou deles.

— *Messieurs?* — sussurrou ela. — *Besoin de compagnie?*

— *Non, merci, madame* — disse George.

— *Ah, anglais* — disse ela. — *Juste prix pour tous les deux?*

— Em circunstâncias normais, eu ficaria feliz em aceitar o convite — atalhou Guy —, mas infelizmente seus compatriotas já nos depenaram.

A mulher lhe lançou um olhar atarantado, mas George traduziu as palavras do amigo. Ela deu de ombros e se afastou, para oferecer sua mercadoria aos homens que saíam da boate.

— Espero que você saiba o caminho para o hotel — disse Guy, parecendo um tanto trôpego. — Porque não me sobrou nenhum dinheiro para a carruagem.

— Não faço a menor ideia — disse George. — Mas, na dúvida, identifique um marco que você já conheça, e ele lhe indicará o caminho.

E começou a andar rapidamente.

— Sim, é claro — concordou Guy, apressando-se em segui-lo.

George começou a ficar sóbrio quando estavam atravessando o rio. Seus olhos raramente se desviavam do ponto de referência que escolhera. Guy o acompanhava sem falar nada. Quarenta minutos mais tarde, eles chegaram ao pé de um monumento que muitos parisienses afirmavam detestar e queriam ver demolido — parafuso por parafuso, viga por viga — assim que expirasse sua licença de vinte anos.

— Acho que nosso hotel fica em algum lugar por ali — disse Guy, apontando para uma estreita rua lateral.

Ao se virar, viu George olhando para o alto da Torre Eiffel com um olhar de pura adoração nos olhos.

— Muito mais difícil à noite — disse George, sem desviar o olhar.

— Você não pode estar falando sério — objetou Guy, enquanto seu amigo se encaminhava para uma das quatro bases triangulares na base da torre.

Guy correu atrás dele, protestando. Mas, quando o alcançou, George já segurava a armação e estava começando a subir. Embora Guy continuasse a gritar a plenos pulmões, nada pôde fazer além de observar o amigo se movimentar habilmente de viga para viga. George jamais olhava para baixo. Se o fizesse, veria um pequeno grupo de notívagos que se reunira abaixo e acompanhava com fascinação cada um de seus movimentos.

George estava mais ou menos a meio caminho quando Guy ouviu os apitos. Olhou para trás e viu um veículo da polícia entrar no largo, parando próximo à base da torre. Alguns policiais uniformizados pularam para fora e correram em direção a um oficial que Guy não notara antes, mas que evidentemente esperava por eles. O oficial os conduziu às pressas até a porta do elevador e abriu as portas de ferro. O elevador iniciou sua lenta subida enquanto a multidão observava.

Guy olhou para cima. George estava a uns 60 metros do topo, somente, e parecia totalmente alheio a seus perseguidores. Alguns momentos mais tarde, o elevador parou a seu lado. A porta foi aberta e um dos policiais, de modo hesitante, apoiou um dos pés na viga mais próxima. Depois de apoiar o outro, pensou melhor e pulou de volta para o elevador. O oficial graduado começou a argumentar com o infrator, que fingiu não entender suas palavras.

George estava determinado a alcançar o topo, mas, depois de ignorar algumas palavras sensatas, seguidas por rudes imprecações que poderiam ser entendidas em qualquer língua, entrou relutantemente no elevador. Quando os policiais chegaram ao térreo com sua presa, a multidão formou um corredor até o veículo da polícia, aplaudindo o jovem durante todo o percurso.

— *Chapeau, jeune homme.*
— *Dommage.*
— *Bravo!*
— *Magnifique!*

Era a segunda vez, naquela noite, que George ouvia a multidão gritar *"Magnifique!"*.

Antes que a polícia o enfiasse na caminhonete para levá-lo até sabe Deus onde, ele avistou Guy e gritou:

— Encontre o sr. Irving. Ele vai saber o que fazer.

Guy correu até o hotel, tomou o elevador para o terceiro andar e esmurrou a porta do quarto do sr. Irving. Ninguém respondeu. Relutantemente, ele regressou ao andar térreo e sentou-se nos degraus da escadaria, aguardando a chegada do inspetor. Pensou em voltar ao Moulin Rouge, mas ponderou e concluiu que isso poderia provocar mais confusões.

O relógio do hotel acabara de bater seis horas quando a carruagem conduzindo o sr. Irving parou em frente à porta principal. Não havia sinal da dama parcamente vestida. O inspetor ficou surpreso ao encontrar Guy sentado na escadaria do hotel e mais ainda quando descobriu por quê.

O gerente do hotel só precisou dar alguns telefonemas para localizar o distrito policial no qual George passara a noite. Entretanto, para que o oficial de plantão concordasse em liberar o jovem irresponsável, foram necessárias todas as habilidades diplomáticas do sr. Irving, além do conteúdo de sua carteira. Ainda assim, o sr. Irving teve de lhe assegurar que deixariam o país *immédiatement*.

Na barca de volta a Southampton, o sr. Irving disse aos dois rapazes que ainda não decidira se contaria o incidente aos pais deles.

— E eu ainda não decidi — respondeu Guy — se vou dizer ao meu pai o nome daquele clube aonde o senhor nos levou ontem à noite.

8

Segunda-feira, 9 de outubro de 1905

George ficou aliviado ao constatar que a porta do Magdalene College estava aberta em seu primeiro dia de aula.

Caminhando até o cubículo do porteiro, ele pousou sua mala no chão e disse à figura familiar que estava atrás do balcão:

— Meu nome é...

— Sr. Mallory — disse o porteiro, erguendo seu chapéu-coco.

— Como se eu pudesse esquecer — acrescentou ele com um sorriso caloroso. Depois olhou para sua prancheta. — O senhor foi designado para um quarto na escada sete, o Pepys Building. Normalmente eu acompanho os calouros no primeiro dia de aulas, mas o senhor me parece um cavalheiro capaz de se orientar. — George riu. — No outro lado do Primeiro Pátio, passando pela arcada.

— Muito obrigado — disse George pegando sua mala e se encaminhando para a porta.

— Senhor. — George olhou para trás e viu o porteiro se levantar da cadeira. — Acredito que isto seja seu. — Ele entregou a George outra mala de couro, com as iniciais "GLM" gravadas em um dos lados.

— E tente chegar na hora para o seu compromisso das seis horas, senhor.

— Meu compromisso das seis horas?

— Sim, senhor. O senhor está convidado pelo Mestre para tomar um drinque em seus aposentos. Ele gosta de conhecer os novos alunos no primeiro dia de aulas.

— Obrigado por me lembrar — disse George. — A propósito, meu amigo Guy Bullock já se apresentou?

— Na verdade, sim, senhor. — Uma vez mais, o porteiro olhou para sua lista. — O sr. Bullock chegou há cerca de duas horas. O senhor poderá encontrá-lo um patamar acima do seu.

— Vai ser a primeira vez — disse George, sem mais explicações.

Enquanto andava em direção ao Primeiro Pátio, George teve o cuidado de não pisar na grama, que parecia ter sido aparada com uma tesoura. No caminho, passou por diversos alunos. Alguns vestiam becas longas, para mostrar que eram veteranos; outros usavam becas curtas, para indicar que, como ele próprio, eram bolsistas. Os demais não usavam becas, apenas capelos, que às vezes levantavam uns para os outros.

Ninguém deu atenção a George e, certamente, ninguém ergueu o capelo para ele enquanto ele caminhava, o que lhe trouxe lembranças de seu primeiro dia no Winchester. Ele não pôde evitar um sorriso quando passou pela escadaria do gabinete do sr. A. C. Benson. Após a entrevista com George, o tutor sênior lhe enviara um telegrama oferecendo uma bolsa em história. Mais tarde, em uma carta, informou-lhe que ele mesmo orientaria seus estudos.

George atravessou a arcada e entrou no Segundo Pátio, que abrigava o Pepys Building, deparando com um estreito corredor assinalado por um grande "7". Arrastando suas malas pelos degraus de madeira, chegou ao segundo andar, onde avistou uma porta com o nome "G. L. Mallory" pintado em letras prateadas. Quantos nomes já deveriam ter figurado naquela porta ao longo do último século, pensou ele.

O quarto não era muito maior que seu estúdio no Winchester, mas pelo menos não teria de dividir o pequeno espaço com Guy. Ele ainda estava desfazendo a mala quando ouviu uma batida à porta. Guy entrou no aposento sem esperar convite. Os dois jovens apertaram as mãos como se nunca tivessem se encontrado e riram. Só então se abraçaram.

— Estou no andar acima do seu — disse Guy.

— Já tenho uma ideia formada sobre essa inversão ridícula — respondeu George.

Guy sorriu ao ver o letreiro que George sempre pregava na parede, acima de sua escrivaninha.

Ben Nevis	1.344 m ✓
Grande São Bernardo	2.469 m ✓
Mont Vélan	3.731 m ✓
Grand Combin	4.314 m ✓
Monte Rosa	4.634 m ✓
Mont Blanc	4.811 m ?

— Parece que você se esqueceu de Montmartre — disse ele. — Para não falar da Torre Eiffel.

— A Torre Eiffel só tem 313 metros — replicou George. — E você se esqueceu de que eu não cheguei ao topo.

Guy olhou para seu relógio.

— É melhor nós irmos andando, para não nos atrasarmos ao encontro com o Mestre.

— Concordo — disse George, vestindo rapidamente a beca.

Enquanto os dois jovens calouros atravessavam o Segundo Pátio em direção aos aposentos do Mestre, George perguntou a Guy se ele sabia quem seria o inspetor de seus alojamentos.

— Só sei o que o sr. Irving me disse. Parece que ele era o nosso homem em Berlim antes de se aposentar do serviço diplomático. Tinha a reputação de ser bem ríspido com os alemães. Segundo Irving, até o Kaiser tomava cuidado com ele.

Juntamente com uma multidão de rapazes, eles atravessavam o jardim do Mestre em direção a uma casa em estilo gótico vitoriano, que dominava um dos lados do pátio. Foram recebidos à porta por um criado de paletó branco e calças pretas, que segurava uma prancheta.

— Eu sou Bullock, e este é Mallory — disse Guy.

O homem ticou seus nomes, não sem antes olhar mais atentamente para George.

— Vocês vão encontrar o Mestre na sala de recepções — informou ele.

George subiu correndo as escadas — ele sempre subia correndo as escadas — e entrou em uma sala grande, elegantemente mobiliada, repleta de alunos e professores. Pinturas a óleo retratavam antigos professores. Outro criado lhes ofereceu cálices de xerez. George avistou alguém que reconheceu e atravessou a sala para falar com ele.

— Boa-noite, senhor.

— Mallory. Estou encantado por você ter conseguido vir — disse o tutor sênior, sem nenhum traço de ironia. — Eu estava acabando de lembrar a dois de seus companheiros que minha primeira palestra para os calouros será amanhã de manhã, às nove horas. Como você agora está residindo no colégio, não precisará escalar o muro para chegar na hora, não é Mallory?

— Não, senhor — respondeu George, bebericando seu xerez.

— Mas eu não contaria com isso — disse Guy.

— Esse é o meu amigo, Guy Bullock — explicou George. — O senhor não vai ter que se preocupar com ele. Ele sempre chega na hora.

A única pessoa na sala que não estava usando beca, além dos criados do colégio, aproximou-se deles.

— Ah, Sir David — disse o tutor sênior. — Acho que o senhor ainda não conhece o sr. Bullock, mas certamente conhece bem o sr. Mallory, que caiu no seu jardim no início do ano.

George se virou para olhar o reitor do colégio.

— Meu Deus — disse ele.

Sir David sorriu para o novo aluno.

— Não, não, sr. Mallory. Basta me chamar de "Mestre".

Guy fez de tudo para George não se atrasar para a aula com o sr. Benson na manhã seguinte. Mesmo assim, George só chegou momentos antes da hora marcada. O tutor sênior começou a aula deixando claro que seus alunos deveriam redigir um ensaio por semana, a ser entregue todas as quintas-feiras, às cinco horas; e que, se alguém se atrasasse para alguma aula, não deveria ficar surpreso se encontrasse a porta fechada. George sentiu-se agradecido por seu quarto estar a poucas centenas de metros da sala do sr. Benson, e por sua mãe lhe ter dado um relógio-despertador.

Depois que os regulamentos foram explicados, a aula transcorreu muito melhor do que George ousara esperar. Ele se sentiu ainda mais animado quando descobriu naquela noite, enquanto tomava um cálice de xerez, que o tutor sênior partilhava de seu amor por Boswell, assim como por Byron e Wordsworth, além de ter sido amigo particular de Browning.

No entanto, o sr. Benson não deixou dúvidas sobre o que era esperado dos alunos do primeiro ano, lembrando a George que, embora o período letivo da universidade fosse de apenas oito semanas, ele seria obrigado a trabalhar com igual afinco durante as férias. Quando George já estava de saída, Benson acrescentou:

— E, Mallory, não deixe de comparecer à Feira dos Calouros no domingo, ou você nunca descobrirá quantas atividades esta universidade tem para oferecer. Por exemplo — disse ele sorrindo —, você poderá se sentir tentado a ingressar no clube de artes dramáticas.

9

Guy bateu à porta do quarto de George, mas não houve resposta. Ele consultou seu relógio: dez e cinco. O amigo não poderia estar no refeitório tomando o café da manhã, que só era servido até as nove, aos domingos. E, com certeza, não iria à Feira dos Calouros sem George. Ele devia estar profundamente adormecido ou tomando banho. Guy bateu de novo e mais uma vez não obteve resposta. Abrindo a porta, espiou o interior do quarto. A cama estava desarrumada — até aí, nada de novo —, havia um livro aberto sobre o travesseiro e alguns papéis espalhados sobre a escrivaninha, mas nenhum sinal de George. Ele devia estar no banho.

Guy sentou-se na beira da cama e aguardou. Há muito deixara de reclamar da incapacidade do amigo para entender a finalidade de um relógio. Esse hábito, no entanto, ainda aborrecia muitos dos conhecidos de George, que regularmente o lembravam do lema do Winchester: *As boas maneiras fazem o homem*. Guy conhecia bem as fraquezas do amigo, mas também reconhecia suas excepcionais qualidades. O acaso que os colocara no mesmo vagão a caminho da escola preparatória mudara toda a sua vida. Alguns indivíduos consideravam George descortês e até arrogante. Quando o conheciam melhor, porém, descobriam sua bondade, generosidade e humor em iguais proporções.

Guy pegou o livro que estava sobre o travesseiro de George. Era um romance de E. M. Forster, escritor que não conhecia. Lera apenas algumas páginas quando George entrou no quarto, com uma toalha na cintura e os cabelos pingando.

— Já são dez horas? — perguntou ele, tirando a toalha da cintura e utilizando-a para esfregar os cabelos.

— Dez e dez — respondeu Guy.

— Benson sugeriu que eu me inscrevesse no clube de artes dramáticas. Podemos ter a chance de conhecer algumas garotas.

— Não creio que Benson esteja interessado em garotas.

George olhou para ele.

— Você não está querendo dizer...

— Caso você não tenha notado — disse Guy ao amigo, que estava nu em frente a ele —, não são só as garotas que se viram para olhar você.

— E o que você prefere? — perguntou George, dando-lhe uma leve vergastada com a toalha.

— Você está seguro comigo — tranquilizou-o Guy. — Agora, vamos indo? Senão todo mundo já vai ter ido embora antes mesmo de a gente chegar lá.

Quando chegaram ao pátio, George começou a andar com as passadas rápidas que lhe eram habituais e que Guy sempre achava difícil acompanhar.

— Você vai se associar a quais clubes? — perguntou Guy, quase correndo ao lado de George.

— Os que não aceitarem você — disse George com um sorriso.

— Isso vai me deixar com muitas opções.

Eles diminuíram o passo ao se juntarem a uma horda de alunos que também se dirigia à Feira dos Calouros. Muito antes de chegarem à Parker's Piece,[5] já podiam ouvir bandas tocando, coros cantando e mil vozes exuberantes tentando sobrepujar umas as outras.

Uma grande área do gramado estava ocupada com quiosques controlados por estudantes barulhentos que berravam como camelôs.

---

[5] Grande praça no centro de Cambridge. (N.T.)

George e Guy caminharam por uma das alamedas, deixando-se envolver pela atmosfera. Guy começou a demonstrar interesse quando um homem com uniforme de críquete, segurando um taco e uma bola, algo um tanto incongruente no outono, perguntou:

— Algum de vocês por acaso joga críquete?

— Eu costumava jogar no Winchester — respondeu Guy.

— Então você veio ao lugar certo — disse o homem com o taco. — Meu nome é Dick Young.

Reconhecendo o nome de um homem que jogara tanto críquete quanto futebol pela Inglaterra, Guy inclinou ligeiramente a cabeça.

— E o seu amigo? — perguntou Dick.

— Não precisa perder tempo com ele — disse Guy. — Suas metas são mais elevadas, embora, por acaso, ele esteja procurando um homem que também se chama Young. Eu me encontro com você mais tarde, George — disse Guy.

George assentiu e se afastou em meio à multidão, ignorando alguns gritos:

— Você canta? Estamos procurando um tenor.

— Mas uma nota de 5 libras serve — caçoou outra voz.

— Você joga xadrez? Vamos vencer Oxford este ano.

— Você toca algum instrumento musical? — perguntou uma voz desesperada. — Mesmo que sejam pratos?

George parou ao ver um quiosque no final da alameda, em cujo toldo estava escrito: *Sociedade Fabiana, fundada em 1884*. Rapidamente, ele andou ao encontro de um homem que agitava um panfleto e gritava:

— Igualdade para todos!

Quando George se aproximou, o homem perguntou:

— Você gostaria de se juntar ao nosso pequeno grupo? Ou você é um desses conservadores reacionários?

— Com certeza, não — respondeu George. — Sempre acreditei nas doutrinas de Quintus Fabius Maximus: "Se puder vencer uma batalha sem ter de dar uma flechada furiosa, você é o verdadeiro vencedor."

— Bom rapaz — disse o jovem empurrando em sua direção um formulário que estava sobre a mesa. — Assine aqui e você poderá comparecer ao nosso encontro na próxima semana para assistir à palestra do sr. George Bernard Shaw. A propósito, meu nome é Rupert Brooke — acrescentou ele, estendendo a mão. — Sou o secretário do clube.

George apertou a mão de Brooke calorosamente, antes de preencher o formulário e devolvê-lo. Brooke olhou para a assinatura.

— Interessante, meu amigo — comentou ele —, os boatos são verdadeiros?

— Que boatos? — disse George.

— Que você entrou nesta universidade escalando a parede.

George estava prestes a responder quando uma voz atrás dele disse:

— E depois foi obrigado a escalar de volta. Essa é sempre a parte mais difícil.

— Por que isso? — perguntou Brooke inocentemente.

— Simples, realmente — respondeu Guy, antes que George tivesse a chance de falar. — Quando você está escalando uma vertente rochosa, suas mãos nunca estão a mais de alguns centímetros de seus olhos. Mas, quando você está descendo, seus pés nunca estão a menos de 1,5 metro abaixo. Isso significa que, se você olhar para baixo, suas chances de perder o equilíbrio são muito maiores. Entendeu?

George riu.

— Ignore o meu amigo — disse ele. — E não só porque ele é um conservador reacionário, mas também porque é um lacaio do sistema capitalista.

— É a pura verdade — concordou Guy, sem se envergonhar.

— E para quais agremiações você já entrou? — perguntou Brooke, voltando a atenção para Guy.

— Além do críquete, a União dos Estudantes, a Sociedade Disraeli e o Corpo de Treinamento de Oficiais[6] — respondeu Guy.

---

[6] Officers' Training Corps: setor do Exército britânico que oferece treinamento de liderança militar a alunos de universidades do Reino Unido. (N.T.)

— Meu Deus! — exclamou Brooke. — Ainda há esperanças para esse cara?

— Nenhuma — admitiu Guy. Virando-se para George, ele acrescentou: — Mas pelo menos encontrei o que você estava procurando, portanto agora é você quem vai me seguir.

George ergueu o capelo para Brooke, que devolveu o cumprimento. Guy o conduziu pela fileira de quiosques seguintes, até que apontou triunfantemente para um toldo branco com a seguinte inscrição: *CUMC,[7] fundado em 1904.*

George deu um tapinha nas costas do amigo e começou a observar um mostruário com fotos de alunos do passado e do presente no Desfiladeiro do Grande São Bernardo, nos picos do Mont Vélan e no Monte Rosa. Um letreiro na outra extremidade do quiosque exibia uma grande fotografia do Mont Blanc, onde estava escrito: *Venha conosco à Itália no próximo ano se quiser fazer a coisa do modo difícil.*

— Como eu me filio? — perguntou George a um sujeito baixo e robusto ao lado de um homem mais alto, que segurava uma picareta de gelo.

— Você não pode se filiar ao clube de montanhismo, meu amigo — respondeu ele. — Você tem que ser eleito.

— Então, o que eu faço para ser eleito?

— É muito simples. Você se inscreve para um de nossos encontros no Pen-y-Pass, e nós decidiremos se você é um montanhista ou apenas um turista de fim de semana.

— Eu gostaria que vocês soubessem — interrompeu Guy — que o meu amigo...

— ... ficaria feliz em me inscrever — disse George, antes que Guy pudesse terminar a frase.

---

[7] CUMC: sigla em inglês para Cambridge University Mountaineering Club (Clube de Montanhismo da Universidade de Cambridge). (N.T.)

Tanto George quanto Guy se inscreveram para uma excursão de fim de semana ao País de Gales e entregaram seus formulários ao homem mais alto.

— Eu me chamo Somervell — disse ele. — E este é Odell. Ele é geólogo, por isso está mais interessado em estudar as rochas do que em escalá-las. Aquele camarada lá atrás — acrescentou Somervell, apontando para um homem mais velho — é Geoffrey Winthrop Young, do Clube Alpino. Ele é nosso presidente honorário.

— O montanhista mais qualificado do país — disse George.

Young sorriu ao ler o formulário.

— Graham Irving tem tendência a exagerar — disse ele. — Entretanto, ele já me falou sobre sua recente viagem aos Alpes. Quando nós estivermos no Pen-y-Pass, você terá a chance de mostrar se é tão bom quanto ele diz.

— Ele é melhor — disse Guy. — Irving não deve ter mencionado nossa visita a Paris, quando... aaai! — berrou ele quando o calcanhar de George colidiu com sua canela.

— Eu vou ter a chance de ir com vocês ao Mont Blanc no próximo verão? — perguntou George.

— Talvez não seja possível — respondeu Young. — Já existem alguns caras querendo ser selecionados para essa excursão.

Somervell e Odell se mostravam agora muito mais interessados no aluno do Magdalene. Aqueles dois homens não poderiam ser mais diferentes. Odell, com pouco menos de 1,70 metro, tinha cabelos em tom castanho-claro, compleição robusta e olhos azuis aquosos. Parecia jovem demais para um colegial, mas, quando falava, soava mais velho. Somervell, por sua vez, passava de 1,80 metro. Seus cabelos escuros eram desgrenhados, como se jamais tivessem visto um pente. Ele tinha os olhos negros de um pirata, mas, quando lhe faziam alguma pergunta, inclinava a cabeça e falava com voz suave, não porque fosse arredio, mas porque era tímido. George soube instintivamente que aqueles dois homens tão díspares seriam seus amigos pelo resto de sua vida.

Sábado, 23 de junho de 1906

Se alguém perguntasse a George o que ele conseguira no primeiro ano em Cambridge — e seu pai perguntou —, ele diria que fora muito mais que a terceira classe,[8] obtida após os exames finais.

— É possível que você tenha se envolvido em muitas atividades externas — reclamou o reverendo —, e nenhuma delas lhe será útil quando chegar a hora de escolher uma profissão. — Era um assunto no qual George não pensara muito. — Pois eu não preciso lembrar, meu filho — mas seu pai pensara —, que eu não disponho de recursos suficientes para permitir que você passe o resto da vida como um cavalheiro desocupado.

Era uma preocupação que o reverendo Mallory deixara bem clara desde o primeiro dia de George na escola preparatória.

George estava certo de que Guy jamais teria uma conversa desse tipo com o pai *dele*, embora também só tivesse obtido a terceira classe. Concluiu então que não era o momento propício para comunicar ao pai que, como tivera a sorte de estar entre os montanhistas selecionados para participar da excursão de Geoffrey Young aos Alpes, ele faria uma viagem à Itália naquele verão.

Ao contrário de Guy, George se sentira envergonhado por só ter obtido a terceira classe. O sr. Benson, no entanto, assegurara-lhe que ele, por pouco, não obtivera a segunda, acrescentando que, se ele se esforçasse um pouco mais nos próximos dois anos, obteria a segunda

---

[8] O sistema educacional britânico confere aos alunos cinco classificações: First-Class Honours (primeira classe com distinção); Second-Class Honours, upper division (segunda classe com distinção, divisão um); Second-Class Honours (segunda classe com distinção, divisão dois); Third-Class Honours (terceira classe, ou terceira classe com distinção); e Ordinary Degree (classificação mínima para a aprovação). A terceira classe indica que a nota média obtida por George em suas provas foi algo entre 4,5 e 4,9 no sistema decimal. (N.T.)

classe após os exames finais. E, se estivesse disposto a fazer sacrifícios, poderia até conquistar a primeira.

George começou a imaginar que tipo de sacrifícios o sr. Benson teria em mente. Afinal, ele fora eleito para o comitê da Sociedade Fabiana, onde jantara com George Bernard Shaw e Ramsay MacDonald. Costumava passar algumas noites em companhia de Rupert Brooke, Lytton Strachey, Geoffrey e John Maynard Keynes e Ka Cox, indivíduos que o sr. Benson aprovava totalmente. George tinha até representado o papa na encenação da peça *Doutor Fausto*, de Marlowe, encenada por Brooke — embora fosse o primeiro a admitir que as críticas não haviam sido lá muito lisonjeiras. Ele também começara a escrever uma tese sobre Boswell, que esperava um dia ver publicada. Mas tudo isso fora secundário em comparação com seus esforços para fazer parte do Clube Alpino. Será que o sr. Benson esperava que ele sacrificasse *tudo* para obter a cobiçada primeira classe?

10

George Mallory jamais escalara em companhia de alguém que considerasse do mesmo nível. Isso até conhecer George Finch.

Durante o feriado de São Miguel, George visitara o País de Gales para se juntar a Geoffrey Young em um dos encontros no Pen-y-Pass promovidos pelo Clube de Montanhismo de Cambridge. George logo passou a respeitar Odell e Somervell, que, além de constituírem excelente companhia, eram capazes de acompanhá-lo nas mais difíceis escaladas.

Todos os dias, Young selecionava equipes para a escalada matinal. Na manhã de quinta-feira, George foi emparelhado com Finch para as escaladas no Crib Goch, Crib-y-Ddysgl, Snowdon e Lliwedd. Foi quando ambos estavam subindo o Snowdon, muitas vezes tendo de se arrastar sobre mãos e joelhos, que George percebeu, com certa angústia, que o jovem australiano não descansaria até superar todos os outros montanhistas.

— Isto não é uma competição — disse George, após terem deixado os demais montanhistas para trás.

— Ah, é sim — replicou Finch, sem afrouxar o ritmo. — Você não reparou que Young só convidou dois montanhistas que não são de Oxford nem de Cambridge para este encontro? — Ele fez uma pausa para tomar fôlego e depois vociferou: — E um deles é mulher.

— Eu não tinha reparado — admitiu George.

— Se eu quiser ter alguma esperança de ser convidado por Young para ir com ele aos Alpes neste verão — disse Finch bruscamente —, não posso deixar que ele tenha dúvidas a respeito de quem é o melhor montanhista entre os candidatos.

— É mesmo? — indagou George, acelerando o ritmo e ultrapassando o rival.

Ao contornarem a Ferradura do Snowdon, Finch já estava de novo a seu lado. Ofegantes, ambos praticamente correram morro abaixo. Assim que o Pen-y-Pass surgiu em seu campo de visão, George diminuiu o ritmo e permitiu que Finch o ultrapassasse.

— Você é bom, Mallory, mas será que é bom o bastante? — perguntou Finch, depois que George pediu duas canecas de cerveja. Já estavam na segunda rodada quando Odell e Somervell se juntaram a eles.

Poucos meses depois, na Cornualha, os rivais puderam aprimorar seus talentos. E, quando perguntavam a Young qual dos dois era o melhor montanhista, este se recusava a responder. No entanto, George sabia que, tão logo pisassem nos Alpes italianos, Young teria um deles para acompanhá-lo ao Vale Courmayeur, de onde fariam a investida final ao Mont Blanc.

Entre os montanhistas que regularmente participavam das viagens ao País de Gales e à Cornualha, estava alguém com quem George gostava de passar mais tempo. O nome dela era Cottie Sanders. Como filha de um rico industrial, ela teria, certamente, obtido uma vaga em Cambridge caso sua mãe considerasse os estudos universitários uma atividade adequada a uma jovem dama. George, Guy e Cottie costumavam fazer juntos a escalada matinal; mas, depois de almoçarem nas vertentes mais baixas, Young insistia para que George os deixasse e se reunisse a Finch, Somervell e Odell para as escaladas mais difíceis da tarde.

Cottie não poderia ser descrita como uma beldade no sentido convencional, mas George raramente apreciara tanto a companhia de uma mulher. Tinha pouco mais de 1,5 metro de altura e, se porventura fosse dona de um corpo bonito, ela o disfarçava sob diversas camadas de agasalhos e calças. Seu rosto sardento e crespos cabelos castanhos lhe davam um aspecto masculinizado. Mas não foi sua aparência que atraiu George.

O pai de George se referia com frequência à "beleza interior" em seus sermões matinais. Sentado na primeira fila, George ridicularizava a ideia com a mesma frequência, ainda que em silêncio. Isso, porém, foi antes de encontrar Cottie. E ele não notou que os olhos dela sempre se iluminavam ao vê-lo. Quando Guy lhe perguntou se estava apaixonada por George, ela respondeu simplesmente:

— Todo mundo está, não?

Todas as vezes que Guy levantava o assunto com George, este sempre respondia que não pensava em Cottie como mais que uma amiga.

◄o►

— Qual é a sua opinião sobre George Finch? — perguntou Cottie certo dia, quando estavam almoçando no topo de um rochedo.

— Por que você está perguntando? — respondeu George, retirando um sanduíche de um embrulho de papel-manteiga.

— Meu pai me disse uma vez que somente os políticos respondem a uma pergunta com outra pergunta.

George sorriu.

— Eu reconheço que Finch é um alpinista danado de bom, mas ele pode ficar insuportável se você tiver de passar o dia com ele.

— Dez minutos foram o suficiente para mim — disse Cottie.

— Do que você está falando? — perguntou George, acendendo seu cachimbo.

— Uma vez ficamos fora das vistas de todo mundo e ele tentou me beijar.

— Talvez ele tenha se apaixonado por você — disse George, tentando minimizar o fato.

— Não acho isso, George — replicou ela. — Eu não sou exatamente o tipo dele.

— Mas ele deve achar você atraente, se tentou beijá-la.

— Foi só porque eu era a única garota num raio de 80 quilômetros.

— Cinquenta, querida — disse George, rindo, enquanto batia o cachimbo na pedra. — Estou vendo que nosso estimado líder já se pôs a caminho — acrescentou, ajudando Cottie a se levantar.

Pouco depois, George ficou desapontado quando Young não quis tomar parte em uma interessante descida do Lliwedd por um contraforte íngreme. E se irritou ao chegar às encostas mais baixas, quando percebeu que esquecera o cachimbo. Para recuperá-lo, teria de retornar ao cume. Cottie concordou em acompanhá-lo, mas, quando chegaram à base do rochedo, George pediu que ela aguardasse, pois ele não queria se dar ao trabalho de percorrer o longo caminho que contornava o gigantesco obstáculo.

Assombrada, Cottie o observou subir diretamente pelo paredão escarpado, sem demonstrar nenhum sinal de medo. Quando chegou ao topo, ele pegou o cachimbo, colocou-o no bolso e desceu pelo mesmo caminho.

Durante o jantar daquela noite, Cottie contou aos outros membros do grupo o que havia testemunhado naquela tarde. Pelos olhares incrédulos, estava claro que ninguém acreditava nela. George Finch chegou a dar uma gargalhada e cochichou a Geoffrey Young:

— Ela acha que ele é Sir Galahad.

Young não riu. Estava começando a conjeturar se George Mallory não seria a pessoa ideal para acompanhá-lo em uma escalada que até a Real Sociedade Geográfica considerava impossível.

Um mês mais tarde, Young escreveu a diversos montanhistas, convidando-os para participar de sua excursão aos Alpes italianos durante as férias de verão. Deixou claro que não iria selecionar seu parceiro para a investida ao Mont Blanc, partindo do Vale Courmayeur, até ver quem se aclimatava melhor às difíceis condições locais.

Guy Bullock e Cottie Sanders não receberam convites, pois Young acreditava que a presença deles seria uma distração.

— Distrações — proclamou ele quando a equipe se reuniu em Southampton — são muito boas quando estamos passando um fim de semana em Gales, mas não quando estivermos em Courmayeur tentando escalar uma das encostas mais traiçoeiras da Europa.

11

Sábado, 14 de julho de 1906

Como ladrões à noite, ambos deixaram o hotel sem serem notados, carregando o que era precioso. Silenciosamente, atravessaram uma estrada às escuras e desapareceram na floresta, cientes de que levaria algum tempo para que os colegas, que deviam estar se preparando para o jantar, dessem por falta deles.

Os primeiros dias haviam transcorrido bem. Quando chegaram a Courmayeur na sexta-feira, o tempo estava perfeito para escaladas. Uma semana depois, com a Aiguille du Chardonnet, o Grepon e o Mont Maudit "no bolso", para usar uma das expressões favoritas de Geoffrey Young, estavam todos preparados para o desafio final — desde que o tempo se mantivesse firme.

◄o►

Quando soaram sete horas no relógio de pêndulo do hotel, o presidente honorário do CUMC bateu no lado de seu copo com uma colher. O restante do comitê fez silêncio.

— Item número um — disse Geoffrey Young, consultando sua agenda. — Eleição de um novo membro. O sr. George Leigh Mallory foi indicado pelo sr. Somervell e secundado pelo sr. Odell. — Ele levantou os olhos. — Quem está a favor? — Cinco mãos se levantaram. — Eleito por unanimidade — declarou Young, e uma onda de aplausos se seguiu, algo que ele nunca presenciara. — Portanto, declaro que George Leigh Mallory foi eleito membro do CUMC.

— Talvez alguém deva ir procurar por ele — disse Odell —, para lhe dar as boas notícias.

— Se você está esperando encontrar Mallory, é melhor calçar suas botas de alpinismo — disse Young sem dar explicações.

— Eu sei que ele não é de Cambridge — disse Somervell —, mas proponho convidarmos George Finch para ser membro honorário do clube. Afinal de contas, ele é um ótimo montanhista.

Ninguém se mostrou disposto a apoiar a proposta.

◆◉▶

George riscou um fósforo e acendeu o pequeno fogareiro Primus. Os dois homens na tenda estavam sentados frente a frente, de pernas cruzadas. Enquanto esperavam que a água fervesse, aqueciam as mãos, um processo lento quando se está na metade da encosta de uma montanha. George pousou duas canecas no chão. Finch rasgou a embalagem de um bolo de hortelã da Kendal, dividiu-o em dois pedaços e passou um deles para seu parceiro de escalada.

No dia anterior, ambos haviam estado no topo do Mont Maudit, olhando para o Mont Blanc, apenas 600 metros acima deles, conjeturando se no dia seguinte estariam em seu cume, olhando para baixo.

George consultou seu relógio: 7h35 da noite. Geoffrey Young devia estar repassando o programa do dia seguinte com o restante do grupo, informando a todos quem iria acompanhá-lo na subida final. A água ferveu.

◆◉▶

— Esta semana está sendo inesquecível para o montanhismo — prosseguiu Young. — Eu diria na verdade que tem sido uma das mais memoráveis de minha carreira, o que apenas me dificulta a tarefa de selecionar quem irá me acompanhar na investida ao cume amanhã. Estou dolorosamente consciente de que alguns de vocês esperaram durante anos por esta oportunidade, mas muitos ficarão desapontados. Como vocês sabem muito bem, chegar ao pico do Mont Blanc não é tecnicamente difícil para um alpinista experiente — a menos, é claro, que ele tente fazer isso pelo lado do Courmayeur.

Ele fez uma pausa.

— A equipe para a subida será composta de cinco homens: eu, Somervell, Odell, Mallory e Finch. Partiremos amanhã de manhã, às quatro horas, e subiremos sem parar até 4.700 metros, quando descansaremos por duas horas. Se esta amante caprichosa que é o clima nos permitir, a equipe final, composta de três homens, tentará chegar ao topo.

— Odell e Somervell descerão para o refúgio da Grand Mulets,[9] a cerca de 4 mil metros, onde Somervell aguardará o retorno da equipe final.

— Retorno triunfante — comentou Somervell generosamente, embora ele e Odell mal conseguissem disfarçar a frustração por não terem sido escolhidos para a investida final ao pico.

— Esperemos que sim — disse Young. — Sei que muitos de vocês devem estar desapontados por não terem sido selecionados para a equipe final, mas nunca se esqueçam de que, sem uma equipe de apoio, seria impossível conquistar qualquer montanha, e todos os membros do grupo terão desempenhado seu papel. Se a tentativa de amanhã falhar, por qualquer motivo, eu convidarei Odell e Somervell para me acompanhar no final da semana, quando faremos uma nova tentativa

---

[9] A Grand Mulets é uma das rotas de escalada do Mont Blanc. Nela, há uma cabana que serve de abrigo para os alpinistas. (N.T.)

de chegar ao pico. — Os dois homens sorriram tristemente, como se tivessem obtido uma medalha de prata nos Jogos Olímpicos. — Agora só me resta lhes dizer quem escolhi para a subida final.

―◁○▷―

George retirou uma das luvas, destampou a jarra de Bovril[10] e despejou em cada caneca uma colherada da substância grossa e marrom. Finch acrescentou a água quente e mexeu o líquido nas canecas, até ter certeza de não haver restos no fundo, antes de entregar uma delas a George. George partiu um segundo bolo de hortelã da Kendal e entregou o pedaço maior a Finch. Nenhum deles disse nada enquanto saboreavam a requintada refeição. Foi George quem acabou quebrando o silêncio:

— Eu gostaria de saber quem Young vai escolher.

— Você, com certeza, será selecionado — disse Finch, aquecendo as mãos em torno da caneca. — Mas não sei quem ele vai escolher entre mim, Odell e Somervell. Se ele optar pelo melhor montanhista, a última vaga é minha.

— Por que ele não escolheria o melhor montanhista?

— Eu não estou em Oxford nem em Cambridge, meu caro — disse Finch, imitando o sotaque de seu companheiro.

— Young não é esnobe — disse George. — Ele não vai deixar que isso influencie sua decisão.

— Nós podemos nos antecipar à decisão dele — sugeriu Finch com um sorriso.

George pareceu perplexo.

— O que você está pretendendo?

— Podemos partir para o topo pela manhã, bem cedo. Depois nos sentamos e esperamos para ver qual deles vai se juntar a nós.

---

[10] Concentrado de carne, em pó, que se consome dissolvido em água quente. (N.T.)

— Seria uma vitória de Pirro — aventou George enquanto bebia a mistura.

— Uma vitória é uma vitória — disse Finch. — Pergunte a qualquer epirense o que acha da expressão "vitória de Pirro".

George se enfiou em seu saco de dormir sem fazer nenhum comentário. Desabotoando os botões da braguilha, Finch saiu da tenda. Ele olhou para o pico do Mont Blanc, que resplandecia ao luar, e pensou se conseguiria subir até lá sozinho. Quando entrou de novo na barraca, George já dormia profundamente.

◄o►

— Não consegui encontrar nenhum deles — disse Odell, reunindo-se aos colegas para jantar. — Procurei em toda parte.

— Eles têm um dia importante amanhã, por isso devem estar tentando descansar — disse Young, enquanto uma tigela de consomê quente era pousada à sua frente. — Mas nunca é fácil dormir quando a temperatura é de 30 graus negativos. Vou ter que fazer um pequeno ajuste nos planos para amanhã. — Todos à mesa pararam de comer e olharam para ele. Herford irá também, junto comigo, Odell e Somervell.

— Mas e Mallory e Finch? — perguntou Odell.

— Tenho o pressentimento de que os dois já estão sentados na cabana da Grand Mulets, esperando por nós.

12

Mallory e Finch já haviam terminado de almoçar quando Young e seu grupo se juntaram a eles no refúgio da Grand Mulets. Não falaram nada, pois queriam ver como o líder da expedição reagiria à imprudência deles.

— Vocês tentaram chegar ao topo? — perguntou Young.

— Eu queria — disse Finch, enquanto seguia Young até a cabana —, mas Mallory me aconselhou a não fazer isso.

— Sujeito esperto o Mallory — disse Young, desdobrando um velho mapa sobre a mesa. George e Finch o ouviram com atenção, enquanto ele lhes explicava a rota que propunha para os últimos 700 metros.

"Vai ser minha sétima tentativa de escalar pelo lado de Courmayeur — informou ele. — Se conseguirmos, vai ser apenas a terceira vez que alguém consegue, portanto as chances são inferiores a 50 por cento. — Ele dobrou o mapa, guardou-o na mochila e apertou as mãos de Somervell, Herford e Odell. — Obrigado, senhores. Vamos fazer de tudo para estar com vocês por volta das cinco horas. Cinco e meia o mais tardar. Tratem de preparar uma xícara de Earl Grey[11] — acrescentou com um sorriso. — Não podemos nos arriscar a chegar mais tarde. — Ele olhou para o intimidante pico e depois para os parceiros

---

[11] Marca de chá aromatizado com bergamota. (N.T.)

que escolhera. — Hora de subir. Posso garantir que os senhores não gostariam de passar a noite com essa dama."

Durante a hora seguinte, os três homens avançaram continuamente por um estreito espinhaço, que os levaria a cerca de 300 metros do cume. George começou a se perguntar por que aquela rota era tão temida. Mas isso foi antes que atingissem a Porta do Celeiro, uma enorme agulha de gelo, ladeada por dois rochedos íngremes que lembravam suportes de livros. Havia uma rota mais simples e longa para o topo, mas Young lhes disse que era para mulheres e crianças.

Parando ao pé da Porta do Celeiro, ele estudou novamente seu mapa.

— Agora vocês vão começar a entender por que passamos todos aqueles fins de semana aperfeiçoando nossas técnicas.

George não conseguia tirar os olhos da Porta do Celeiro, procurando rachaduras ou entalhes deixados pelos alpinistas que os haviam precedido. Hesitante, enfiou o pé numa pequena fissura.

— Não — disse Young com firmeza, assumindo a liderança. — Talvez no próximo ano.

Lentamente, começou a galgar a gigantesca agulha, por vezes desaparecendo, para reaparecer momentos depois. Amarrados como que por um cordão umbilical, eles estavam conscientes de que, se alguém cometesse um só erro, todos despencariam.

Finch olhou para cima. Young estava fora do campo de visão e tudo o que ele viu de George foram os saltos das botas, desaparecendo em uma saliência. Centímetro a centímetro, passo a passo, Mallory e Finch seguiam Young, certos de que ao menor erro de julgamento a Porta do Celeiro se fecharia para eles, que segundos depois seriam sepultados em um túmulo não identificado.

Centímetro a centímetro...

Na Grand Mulets, ao pé de uma fogueira, Odell tostava um pedaço de pão. Herford fervia água para fazer chá.

— Eu gostaria de saber quanto eles já subiram — disse Odell.

— Aposto que estão tentando encontrar a chave para a Porta do Celeiro — aventou Somervell.

— Vou ter que retornar — disse Odell —, para seguir os progressos deles através do telescópio do hotel. Assim que eles se encontrarem com você, vou pedir nosso jantar.

— Junto com uma garrafa de champanhe — sugeriu Somervell.

―◄o►―

Young alcançou a saliência acima da Porta do Celeiro. Não precisou esperar muito para que os dois Georges se juntassem a ele. Ninguém falou nada por algum tempo. Nem mesmo Finch fingiu que não estava exausto. A não mais que 240 metros acima deles avultava o cume do Mont Blanc.

— Não pensem que são só 240 metros — disse Young. É mais como se fossem 3 quilômetros, e o ar vai ficar cada vez mais rarefeito a cada palmo que vocês subirem. — Ele consultou o relógio. — Não vamos deixar a dama esperando.

Embora o terreno pedregoso parecesse menos difícil que a Porta do Celeiro, a escalada era mais traiçoeira; fendas, pedras de gelo e rochas irregulares, cobertas por uma fina camada de neve, apenas aguardavam que eles cometessem um erro, por menor que fosse. O pico parecia sedutoramente próximo, mas a dama se revelou provocadora. Foram necessárias mais duas horas para que Young, finalmente, pisasse no topo do Mont Blanc.

Quando Mallory contemplou pela primeira vez o panorama que se descortinava do pico mais alto dos Alpes, ficou sem fala.

— *Magnifique* — disse por fim, encantado com o cenário montanhoso que se estendia tão longe quanto a vista podia alcançar.

— Uma das ironias do alpinismo — disse Young — é que homens adultos ficam felizes em passar meses se preparando para uma escalada, semanas ensaiando e aprimorando suas técnicas, e pelo menos um dia para alcançar um pico. Então, depois de terem alcançado o objetivo, passam apenas alguns momentos se deleitando com a experiência, juntamente com um ou dois companheiros igualmente lunáticos e com pouca coisa em comum, além do desejo de repetir tudo, só que subindo um pouco mais alto.

George assentiu com a cabeça. Finch não disse nada.

— Há uma coisa que eu preciso fazer, cavalheiros — prosseguiu Young —, antes de começarmos a descer.

Tirando uma moeda de ouro do bolso do casaco, ele se inclinou e a depositou na neve, a seus pés. Fascinados, Mallory e Finch observaram o pequeno ritual sem dizer nada.

— O rei da Inglaterra envia seus cumprimentos, madame — disse Young —, e espera que a senhora conceda aos seus humildes súditos um retorno seguro à terra natal.

—◦—

A primeira coisa que Odell fez quando retornou ao hotel, alguns minutos após as quatro horas, foi pedir uma grande jarra com ponche de frutas quente. Depois, foi até a varanda para assumir seu posto. Mirando um coelho que corria pela floresta, ele ajustou o foco do grande telescópio e voltou a atenção para a montanha. Focalizou primeiro o pico. Embora o dia estivesse claro, ele sabia que os montanhistas não pareceriam maiores que formigas. Assim, procurá-los seria inútil.

Abaixando o telescópio, Odell enfocou a cabana de madeira da Grand Mulets. Pensou ver duas figuras à porta, mas não conseguiu distinguir qual delas era Somervell e qual era Herford. Um garçom de paletó branco apareceu a seu lado e lhe serviu uma xícara de ponche quente. Odell se recostou na cadeira e saboreou o líquido que deslizou por sua garganta ressecada. Por um momento, permitiu-se imaginar como seria a sensação de estar de pé no Mont Blanc, após abrir a Porta do Celeiro. Voltou então ao telescópio, embora não esperasse ver muita atividade na Grand Mulets antes das cinco horas. Young era um camarada confiável, portanto deveria chegar na hora. Quando a equipe reaparecesse, ele pediria que colocassem uma garrafa de champanhe no gelo para compartilhá-la com os companheiros triunfantes. O relógio de pêndulo do salão bateu uma vez, indicando que eram quatro e meia da tarde. Odell apontou o telescópio para o refúgio da Grand Mulets; a equipe poderia estar adiantada. No entanto, ainda não havia sinais de atividade. Lentamente, ele alçou o telescópio, esperando ver três pequenas manchas surgirem nas lentes.

— Meu Deus, não! — exclamou ele, enquanto o garçom lhe servia uma segunda xícara de ponche.

— *Una problema, signore?* — perguntou o garçom.

— Uma avalanche — respondeu Odell.

13

George ouviu o inconfundível estrondo atrás de si, mas não teve tempo de se virar.

A neve o atingiu como uma onda gigante, varrendo tudo o que havia pela frente. Ele tentou desesperadamente agir da forma correta, mexendo vigorosamente os braços, na esperança de formar uma bolsa de ar em frente ao rosto para ganhar algum tempo, conforme recomendava o manual de segurança. Mas, quando a segunda onda o atingiu, ele teve certeza de que iria morrer. A terceira e última onda o jogou cada vez mais para baixo, como se ele fosse um seixo.

Nos derradeiros instantes, pensou em sua mãe, que sempre temera aquela fatalidade, em seu pai, que nunca falava sobre o assunto, e finalmente em seu irmão e irmãs, que iriam sobreviver a ele. Seria isso o inferno? Então, de repente, parou. Ficou deitado por alguns instantes, tentando se convencer de que ainda estava vivo e sondando as imediações. Ele aterrissara em uma fenda, uma espécie de caverna de Aladim feita de gelo, cuja beleza poderia apreciar em outras circunstâncias. O que recomendava o manual? Decidir rapidamente onde era em cima e onde era embaixo para poder pelo menos seguir na direção correta. Então vislumbrou uma luz fraca, talvez a 10 metros acima dele.

Lembrou-se, em seguida, das instruções seguintes do manual: descobrir se quebrara algum osso. Ele mexeu os dedos da mão direita; ainda tinha cinco. Sua mão esquerda estava muito fria, mas também conseguiu movimentá-la. Esticou a perna direita e, com cuidado, ergueu-a do chão. Ainda tinha uma perna. Levantou a perna esquerda — duas. Pousando as mãos ao lado do corpo, levantou o tronco lentamente, bem lentamente. Seus dedos estavam começando a enregelar. Ele procurou as luvas; não estavam ao alcance da vista. Devia tê-las perdido durante a queda.

Ressaltos de gelo se projetavam de todos os lados da caverna, formando escadas naturais até o alto. Seriam seguras? Ele se arrastou pela neve macia até a extremidade oposta de sua prisão e chutou o gelo com a ponta da bota cardada. Não fez nenhuma marca. O gelo levara 100 anos, talvez mais, para atingir aquela espessura, e não iria ceder facilmente. George sentiu-se um pouco mais confiante, mas não deixava de lembrar a si mesmo que deveria seguir as regras, não ter pressa e não correr riscos desnecessários. Durante algum tempo, ele tentou descobrir quais degraus de gelo deveria utilizar. O melhor caminho, ao que parecia, estava no lado oposto da caverna. Arrastando-se de volta ao lugar em que estava, ele segurou o primeiro degrau. E rezou. Quando se está em perigo, é preciso acreditar que existe um Deus.

Cautelosamente, ele colocou o pé sobre uma saliência de gelo, a poucos centímetros do chão. Segurou outra, mais acima, e se ergueu devagar. Seus dedos nus estavam dormentes de frio. Depois, apoiou todo o seu peso no degrau inferior; caso este se quebrasse, a queda seria curta. O degrau não se quebrou, o que o encorajou a subir no degrau seguinte daquela Escada de Jacó. Logo saberia se iria se juntar aos anjos ou aos seus companheiros humanos.

Estava a meio caminho da fonte luminosa, sentindo-se mais confiante a cada movimento, quando um pedaço de gelo quebrou em sua mão. Seus pés imediatamente escorregaram das agulhas de gelo abaixo, e ele ficou pendurado por uma só mão, a cerca de 9 metros do piso. Em um lugar cuja temperatura deveria ser de 40 graus negativos, ele começou a suar. Balançou-se então de um lado para outro, certo de que os deuses haviam decidido lhe conceder só mais alguns minutos de vida;

a qualquer momento, o pedaço de gelo que segurava se partiria. Foi quando um de seus pés encontrou apoio, no que foi seguido pelo outro pé. Com os dedos da mão direita quase colados no gelo, ele respirou fundo. Suas forças estavam começando a se exaurir. Entretanto, passou algum tempo selecionando os próximos degraus. Mais três, e conseguiria se içar até a borda da fenda. Com muito cuidado, escolheu o degrau seguinte e, depois, os seguintes a este. Por fim, conseguiu firmar a mão na pequena abertura acima. Poderia ter gritado de alegria, mas não podia perder tempo, pois os últimos raios de luz estavam desaparecendo rapidamente por trás do pico mais alto.

Passando a cabeça pelo buraco, George olhou para a esquerda e para a direita. Não precisava de um manual para saber que deveria espanar a neve ao redor se quisesse ter alguma chance de encontrar uma rocha ou algum lugar sólido.

Ele começou a varrer a neve com as mãos nuas até descobrir uma laje de pedra que fora coberta pela avalanche. Reunindo todas as suas forças, içou-se para fora do buraco e se agarrou à beira da pedra. Não ficou parado. Como um caranguejo, arrastou-se de lado pela superfície rochosa, com receio de escorregar pela pedra gelada e retornar ao fundo da fenda.

Foi quando ouviu alguém cantando "Waltzing Matilda".[12] Não foi difícil adivinhar quem era. Continuou a avançar penosamente pela neve até que a voz tomou corpo. Finch, sentado ereto em uma pedra, repetia o coro sem parar. Obviamente, não conhecia o segundo verso.

— É você, George? — gritou Finch enquanto tentava enxergar através da neve que caía.

Era a primeira vez que Finch o chamava pelo nome de batismo.

— Sim, sou eu — berrou George, enquanto se arrastava para perto do companheiro. — Você está bem?

---

[12] "Waltzing Matilda" é a canção folclórica mais popular da Austrália. Muitos se referem a ela como o hino não oficial do país. (N.T.)

— Estou bem — disse Finch. — Afora uma perna quebrada e o fato de que os artelhos do meu pé esquerdo estão começando a se congelar. Devo ter perdido uma bota por aí. E você?

— Nunca estive melhor, meu amigo — disse George.

— Inglês miserável — exclamou Finch. — Mas se quisermos ter alguma chance de sair daqui, você vai ter que encontrar minha lanterna.

— Onde começo a procurar?

— A última vez que vi a lanterna, ela estava lá para cima.

George começou a subir a encosta, andando de gatinhas como um bebê. Estava começando a se desesperar quando avistou um objeto negro sobre a neve, poucos metros à frente. Soltou um grito de alegria. Depois, um palavrão. Era somente a bota de Finch. Ele continuou a avançar até que viu o cabo da lanterna se projetando da neve. Soltou outro grito de alegria. Ele pegou a lanterna e, antes de apertar o botão, rezou novamente. Um feixe de luz brilhou na escuridão.

— Graças a Deus — murmurou, descendo a montanha até onde estava Finch.

Mal se havia aproximado dele quando ambos ouviram um gemido.

— Deve ser Young — disse Finch. — É melhor ver se você pode ajudar. Mas, pelo amor de Deus, apague essa lanterna até o sol desaparecer completamente. Se Odell viu a avalanche do hotel, uma equipe de socorro deve estar a caminho agora, mas vai levar horas para nos encontrar.

George desligou a lanterna e começou a engatinhar na direção do gemido. Depois de algum tempo, encontrou um corpo caído na neve, imóvel, com a perna direita dobrada sob a coxa esquerda.

— *Waltzing Matilda, waltzing Matilda, who'll come a-waltzing Matilda...*

George limpou rapidamente a neve que se depositara sobre a boca de Young, mas não tentou movê-lo.

— Aguente firme, velho amigo — sussurrou ele no ouvido de Young. — Somervell e Herford já devem estar a caminho agora. Logo eles estarão conosco, com certeza.

Ele gostaria de acreditar nas próprias palavras. Então, segurando uma das mãos de Young, começou a massageá-la, tentando restabelecer um pouco da circulação enquanto, ao mesmo tempo, espanava a neve, que não parava de cair.

— *Waltzing Matilda, waltzing Matilda, who'll come a-waltzing Matilda...*

◄o►

Odell correu até a porta do hotel e desceu para o pátio. Acionou então a antiga sirene, produzindo o som estridente e ensurdecedor que alertaria Somervell e Herford sobre o perigo.

◄o►

Quando o sol finalmente desapareceu atrás do pico mais alto, George plantou a lanterna na neve, direcionada para o sopé da montanha, e apertou o botão. Um foco de luz bruxuleou na noite, mas quanto tempo duraria?

— *Waltzing Matilda, waltzing Matilda, who'll come a-waltzing Matilda with me? And he sang as he...*

Não havia nada no manual de segurança sobre o que fazer com um australiano cantando desafinado, pensou George, pousando a cabeça na neve e começando a adormecer. Não era um modo ruim de morrer.

— *You'll come a-waltzing Matilda with me...*

◄o►

Quando despertou, George não sabia ao certo onde estava, como chegara àquele lugar nem há quanto tempo estava ali. Então viu uma enfermeira. E adormeceu.

Ao despertar novamente, Somervell estava ao lado de sua cama, sorrindo calorosamente.

— Bem-vindo de volta — disse ele.

— Quanto tempo eu apaguei?

— Dois ou três dias, por aí. Mas os médicos têm certeza de que vão botar você de pé em uma semana.

— E Finch?

— Está com uma perna engessada, tomando um bom café da manhã e ainda cantando "Waltzing Matilda" para qualquer enfermeira que queira ouvir.

— E Young? — perguntou George, temendo pelo pior.

— Ainda está inconsciente e com hipotermia. E quebrou uma perna. Os médicos estão fazendo o possível para salvar sua vida. Se conseguirem, ele vai ter que agradecer a você.

— A mim?

— Se não fosse sua lanterna, nós nunca teríamos encontrado vocês.

— A lanterna não era minha — disse George. — Era de Finch.

George adormeceu.

14

Terça-feira, 9 de julho de 1907

— Depois que encaramos a morte de frente, as coisas nunca mais são as mesmas — disse Young. — Isso nos coloca em uma categoria diferente dos outros homens.

George serviu uma xícara de chá a seu convidado.

— Eu precisava ver você, Mallory, para ter certeza de que não foi aquela horrível experiência que afastou você das escaladas.

— Claro que não — disse George. — Existe uma razão muito melhor. Meu tutor me avisou que não terei chance de fazer um doutorado se não obtiver uma primeira classe.

— E quais são suas chances, meu caro?

— Mais ou menos meio a meio. Eu não posso me dar ao luxo de fracassar simplesmente por não ter me esforçado o suficiente.

— É compreensível — observou Young. — Mas só trabalho e nenhuma diversão...

— Prefiro ser um sucesso anônimo a ser um brilhante fracasso — replicou George.

— Mas depois das provas, Mallory, você consideraria a possibilidade de ir comigo aos Alpes no próximo verão?

— Certamente que sim — disse George sorrindo. — Se tem uma coisa que me dá mais medo do que não obter uma primeira classe é pensar em Finch de pé nos picos de montanhas cada vez mais altas cantando "Waltzing Matilda".
— Ele acabou de receber os resultados de suas provas — disse Young.
— E...?

―◦―

Guy ficou assombrado com os esforços de George à medida que os exames finais se aproximavam. Ele não tirara nem um dia para visitar o Pen-y-Pass ou a Cornualha, para não falar dos Alpes. Sua única companhia eram reis, ditadores e potentados, e suas únicas excursões eram a campos de batalha em terras distantes. Até a manhã dos exames, ele estudou dia e noite.

Após cinco dias escrevendo sem parar, produzindo 11 ensaios, George ainda não tinha certeza de como se saíra. Somente os mais inteligentes e os mais estúpidos têm essa certeza. Assim que entregou o último ensaio e saiu da sala de exames, ele encontrou Guy no lado de fora, sentado na escadaria sob o sol, com uma garrafa de champanhe em uma das mãos e duas taças na outra. George sentou-se a seu lado e sorriu.

— Não me pergunte — disse ele, enquanto Guy removia o arame em volta da rolha.

Seguiram-se dez dias de limbo, enquanto os alunos aguardavam que os examinadores lhes comunicassem a classe que haviam obtido e, com ela, o futuro que lhes fora determinado.

Por mais que o sr. Benson tentasse reconfortar seu aluno, dizendo que fora por pouco, George Leigh Mallory acabou contemplado com uma segunda classe com distinção. Assim, não voltaria ao Magdalene College após o feriado de São Miguel, para fazer um doutorado. E não foi um grande consolo quando o tutor sênior acrescentou:

— *Quando você sabe que está derrotado, aceite a derrota com dignidade.* Apesar do convite de Geoffrey Young para passar um mês nos Alpes naquele verão, George fez as malas e tomou o primeiro trem para Birkenhead. Se lhe perguntassem, ele teria descrito as quatro semanas seguintes como um período de reflexão, embora a palavra que seu pai sempre usasse fosse "fuga". Sua mãe, na intimidade de seu quarto, descreveu como melindre o comportamento atípico do filho.

— Ele não é mais criança — disse ela. — Tem de decidir o que vai fazer no resto da vida.

Apesar das reclamações da esposa, o reverendo Mallory deixou passar mais uma semana antes de abordar o assunto diretamente com o filho.

— Estou analisando minhas opções — disse George —, mas gostaria de ser escritor. Na verdade, já comecei a escrever um livro sobre Boswell.

— Possivelmente instrutivo, mas provavelmente pouco lucrativo — replicou seu pai. — Presumo que você não vá querer viver em um sótão sobrevivendo a pão e água. — George não teve como discordar. — Você já pensou em se candidatar a um posto no Exército? Você seria um soldado danado de bom.

— Eu nunca fui muito bom em obedecer a ordens — respondeu George.

— Já pensou em se ordenar sacerdote?

— Não, pois acho que há um obstáculo insuperável.

— E qual seria?

— Eu não acredito em Deus — disse George com sinceridade.

— Isso não impediu alguns dos meus mais eminentes colegas de envergar o hábito — observou seu pai.

George riu.

— O senhor é um velho cínico, pai.

O reverendo Mallory ignorou o comentário do filho.

— Talvez você devesse considerar a política, meu filho. Tenho certeza de que haverá um distrito eleitoral que adorará ter você como seu representante.

— Poderia ser útil se eu soubesse que partido apoiar — disse George.
— De qualquer forma, os parlamentares não são pagos.[13] A política é apenas um passatempo para homens ricos.
— Não muito diferente do montanhismo — observou seu pai, erguendo uma sobrancelha.
— É verdade — admitiu George. — Portanto, vou ter de encontrar uma profissão que me garanta renda suficiente para que eu continue a praticar meu hobby.
— Então está resolvido — disse o reverendo Mallory. — Você vai ter que ser professor.

―◦―

Embora George não tivesse emitido nenhuma opinião a respeito da última sugestão do pai, assim que retornou ao quarto, escreveu a seu antigo inspetor de alojamento perguntando se havia vagas no Winchester College para um professor de história. O sr. Irving respondeu na mesma semana. O colégio, informou ele a George, ainda estava aceitando inscrições para a vaga de letras clássicas, mas recentemente preenchera a vaga de história. George começou a lamentar o mês que passara em reflexão. *Entretanto*, prosseguiu o sr. Irving, *ouvi falar que a Charterhouse está procurando um professor de história. Se você quiser se candidatar ao posto, ficarei muito feliz em lhe dar referências.*

Dez dias depois, George viajou até Surrey para uma entrevista com o diretor da Charterhouse, o reverendo Gerald Rendall. O sr. Irving o avisara de que quase tudo iria parecer um anticlímax depois de Winchester e Cambridge, mas George ficou agradavelmente surpreso ao se dar conta de como gostara daquela visita. E sentiu-se ao mesmo tempo encantado e aliviado quando o diretor o convidou para fazer parte do quadro, suplantando três outros postulantes.

---

[13] Os parlamentares britânicos só começaram a receber salários em 1911. (N.T.)

O que George não poderia ter previsto, quando escreveu ao reverendo Rendall confirmando a entrevista, foi que o curso de sua vida seria completamente alterado. Não pela escola, em si, mas por um de seus patronos.

1910

15

— Vou precisar de dois montanhistas de primeira classe para me acompanharem na investida final — respondeu Geoffrey Young.
— Você tem alguém em mente? — perguntou o secretário da Real Sociedade Geográfica.
— Sim — respondeu Young com firmeza, sem querer revelar os nomes.
— Então talvez seja melhor ter uma conversa com eles — disse Hinks. — E no mais estrito sigilo, pois, se o Dalai-Lama não der sua bênção, não teremos permissão nem para cruzar a fronteira do Tibete.
— Vou escrever para os dois esta noite — disse Young.
— Eu o aconselharia a não colocar nada por escrito — contrapôs o secretário. Young assentiu. — E também preciso que você me faça um pequeno favor. Quando o capitão Scott...

◄o►

Um dos problemas enfrentados por George durante suas primeiras semanas na Charterhouse foi que, quando não estava usando o capelo e a beca, era frequentemente confundido com um dos alunos.
Ele gostou muito mais do que esperava de seu primeiro ano na escola, embora a quinta série[14] fosse povoada por um grupo de monstros

---

[14] Corresponde à primeira série do ensino médio no Brasil. (N.T.)

decididos a anarquizar suas aulas. Mas, para a surpresa de George, quando esses mesmos alunos reapareceram para cursar a série seguinte, muitos estavam com a personalidade totalmente mudada. Todas as suas energias estavam agora direcionadas para assegurar uma vaga na universidade que haviam escolhido. George ficou feliz em passar horas intermináveis ajudando esses alunos a atingir seus objetivos.

No entanto, quando seu pai lhe perguntou, durante as férias de verão, o que lhe dera mais satisfação, ele respondeu que fora treinar o time de futebol no inverno e o de hóquei na primavera. Mais do que tudo, porém, fora levar um grupo de garotos para caminhar nas colinas durante o verão.

— Às vezes — disse ele —, a gente descobre um garoto fora de série, que demonstra real talento e curiosidade, e que certamente irá fazer seu nome no mundo.

— E você encontrou esse paradigma? — perguntou o reverendo.

— Sim — respondeu George, sem mais explicações.

◄o►

Em uma noite quente de verão, George viajou até Londres de trem. Depois, caminhou até o nº 23 da Savile Row, em Mayfair, para jantar com Geoffrey Young. Um porteiro acompanhou-o até o bar dos sócios, onde George encontrou seu anfitrião conversando com um grupo de alpinistas idosos, que contavam histórias exageradas sobre montanhas de altura ainda mais exagerada. Quando Young avistou seu convidado entrando na sala, apartou-se do grupo e conduziu George em direção à sala de jantar, dizendo:

— Acho que um tamborete de bar é a coisa mais alta que essa turma consegue escalar hoje em dia.

Enquanto saboreavam uma sopa *Brown Windsor*, seguida por torta de carne e rins, com creme de baunilha para finalizar, Young falou a George sobre a programação que concebera para a próxima viagem que ambos fariam aos Alpes. George, porém, teve a impressão de que seu anfitrião tinha algo mais importante em mente, pois já lhe havia escrito a respeito das escaladas que fariam naquele verão. Foi somente quando se retiraram para a biblioteca, para tomar café e conhaque, que George descobriu o verdadeiro propósito por trás do convite de Young.

— Mallory — disse Young, assim que se instalaram no canto mais afastado da sala —, eu gostaria de saber se você gostaria de me acompanhar na conferência da RSG[15] na próxima quinta-feira, como meu convidado, quando o capitão Scott falará à Sociedade sobre sua próxima expedição ao Polo Sul.

George quase derramou o café, de tão empolgado que ficou com a perspectiva de ouvir o intrépido explorador falar sobre sua expedição à Antártida, ainda mais porque lera recentemente no *Times* que todos os ingressos se haviam esgotado em poucas horas, depois que fora anunciado quem seria o palestrante da conferência anual da Sociedade.

— Como você conseguiu... — começou George.

— Como membro do comitê do Clube Alpino, eu consegui arranjar dois ingressos extras com o secretário da RSG. Mas ele me pediu um pequeno favor em troca.

George queria fazer duas perguntas ao mesmo tempo, mas logo ficou claro que Young já as previra.

— É claro que você deve estar querendo saber quem é meu outro convidado — disse Young. George assentiu. — Bem, não vai ser uma grande surpresa, pois convidei o único outro montanhista do seu nível. — Young fez uma pausa. — Mas devo confessar que o favor que o secretário da RSG me pediu foi realmente uma surpresa.

George pousou sua xícara de café sobre uma mesa lateral, cruzou os braços e esperou.

— É realmente muito simples — disse Young. — Quando o capitão Scott terminar sua palestra e perguntar se alguém tem alguma pergunta, o secretário quer que você levante a mão.

---

[15] Sigla para Royal Geographical Society: Real Sociedade Geográfica. (N.T.)

16

Foi uma das raras ocasiões em que George chegou na hora. Ele viera ensaiando a pergunta no trem desde Godalming[16] e, embora tivesse certeza de que sabia a resposta, o fato de o secretário da RSG querer que fosse *ele* a perguntar ainda o deixava perplexo.

George ficara desapontado quando, no início do ano, lera no *Times* que fora um americano, Robert Peary, e não um inglês, a primeira pessoa a chegar ao Polo Norte. No entanto, como o assunto da palestra do capitão Scott era "O Polo Sul ainda não conquistado", ele presumiu que, como George Young informara, o grande explorador estava disposto a fazer uma segunda tentativa para compensar o insucesso anterior.

Tão logo o trem parou na estação de Waterloo, George pulou do vagão, atravessou a plataforma correndo, entregou seu bilhete e saiu em busca de uma carruagem-táxi. Young o avisara de que a popularidade de Scott era tanta que a maioria dos assentos estaria ocupada pelo menos uma hora antes do início da palestra.

Já havia uma pequena fila se formando à entrada da RSG quando George apresentou seu convite e se juntou à multidão barulhenta que se encaminhava para o salão de conferências do andar térreo.

Quando entrou no recém-construído anfiteatro, George ficou surpreso ao constatar como era grande. As janelas apaineladas em carvalho

---

[16] Cidade que abriga a Charterhouse School. (N.T.)

estavam cobertas com pinturas a óleo de antigos presidentes da RSG. O assoalho de madeira escura estava coberto com cerca de quinhentas cadeiras estofadas, se não mais. O palco elevado na frente do salão era dominado por um retrato do rei George V em tamanho natural.

George observou as fileiras de assentos, procurando por Geoffrey Young. Enfim o avistou, na extremidade mais afastada do recinto, sentado ao lado de Finch. Rapidamente atravessou o salão e ocupou o assento vago ao lado de Young.

— Eu não conseguiria guardar a cadeira por mais tempo — disse Young, com um sorriso.

— Desculpe — disse George, inclinando-se para apertar a mão de Finch. Olhou então em volta para ver se conhecia alguém. Somervell, Herford e Odell estavam sentados nos fundos. O que mais surpreendeu George foi que não havia mulheres no pavimento térreo, reservado à plateia. Ele sabia que elas não podiam ser eleitas para os quadros da RSG, mas por que não poderiam comparecer como convidadas? Ele pensou no que aconteceria se Cottie Sanders estivesse entre os convidados de Geoffrey. Iriam sentá-la na fileira da frente, que permanecia desocupada? Ele olhou para a galeria superior, onde diversas damas elegantes, de vestidos longos e xales, ocupavam seus assentos. E franziu a testa, com expressão de desagrado. Voltou então a atenção para o palco, onde dois homens instalavam uma grande tela prateada. No corredor central, outro homem examinava slides em uma lanterna mágica, abrindo e fechando o obturador.

O teatro estava lotando rapidamente. Muito antes que o relógio abaixo das galerias repicasse oito vezes, alguns membros do clube e seus convidados viram-se obrigados a ficar de pé nos corredores e nos fundos da sala. Na oitava batida, os membros graduados da RSG entraram em fila no salão. Um cavalheiro baixo, trajado com um elegante fraque e gravata branca, subiu ao palco e foi saudado com ruidosos aplausos. Ele levantou as palmas das mãos, como se estivesse se aquecendo em uma fogueira, e os aplausos cessaram imediatamente.

— Boa-noite, senhoras e senhores — começou ele. — Meu nome é Sir Francis Younghusband. Tenho hoje a honra de ser o apresentador desta palestra, que promete ser uma das mais empolgantes na longa história desta Sociedade. A RSG se orgulha de ser líder mundial em dois campos diferentes, embora relacionados: em primeiro lugar, a confecção e inspeção de mapas de territórios antes inexplorados; e em segundo, a exploração dessas terras distantes e perigosas, nunca antes pisadas pelo homem branco. Um dos estatutos da sociedade nos permite apoiar e encorajar esses indivíduos determinados, que estão dispostos a percorrer todos os cantos do globo, arriscando a vida a serviço do Império Britânico.

"Um desses homens é o nosso palestrante desta noite, e não tenho dúvidas — prosseguiu Sir Francis olhando para o retrato do rei — de que estamos na iminência de conhecer os planos de sua segunda tentativa para ser o primeiro súdito de Sua Majestade a alcançar o Polo Sul. Costuma-se dizer que um orador não precisa de apresentação, mas creio que não há homem, mulher ou criança em nosso país que não conheça o nome do capitão Robert Falcon Scott, da Armada Real."

A plateia se levantou como uma só pessoa quando um homem de flamejantes olhos azuis, corpulento, bem-barbeado e vestido com o uniforme da marinha, saiu dos bastidores e se plantou no centro do palco, dando a impressão de que não sairia dali por algum tempo. Sorriu então para seus ouvintes e, ao contrário de Sir Francis, não tentou lhes conter o entusiasmo, deixando passar alguns momentos antes de começar a falar.

Desde sua primeira frase, George ficou cativado. O capitão Scott falou por cerca de uma hora, sem jamais consultar anotações, enquanto dezenas de slides eram projetados na tela atrás dele, recapitulando de forma emocionante a expedição que fizera à Antártida no navio *Discovery*. Suas palavras eram regularmente interrompidas por espontâneas salvas de palmas.

Os espectadores ficaram sabendo como o capitão Scott selecionara sua equipe e que qualidades exigira: lealdade, coragem e uma disciplina incondicional eram, segundo lhe parecia, os pré-requisitos. Ele descreveu as privações e dificuldades que seus homens teriam de enfrentar se quisessem sobreviver quatro meses na Antártida, atravessando mais de 600 quilômetros de deserto gelado e inexplorado até chegar ao Polo Sul.

George observou, incrédulo, as imagens dos homens que haviam participado da primeira expedição. Devido às ulcerações provocadas pelo frio intenso, alguns haviam perdido não só os dedos das mãos e dos pés, como também as orelhas e, em um dos casos, até o nariz. Uma mulher nas galerias desmaiou ao ver um dos slides. Scott fez uma breve pausa antes de acrescentar:

— Cada homem que me acompanhar nesta empreitada deverá estar preparado para suportar sofrimentos desse tipo, se ainda quiser estar de pé quando finalmente chegarmos ao Polo Sul. E nunca se esqueçam: minha responsabilidade mais importante é assegurar que todos os meus homens voltem para casa em segurança.

George gostaria imensamente de estar entre os que acompanhariam Scott, mas sabia que um professor inexperiente, cuja maior façanha até o momento fora conquistar o Mont Blanc, era um candidato improvável para participar da equipe de Scott.

Scott encerrou a palestra agradecendo à RSG, a seu comitê e a seus membros pelo constante apoio, certo de que, sem seu patrocínio, nem mesmo conseguiria levantar âncora em Tilbury, muito menos fundear no Estreito de McMurdo bem-equipado e preparado para tão ambiciosa empreitada. Quando as luzes foram novamente acesas, Scott fez uma breve mesura, enquanto a plateia se erguia e aclamava um autêntico herói britânico. George perguntou a si mesmo qual seria a sensação de estar naquele palco, recebendo tantos aplausos; e mais importante: o que Scott teria de fazer para ser digno de tantas lisonjas.

Quando os aplausos arrefeceram e os espectadores voltaram a sentar, Scott lhes agradeceu mais uma vez e se colocou à disposição para responder a perguntas.

Um cavalheiro se levantou na primeira fileira.

— Aquele é Arthur Hinks — sussurrou Geoffrey Young. — Ele acaba de ser designado secretário da RSG.

— Senhor — começou Hinks —, há muitos rumores de que os noruegueses, liderados por Amundsen, também estão planejando uma incursão ao Polo Sul. Isso preocupa o senhor?

— Não, não me preocupa, sr. Hinks — respondeu Scott. — Posso lhe garantir, e aos membros da Sociedade, que será um inglês, não um viking, o primeiro a alcançar o Polo Sul.

Sua segurança foi recebida com aplausos.

Dezenas de mãos se ergueram, Scott escolheu um homem que estava sentado na terceira fileira. Fileiras de medalhas adornavam a lapela esquerda de seu fraque.

— Senhor, eu li no *Times*, esta manhã, que os noruegueses estão dispostos a usar trenós motorizados, além dos cães, para chegar ao Polo antes do senhor. — Diversos gritos de "Vergonha!" ecoaram entre os espectadores. — Posso lhe perguntar qual é sua posição diante desse escandaloso desrespeito ao código do amadorismo?

Finch olhou com incredulidade para o homem que fizera a pergunta.

— Simplesmente vou ignorá-los, general — respondeu Scott. — Minha empreitada é um desafio à superioridade do homem sobre os elementos, e não tenho dúvidas de que reuni um grupo de cavalheiros que estão mais do que preparados para enfrentar esse desafio.

Gritos de "Muito bem, muito bem!" partiram de todos os cantos do salão lotado, mas Finch não se juntou ao coro.

— E me permita acrescentar — continuou Scott — que eu pretendo ser o primeiro ser humano a alcançar o Polo Sul, não o primeiro cão. — Ele fez uma pausa. — A não ser que estejamos falando de buldogues.[17]

---

[17] A figura do buldogue é utilizada, no Reino Unido, para representar o espírito britânico, pelas qualidades de resistência e determinação características da raça. (N.T.)

Os espectadores riram. Diversos ergueram as mãos, entre eles George. Mas o capitão Scott respondeu a mais três perguntas, antes de apontar para ele.

— Um jovem no final da quinta fila parece ter o tipo de determinação que procuro quando seleciono minha equipe. Vamos ouvir o que ele tem a dizer.

George levantou-se lentamente, com as pernas tremendo, sentindo quinhentos pares de olhos se fixarem nele.

— Senhor — disse em voz trêmula —, depois que tiver alcançado o Polo Sul, o que restará para um inglês conquistar?

Deixou-se então cair em sua cadeira, enquanto alguns espectadores riam e outros aplaudiam. Uma expressão perplexa surgiu no rosto de Finch. Por que Mallory faria uma pergunta da qual já sabia a resposta?

— O próximo grande desafio para qualquer inglês — declarou Scott sem hesitação — será, sem dúvida, a escalada da maior montanha da Terra, o Monte Everest, no Himalaia. Seu pico está a mais de 8.800 metros acima do nível do mar — são quase 9 quilômetros, meu jovem —, e não fazemos ideia de como o corpo humano reagirá a uma altitude dessas, pois ninguém ainda subiu a mais de 6.700 metros. Isso sem falar na temperatura, que pode chegar a 40 graus negativos, e ventos que podem retalhar a pele. Mas de uma coisa eu tenho certeza: cães e trenós motorizados serão de pouca ajuda lá. — Ele parou e, olhando diretamente para George, acrescentou: — Quem quer que seja bem-sucedido nessa magnífica empreitada será o primeiro homem a se erguer sobre o teto do mundo. Vamos esperar que seja um inglês. No entanto — concluiu Scott, dirigindo a atenção para uma senhora sentada na primeira fileira da galeria —, já prometi à minha esposa que vou deixar esse desafio específico para um homem mais jovem.

Scott olhou de novo para George, enquanto os espectadores prorrompiam em aplausos espontâneos.

A mão de Finch imediatamente se ergueu, e Scott acenou em resposta.

— O senhor se considera um amador ou um profissional, senhor? Ouviu-se um arquejo geral. Finch encarava o palestrante desafiadoramente. Scott levou algum tempo para responder, com o olhar fixo em Finch.

— Sou um amador — respondeu, por fim. — Mas um amador que se cerca de profissionais. Meus médicos, engenheiros, motoristas e até meus cozinheiros são amplamente qualificados, e se sentiriam insultados se o senhor os descrevesse como amadores. Mas ficariam ainda mais insultados se o senhor sugerisse que a presença deles nesta expedição foi motivada pelo desejo de ganho financeiro.

A resposta foi saudada com os aplausos mais altos da noite, e impediram qualquer pessoa, exceto Young e Mallory, de ouvir Finch dizer:

— Se ele realmente acredita nisso, não tem chance de voltar vivo.

Após mais duas ou três perguntas, Scott agradeceu à RSG pelo patrocínio à palestra e pelo dedicado apoio a seu novo empreendimento. No que foi secundado pelos agradecimentos do sr. Hinks, em nome da Sociedade. Os espectadores se puseram então de pé e cantaram ardorosamente o hino nacional.

Enquanto Young e Finch se juntavam aos que saíam do teatro, George permaneceu no lugar, incapaz de tirar os olhos do palco que Scott ocupara; o palco de onde um dia esperava se dirigir à RSG. Finch sorriu quando olhou para trás e o viu imóvel. Virando-se para Young, ele disse:

— Ele vai estar ali, ouvindo com atenção, quando for minha vez de fazer a palestra anual.

Young sorriu com a presunção daquele garoto atrevido.

— E posso perguntar qual vai ser o assunto de sua palestra?

— A conquista do Everest — respondeu Finch. — Porque essa turma — ele fez um gesto amplo com o braço — não vai me deixar subir naquele palco, a não ser que eu seja o primeiro homem a chegar lá.

//
LIVRO DOIS

A OUTRA MULHER

1914

17

Segunda-feira, 9 de fevereiro de 1914

— Quando Elizabeth ascendeu ao trono inglês, em 1558, nem a corte nem as pessoas comuns a receberam bem como monarca. Entretanto, quando ela morreu, em 1603, 45 anos mais tarde, a rainha Virgem era tão popular quanto fora seu pai, o rei Henrique VIII.

— Senhor, senhor — disse um menino na primeira fila, levantando a mão.

— Pois não, Carter menor — disse George.

— O que é virgem, senhor?

George ignorou os risinhos de escárnio que se seguiram e respondeu como se lhe tivessem feito uma pergunta séria.

— Uma virgem é uma mulher que é *virgo intacta*, Carter menor. Espero que seu latim dê para entender isso. Senão, você pode conferir em Lucas 1:27: *A uma virgem prometida em casamento a um homem de nome José, da casa de Davi. A virgem se chamava Maria.* Mas voltemos a Elizabeth, cujo reinado foi na era dourada de Shakespeare e Marlowe, Drake e Raleigh, uma época em que os ingleses não só derrotaram a Armada Espanhola como também sufocaram uma rebelião civil comandada pelo conde de Essex, que, segundo alguns historiadores, era amante da rainha.

Inevitavelmente, várias mãos se ergueram.

— Wainwright — disse George com ar entediado, já sabendo qual seria a pergunta seguinte.

— O que é amante, senhor?

George sorriu.

— Um amante é um homem que vive com uma mulher, mas não dentro do sagrado matrimônio.

— Então não há nenhuma chance de uma amante ser *virgo intacta*, o senhor não acha? — perguntou Wainwright com um sorriso malicioso.

— Você tem toda a razão, Wainwright, embora eu acredite que Elizabeth nunca teve um amante, pois isso colocaria em xeque sua autoridade como monarca.

Outra mão se ergueu.

— Mas a corte e as pessoas comuns não teriam preferido um homem no trono, como o conde de Essex, a uma mulher?

George sorriu novamente. Graves, um dos raros garotos que preferiam a sala de aulas aos jogos ao ar livre, não costumava fazer perguntas frívolas.

— Àquela altura, Graves, até os antigos detratores de Elizabeth a teriam preferido ao conde de Essex. De fato, trezentos anos depois, essa mulher com certeza está em pé de igualdade com qualquer homem no panteão dos monarcas ingleses — concluiu ele, no momento em que o sino da capela ecoou a distância.

George olhou em volta para verificar se havia mais perguntas. Não havia nenhuma. Ele deu um suspiro.

— Então, isso é tudo — disse. — Mas, cavalheiros — acrescentou ele aumentando o tom de voz —, cuidem para que seus ensaios sobre o significado religioso e político do casamento de Henrique VIII com Ana Bolena estejam sobre minha mesa ao meio-dia de quinta-feira.

Com um murmúrio coletivo, a quinta série reuniu seus livros e saiu da sala.

George começou a apagar no quadro-negro os nomes e datas em que cada uma das seis esposas de Henrique VIII se tornara rainha. Ao se virar, viu que Graves ainda estava sentado em seu lugar.

— Você consegue dizer o nome de todas as seis, Robert, e os anos em que cada uma delas se tornou rainha? — perguntou ele.

— Catarina de Aragão, 1509; Ana Bolena, 1533; Jane Seymour, 1536; Ana de Cleves, 1540; Catarina Howard, 1540; e Catarina Parr, 1543.

— Na próxima semana, vou lhe ensinar um método simples para se lembrar do que aconteceu com elas.

— Divorciada, decapitada, morta, divorciada, decapitada, sobrevivente. O senhor nos ensinou na semana passada, senhor.

— Foi mesmo? — admirou-se George, pousando o apagador sobre a mesa, aparentemente alheio à quantidade de giz que fora parar em sua beca.

George saiu da sala juntamente com Graves. Depois, atravessou o pátio até a sala dos professores, onde se reuniria aos outros professores durante o intervalo da manhã. Embora fosse popular entre os alunos e com a maioria dos colegas, ele sabia que alguns destes desaprovavam o que descreviam em sussurros como sua *atitude liberal*. Alguns já haviam externado abertamente a opinião de que a falta de disciplina nas aulas de George estava minando a autoridade deles, sobretudo quando as aulas eram no mesmo dia.

Quando o dr. Rendall achou que era hora de ter uma conversa particular com Mallory a respeito do assunto, George apenas lhe disse que acreditava na autoexpressão; de outra forma, como poderia um aluno realizar plenamente seu potencial? Como o diretor não tinha ideia do que significava "autoexpressão", decidiu não insistir. Afinal, ele se aposentaria ao final do ano letivo, quando a questão passaria à responsabilidade de outra pessoa.

George fizera apenas um amigo verdadeiro entre seus colegas. Andrew O'Sullivan fora seu contemporâneo em Cambridge, embora nunca tivessem se encontrado. Estudara geografia e lutara boxe no Fitzwilliam College.[18] Apesar de não demonstrar nenhum interesse em montanhismo, e menos ainda nos ensinamentos de Quintus Fabius Maximus, ele e George descobriram imediatamente que apreciavam a companhia um do outro.

Quando George entrou na sala comunal, avistou Andrew afundado em uma confortável cadeira de couro ao lado da janela, lendo um jornal. George serviu-se de uma xícara de chá e foi se juntar ao amigo.

— Você já leu o *Times* hoje? — perguntou Andrew.

— Não — respondeu George, pousando a xícara e o pires em uma mesa próxima. — Eu geralmente me atualizo com as notícias à noite.

— O correspondente do jornal em Delhi — disse Andrew — está relatando que Lord Curzon fez um acordo com o Dalai-Lama para permitir que um seleto grupo de alpinistas entre...

George se inclinou para a frente rápido demais e acabou derrubando a xícara do colega.

— Desculpe, Andrew — disse, arrebatando o jornal.

Andrew pareceu levemente divertido com a rara falta de modos do amigo, mas não disse nada até George lhe devolver o jornal.

— A RSG está convidando todas as partes interessadas para que se apresentem — continuou Andrew. — Por acaso, meu caro Mallory, você é uma parte interessada?

George não queria responder até pensar melhor no assunto, e ficou aliviado quando a campainha alertando que faltavam cinco minutos para o final do intervalo veio em seu socorro.

— Bem — disse Andrew, levantando-se da cadeira —, se você não se sente à vontade para responder a essa pergunta, permita que eu faça uma menos difícil. Você vai fazer alguma coisa nessa quinta-feira à noite, além de ler o *Times*?

---

[18] Outra das faculdades da Universidade de Cambridge. (N.T.)

— Vou corrigir os ensaios dos alunos sobre a Armada — disse George. — Eu realmente acredito que essa turma tem um prazer sádico em reescrever a história. Wainwright parece pensar que a Espanha venceu a batalha e que Drake acabou preso na Torre.

Andrew riu.

— É que um dos patronos da escola, o sr. Thackeray Turner, me convidou para jantar com ele na próxima quinta e me pediu para levar mais alguém.

— É muita gentileza sua, Andrew — disse George, enquanto saíam da sala comunal e atravessavam o pátio —, mas eu acho que o sr. Turner quis dizer uma companhia feminina.

— Duvido — disse Andrew. — Não enquanto ele ainda tiver três filhas solteiras.

18

Quinta-feira, 12 de fevereiro de 1914

George passou giz no taco. Simpatizara com Thackeray Turner desde o momento em que o conhecera: brusco, acessível e direto, embora um tanto antiquado e sempre testando o caráter das pessoas.

Andrew dissera a George que Turner era arquiteto profissional. Após passar de carruagem entre lindos portões de ferro forjado, percorrer uma longa alameda ladeada por tílias e ver a mansão Westbrook pela primeira vez — aninhada nas colinas de Surrey, circundada por magníficos jardins, gramados e laguinhos com plantas aquáticas —, George já não precisava que lhe explicassem por que Turner fizera tanto sucesso na profissão.

Antes que os dois amigos alcançassem o topo da escadaria, um mordomo abriu a porta da frente para eles. Silenciosamente, conduziu-os por um longo corredor até a sala de bilhar, onde encontraram Turner. Como o paletó do fraque de seu anfitrião estava pendurado no encosto de uma cadeira, George presumiu que ele estava preparado para a batalha.

— Podemos jogar uma partida antes que as senhoritas desçam para o jantar — foram as primeiras palavras de Turner a seus convidados. Antes de tirar seu paletó e dobrar as mangas da camisa, George olhou admirado para um retrato em tamanho natural do anfitrião, pintado por Lavery, que estava pendurado acima da lareira. Diversas aquarelas adornavam as paredes, uma delas de autoria do xará de Turner.

Assim que as três bolas foram posicionadas no feltro verde, George foi apresentado a outra faceta do caráter do anfitrião. O sr. Turner gostava de vencer, e esperava vencer. O que ele não previu foi que George não gostava de perder. George não sabia ao certo se Andrew estava querendo agradar ao velho ou se simplesmente não era bom jogador. De qualquer forma, não estava tão disposto quanto o amigo a atender às expectativas de seu anfitrião.

— Sua vez, meu amigo — disse Turner, depois de enfileirar uma sequência de 11 pontos.

George passou algum tempo estudando a jogada. Quando passou a vez para Andrew, havia somado 14 pontos. Estava claro que Turner encontrara um oponente à altura. Portanto, decidiu tentar uma tática diferente.

— O'Sullivan me disse que você é meio radical, Mallory.

George sorriu. Não iria permitir que Turner levasse a melhor, fosse dentro ou fora da mesa.

— Se o senhor está se referindo ao meu apoio ao sufrágio universal, está correto.

Andrew fez uma careta.

— Só três pontos — disse, acrescentando a soma ao seu minguado total.

Turner retornou à mesa, e não falou mais nada até enfileirar uma série de 12 pontos. Quando George se inclinou para dar sua tacada, Turner perguntou:

— Então você é a favor do voto das mulheres?

George endireitou o corpo e passou giz no taco.

— Certamente que sim, senhor — respondeu, antes de alinhar as bolas.

— Mas elas não têm escolaridade suficiente para assumir tal responsabilidade — disse Turner. — De qualquer forma, como se pode esperar que uma mulher faça um julgamento racional?

George inclinou-se novamente e, dessa vez, totalizou 21 pontos. Depois, passou a vez para Andrew, que não marcou nenhum ponto.

— Há um modo simples de remediar isso — disse George.

— E qual seria? — perguntou Turner, observando a mesa e analisando suas opções.

— Em primeiro lugar, permitir que as mulheres sejam educadas adequadamente. Assim, elas poderiam frequentar universidades, estudar e obter diplomas, como os homens.

— Presumivelmente, isso não se aplicaria a Oxford e Cambridge?

— Pelo contrário — disse George. — Oxford e Cambridge deveriam liderar o processo. As outras universidades com certeza as acompanhariam.

— Mulheres com diplomas — bufou Turner. — Isso é impensável.

Ele se inclinou e deu a tacada seguinte, mas o taco espirrou e a bola branca se desviou para a caçapa mais próxima. George teve de fazer um enorme esforço para não dar uma gargalhada.

— Deixe-me entender exatamente o que você está propondo, Mallory — disse Turner passando a vez para seu convidado. — Você é de opinião que mulheres inteligentes, com diplomas de Oxford e Cambridge, deveriam ter direito a voto?

— Não, senhor, não é isso o que estou propondo — disse George. — Eu acho que as mesmas regras aplicadas aos homens devem ser aplicadas às mulheres. As tolas poderiam votar também.

Um sorriso aflorou aos lábios de Turner pela primeira vez, desde que o jogo começara.

— Não consigo ver o parlamento aprovando isso. Afinal de contas, os perus não costumam votar a favor do Natal.

— Até que um dos perus perceba que, se votar a favor do Natal, poderá vencer a próxima eleição — replicou George, executando uma carambola que encaçapou a bola vermelha.

Depois, aprumou o corpo e sorriu.
— Acho que venci o jogo, senhor.
Seu anfitrião assentiu com relutância e começou a vestir o casaco. Ouviu-se uma leve batida à porta e o mordomo entrou na sala.
— O jantar está servido, senhor.
— Obrigado, Atkins — disse Turner. Assim que saíram da sala, ele sussurrou: — Aposto meus rendimentos de um ano que Atkins jamais defenderia os votos das mulheres.
— E eu apostaria meus rendimentos de um ano que o senhor nunca perguntou a ele — disse George, arrependendo-se no mesmo instante em que terminou de dizer as palavras.
Andrew pareceu embaraçado, mas não disse nada.
— Peço desculpas, senhor — disse George. — Essa observação foi imperdoável e...
— Não foi nada, meu rapaz — atalhou Turner. — Receio que desde o falecimento de minha esposa eu tenha me tornado uma espécie de... qual é a expressão moderna? Uma espécie de velho retrógrado. Mas vamos nos reunir às senhoritas para jantar. — Enquanto caminhavam pelo corredor, ele acrescentou: — Boa jogada, Mallory. Estou ansioso por uma revanche, quando, sem dúvida, você nos instruirá com suas opiniões sobre os direitos dos trabalhadores.

O mordomo abriu a porta para que Turner e seus convidados entrassem na sala de estar. Uma grande mesa de carvalho, que parecia mais elisabetana que vitoriana, dominava o centro do cômodo, apainelado também em carvalho. Seis lugares haviam sido preparados, com os mais finos talheres, tecidos e porcelanas.

Ao entrar na sala, George perdeu o fôlego, algo que raramente lhe acontecia, mesmo no topo de uma montanha. Embora as três filhas do sr. Turner — Marjorie, Ruth e Mildred — estivessem esperando para ser apresentadas, o olhar de George se fixou em Ruth, fazendo com que ela ruborizasse e desviasse o olhar.

— Não fique aí parado, Mallory — disse Turner, notando que George ainda estava parado à soleira da porta. — Elas não vão morder você. Na verdade, você provavelmente vai descobrir que elas simpatizam mais com seus pontos de vista que com os meus.

George se adiantou e apertou as mãos das três jovens, tentando não demonstrar seu desapontamento quando seu anfitrião o posicionou entre Marjorie e Mildred. Duas criadas serviram o primeiro prato, salmão com aneto, enquanto o mordomo servia meia taça de Sancerre a Turner, para que este provasse o vinho. George ignorou o prato mais apetitoso que já provara em semanas, enquanto tentava roubar um olhar de Ruth, que estava sentada à outra extremidade da mesa. Parecia completamente alheia à própria beleza. *Parece uma pintura de Botticelli*, sussurrou ele consigo mesmo, contemplando sua pele clara, seus olhos azul-esverdeados e seus luxuriantes cabelos castanho-avermelhados. *Parece uma pintura de Botticelli*, repetiu, enquanto empunhava a faca e o garfo.

— É verdade, sr. Mallory — perguntou Marjorie, a mais velha das três irmãs, interrompendo seus pensamentos —, que o senhor já se encontrou com o sr. George Bernard Shaw?

— Sim, srta. Turner, eu tive a honra de jantar com o grande homem depois de uma palestra que ele fez na Sociedade Fabiana, em Cambridge.

— Grande homem, uma ova — disse Turner. — É apenas mais um socialista que se diverte nos dizendo como devemos conduzir nossas vidas. O sujeito nem mesmo é inglês.

Marjorie lançou um sorriso benevolente para o pai.

— O crítico teatral do *Times* — prosseguiu ela, ainda se dirigindo a George — achou que a peça *Pigmalião* é espirituosa e intelectualmente instigante.

— Provavelmente, ele também é socialista — disse Turner entre duas garfadas.

— A senhorita já viu a peça, srta. Turner? — perguntou George, virando-se para Ruth.

— Não, sr. Mallory, não vi — respondeu Ruth. — A última produção teatral a que assistimos foi *Charley's Aunt* (A tia de Charley), no centro comunitário da cidade, e isso só depois que o vigário proibiu a leitura de *The Importance of Being Earnest* (A importância de ser honesto [ou de se chamar Ernesto]).[19]

— Escrita por outro irlandês — disse Turner —, cujo nome não deveria ser mencionado numa sociedade respeitável. Não concorda comigo, sr. Mallory? — perguntou ele, enquanto o primeiro prato era retirado.

O salmão de George, intocado, ainda parecia ser capaz de nadar.

— Se a sociedade respeitável for incapaz de discutir os dois dramaturgos mais talentosos de sua geração, então sim, senhor, concordo com o senhor.

Mildred, que não falara até aquele momento, inclinou-se para a frente e sussurrou:

— Eu concordo inteiramente com o senhor, sr. Mallory.

— E você, O'Sullivan — perguntou Turner. — Você é da mesma opinião que Mallory?

— Eu raramente concordo com alguma coisa dita por George — respondeu Andrew —, o que explica por que nos damos tão bem.

Todos na mesa riram. O mordomo pousou um rosbife no aparador, serviu um pedaço ao amo e, após obter sua aprovação, começou a trinchar a carne.

George aproveitou o momento de distração e olhou novamente para o outro lado da mesa. Ruth estava sorrindo para Andrew.

— Devo confessar — disse Andrew — que nunca assisti a nenhuma peça escrita por algum desses cavalheiros.

— Posso lhe assegurar, O'Sullivan — comentou Turner, provando uma taça de vinho tinto —, que nenhum deles é um cavalheiro.

---

[19] *Charley's Aunt*: peça humorística de Brandon Thomas, de grande sucesso popular. *The Importance of Being Earnest*: famosa peça de Oscar Wilde. (N.T.)

George estava a ponto de responder quando Mildred interferiu.

— Não lhe dê atenção, sr. Mallory. É a única coisa que nosso pai não consegue suportar.

George sorriu e entabulou uma polida conversa com Marjorie sobre entrançamento de cestas até os pratos serem retirados da mesa, embora lançando olhares ocasionais para Ruth, que pareceu não notar.

— Bem, senhores — disse o sr. Turner dobrando o guardanapo —, esperemos que vocês tenham aprendido uma lição esta noite.

— E qual seria, senhor? — perguntou Andrew.

— Tomem cuidado para não ter três filhas. Entre outras coisas, porque Mallory não irá descansar até que todas tenham ido para a universidade e obtido diplomas.

— Foi uma ótima sugestão, sr. Mallory — disse Mildred. — Se eu tivesse tido oportunidade de seguir o exemplo de meu pai e me tornar arquiteta, teria feito isso com prazer.

Pela primeira vez, naquela noite, o sr. Turner ficou confuso. Passaram-se alguns momentos antes que ele se recobrasse o suficiente para sugerir:

— Talvez seja melhor irmos até a sala de estar para tomar um café.

Foi a vez de as meninas ficarem confusas. O pai quebrara uma rotina tradicional. Ele costumava tomar um conhaque e fumar um charuto em companhia de seus convidados masculinos, antes de pensar em se reunir às damas.

— Uma vitória memorável, sr. Mallory — sussurrou Marjorie, enquanto George afastava a cadeira para que ela se levantasse.

George esperou até as irmãs saírem da sala de jantar, antes de começar a agir. Com satisfação, viu que Andrew estava entretido em uma animada conversa com o velho.

Tão logo Ruth ocupou um lugar no sofá da sala de estar, ele casualmente se aproximou e sentou-se ao lado dela. Ruth não falou nada. Parecia olhar para Andrew, que se sentara ao lado de Marjorie na *chaise longue*. Tendo alcançado seu objetivo, George subitamente se viu sem palavras. Levou algum tempo para que Ruth viesse em seu socorro.

— Por acaso o senhor venceu meu pai no bilhar, sr. Mallory? — perguntou ela finalmente.

— Sim, srta. Turner, venci — disse George, enquanto Atkins pousava uma xícara de café na mesinha ao lado dela.

— Isso explica por que ele estava tão belicoso durante o jantar. — Ela bebeu um gole de café e acrescentou: — Se ele o convidar novamente, sr. Mallory, talvez seja mais diplomático deixá-lo vencer.

— Acho que nunca vou concordar com isso, srta. Turner.

— Mas por que não, sr. Mallory?

— Porque isso revelaria uma fraqueza em meu caráter que ela pode descobrir.

— Ela? — repetiu Ruth, genuinamente perplexa.

— A montanha Chomolungma, deusa-mãe da Terra.

— Mas meu pai disse que é o Everest que o senhor está pretendendo conquistar.

— "Everest" é o nome que os ingleses lhe deram, mas não é o nome pelo qual ela atende.

— Seu café está esfriando, sr. Mallory — disse Ruth relanceando os olhos pela sala.

— Obrigado, srta. Turner — disse George, tomando um gole.

— E o senhor pretende conhecer melhor essa deusa? — perguntou ela.

— Daqui a algum tempo, srta. Turner. Mas não antes que uma ou duas outras damas caiam sob o meu feitiço.

Ela lhe lançou um olhar zombeteiro.

— Alguma em particular?

— Madame Matterhorn — respondeu ele. — Pretendo deixar meu cartão de visita lá durante os feriados da Páscoa. — Tomando mais um gole do café já frio, ele perguntou: — E onde a senhorita vai passar a Páscoa, srta. Turner?

— Papai vai nos levar a Veneza em abril. Acho que é uma cidade que não agradaria o senhor, sr. Mallory, pois fica poucos metros acima do nível do mar.

— Não é só a elevação que importa, srta. Turner. "Sob os olhos azuis de um dia nascente, eis que surge Veneza, a filha do mar, labirinto de muros, palácios e gente, que Anfitrite algum dia virá reclamar."[20]

— Então o senhor admira Shelley — disse Ruth, pousando sua xícara vazia na mesa lateral.

George estava prestes a responder quando o relógio sobre a lareira bateu uma vez. Era a batida da meia hora. Andrew se ergueu e olhou para seu anfitrião.

— Foi uma noite encantadora, senhor, mas acho que chegou a hora de partirmos.

George consultou seu relógio: 22h30. A última coisa que ele queria era partir, mas Turner se levantou. Marjorie se aproximou e lhe sorriu calorosamente.

— Espero que em breve o senhor venha nos visitar novamente, sr. Mallory.

— Eu também espero — disse George, ainda olhando na direção de Ruth.

O sr. Turner sorriu. Ele poderia não ter vencido Mallory, mas uma de suas filhas já o dominara completamente.

---

[20] No original: *Underneath day's azure eyes, ocean's nursling, Venice lies, a peopled labyrinth of walls, Amphitrite's destined halls.* (N.T.)

19

Sexta-feira, 13 de fevereiro de 1914

George não queria que Andrew descobrisse o que ele estava planejando. Ele não conseguia tirar Ruth da cabeça. Jamais encontrara uma beleza tão serena, uma companhia tão agradável. E tudo o que conseguira fazer quando estivera ao lado dela fora olhar para aqueles olhos azuis e se comportar como um bobo. E, quanto mais ela sorria para Andrew, mais desesperado ele ficava, incapaz de fazer um comentário espirituoso ou mesmo manter uma conversa educada.

Desejara muito segurar a mão dela. Só que Mildred o distraíra, permitindo que Andrew captasse a atenção de Ruth. Ruth teria algum interesse em Andrew? Andrew teria falado a esse respeito com o pai dela? Durante o jantar, George a vira entretida em profundas conversas com Andrew. Tinha de descobrir o que estavam falando. Jamais se sentira tão patético.

George já observara homens enamorados e achava que eram apenas tolos iludidos. Agora, porém, se juntara a eles e, ainda pior, sua deusa parecia favorecer outra criatura. Andrew não a merece, disse em voz alta, antes de adormecer. Então, concluiu que ele também não a merecia.

Quando acordou na manhã seguinte — se é que dormira —, ele tentou tirá-la de seus pensamentos e se preparar para as aulas do dia.

Sentia engulhos ao pensar em passar quarenta minutos com a quinta série, tendo de ouvir suas opiniões sobre Walter Raleigh e as implicações da importação de tabaco da Virgínia. Se Guy não estivesse servindo como diplomata no outro lado do mundo, ele poderia lhe pedir conselhos sobre o que deveria fazer.

A primeira aula daquela manhã ocupou o que a George pareceu serem os quarenta minutos mais longos da história. Wainwright quase o fez perder a calma e, pela primeira vez, Carter menor levou a melhor sobre ele. Então, felizmente, a campainha tocou. Um pensamento lhe veio à cabeça: por quem os sinos dobram? Não que algum deles já tivesse ouvido falar de Donne — com exceção, talvez, de Robert Graves.[21]

Enquanto lentamente atravessava o pátio em direção à sala dos professores, ele ensaiou de novo as linhas que repassara infindavelmente durante a noite. Iria se ater ao roteiro até esclarecer cada dúvida. Caso contrário, Andrew deduziria suas intenções e zombaria dele. Sua vontade era desafiá-lo para um duelo, como teria feito cem anos antes. Então se lembrou de qual dos dois treinara boxe.

George entrou no prédio tentando parecer confiante e relaxado, como se não tivesse nenhuma preocupação no mundo. Ao abrir a porta da sala, pôde escutar as batidas de seu coração. E se Andrew não estivesse lá? Ele não conseguiria dar outra aula à quinta série antes de obter resposta a algumas perguntas que lhe ocupavam a mente.

Andrew estava sentado em seu lugar habitual, à janela, lendo o jornal da manhã. Sorriu quando avistou George, que se serviu de uma xícara de chá e atravessou a sala para se reunir a ele. George ficou aborrecido quando viu que um colega acabara de ocupar a cadeira ao lado de Andrew, e estava discutindo animadamente as iniquidades do horário escolar.

---

[21] "Por quem os sinos dobram" é um verso de John Donne (1572-1631), poeta inglês. Esse verso ficou famoso ao intitular um dos romances de Hemingway. (N.T.)

Empoleirando-se no radiador que estava entre ambos, ele tentou se lembrar da primeira pergunta. Ah, sim...

— Boa reunião a de ontem à noite — disse Andrew, dobrando o jornal e voltando a atenção para George.

— Sim, boa reunião — repetiu George fracamente, embora a frase não constasse em seu roteiro.

— Você parecia estar se divertindo.

— Foi uma noite esplêndida — disse George. — Turner é uma figura.

— Ele obviamente simpatizou com você.

— Ah, você acha isso?

— Tenho certeza. Nunca o vi tão animado.

— Então você o conhece há muito tempo? — arriscou George.

— Não, só estive em Westbrook umas duas vezes, e ele mal abriu a boca.

— É mesmo? — disse George.

Sua primeira dúvida fora esclarecida.

— Então, o que você achou das meninas?

— As meninas? — repetiu George, aborrecido com o fato de que Andrew parecia estar lhe fazendo suas próprias perguntas.

— Sim. Você gostou de alguma delas? Marjorie, claramente, não conseguia tirar os olhos de você.

— Eu não reparei — disse George. — E você?

— Bem, para ser franco com você, foi meio que uma surpresa, meu caro — admitiu Andrew.

— Meio que uma surpresa? — disse George, esperando não parecer desesperado.

— Sim. Veja você, eu achei que ela não tinha o menor interesse em mim.

— Ela?

— Ruth.

— Ruth?

— Sim. Nas minhas visitas anteriores ela quase não me olhou. Mas ontem à noite ela não parou de conversar comigo. Acho que tenho chance.
— Tem chance? — George pulou do radiador.
— Você está bem, Mallory?
— Claro que sim. Por que você está perguntando?
— Bem, é que você fica repetindo tudo o que eu falo.
— Tudo o que você fala? Eu fico? — disse George, ajeitando-se no radiador. — Então você pretende ver Ruth novamente? — arriscou de novo, fazendo enfim uma de suas perguntas.
— Bem, foi engraçado — comentou Andrew. — Logo depois do jantar, o velho me chamou de lado e me convidou para ir com ele e a família a Veneza, na Páscoa.
— E você aceitou? — perguntou George, aterrorizado com a ideia.
— Bem, eu gostaria de ter aceitado, mas há uma pequena complicação.
— Uma pequena complicação?
— Você está repetindo de novo — observou Andrew.
— Desculpe — respondeu George. — Qual é a complicação?
— Já me comprometi a participar de uma excursão de hóquei no sudoeste, durante a Páscoa, e eu sou o único goleiro disponível. Acho que não posso decepcionar o time.
— Certamente que não — disse George, ajeitando-se novamente no radiador. — Não seria correto.
— É verdade — disse Andrew. — Mas acho que há uma solução de compromisso.
— Uma solução de compromisso?
— Sim. Se eu faltar ao último jogo, posso pegar o barco em Southampton na sexta-feira à noite e chegar a Veneza no domingo de manhã. Assim, eu poderia passar a semana inteira com os Turner.
— A semana inteira? — repetiu George.
— Eu sugeri a ideia ao velho e ele me pareceu bastante favorável. Portanto, vou me encontrar com eles na última semana de março.

Era o que George precisava saber. Com os fundilhos das calças já chamuscados, ele pulou do radiador.

— Você tem certeza de que está bem, Mallory? Você parece completamente distraído hoje.

— A culpa é de Wainwright — disse George, feliz com a oportunidade de mudar de assunto.

— Wainwright? — disse Andrew.

— Eu quase perdi a calma com ele, hoje, quando ele sugeriu que foi o conde de Essex quem derrotou a Armada Espanhola e que Drake nem estava lá.

— Estava jogando *bowls*[22] em Plymouth Hoe, sem dúvida.

— Não, Wainwright tem uma teoria de que Drake teve um longo caso de amor com a rainha Elizabeth e que estava com ela em Hampton Court na época. Assim, enviou o conde de Essex a Devon, para mantê-lo fora do caminho.

— Eu pensei que fosse o contrário.

— Esperemos que sim — disse George.

---

[22] Antigo jogo semelhante à bocha muito praticado na Comunidade Britânica. Reza a lenda, provavelmente apócrifa, que Sir Francis Drake disputou uma partida de *bowls* na localidade de Plymouth Hoe, em 1588, antes de se lançar ao mar para enfrentar a Armada Espanhola. (N.T.)

20

Terça-feira, 24 de março de 1914

Os dois primeiros dias da escalada transcorreram bem, embora Finch parecesse um pouco preocupado, bem diferente do homem sem rodeios que costumava ser. Somente no terceiro dia, quando ambos encalharam em uma laje a meio caminho da Aresta de Zmutt, George descobriu o motivo.

— Você consegue entender as mulheres? — perguntou Finch, como se isso fosse algo que eles discutissem diariamente.

— Não posso dizer que tenho uma grande experiência nessa área — admitiu George, pensando em Ruth.

— Bem-vindo ao clube — respondeu Finch.

— Mas eu sempre achei que você era considerado uma espécie de autoridade no assunto.

— As mulheres não permitem que nenhum homem seja uma autoridade nesse assunto — disse Finch melancolicamente.

— Você se apaixonou por alguém? — perguntou George, pensando se Finch não estaria com o mesmo problema que ele.

— Deixei de amar — disse Finch. — O que é muito mais complicado.

— Tenho certeza de que você logo vai encontrar uma substituta.

— Não é uma substituta o que me preocupa — observou Finch.
— Eu acabei de descobrir que ela está grávida.
— Então você vai ter que se casar com ela — disse George prosaicamente.
— Esse é o problema — replicou Finch. — Já somos casados.

Pela primeira vez, desde a avalanche no Mont Blanc, George esteve perto de cair de uma montanha.

Uma cabeça surgiu na beirada da rocha.
— Mexam-se — disse Young. — Ou não estão conseguindo encontrar um caminho?

Nenhum dos dois respondeu. Young se limitou a dizer:
— Venham atrás de mim.

Durante a hora seguinte, os três homens enfrentaram corajosamente as poucas centenas de metros que faltavam. Foi somente quando estavam reunidos no topo da montanha que Finch tornou a falar.

— Há alguma novidade a respeito da montanha que todos nós queremos escalar? — perguntou ele a Young.

Embora não aprovasse a abordagem brusca de Finch, George esperava que Young pudesse responder à pergunta, pois uma coisa era certa: ninguém poderia bisbilhotar o que eles estavam conversando no pico do Matterhorn, a 4.478 metros de altura.

Young olhou para o vale abaixo, perguntando-se quantas informações deveria divulgar.

— Tudo o que eu disser sobre este assunto deve permanecer entre nós três — disse ele por fim. — Não espero nenhum comunicado oficial do Ministério do Exterior pelo menos nos próximos meses. — Ele parou de falar por alguns momentos e até mesmo Finch permaneceu em silêncio. — No entanto, posso falar a vocês que o Clube Alpino estabeleceu um acordo provisório com a Real Sociedade Geográfica para que ambas as entidades formem uma equipe conjunta, que será conhecida como Comitê do Everest.

— E quem vai estar nesse comitê? — perguntou Finch.

Mais uma vez Young levou algum tempo para responder.

— Sir Francis Younghusband será o presidente. Eu vou ser o vice-presidente e o sr. Hinks, o secretário-geral.

— Ninguém pode ser contra a nomeação de Younghusband como presidente — disse George, escolhendo cuidadosamente as palavras. Afinal, ele foi fundamental para fazer decolar o projeto de uma expedição ao Everest.

— Mas isto não se aplica a Hinks — respondeu Finch, sem escolher as palavras cuidadosamente. — Eis um homem que conseguiu transformar o esnobismo em uma forma de arte.

— Você não está sendo um pouco rude, meu velho? — sugeriu George, que pensara que mais nada do que Finch dissesse poderia chocá-lo novamente.

— Talvez você não tenha notado que, na palestra de Scott na RSG, as mulheres, inclusive as esposas de Hinks e Scott, foram relegadas às galerias, como gado em um trem de carga.

— As tradições custam a acabar nessas instituições — replicou Young calmamente.

— Não vamos desculpar o esnobismo fazendo de conta que é tradição — disse Finch. — Veja bem, George — acrescentou ele —, Hinks ficaria encantado se você fosse escolhido para fazer parte da equipe que vai fazer a escalada. Afinal de contas, você frequentou Winchester e Cambridge.

— Essa foi desnecessária — retrucou Young asperamente.

— Bem, em breve vamos saber se eu tenho ou não razão — disse Finch.

— Você não precisa se preocupar com isso — observou Young. — Posso lhe assegurar que o Clube Alpino fará a seleção da equipe, não Hinks.

— Pode ser — disse Finch, sem querer dar o braço a torcer —, mas o que realmente interessa é quem vai estar nesse comitê.

— Vão ser sete integrantes — disse Young. — Três deles do Clube Alpino. Antes que você pergunte, vou convidar Somervell e Herford para trabalhar comigo.

— Nada mais justo — comentou George.

— Possivelmente — disse Finch. — Mas quem serão os membros da RSG?

— Hinks, um sujeito chamado Raeburn e um tal de general Bruce. Assim, haverá três de cada lado.

— Isso deixa Younghusband com o voto decisivo.

— Não vejo nenhum problema nisso — disse Young. — Younghusband tem sido um ótimo presidente da RSG, e sua integridade nunca foi posta em dúvida.

— Como você é britânico — disse Finch.

Young apertou os lábios antes de acrescentar:

— Talvez eu deva assinalar que a RSG só vai selecionar a equipe encarregada do mapeamento detalhado daquelas áreas remotas; e também coleta de amostras geológicas e espécimes da flora e da fauna exclusivas do Himalaia. Caberá ao Clube Alpino a escolha da equipe de montanhistas, e também será nossa tarefa estabelecer uma rota para o pico do Everest.

— E quem deverá ser o líder da expedição? — perguntou Finch, sem ceder um milímetro.

— Creio que será o general Bruce. Ele serviu na Índia durante muitos anos, e é um dos poucos ingleses familiarizados com o Himalaia, além de ser amigo do Dalai-Lama. É a escolha ideal para nos levar até o Tibete. Assim que chegarmos aos contrafortes do Everest e montarmos o acampamento-base, assumirei a liderança, com a responsabilidade exclusiva de assegurar que um inglês seja o primeiro homem a pisar no teto do mundo.

— Eu sou australiano — lembrou Finch.

— Seria muito apropriado ter outro representante da Comunidade Britânica ao meu lado — disse Young, com um sorriso. E acrescentou:

— Talvez seja melhor começarmos a descer, senhores. A não ser que vocês estejam planejando passar a noite no alto da montanha.

George recolocou seus óculos de neve, empolgado com as notícias, embora suspeitasse que as provocações de Finch haviam levado Young a revelar mais do que pretendia. Young depositou uma moeda de ouro no ponto mais alto do Matterhorn e disse:

— Sua Majestade envia seus cumprimentos, madame, e espera que a senhora conceda aos seus humildes súditos um retorno seguro à terra natal.

— Só mais uma pergunta — disse Finch.

— Só mais uma — replicou Young.

— Você tem alguma ideia de quando essa expedição pretende partir para o Tibete?

— Sim — respondeu Young. — Não poderá passar de fevereiro do próximo ano. Teremos que montar o acampamento-base em maio, se quisermos ter tempo de atingir o cume antes que comece a estação das monções.

Finch pareceu satisfeito com a resposta, mas George se perguntou como o sr. Fletcher, o novo diretor da Charterhouse, reagiria quando um de seus professores solicitasse uma licença de seis meses.

Young os conduziu lentamente montanha abaixo, sem perder tempo com conversas irrelevantes, até se encontrarem em terreno seguro. Quando o hotel em que estavam hospedados surgiu em seu campo visual, ele disse suas últimas palavras sobre o assunto:

— Eu agradeceria muito, senhores, se vocês não tocassem mais neste assunto, até o Ministério do Exterior fazer uma declaração oficial.

Seus dois companheiros assentiram com a cabeça.

— Entretanto — acrescentou ele —, espero que vocês não tenham planejado nada para 1915.

Vestindo uma camisa de gola aberta, calça de flanela e um casaco esportivo, Finch se dirigia à sala de jantar quando avistou Mallory no balcão de recepção, preenchendo um cheque.

— Partindo para mais uma pequena aventura? — perguntou, olhando para a mala aos pés de Mallory.

George sorriu.

— Sim. Tenho de reconhecer que você não é o único homem que eu estou tentando suplantar.

Finch olhou para a etiqueta amarrada na mala.

— Como não há nenhuma montanha em Veneza, que eu saiba, só posso presumir que uma mulher esteja envolvida.

George não respondeu. Apenas entregou o cheque ao recepcionista atrás do balcão.

— Bem como eu pensei — disse Finch. — E, como você sugeriu que eu sou uma autoridade quando se trata do sexo frágil, permita-me dizer que lidar com duas mulheres ao mesmo tempo, ainda que vivam em continentes diferentes, nunca é fácil.

George sorriu enquanto dobrava o recibo e o enfiava em um bolso.

— Meu caro Finch — disse ele —, permita-me observar que é preciso haver uma primeira mulher para que haja uma segunda.

Sem dizer mais nada, pegou sua mala, lançou a Finch um breve sorriso e se encaminhou para a porta da frente.

— Eu não repetiria isso quando estivesse frente a frente com a Chomolungma pela primeira vez — disse Finch calmamente. — Tenho a impressão de que essa senhora, em particular, pode se transformar em uma amante implacável.

George não olhou para trás.

21

Quinta-feira, 26 de março de 1914

Desde que pusera os olhos nela, em Westbrook, George não conseguira tirar Ruth da cabeça, nem mesmo quando estava escalando. Seria por isso que Finch alcançara o topo do Matterhorn antes dele, e que Young havia escolhido Somervell e Herford para o Comitê do Everest? Estaria Finch correto ao sugerir que, em algum momento, George teria de escolher entre as duas damas? Nenhuma escolha era necessária ainda, pensou George, pois as damas em questão o ignoravam ostensivamente.

George partiu de Zermatt na terça-feira à noite, deixando seus colegas resolverem as diferenças que tinham com um ou dois picos menores. Tomou o trem para Lausanne e fez baldeação em Visp, onde passou a maior parte do tempo planejando como poderia se encontrar com ela casualmente — isto é, presumindo que conseguiria encontrá-la.

Chacoalhando no trem, George não pôde deixar de pensar que, embora as montanhas não fossem confiáveis, pelo menos permaneciam no mesmo lugar. Não seria óbvio demais que ele viajara da Suíça à Itália especialmente para vê-la? Ele conhecia alguém que perceberia isso num instante.

Ao desembarcar em Lausanne, comprou uma passagem de terceira classe no Cisalpino para Verona, de onde tomaria o expresso para

Veneza. Não havia necessidade de esbanjar dinheiro com uma passagem mais cara, quando só o que ele pretendia era dormir. E teria dormido, se não estivesse sentado ao lado de um francês, que achava que todos os pratos que comia deveriam ser generosamente condimentados com alho, e cujos roncos rivalizavam com o barulho do trem.

George conseguiu dormir apenas por alguns instantes, antes que o trem chegasse ao destino. Ele jamais visitara Veneza, mas o guia Baedeker vinha sendo seu companheiro constante no último mês. Assim, quando desembarcou na plataforma na estação de Santa Lucia, ele conhecia a localização exata de todos os hotéis cinco estrelas da cidade. Sabia até que o Firenze fora o primeiro hotel da Europa a oferecer o que era descrito como banheiro *en-suite*.

Quando o ônibus aquático o deixou na Piazza San Marco, ele saiu à procura do único hotel que estava ao alcance de seu bolso e que não ficava a quilômetros do centro da cidade. Hospedou-se no menor quarto que havia — no último andar, lugar adequado para um montanhista — e se deitou, desesperado para conseguir uma boa noite de sono. Como todos os alpinistas bem-preparados, teria de se levantar antes do alvorecer se quisesse levar adiante sua pequena manobra. Tinha certeza de que os Turner não poriam os pés fora do hotel em que estavam, fosse lá qual fosse, muito antes das dez da manhã.

George passou mais uma noite insone. Dessa vez, não poderia culpar o alho ou o barulho do trem, mas um colchão sem molas e um travesseiro que jamais fora apresentado a mais que um punhado de penas; até seus jovens pupilos da Charterhouse teriam reclamado.

Levantou-se antes das seis e atravessou a ponte de Rialto meia hora depois, juntamente com notívagos e alguns trabalhadores. Tirando uma lista de hotéis do bolso interno do paletó, começou sua busca metódica.

O primeiro estabelecimento em que entrou foi o Hotel Bauer, onde perguntou à recepcionista se a família Turner — um cavalheiro idoso e suas três filhas — estava hospedada lá. O porteiro da noite correu o dedo sobre uma longa lista e abanou a cabeça. No Hotel Europa e Regina, nas proximidades, George obteve a mesma resposta. O Hotel Baglione tinha um Thompson e um Taylor, mas nenhum Turner. O gerente noturno do Gritti Palace esperou por uma gorjeta, antes de nem pensar em responder à pergunta de George, mas lhe deu a mesma resposta. O hotel seguinte se recusou a divulgar o nome de seus hóspedes, mesmo após George alegar ser amigo íntimo da família.

Ele estava começando a se perguntar se os Turner teriam mudado seus projetos de férias, até que o porteiro do San Clemente, um inglês, deu um sorriso de reconhecimento ao ouvir o nome, embora não sorrisse novamente até George lhe passar uma nota de alto valor. Os Turner, informou ele, não estavam hospedados no San Clemente, mas, ocasionalmente, jantavam lá. E certa vez lhe haviam pedido que chamasse um *vaporetto* para levá-los de volta ao... Ele não terminou a frase até que uma segunda nota do mesmo valor se juntasse à primeira... ao hotel onde estavam. Uma terceira nota garantiu o nome do hotel, o Cipriani, assim como o cais no qual a lancha do hotel deixara os hóspedes.

George guardou a carteira no bolso, agora mais fina, e caminhou rapidamente até a Piazza San Marco. De lá, poderia avistar a ilha de Giudecca, onde o Hotel Cipriani avultava orgulhosamente. A cada vinte minutos, uma lancha com o nome *Cipriani* escrito na proa atracava no cais. George se postou à sombra de uma grande arcada, de onde podia observar todas as lanchas que despejavam clientes, certo de que seria fácil identificar um cavalheiro idoso acompanhado de três moças, especialmente quando a imagem de uma dessas moças quase nunca saíra de sua mente nos últimos seis meses.

Durante as duas horas seguintes, George observou todos os passageiros procedentes de Giudecca. Mais uma hora e ele começou a pensar se os Turner não teriam se transferido para outro hotel; talvez aquele que se recusara a informar a lista de hóspedes. Ele olhou para os cafés ao redor, que começavam a se encher de clientes. Os aromas penetrantes de *panini*, *crostini* e café, bem quentes, vieram lembrá-lo de que ele ainda não tomara o café da manhã. Ele, porém, não se atrevia a desertar do posto, com receio de que, assim que o fizesse, a família Turner pisasse no cais. Decidiu então que, caso eles não aparecessem até o meio-dia, ele teria de se arriscar a ir até a ilha, e até mesmo a entrar no hotel. Se os encontrasse por acaso, como explicaria sua presença lá? O sr. Turner saberia que o salário mensal de George mal daria para pagar uma diária no Cipriani, por menor que fosse o quarto.

Foi então que George a viu. Seu primeiro pensamento foi que ela era ainda mais linda do que ele se lembrava. Trajava um longo vestido de seda amarela, em estilo império, com uma larga fita vermelha atada pouco abaixo do busto, e se abrigava sob um guarda-sol branco. Seus cabelos castanho-avermelhados lhe caíam sobre os ombros. Se perguntassem a George o que Marjorie e Mildred estavam vestindo, ele não saberia dizer.

O sr. Turner foi o primeiro a pisar no cais. Usava um elegante terno creme, camisa branca e gravata listrada. Erguendo um braço, ele ajudou suas filhas a saltar da lancha. George ficou aliviado ao não ver sinal de Andrew; esperava que ele estivesse defendendo alguma baliza em Taunton.

Os Turner caminharam em direção à Piazza San Marco, com ar de que sabiam exatamente aonde iam. E de fato sabiam, pois entraram em um café lotado e o garçom os conduziu imediatamente à única mesa desocupada. Feitos os pedidos, Turner começou a ler o *Times* do dia anterior, enquanto Ruth folheava um livro que deveria ser um guia de Veneza, já que ela comentava o conteúdo com as irmãs, às vezes indicando algum ponto de interesse.

A certa altura, Ruth olhou em sua direção e, por um momento, George achou que ela o tivesse reconhecido, embora raramente alguém note uma pessoa que não está procurando, sobretudo se estiver oculta nas sombras. Ele esperou pacientemente até o sr. Turner pagar a conta, ciente de que a próxima etapa de seu plano não podia ser adiada por mais tempo.

No momento em que os Turner deixaram o café, George saiu das sombras e se encaminhou para o centro da praça. Seus olhos não se desviavam de Ruth, que ainda segurava o guia, do qual lia passagens em voz alta, que o restante da família ouvia atentamente. George desejou estar no alto de uma montanha, mesmo acompanhado apenas por Finch. No momento em que a família o visse, com certeza, iria perceber sua manobra. E só havia um meio de descobrir.

Ele contornou um grupo de turistas e parou a poucos passos do sr. Turner.

— Bom-dia, senhor — disse George, erguendo o chapéu de palha e tentando parecer surpreso. — Que surpresa agradável!

— Bem, certamente é uma surpresa para mim, sr. Mallory — disse Turner.

— E extremamente agradável — acrescentou Marjorie.

— Bom-dia, srta. Turner — disse George, mais uma vez levantando o chapéu. Embora Mildred o recompensasse com um tímido sorriso, Ruth continuou a ler seu guia, como se o aparecimento inesperado de George fosse apenas uma interrupção irritante.

— Diante dos cinco portais da Basílica — leu ela, levantando a voz — está a Piazza San Marco, uma enorme praça cercada de arcadas, que Napoleão certa vez descreveu como a sala de estar da Europa.

George continuou a sorrir para ela, sentindo-se como Malvólio, porque, assim como Olívia,[23] ela não retribuíra seu cumprimento. Começou então a pensar que havia perdido a viagem, que jamais deveria ter imaginado, mesmo que por um momento... Iria se esgueirar para longe, e logo a família iria esquecer que ele estivera lá.

— A torre do sino — continuou Ruth, levantando os olhos — se ergue a uma altura de 99 metros. Os visitantes podem alcançar o campanário subindo por seus 421 degraus.

---

[23] Personagens da peça *Noite de Reis*, de Shakespeare. (N.T.)

George ergueu o chapéu para o sr. Turner e se virou para ir embora.
— O senhor acha que consegue, sr. Mallory? — perguntou Ruth.
George hesitou.
— É possível — respondeu, dando meia-volta. — Mas as condições do tempo teriam que ser levadas em consideração. Um vento forte poderia dificultar as coisas.
— Não posso imaginar como um vento forte poderia dificultar as coisas se o senhor estivesse bem-abrigado no interior da torre, sr. Mallory.
— E depois, srta. Turner, é preciso lembrar que a decisão mais importante em qualquer escalada é a rota escolhida. Raramente conseguimos subir em linha reta e, se não fizermos a escolha certa, podemos acabar retornando sem conseguir nada.
— Interessante, sr. Mallory — disse Ruth.
— Mas, quando um caminho direto se apresenta, devemos estar preparados para ele.
— Não consigo encontrar nada no Baedeker que sugira a existência de um caminho mais direto.
Foi o momento em que George decidiu que, já que tinha de ir embora, iria fazê-lo com estilo.
— Então, talvez esteja na hora de escrever um novo capítulo para seu guia, srta. Turner.
Sem dizer mais nada, George tirou o chapéu e o paletó, e os entregou a Ruth. Depois de olhar mais uma vez para a torre, caminhou até a entrada, onde se juntou à fila de turistas que esperavam a vez de entrar.
Ao chegar ao início da fila, subiu na borboleta, segurou o ressalto do arco que havia sobre a entrada e içou o corpo, até se pôr de pé sobre a saliência de pedra. Momentos depois, ante uma espantada plateia, já estava pendurado no primeiro parapeito. Parou então por um instante, analisando o próximo movimento. Deveria apoiar o pé direito na estátua de um santo — São Tomás, notou Mildred, que parecia descrente.
Por alguns minutos, o sr. Turner deixou de observar George — que avançava de ressalto em ressalto, pilastra em pilastra — para observar

suas filhas. Mildred parecia fascinada com a habilidade de George, enquanto o rosto de Marjorie transmitia assombro. No entanto, foi a reação de Ruth que o deixou mais surpreso. O rosto dela empalidecera mortalmente, e todo o seu corpo parecia estar trêmulo. Quando George pareceu perder o apoio a poucos metros do topo, o sr. Turner achou que sua filha favorita iria desmaiar.

George olhou para a multidão na praça lotada, já sem conseguir identificar Ruth em meio à colcha de retalhos multicolorida que se estendia abaixo. Finalmente, firmou as mãos na larga balaustrada e se ergueu até o campanário, juntando-se aos visitantes que haviam subido por uma rota mais ortodoxa.

Quase sem acreditar no que estavam testemunhando, os turistas recuaram, aturdidos. Um ou dois bateram fotos, para provar ao pessoal de casa que não haviam inventado a história. George se inclinou sobre a balaustrada e começou a pensar na descida — até que avistou dois *carabinieri* correndo pela praça.

Ele não poderia se arriscar a voltar pelo mesmo caminho, pois poderia acrescentar uma prisão italiana à sua experiência francesa. Misturou-se então aos visitantes que iniciavam sua lenta descida de volta à praça, por uma escada em caracol. Ultrapassou vários deles, às pressas, e só diminuiu o ritmo quando encontrou alguns americanos que, claramente, não haviam testemunhado seus esforços. Seu único tópico de conversa era onde iriam almoçar.

Ao saírem da torre, George deu o braço a uma idosa matrona de Illinois, que não protestou. E até sorriu para ele.

— Eu já lhe contei que tenho um parente que estava no Titanic?

— Não — disse George. — Que coisa fascinante — acrescentou, enquanto o grupo passava pelos dois *carabinieri*, que estavam à procura de um homem desacompanhado.

— Sim, Roderick, o filho da minha irmã. Você sabia que ele nem pretendia...

George, porém, já desaparecera.

Tão logo escapou da praça lotada, ele regressou rapidamente ao hotel, embora sem correr nem atrair atenção. Levou apenas 15 minutos para arrumar a mala, pagar a conta — uma taxa extra lhe foi cobrada porque já passava de meio-dia — e partir.

Ele rumou a passos rápidos para a ponte de Rialto, onde tomou um *vaporetto* para a estação de trens. Quando a embarcação passou lentamente diante da Piazza San Marco, ele avistou um policial interrogando um rapaz com mais ou menos a sua idade.

Ao descer na estação de Santa Lucia, foi direto à bilheteria, onde perguntou ao funcionário quando partiria o próximo trem para Londres.

— Às três horas, senhor — respondeu o homem —, mas acho que já não há mais passagens de primeira classe.

— Então tenho que me contentar com a terceira classe — disse George, esvaziando a carteira.

Ele se ocultava nas sombras sempre que avistava um policial. Depois de um tempo que lhe pareceu uma eternidade, a sineta da plataforma tocou e um guarda, a plenos pulmões, convidou os passageiros de primeira classe a embarcar no expresso. George se juntou aos selecionados passageiros, desconfiando que seriam as últimas pessoas que iriam interessar à polícia. Chegou a pensar em subir no teto de algum vagão, mas concluiu que isso o deixaria mais exposto.

Após embarcar, permaneceu parado em um corredor, atento à aproximação de qualquer coletor de bilhetes. Estava conjecturando se não deveria se trancar em algum toalete até o trem partir, quando uma voz atrás dele disse:

— *Il vostro biglietto, signore, per favore.*

George se virou e viu um homem de paletó azul, com debruns dourados nas lapelas, segurando um livro encadernado em couro. Olhando pela janela, avistou um policial andando pela plataforma, olhando as janelas do trem. Estava fingindo que procurava a passagem quando o policial entrou no vagão.

— Eu devo ter perdido o bilhete — disse George. — Vou agora mesmo até a bilheteria e...

— Não precisa fazer isso, senhor — disse o coletor, trocando de língua sem nenhum esforço. — Preciso apenas do seu nome.

— Mallory — respondeu George resignado, vendo o policial se aproximar.

—Ah, sim — disse o coletor. — O senhor está no vagão B, cabine 11. Sua esposa já chegou. O senhor poderia me acompanhar?

— Minha esposa? — perguntou George.

Enquanto seguia o coletor de bilhetes ao longo do vagão-restaurante e chegava ao vagão seguinte, ele tentou imaginar uma desculpa plausível, antes que o homem percebesse o engano. Ao chegarem à cabine 11, o funcionário empurrou uma porta marcada *riservato*. George perscrutou o interior e viu seu paletó e seu chapéu. Estavam no banco em frente a ela.

— Ah, você chegou, querido — disse Ruth. — Eu estava começando a me perguntar se você chegaria a tempo.

— Eu pensei que você só iria retornar à Inglaterra daqui a uma semana — balbuciou George, sentando-se ao lado dela.

— Eu também — replicou Ruth. — Mas alguém uma vez me disse que, quando um caminho direto se apresenta, devemos estar preparados para ele. A menos, é claro, que haja um vento forte.

George riu, e teve vontade de pular de alegria, até que se lembrou de um obstáculo tão aterrador quanto a polícia italiana.

— Seu pai sabe que você está aqui?

— Eu consegui convencê-lo de que, no final das contas, não seria bom para a reputação da escola se um de seus professores faltasse no início do ano letivo por estar mofando em uma prisão italiana.

— Mas e Andrew? Você não estava...

Ruth o enlaçou.

— É claro que a resposta é sim, querido — disse Ruth antes de beijá-lo.

— *Scusi*. — O policial fez uma saudação e acrescentou: — *Mille congratulazioni, signore!*

22

Sexta-feira, 1º de maio de 1914

— Sua vez, eu creio — disse Turner.
George alinhou a ponta do taco com a bola branca. Pôde sentir as pernas tremerem quando deu a tacada. O taco espirrou e a bola disparou loucamente pela mesa, batendo nas almofadas laterais e parando a poucos centímetros da bola vermelha.
— Falta! — disse Turner. — E mais quatro pontos para mim.
— Concordo — suspirou George, enquanto seu anfitrião retornava à mesa.
Turner não voltou a falar até ter somado mais 16 pontos.

◄○►

O mês anterior fora o mais feliz da vida de George. Na verdade, ele não tinha ideia de que tanta felicidade pudesse existir. A cada dia que passava, ele se apaixonava mais por Ruth. Ela era tão inteligente, tão alegre, tão divertida.
A viagem de volta à Inglaterra fora idílica. Eles passaram cada minuto se conhecendo melhor. George teve apenas uma pontada de ansiedade quando o trem se deteve na fronteira italiana e um inspetor da alfân-

dega examinou seu passaporte com atenção. Quando eles finalmente cruzaram a fronteira com a França, George relaxou pela primeira vez e até passou alguns momentos pensando em Young e Finch, escalando em Zermatt. Só alguns momentos.

Durante o jantar, ele disse a Ruth que pedira os cinco pratos do menu porque não comia há três dias. Ela riu quando ele lhe descreveu a última pessoa com quem passara a noite em um trem, um homem que arrotava alho quando estava acordado e roncava quando estava dormindo.

— Então você não dormiu nas três últimas noites — disse ela.

— E parece que não vou dormir esta noite também, meu amor.

— Não posso dizer que era assim que eu queria passar minha primeira noite com o homem que amo — disse Ruth. — Mas por que nós não...

Ela se inclinou sobre a mesa e cochichou no ouvido de George. Ele pensou na proposta por um instante e concordou alegremente.

Minutos depois, Ruth deixou a mesa. Na cabine deles, descobriu que os assentos haviam sido convertidos em camas de solteiro. Ela se despiu, pendurou as roupas, lavou o rosto em uma pequena bacia, deitou em uma das camas e apagou a luz. George continuou no vagão-restaurante, bebendo café puro. Só regressou à cabine quando o último cliente partiu.

Silenciosamente, abriu a porta da cabine e entrou. Permaneceu imóvel por alguns momentos, esperando que seus olhos se acostumassem à escuridão. Conseguiu discernir o contorno do esbelto corpo de Ruth sob o lençol, e sentiu vontade de tocá-la. Tirou o paletó, a gravata, as calças, a camisa e as meias. Deixou tudo no chão e se deitou na cama, pensando se Ruth ainda estaria acordada.

— Boa-noite, sr. Mallory — disse ela.

— Boa-noite, sra. Mallory — respondeu ele.

Pela primeira vez, em três noites, George dormiu profundamente.

―◦―

Quando George se inclinou para dar a tacada seguinte, Turner disse:

— Você me escreveu no início da semana, Mallory, dizendo que tinha um assunto importante para conversar comigo.

— Sim, realmente — respondeu George, enquanto sua bola branca desaparecia na caçapa mais próxima.

— Outra falta — disse Turner.

Ele retornou à mesa e passou algum tempo acumulando ainda mais pontos, o que fez George se sentir ainda mais embaraçado. Mas conseguiu falar.

— Sim, senhor. — Fez uma pausa e acrescentou: — Tenho certeza de que o senhor deve ter notado que estou passando muito tempo com sua filha.

— Qual delas? — perguntou Turner, enquanto George desperdiçava mais uma tacada. — Outra falta. Você ainda tem esperança de fazer algum ponto esta noite, meu jovem?

— É que eu, senhor, é que eu...

— Você gostaria de obter minha bênção antes de pedir Ruth em casamento.

— Eu já a pedi em casamento — admitiu George.

— Espero que sim, Mallory. Afinal, você já passou uma noite com ela.

―◦―

Quando George acordou, no trem, ainda estava totalmente escuro. Ele abriu a cortina e observou os primeiros raios de sol, que despontavam no horizonte: uma vista jubilosa para qualquer montanhista.

Saiu da cama sem fazer barulho. Procurou suas calças no escuro e as vestiu. Depois, localizou o resto das roupas. Algo não muito difícil quando se está acostumado a dormir em uma pequena tenda, com apenas uma vela acesa. Ainda sem fazer barulho, ele abriu a porta da cabine e saiu para o corredor. Olhou para ambos os lados e agradeceu por não haver ninguém. Então, rapidamente, abotoou a camisa, ajeitou as calças, calçou os sapatos e as meias, e vestiu o paletó. Quando entrou no vagão-restaurante, os atendentes que arrumavam as mesas para o café da manhã ficaram surpresos ao ver um passageiro da primeira classe tão cedo.

— Bom-dia, senhor — disse um garçom, olhando fixamente para as calças de Mallory, com ar levemente embaraçado.

— Bom-dia — respondeu George.

Dois passos depois, percebeu que os botões de sua braguilha estavam desabotoados. Rindo, ele os abotoou e atravessou o vagão-restaurante. Estava à procura de um jornal da manhã.

Somente quando chegou ao vagão K encontrou um quiosque de jornais. O letreiro na janela dizia *chiuso*, mas havia um rapaz atrás do balcão, desamarrando uma pilha de jornais. George olhou para a primeira página e não acreditou no que viu. Mal conseguia identificar a si mesmo na foto desfocada, mas conseguiu traduzir a manchete, apesar de seu parco italiano: *Polícia procura homem misterioso que escalou a Basílica de São Marcos.*

Ele apontou para a pilha de jornais. Relutantemente, o jornaleiro abriu a porta.

— Quantas cópias desse jornal você tem?

— Vinte, senhor.

— Vou levar todas — disse George.

O rapaz pareceu indeciso, mas, quando George lhe entregou o dinheiro, ele deu de ombros e depositou o dinheiro na caixa.

George estava admirando uma peça de joalheria no mostruário do quiosque quando o jornaleiro lhe deu o troco.

— Quanto custa isso? — perguntou ele, apontando para a caixa forrada de veludo.

— Em qual moeda, senhor?
— Libras — respondeu George, puxando o talão de cheques.
O rapaz passou o dedo por uma coluna de números escrita em um papel afixado na parede dos fundos.
— Vinte e duas libras, senhor.
Enquanto o jornaleiro embrulhava o pequeno presente, George preencheu um cheque no valor de seu salário mensal. Depois, enfiou o presente no bolso do paletó e atravessou novamente o vagão-restaurante, com os jornais embaixo do braço. Ao entrar no vagão seguinte, espreitou novamente o corredor. Ninguém ainda. Entrou no toalete mais próximo e passou alguns minutos arrancando a primeira página de todos os jornais, com exceção de um; e ainda mais tempo jogando as páginas rasgadas na latrina e dando descarga. Quando viu a última delas desaparecer, destrancou a porta e retornou ao corredor. Então, voltou ao vagão-restaurante, deixando uma cópia do jornal junto à porta de cada cabine.

―◦―

— Mas, senhor, eu posso explicar como isso aconteceu — protestou George, enquanto sua bola da vez caía da mesa e corria pelo assoalho.
— Outra falta — disse Turner, recolhendo a bola e a posicionando de novo sobre o feltro. — Eu não estou pedindo uma explicação, Mallory, mas quais são suas perspectivas?
— Como o senhor sabe, sou professor da Charterhouse, onde meu atual salário é de 375 libras por ano.
— Isso com certeza não é o bastante para manter uma de minhas filhas no estilo de vida a que estão acostumadas — disse Turner. — Por acaso você tem alguma renda particular?
— Não, senhor, não tenho. Meu pai é um pároco de vilarejo que teve quatro filhos para criar.

— Então vou estabelecer uma renda de 750 libras anuais para Ruth e lhe dar uma casa como presente de casamento. Se vocês tiverem filhos, vou pagar a educação deles.

— Eu jamais poderia me casar com uma garota que tivesse uma renda particular — disse George, altivamente.

— Você não poderia se casar com Ruth se ela *não* tivesse uma — disse Turner, encaçapando a bola vermelha.

◄o►

George sentou-se sozinho, bebericando seu café, enquanto aguardava Ruth. Haveria realmente uma linda mulher adormecida na cabine B11 ou seria apenas um sonho, do qual ele acordaria para descobrir que estava em uma prisão italiana sem um sr. Irving para resgatá-lo?

Apareceram diversos passageiros no vagão-restaurante. Pareciam estar apreciando o café da manhã, embora os garçons não soubessem lhes explicar por que seus jornais não tinham a primeira página. Quando Ruth entrou no vagão, George só teve um pensamento: *Vou tomar o café da manhã com essa mulher pelo resto de minha vida.*

— Bom-dia, sra. Mallory — disse ele, levantando-se para abraçá-la.

— Você está começando a perceber como eu amo você? — acrescentou ele antes de beijá-la.

Ruth corou ante os olhares desaprovadores de alguns dos passageiros mais velhos.

— Talvez não devêssemos nos beijar em público, George.

— Você estava bastante feliz quando me beijou ontem na frente de um policial — lembrou George, voltando a sentar-se.

— Mas só porque eu estava tentando impedir que você fosse preso.

Um garçom veio atendê-los, com um sorriso cúmplice. Os garçons já estavam habituados a casais em lua de mel no Expresso do Oriente.

Depois de ambos fazerem seus pedidos, George empurrou a primeira página do jornal para o outro lado da mesa.

— Ótima foto, sr. Mallory — sussurrou Ruth assim que leu a manchete. — E, como se não fosse o bastante, para uma garota, ficar compromissada em seu primeiro encontro, parece que agora estou abrigando um fugitivo. A primeira coisa que meu pai vai querer saber é se suas intenções são honestas. Ou será que eu vou virar mulher de bandido?

— Estou surpreso por você precisar perguntar, sra. Mallory.

— É que meu pai me contou que você já tem uma amante em altas esferas.

— Seu pai está certo. Eu expliquei a ele que fui prometido à dama em questão desde a adolescência, e há diversas testemunhas desse noivado. É o que se chama, no Tibete, de casamento arranjado, no qual nenhum dos noivos vê o outro antes do dia das núpcias.

— Então, terá que visitar essa pequena metida o mais rápido possível — disse Ruth — para dizer a ela, com bastante clareza, que você está comprometido.

— Acho que ela não é tão pequena assim — disse George com um sorriso. — Mas pretendo visitá-la no ano que vem, quando terminarem as cortesias diplomáticas. Vou explicar que não é mais possível continuarmos a nos ver.

— Nenhuma mulher gosta de ouvir isso — disse Ruth, parecendo séria pela primeira vez. — É melhor você dizer a ela que eu posso fazer um acordo.

George sorriu.

— Um acordo?

— É possível — disse Ruth — que essa deusa não concorde em ver você na primeira aproximação. Como qualquer mulher, ela vai querer ter certeza de que você é constante e voltará para cortejá-la de novo. Tudo o que eu peço, George, é que, depois de seduzir sua deusa, você volte para mim e nunca mais lhe faça a corte.

— Por que você está tão séria, querida? — perguntou George, segurando-lhe a mão.

— Porque, quando eu vi você subir na Catedral de São Marcos, você me convenceu de seu amor. E eu também percebi os riscos que você está disposto a correr quando acredita apaixonadamente em alguma coisa, sejam quais forem os perigos que estejam à sua frente. Eu quero que você me prometa que, depois de pisar no pico daquela montanha infernal, vai ser a primeira e última vez.

— Concordo, e agora vou provar isso — disse George, largando a mão dela.

Ele tirou o pequeno embrulho do bolso, retirou o envoltório e pousou a pequena caixa de couro à frente de Ruth. Ela abriu a tampa e viu um par de anéis de ouro com um diamante.

— Quer se casar comigo, meu amor?

Ruth sorriu.

— Acho que nós já concordamos com isso ontem — disse ela, enquanto colocava o anel, inclinava-se sobre a mesa e beijava seu noivo.

— Mas acho que também concordamos que...

George analisou a oferta do sr. Turner por um momento e disse:

— Obrigado, senhor. — Depois de conseguir somar três pontos, seus primeiros da noite, ele acrescentou: — É muito generoso de sua parte.

— Não é nem mais nem menos que o valor que estipulei quando você foi até Veneza para ver Ruth.

— George riu pela primeira vez naquela noite.

— Embora — acrescentou Turner — você só tenha escapado de ir para a cadeia por uma questão de minutos.

— Por uma questão de minutos?

— Sim — respondeu Turner, encaçapando mais uma vermelha. — Recebi uma visita da polícia italiana naquela mesma tarde. Eles queriam saber se eu vira um inglês chamado Mallory, que, em alguma época do passado, fora preso em Paris por escalar a Torre Eiffel.

— Não fui eu, senhor — disse George.

— A descrição do velhaco tinha uma notável semelhança com você, Mallory.

— Não é verdade, senhor. Ainda faltavam pelo menos 30 metros quando eles me prenderam.

Turner deu uma gargalhada.

— Tudo o que eu posso dizer, Mallory, é que é melhor não passar sua lua de mel na França ou na Itália, a não ser que queira passar a primeira noite de casado em uma cela de prisão. Mas, reparando bem nas suas atividades criminosas em Veneza, parece que você só incorreu em uma contravenção.

— Uma contravenção?

— Deixar de pagar o ingresso para entrar em um monumento público. — Turner fez uma pausa. — Multa de mil liras, no máximo. — Ele sorriu para o futuro genro. — Agora, meu jovem, tratando de um assunto mais sério: acho que ganhei a partida.

23

Terça-feira, 2 de junho de 1914

— O senhor acha que teremos de ir à guerra, senhor? — perguntou Wainwright no primeiro dia de aula.
— Esperemos que não, Wainwright — respondeu George.
— Por que não senhor, se a causa é justa? Afinal de contas, nós devemos defender aquilo em que acreditamos; os ingleses sempre fizeram isso no passado.
— Mas, se fosse possível negociar um acordo honroso com os alemães — disse George —, não seria uma solução melhor?
— Não se pode negociar um acordo honroso com os bárbaros, senhor. Eles nunca cumprem a parte deles nos acordos.
— Talvez a história prove que você está errado desta vez — observou George.
— O senhor sempre nos ensinou, senhor, a estudar o passado cuidadosamente se quisermos prever o que é mais provável de acontecer no futuro, e os bárbaros...
— Os alemães, Wainwright.
— Os alemães, senhor, têm provado ao longo da história que são uma nação belicosa.

— Alguns podem dizer o mesmo dos ingleses quando nossos interesses estão em jogo.

— Não é verdade, senhor — disse Wainwright. — A Inglaterra só vai à guerra quando a causa é justa.

— Do ponto de vista dos ingleses — replicou George, o que calou Wainwright por alguns momentos.

— Mas, se nós tivermos de entrar na guerra — interveio Carter menor —, o senhor se alistará?

Antes que George pudesse responder, Wainwright se interpôs.

— O sr. Asquith disse que se nós entrarmos na guerra os professores ficarão isentos de servir nas forças armadas.

— Você parece inusitadamente bem-informado a respeito deste assunto, Wainwright — comentou George.

— Meu pai é general, senhor.

— É sempre mais difícil desalojar ideias aprendidas com as babás do que as ensinadas na escola — disse George.

— Quem disse isso? — perguntou Graves.

— Bertrand Russell — respondeu George.

— Todo mundo sabe que ele é antibelicista — intrometeu-se Wainwright.

— O que é antibelicista? — perguntou Carter menor.

— Alguém que se opõe às guerras por questões de consciência. Alguém que usa qualquer desculpa para não lutar pelo seu país — disse Wainwright.

— Todos deveriam ter o direito de seguir a própria consciência, Wainwright, quando se trata de enfrentar um dilema moral.

— Bertrand Russell, sem dúvida — aventou Wainwright.

— Na verdade, Jesus Cristo — disse George.

Wainwright ficou em silêncio, mas Carter menor voltou a falar.

— Se tivermos que entrar na guerra, senhor, isso não acabaria com suas chances de escalar o Everest?

As crianças falam coisas muito inteligentes, pensou George. Ruth lhe perguntara a mesma coisa durante o café da manhã. Fizera também a outra pergunta, a mais importante: ele achava que tinha o dever de se alistar ou, como o pai dela colocara rudemente, iria se esconder sob a beca de professor?

— Minha crença pessoal... — começou George, no exato momento em que a campainha tocou.

Preocupados em não perder o intervalo da manhã, os alunos não pareceram nada interessados em suas convicções pessoais.

Enquanto caminhava até a sala dos professores, George afastou os pensamentos sobre a guerra, pois esperava chegar a um entendimento pacífico com Andrew, a quem não via desde que voltara de Veneza. Ao abrir a porta da sala, avistou o amigo sentado no lugar de costume, lendo o *Times*. Andrew não levantou os olhos. George encheu uma xícara de chá e se aproximou dele lentamente, preparado para uma série de agressões verbais.

— Bom-dia, George — disse Andrew, ainda sem tirar os olhos do jornal.

— Bom-dia, Andrew — respondeu George, ocupando a cadeira ao lado.

— Espero que você tenha aproveitado bem os feriados — acrescentou Andrew, largando o jornal.

— Foram bastante agradáveis — respondeu George cautelosamente.

— Não posso dizer o mesmo, meu caro — disse Andrew. George se recostou na cadeira e esperou pelo ataque. — Creio que você já soube de Ruth e de mim.

— Claro que já — disse George.

— Então, o que você me aconselha a fazer, meu amigo?

— Seja magnânimo — sugeriu George esperançoso.

— Isso é muito fácil de dizer, meu caro, mas e Ruth? Não acho que ela vá ser magnânima.

— Por que não? — perguntou George.

— Você seria, se fosse desapontado no último minuto?
George não conseguiu pensar em uma resposta adequada.
— Saiba que eu realmente pretendia ir a Veneza — continuou Andrew —, mas isso foi antes de chegarmos à semifinal da Copa Taunton.
— Parabéns — disse George, começando a entender.
— E os caras me convenceram, disseram que eu não podia decepcioná-los, principalmente sabendo que eles não tinham outro goleiro.
— Então você não foi a Veneza?
— É isso o que estou tentando lhe dizer, meu amigo. E pior: nós nem vencemos a copa, portanto eu perdi dos dois lados.
— Falta de sorte, meu velho — disse George, tentando disfarçar um sorriso.
— Você acha que ela vai voltar a falar comigo? — perguntou Andrew.
— Bem, você vai descobrir isso brevemente — respondeu George.
Andrew ergueu uma sobrancelha.
— Como assim, meu caro?
— Nós acabamos de lhe enviar um convite para o nosso casamento.

24

Quarta-feira, 29 de julho de 1914

— Vocês já conheceram esse paradigma das virtudes? — perguntou Odell, dobrando seu exemplar do *Manchester Guardian* e pousando-o no assento a seu lado.

— Não — disse Finch —, mas eu deveria ter percebido que estava acontecendo alguma coisa quando Mallory nos deixou antes da hora e foi embora para Veneza.

— Acho que isso é o que os romancistas descrevem como um amor fulminante — comentou Young. — Eles só se conhecem há poucos meses.

— Já seria o bastante para mim — interveio Guy Bullock, que retornara à Inglaterra. — Posso lhes dizer, rapazes, que ela é deslumbrante. Qualquer um que já tenha invejado George vai ficar verde de inveja quando puser os olhos nela.

— Mal posso esperar para conhecer a garota por quem George caiu — disse Somervell, com um sorriso.

— Já é hora de fazermos isso — disse Young, quando o guarda do trem gritou "Próxima parada, Godalming". — Para começar — prosseguiu ele —, espero que vocês tenham se lembrado de trazer as picaretas de gelo...

— Você aceita esta mulher como sua legítima esposa, para viver com ela conforme foi ordenado por Deus, na santa instituição do matrimônio? Você promete amá-la, consolá-la, honrá-la e, renunciando a todas as outras, manter-se fiel a ela enquanto ambos viverem?

George manteve o olhar fixo em Ruth, enquanto seu pai se dirigia a ele.

— Prometo — respondeu com firmeza.

O reverendo Mallory voltou sua atenção para a noiva e sorriu.

— Você aceita este homem como seu legítimo esposo, para viver com ele conforme foi ordenado por Deus, na santa instituição do matrimônio? Você promete obedecê-lo, servi-lo, honrá-lo, cuidar dele na doença e na saúde e, renunciando a todos os outros, manter-se fiel a ele enquanto ambos viverem?

— Prometo — disse Ruth, embora pouca gente além da primeira fila pudesse ouvir sua resposta.

— Quem dará esta mulher a este homem em casamento? — perguntou o reverendo Mallory.

O sr. Thackeray Turner se adiantou.

Geoffrey Young, padrinho de George, entregou ao reverendo Mallory uma simples aliança de ouro. George a enfiou no quarto dedo da mão esquerda de Ruth e disse:

— Com este anel, eu a desposo, com meu corpo eu a adoro e com todos os meus bens eu a presenteio.

O sr. Turner sorriu consigo mesmo.

O reverendo Mallory, mais uma vez, uniu as mãos direitas do casal e se dirigiu alegremente à congregação.

— Eu os declaro marido e mulher. Em nome do Pai, do Filho e do Espírito Santo. Amém.

Enquanto soavam os acordes da Marcha Nupcial, de Mendelssohn, George beijou sua esposa pela primeira vez.

Lentamente, o sr. e a sra. Mallory percorreram juntos o corredor central. George ficou encantado ao ver quantos de seus amigos tinham se dado ao trabalho de fazer a viagem até Godalming. Avistou Rupert Brooke, Lytton Strachey, Maynard e Geoffrey Keynes, e ainda Ka Cox, sentado junto a Cottie Sanders, que lhe lançou um sorriso triste. No entanto, a grande surpresa ocorreu quanto eles saíram da igreja sob o calor do sol, pois, esperando para saudá-los, estava uma guarda de honra composta de Young, Bullock, Herford, Somervell, Odell e, é claro, George Finch. Estavam com suas picaretas de gelo erguidas, formando um túnel, sob o qual os noivos passaram, sob uma chuva de confetes que caía como neve.

Depois de uma recepção em que George e Ruth conseguiram falar com todos os convidados, os recém-casados partiram no novíssimo carro do sr. Turner, um Morris "nariz de boi", para umas férias de dez dias nas colinas Quantock.

— Então, o que você achou dos pajens que vão me escoltar quando eu deixar você para prestar minhas homenagens à outra mulher da minha vida? — perguntou George, enquanto dirigia por uma estrada vazia e serpenteante.

— Posso entender por que você está tão disposto a seguir Geoffrey Young — respondeu Ruth, estudando o mapa que tinha no colo. — Principalmente após o atencioso discurso que ele fez para as damas de honra. Odell e Somervell parecem que, como aconteceu com Horácio na ponte,[24] sempre estarão a seu lado. Mas desconfio que Herford vai acompanhar você passo a passo se for escolhido para a escalada final.

— E Finch? — disse George, olhando de relance para sua esposa.

Ruth hesitou. O tom de sua voz se alterou.

— Ele vai fazer qualquer coisa, George, e eu quero dizer qualquer coisa, para chegar ao cume da montanha à sua frente.

---

[24] Publius Horacius Cocles: lendário herói romano do século VI. (N.T.)

— O que faz você ter tanta certeza disso, meu amor? — perguntou George, parecendo surpreso.

— Quando eu saí da igreja de braços dados com você, ele me olhou como se eu ainda fosse uma mulher solteira.

— Como muitos dos solteiros da congregação devem ter feito — sugeriu George. — Inclusive Andrew O'Sullivan.

— Não. Andrew me olhou como se *quisesse* que eu ainda estivesse solteira. Há uma enorme diferença.

— Você pode ter razão a respeito de Finch — admitiu George —, mas não há outro montanhista que eu prefira ter a meu lado quando chegar a hora de vencer as últimas centenas de metros de qualquer montanha.

— Inclusive o Everest?

— Principalmente a Chomolungma.

◄○►

Pouco depois das sete da noite, os Mallory pararam em frente ao pequeno hotel em Crewkerne, onde iriam se hospedar. O gerente estava de pé à entrada, esperando para cumprimentá-los. Quando eles acabaram de preencher o registro — assinando como sr. e sra. Mallory pela segunda vez —, ele os acompanhou até a suíte matrimonial.

Eles desfizeram as malas, pensando, mas sem mencionar, no único assunto que ocupava suas mentes. Após terminarem esta simples tarefa, George deu a mão à esposa e ambos desceram para a sala de jantar. Um garçom lhes entregou um grande menu, que eles estudaram em silêncio, antes de fazerem os pedidos.

— George — começou Ruth a dizer —, eu estava pensando se você já...

— O que, amor?

Ruth teria completado a frase se o garçom não tivesse retornado com duas tigelas de sopa de tomate, bem quente, que pousou em frente a eles. Ela esperou até que ele se afastasse antes de retomar o assunto.

— Você faz ideia de quanto estou nervosa, querido?
— Nem metade do quanto eu estou nervoso — admitiu George, sem levantar a colher.

Ruth abaixou a cabeça.

— George, eu acho que você deveria saber...
— O que, amor? — disse ele segurando a mão dela.
— Eu nunca vi um homem nu, muito menos...
— Eu já lhe contei sobre a minha visita ao Moulin Rouge? — perguntou George, tentando aliviar a tensão.
— Muitas vezes — disse Ruth com um sorriso. — E a única mulher pela qual você mostrou algum interesse, na ocasião, foi Madame Eiffel, e até ela rejeitou você.

George riu e, sem falar mais nada, levantou-se de seu lugar e tomou a mão de sua esposa. Enquanto saíam da sala de jantar, Ruth sorriu, esperando que ninguém lhes perguntasse por que não haviam tomado a sopa.

Eles subiram os três lances de escadas sem dar nenhuma palavra. Ao chegarem em frente à porta do quarto, George se atrapalhou com a chave, mas conseguiu abrir a porta. Assim que entraram, ele abraçou sua esposa. Depois de algum tempo, deu um passo atrás e sorriu. Devagar, tirou o paletó e a gravata, sem nunca desviar os olhos da direção dela. Ruth retribuiu o sorriso e desabotoou o vestido, que deixou cair no chão. Por baixo, usava uma longa anágua de seda, que ia até pouco abaixo dos joelhos e que ela despiu por sobre a cabeça. Quando a anágua se juntou ao vestido no chão, George a tomou nos braços e a beijou. Enquanto ele lutava para desprender a alça do sutiã dela, ela tentava tirar as calças dele. Quando ambos ficaram nus, passaram alguns momentos olhando um para o outro. Foram então para a cama. George acariciou os longos cabelos de Ruth, que o beijou suavemente. Depois, começaram a explorar os respectivos corpos. E logo se deram conta de que não havia motivo para nervosismo.

Após terem feito amor, Ruth deitou no travesseiro e perguntou:

— Agora me diga, sr. Mallory, com quem você gostaria mais de passar a noite, com Chomolungma ou comigo?

George riu tão alto que Ruth teve de pousar a mão sobre sua boca, receosa de que seus risos fossem ouvidos no quarto ao lado. Ele a manteve nos braços até que ela caiu em um sono profundo.

George foi o primeiro a acordar na manhã seguinte, e começou a beijar os seios de Ruth até que ela abrisse os olhos. Ela sorriu para ele, e ele a abraçou, movendo-se à vontade sobre seu corpo. George se perguntava o que acontecera com aquela garota tímida, que não conseguira tomar uma única colher de sopa na noite anterior. Depois de fazerem amor pela segunda vez, foram até o banheiro, caminhando furtivamente pelo corredor. Era o maior banheiro que eles já tinham visto. Depois do banho, George sentou-se na beira da cama, com uma toalha enrolada no tronco, e observou sua linda esposa se vestir.

Ruth corou.

— É melhor você se apressar, George, ou vamos perder o café da manhã.

— Ótimo — disse George.

Ruth sorriu e começou lentamente a desabotoar o vestido.

◄o►

Durante os dez dias que se seguiram, George e Ruth perambularam pelas colinas Quantock, às vezes retornando ao hotel bem depois do pôr do sol. Todos os dias, Ruth fazia brincadeiras a respeito de sua rival, perguntando a George por que Chomolungma tinha tanto poder sobre ele. Ele ainda estava planejando partir para o Tibete no ano seguinte, o que significava ficarem separados por pelo menos seis meses.

— Quantos dias e noites você acha que vai levar para chegar ao pico? — perguntou ela uma vez, quando ambos estavam no alto da colina Lydeard.

— Nós não temos como saber — reconheceu George. — Mas Finch está convencido de que teremos de dormir em tendas cada vez menores, à medida que a altitude for aumentando. Podemos até ter que passar a noite a 8.200 metros, antes de tentarmos a investida final.

— Mas como você vai se preparar para uma provação dessas? — perguntou Ruth, olhando para baixo, de uma altura de 800 metros.

— Não tenho ideia — disse George, enquanto começavam a descer a colina de mãos dadas. — Ninguém sabe como o corpo humano reagirá a altitudes acima de 6.700 metros, para não falar de 8.800, onde a temperatura pode chegar a 40 graus negativos e, se o vento estiver contra, você tem de dar dez passos para avançar 2 metros. Uma vez, Finch e eu passamos três dias em uma pequena tenda a mais de 4.500 metros. Ficou tão frio que acabamos dentro do mesmo saco de dormir, e tivemos de ficar abraçados a noite inteira.

— Eu gostaria de ficar a noite inteira abraçada com você — disse Ruth com um sorriso. — Assim, quando você me deixar, vou ter uma ideia melhor do que está acontecendo com você.

— Acho que você ainda não está preparada para escalar 8.800 metros, meu amor. Uma ou duas noites em uma tenda pequena, mesmo que seja na praia, pode ser uma prova dura.

— Você tem certeza de que está a altura do desafio, sr. Mallory?

— Na última vez em que você me perguntou isso, sra. Mallory, eu quase fui parar na prisão.

Na cidade vizinha, eles encontraram uma loja que vendia artigos para camping. George comprou uma pequena tenda de lona e um único saco de dormir. Depois de um copioso jantar no hotel, eles saíram à noite e dirigiram à praia mais próxima. George selecionou uma área isolada, de frente para o mar, que lhes oferecia pouca proteção contra o vento cortante. Começaram então a pregar os grampos na areia, em número suficiente para garantir que sua primeira casa não fosse levada pelos ares.

Depois de prenderem a tenda, firmando os grampos com pedras, Ruth engatinhou para seu interior, enquanto George permanecia na praia. Um pouco mais tarde, ele tirou as roupas, entrou na tenda, enfiou-se no saco de dormir e abraçou a esposa, que tremia de frio. Depois de terem feito amor, Ruth não largou o marido.

— Você sai de casa para dormir desse jeito, noite após noite? — perguntou ela, descrente.

— A 40 graus negativos e com o ar tão rarefeito que quase não se consegue respirar.

— E abraçado a outro homem, sr. Mallory. Você ainda tem alguns meses para mudar de ideia — acrescentou ela melancolicamente.

Nenhum deles poderia se lembrar de quando adormeceram, mas jamais se esqueceriam do momento em que acordaram. George piscou, ofuscado pela luz de uma lanterna. Quando se sentou, Ruth ainda estava agarrada a ele, com a pele cheia de picadas de mosquitos.

— Tenha a gentileza de sair da barraca, senhor — disse uma voz autoritária.

George pensou se deveria vestir uma roupa, correndo o risco de acordar a esposa. Optou por ser Sir Galahad e, cautelosamente, para não acordar Ruth, arrastou-se para fora da tenda, onde dois policiais da força local apontavam as lanternas para seu corpo nu.

— Posso perguntar o que o senhor está pretendendo exatamente, senhor? — perguntou um dos policiais.

George pensou em dizer a eles que sua esposa queria saber como era passar uma noite no Monte Everest, mas disse apenas:

— Estamos em lua de mel, sargento, e só queríamos passar uma noite na praia.

— Acho melhor vocês dois me acompanharem até o posto policial, senhor — disse uma voz por trás da outra lanterna. — Mas talvez o senhor e sua esposa queiram se vestir antes.

George engatinhou de volta para a tenda e encontrou Ruth rindo.

— O que é tão engraçado? — perguntou ele, vestindo as calças.

— Eu avisei que você acabaria sendo preso.

Um inspetor-chefe, que fora acordado no meio da noite para interrogar os dois suspeitos, logo se viu pedindo desculpas.

— O que fez o senhor pensar que nós éramos espiões? — perguntou George.

— Vocês armaram a tenda a menos de 100 metros de um depósito naval ultrassecreto — disse o inspetor-chefe. Tenho certeza de que não preciso lembrar o senhor de que o primeiro-ministro pediu a todos nós que ficássemos vigilantes, enquanto nos preparamos para a guerra.

25

Outubro, 1914

A ideia geral era de que a guerra terminaria antes do Natal.

George e Ruth regressaram a Godalming após a lua de mel e se estabeleceram na casa que o sr. Turner dera à filha como presente de casamento. A Holt[25] era mais que qualquer um deles ousaria pedir e, com certeza, mais do que George esperava. Alojada em quatro hectares de terra, era uma casa magnífica, com um jardim onde Ruth sabia que iria perambular feliz, por muitas horas.

Ninguém poderia ter dúvida de que George amava muito a esposa, e Ruth tinha aquela aura da mulher que sabe que é amada. Eles não precisavam de nada. Qualquer pessoa que os visse juntos acharia que ambos formavam um casal charmoso, que vivia uma existência idílica. Mas isso era uma fachada, pois a consciência de George o atormentava.

Durante os meses seguintes, enquanto muitos de seus amigos e contemporâneos de Cambridge — e até alguns dos jovens de quem ele fora professor na Charterhouse — partiam para a Frente Ocidental e nunca mais regressavam, o único sacrifício que ele fazia era adiar sua

---

[25] Na Inglaterra, sobretudo nas áreas rurais, muitas das melhores casas têm nome em vez de números. (N.T.)

viagem ao Tibete para após o término das hostilidades. E o fato de que os amigos que o visitavam na Holt pareciam estar sempre de uniforme em nada aplacava sua consciência. Brooke, Young, Somervell, Odell, Herford e até Finch apareceram lá para passar uma noite, antes de viajarem para a França. George perguntava a si mesmo se algum deles estaria achando que ele descobrira um modo fácil de escapar à guerra. No entanto, embora eles nunca levantassem o assunto e, na verdade, destacassem a importância do trabalho dele, George não tinha certeza. Quando o sr. Fletcher leu em voz alta a lista dos alunos da Charterhouse que haviam sacrificado a vida a serviço da pátria, isso o fez sentir-se ainda mais culpado.

Decidiu então discutir suas apreensões com Guy Bullock, seu amigo mais antigo, que retornara a Londres para assumir um posto no Departamento de Guerra. Guy tentou tranquilizá-lo, dizendo que não poderia haver ocupação mais gloriosa que lecionar para a próxima geração, que assumiria o lugar dos que tombavam em combate.

Em seguida, pediu conselhos a Geoffrey Young, que o lembrou de que, caso ele decidisse se alistar, alguém teria de ocupar seu lugar. George também refletia sobre suas intermináveis discussões com Andrew O'Sullivan, que não tinha nenhuma dúvida de que eles estavam fazendo a coisa certa ao permanecerem em seus postos. O sr. Fletcher era ainda mais inflexível, dizendo que não podia se dar ao luxo de perder alguém com a experiência de George.

Todas as vezes que ele tocava no assunto com Ruth, ela deixava bem claro o que sentia. Isso acabou provocando a primeira discussão entre eles desde o casamento.

George achava cada vez mais difícil dormir à noite, às voltas com sua consciência. Frequentemente, Ruth também permanecia acordada, ciente do dilema que se desenrolava.

— Você ainda está acordado, querido? — sussurrou ela certa noite.

Ele se debruçou sobre ela, beijou-a gentilmente nos lábios e passou um braço em torno da mulher. Ela repousou a cabeça em seu ombro.

— Tenho pensado sobre nosso futuro — disse George.

— Já está cansado de mim, sr. Mallory? — brincou ela. — E dizer que só estamos casados há poucos meses.

— Morto de medo de perder você está mais próximo da verdade — disse George em voz baixa. — Ninguém sabe melhor que você, meu amor, como me sinto culpado por não me juntar aos meus amigos na França.

— Algum desses amigos lhe disse alguma coisa para fazer com que você se sinta culpado? — perguntou ela.

— Não, nenhum deles — admitiu George. — O que torna as coisas ainda mais claras.

— Mas eles sabem que você está servindo seu país de uma forma diferente.

— Ninguém, meu amor, pode se isentar de sua consciência.

— Se você fosse morto, de que isso adiantaria?

— De nada, mas você saberia que eu fiz uma coisa honrada.

— E eu seria uma viúva.

— Juntamente com muitas outras mulheres casadas com homens honrados.

— Algum professor da Charterhouse já se alistou?

— Não posso falar por meus colegas — replicou George —, mas posso falar por Brooke, Young, Bullock, Herford, Somervell e Finch, que estão entre os melhores homens da minha geração e que não hesitaram em servir seu país.

— Eles também deixaram claro que entendem a sua posição.

— Talvez, mas *eles* não tomaram o caminho mais fácil.

— O homem que escalou a Basílica de São Marcos jamais poderia ser acusado de tomar o caminho mais fácil — protestou Ruth.

— Mas e se esse mesmo homem falhasse em se juntar a seus camaradas no *front*, num momento em que seu país está em guerra?

— George abraçou sua esposa. — Eu entendo como você se sente, meu amor, mas talvez...

— Você acha que faria alguma diferença, George — atalhou ela —, se eu lhe dissesse que estou grávida?

―◊―

A alegre notícia impediu que George tomasse uma decisão. Entretanto, logo após o nascimento de sua filha Clare, os sentimentos de culpa ressurgiram. Ter uma criança sua o levou a sentir uma responsabilidade ainda maior para com as futuras gerações.

Ele continuou a lecionar enquanto a guerra se arrastava, mas todos os dias, a caminho da escola, passava por um cartaz de recrutamento que mostrava uma menininha sentada no colo do pai, perguntando: *Papai, o que VOCÊ fez durante a Grande Guerra?*

O que ele diria a Clare?

A cada amigo que perdia, o pesadelo retornava. Ele lera que até os homens mais corajosos desmoronavam ao enfrentarem uma barragem de artilharia pela primeira vez.

Foi quando estava sentado pacificamente em seu lugar habitual na capela da escola que George desmoronou.

— Vamos rezar pelos ilustres alunos da Charterhouse que fizeram o derradeiro sacrifício doando suas vidas por uma causa maior — disse o diretor da escola, dando início ao ofício matinal. — É com tristeza — continuou ele — que eu tenho de adicionar mais dois nomes a esta lista crescente: tenente Peter Wainwright, dos Fuzileiros Reais, que morreu em Loos quando liderava um ataque contra um posto inimigo. Lembremo-nos dele.

— Lembremo-nos dele — repetiu a congregação.

George enterrou a cabeça nas mãos e chorou em silêncio. O diretor mencionou o segundo nome.

— Segundo-tenente Simon Carter, que muitos de nós afetuosamente conhecemos como Carter menor, foi morto na Mesopotâmia enquanto servia seu país. Lembremo-nos dele.

Enquanto o restante da congregação abaixava a cabeça e repetia "lembremo-nos dele", George se levantou, inclinou-se diante do altar e saiu da capela. Não parou até chegar à rua Godalming, onde se juntou a um grupo de rapazes que formavam uma fila em frente ao escritório de recrutamento.

— Nome? — perguntou o sargento quando chegou a vez de George.

— Mallory.

O sargento o olhou de cima a baixo.

— O senhor tem conhecimento, senhor, de que, sob os termos da nova Lei de Recrutamento, os professores estão isentos do serviço militar?

George despiu sua longa beca, tirou o capelo da cabeça e atirou tudo na cesta de papéis mais próxima.

LIVRO TRÊS

TERRA DE NINGUÉM

1916

26

9 de julho de 1916

Minha amada Ruth,

Um dos dias mais tristes de minha vida foi aquele em que nos despedimos em Godalming, naquela estação ferroviária fria e desolada. Ter somente uma semana para passarmos juntos depois de eu completar meu treinamento básico foi uma coisa realmente cruel, mas prometo que escreverei a você todos os dias.

Foi muito gentil de sua parte ter me dito, ao se despedir de mim, que você acredita que estou fazendo a coisa certa, mesmo que seus olhos tenham revelado seus verdadeiros sentimentos.

Juntei-me a meu regimento em Dover e esbarrei com alguns velhos amigos. Você se lembra de Siegfried Herford? Que decisão difícil ele teve que tomar, tendo um pai alemão e uma mãe inglesa.

No dia seguinte, partimos para ███████ em um navio que tinha mais buracos que um escorredor de macarrão, e chacoalhava para cima e para baixo. Um dos caras sugeriu que deve ter sido um presente do Kaiser. Passamos a maior parte do tempo usando nossas canecas para devolver galões de água para o oceano. Você deve se lembrar, depois de nossa última travessia do Canal, que eu nunca tive jeito para marujo, mas de qualquer forma consegui não enjoar na frente do pessoal.

Atracamos em ▓▓▓▓▓▓ nas primeiras horas da manhã e não vimos muitos sinais de que os franceses estejam tomando parte nesta guerra. Fui com dois colegas oficiais a um estabelecimento para tomar café e comer um croissant. Encontramos alguns outros oficiais que estavam retornando do front, e eles nos aconselharam a aproveitar o que seria nossa última refeição em uma mesa forrada (para não falar de um prato de porcelana) por muitos meses; e nos lembraram de que dentro de 24 horas estaríamos sentados em outro tipo de sala de jantar.

Como sempre, acabei esquecendo alguma coisa, e dessa vez foi seu retrato. Estou desesperado para ver seu rosto novamente, mesmo que seja só em preto e branco. Portanto, por favor, me envie a foto que eu tirei de você em Derden Heights um dia antes de sermos presos. Quero levá-la comigo o tempo todo.

Deus sabe que sinto sua falta, e não consigo entender como alguém pode estar cercado por tantas pessoas, no meio de tanta atividade febril e ruídos ensurdecedores, e ainda se sentir tão só. Estou somente tentando encontrar outra forma de dizer que a amo, embora eu saiba que você vai caçoar de mim se eu disser que você é a única mulher em minha vida. Mas já olho para Chomolungma como se ela fosse apenas uma antiga paixão.

Seu marido apaixonado,
George

Depois de entregar a carta ao encarregado da correspondência do regimento, George ficou aguardando que o comboio de caminhões iniciasse a viagem de uma só mão até a linha de frente.

No espaço de poucos quilômetros, a bela área rural francesa pintada por Millet e Monet, com seus verdes mosqueados, amarelos brilhantes, ovelhas e vacas pastando nos campos, foi substituída por uma tela horrenda, de árvores queimadas e murchas, cavalos abatidos, casas sem telhados e civis desolados — peões no xadrez da guerra.

O comboio avançou implacavelmente. Antes de ouvir o barulho ensurdecedor, George observou sinistras nuvens de gases sulfurosos, que foram se adensando até ocultar completamente o sol. Finalmente, o comboio se deteve em um campo a 5 quilômetros da frente de batalha — onde não existia nenhuma sinalização e os dias se haviam transformado em uma noite perpétua. Ali, George encontrou um grupo de homens uniformizados que não sabiam se estariam vivos dentro de 24 horas.

Após comer carne em conserva com feijões grudentos e batatas repletas de larvas, George foi alojado em uma tenda, com três oficiais da mesma patente, todos mais jovens que ele. Tinham tempos diferentes de serviço — um mês, nove semanas e sete meses. Este último, o tenente Evans, considerava-se uma espécie de veterano.

Na manhã seguinte, George devorou o café da manhã, que lhe foi servido em um prato de latão, e foi levado até um posto de artilharia, a cerca de 400 metros do *front*, onde substituiria Evans, que iria desfrutar de uma licença de 15 dias, há muito tempo devida.

— Não é tão ruim, meu velho — assegurou-lhe Evans. É muito menos perigoso que a frente de batalha. Pense naqueles pobres sujeitos 400 metros à frente, aguardando o som do clarim para sair das trincheiras, depois de passarem meses sendo espreitados pela morte. Nosso trabalho é simples, em comparação com o deles. Você tem um destacamento de 37 soldados sob seu comando e 12 morteiros, que raramente param de atirar, a não ser que quebrem. O oficial mais velho é o sargento Davies. Está aqui há mais ou menos um ano. Antes, ele serviu 15 anos nas forças armadas. Começou a vida militar como soldado na Guerra dos Boers. Portanto, nem pense em fazer algum movimento antes de falar com ele. Depois dele, vem o cabo Perkins. A droga do homem nunca para de reclamar. Mas tem um senso de humor doentio que serve, pelo menos, para que os caras aqui não se preocupem demais com os bárbaros. Você vai conhecer o restante do pelotão. É uma turma muito boa, que não vai deixar você na mão na hora do perigo.

— George assentiu com a cabeça, mas não o interrompeu. — A decisão mais difícil que você vai ter de tomar — prosseguiu Evans — será nos domingos à tarde, quando vai ter de mandar três camaradas para o nosso posto avançado de observação, onde eles ficarão durante sete dias. Eu nunca sei qual dos três vai voltar vivo. O trabalho deles é nos manter informados sobre o que o inimigo está tramando para que possamos direcionar nossos canhões contra eles em vez de contra nossas tropas.

E mais tarde, ainda naquela manhã:

— Boa sorte, Mallory — disse o jovem tenente ao apertar a mão de George. — Vou dizer adeus, para o caso de não nos encontrarmos mais.

5 de setembro de 1916

Minha amada Ruth,

Estou posicionado a uma grande distância da frente de batalha, portanto não precisa ficar ansiosa por minha causa. Herdei 37 homens que parecem ser bons camaradas. De fato, você deve se lembrar de um deles — o cabo Rodgers. Ele era nosso carteiro antes de se alistar. Talvez você possa informar à família dele que ele está vivo e passa bem. Na verdade, está se saindo muito bem aqui. Ele diz que vai continuar no Exército depois que esta guerra terminar. Os outros rapazes também fizeram com que eu me sentisse bem-vindo, o que é bondade deles, pois eles sabem muito bem que só me alistei recentemente. Hoje de manhã entendi pela primeira vez o que meu oficial de treinamento em ▆▆▆▆▆ *queria dizer quando afirmou que uma semana no campo de batalha ensina mais que um curso de três meses.*

Eu nunca paro de pensar em você e em Clare, meu amor, e no mundo para o qual estamos trazendo nossos filhos. Vamos esperar que os políticos tenham razão quando dizem que esta é a guerra que vai acabar com todas as guerras, pois eu não quero que meus filhos conheçam essa loucura.

AS TRILHAS DA GLÓRIA

Ninguém serve no front *por mais de três meses de cada vez, assim é possível que eu esteja em casa para o nascimento do irmãozinho ou da irmãzinha de Clare.*

George parou de escrever e pensou em suas palavras. Ele sabia muito bem que as determinações do rei eram costumeiramente ignoradas quando se tratava de conceder uma licença, mas ele precisava manter Ruth otimista. Preferia que ela não descobrisse a verdade sobre a vida no Somme, até que pudesse lhe contar pessoalmente. Ele sabia a ansiedade que deveria estar sentindo, pois a qualquer dia poderia receber um telegrama começando assim: *É com profundo pesar que o ministro da Guerra tem o dever de informá-la...*

Meu amor, nossos dois anos juntos foram a época mais feliz da minha vida, e eu sei que sempre termino minhas cartas lhe dizendo como sinto falta de você, talvez porque não se passa um minuto sem que esteja nos meus pensamentos. Recebi diversas cartas suas no mês passado, e lhe agradeço pelas notícias a respeito de Clare e do que está acontecendo na Holt — mas ainda não chegou nenhuma fotografia. Talvez ela venha na próxima correspondência. Mais do que ver sua imagem, estou ansioso para que chegue o dia em que vou ver você em pessoa e abraçá-la. Então, você vai perceber realmente como tenho sentido sua falta.
Seu marido apaixonado,
George

◄o►

— Você está com algum problema, Perkins?
— Acho que não, sargento.
— Então por que sua unidade está demorando noventa segundos para recarregar, enquanto as outras estão levando menos de um minuto?
— Estamos fazendo o melhor possível, sargento.

— O seu melhor possível não está sendo bom o bastante, Perkins, fui claro?

— Sim, sargento.

— Não fique dizendo "sim, sargento" para mim, Perkins, mas faça alguma coisa a esse respeito.

— Sim, sargento.

— E... Matthews.

— Sim, sargento.

— Vou inspecionar seu canhão às 12 horas. Se não estiver brilhando como a minha bunda, vou enfiar você no cano, pessoalmente, e atirar você nos bárbaros. Será que fui absolutamente claro, garoto?

— Absolutamente claro, sargento.

O telefone de campanha soou. George levantou o receptor.

— Está havendo uma violenta barragem de artilharia vindo de mais ou menos 1,5 quilômetro, posição 11 horas, senhor — disse um dos homens do posto de observação. Pode significar que os alemães estão planejando um ataque. — A linha emudeceu.

— Sargento Davies — berrou George, esforçando-se para ser ouvido acima do som dos tiros.

— Sim, senhor!

— Um quilômetro e meio, posição 11 horas, alemães avançando.

— Sim, senhor! Animem-se, rapazes, vamos dar uma recepção bem calorosa aos bárbaros. Vamos ver quem vai ser o primeiro a acertar um chucrute.

Sorrindo, George percorreu a bateria de um lado a outro, conferindo cada canhão, grato pelo fato de o sargento Davies ter nascido em Swansea, não no outro lado da Linha Siegfried.

— Bom trabalho, Rodgers — disse Davies. — Primeiro a entrar em ação de novo. Continue assim e não vai demorar a ser cabo.

Nem mesmo George pôde ignorar a alusão pouco sutil a respeito de quem ele iria considerar para a próxima promoção.

— Bom trabalho, Perkins, está melhor — disse Davies poucos minutos depois. — Não precisa começar a arrancar suas divisas agora.
— Obrigado, sargento.
— E nunca me agradeça, cabo. Você não vai querer que eu vire um frouxo.
— Não, sargento.
— Matthews, não me diga que você vai ser o último novamente.
— Minha mola de carregamento quebrou, sargento.
— Ah, Matthews, fico tão triste em ouvir isso. Por que então você não corre até o depósito de munições e vê se arranja uma mola nova, e rápido, seu débil mental?
— Mas o armazém está a 5 quilômetros do *front*, sargento. Não posso esperar o caminhão de suprimentos que chega amanhã de manhã?
— Não, não pode, Matthews, porque, se você não se mexer agora, quando você voltar, a porra dos alemães — desculpe a porra do palavrão — já vai estar aqui, tomando café com a gente. Será que estou sendo claro?
— Sim, sargento.
— Rápido, então.
— Sim, sargento.

―◦―

14 de outubro de 1916
Minha amada Ruth,
Foi mais um desses dias intermináveis, com um lado atirando no outro, sem que a gente tenha como saber quem está levando vantagem nesta guerra. Um major às vezes aparece aqui para nos garantir que estamos fazendo um trabalho de primeira classe, e que os alemães estão batendo em retirada — o que levanta a seguinte questão: por que então não estamos avançando? Não há dúvida de que algum major alemão está

dizendo exatamente a mesma coisa a seus homens. A única coisa certa é que os dois não podem ter razão.

A propósito, diga a seu pai que, se ele quiser fazer uma segunda fortuna, deve abrir uma fábrica de aparelhos auditivos. Quando esta guerra terminar, vai haver muita procura por eles.

Peço desculpas, meu amor, se estou me tornando um pouco repetitivo nas cartas. É que só há duas coisas constantes em minha vida: meu amor por você e minha vontade de abraçá-la.

Seu marido apaixonado,
George

George levantou os olhos e viu que um de seus cabos também estava escrevendo.

— Carta para a esposa, Perkins?

— Não, senhor, é o meu testamento.

— Você não está sendo meio pessimista?

— Não penso assim, senhor — respondeu Perkins. — Na minha vida civil, eu sou *bookmaker*, portanto estou habituado a pesar as probabilidades. Os homens no *front* sobrevivem, em média, 16 dias. Eu já estou aqui há cerca de três meses, portanto não vou resistir às probabilidades por muito mais tempo.

— Mas você corre muito menos perigo aqui do que os pobres coitados que estão na frente de batalha, Perkins — disse George, tentando tranquilizá-lo.

— O senhor já é o terceiro oficial que me diz isso, senhor. Os outros dois voltaram para casa em caixas de madeira.

George ficou horrorizado com essas referências casuais à morte, e perguntou a si mesmo quanto tempo levaria para que ele ficasse igualmente endurecido.

— Do jeito que eu vejo as coisas, senhor — prosseguiu Perkins —, esta guerra é como o Grande Prêmio. Diversos cavalos se alinham para correr, mas não há como saber qual deles vai terminar a corrida.

AS TRILHAS DA GLÓRIA

E, para ser sincero, senhor, a vitória de um cavalo inglês nesta corrida não é barbada.

George notou que o cabo Matthews estava assentindo com a cabeça e que o cabo Rodgers mantinha o olhar baixo, enquanto limpava o cano do rifle com um velho trapo.

— Bem, pelo menos você vai ter uma licença em breve, Matthews — disse George, tentando afastar a conversa de um assunto que nunca estava longe da mente de seus homens.

— Mal posso esperar pelo dia, senhor — disse Matthews, começando a enrolar um cigarro.

— Qual é a primeira coisa que você vai fazer quando chegar em casa? — perguntou George.

— Trepar com a patroa — respondeu Matthews.

Perkins e Rodgers caíram na gargalhada.

— Tudo bem, Matthews — disse George. — E a segunda?

— Tirar as botas, senhor.

---

7 de dezembro de 1916

Minha amada Ruth,

Sua foto acabou de chegar pelo correio da manhã, e estou escrevendo esta carta de uma trincheira nos arredores de ▬▬▬▬▬*, com o papel equilibrado nos joelhos. Ouvi um dos homens dizer "muito bonita", e concordo com ele. Não falta muito tempo para o nascimento de nosso segundo filho, e me prometeram uma licença-paternidade em algum período nos próximos três meses. Se eu não puder estar em casa para o nascimento, não imagine, nem por um instante, que você está fora dos meus pensamentos.*

Já estou no front *há quatro meses, e os novos segundos-tenentes que chegam da Grã-Bretanha parecem cada dia mais jovens. Alguns deles me tratam como se eu fosse um velho soldado. Quando esta guerra terminar, vou passar o resto da minha vida com você na Holt.*

A propósito, se for um menino, vamos chamá-lo de John...

— Desculpe perturbar o senhor — disse o sargento Davies —, mas temos um pequeno problema.

George se pôs de pé imediatamente, pois nunca ouvira Davies pronunciar a palavra "problema".

— Que tipo de problema?

— Perdemos a comunicação com os rapazes no posto avançado de observação.

George sabia que *perder a comunicação* era o modo de Davies dizer que os três homens haviam sido mortos.

— O que você me recomenda, sargento? — perguntou ele, lembrando-se do conselho de Evans.

— Alguém tem de ir até lá, senhor, e rápido, para podermos restabelecer o contato antes que os malditos bárbaros venham pisar em cima de nós. Se eu puder fazer uma sugestão, senhor...

— Por favor, sargento.

— Eu poderia ir com Matthews e Perkins para ver o que pode ser feito. Depois faríamos um relatório ao senhor.

— Não, sargento — disse George. — Matthews não. Ele vai sair de licença amanhã. — Ele olhou para Perkins, que ficara mortalmente pálido e estava tremendo. George não precisava consultá-lo sobre as probabilidades de algum deles voltar. — Acho que eu vou com você dessa vez, sargento.

Em um encontro esportivo quando ainda estudava no Winchester, George correra 400 metros em menos de um minuto e, ao final da corrida, não ficara sem fôlego. Ele nunca soube em quanto tempo ele, Davies e Perkins alcançaram a linha de frente, mas quando se jogou na trincheira estava exausto e aterrorizado. Agora sabia o que os homens na frente de batalha eram obrigados a suportar a cada minuto, dia e noite.

— Mantenha a cabeça baixa, senhor — disse Davies, enquanto estudava o campo de batalha através de um binóculo. — O posto de observação está a cerca de 300 metros, senhor, posição uma hora.

Ele passou o binóculo para George, que ajustou o foco. Tão logo localizou o posto, ele pôde ver exatamente por que as comunicações haviam sido interrompidas.

— Certo, vamos acabar logo com isso — disse, antes de ter tempo para pensar no que estava querendo acabar.

Pulando fora da trincheira, ele correu como nunca, ziguezagueando em meio a buracos cheios de água e lama negra, enquanto avançava em direção ao posto avançado de observação. Não olhou para trás, pois tinha certeza de que Davies e Perkins estariam a um passo atrás. Só que estava enganado. Perkins fora derrubado por uma bala após uma dúzia de passos e estava morrendo na lama; e Davies conseguira percorrer quase 60 metros antes de ser morto.

O posto de observação estava só 20 metros à frente. Ele acabara de cobrir 15 desses metros quando uma granada de morteiro explodiu aos seus pés. Foi a primeira e última vez em sua vida que ele disse "fodeu". Ao cair de joelhos, pensou em Ruth. Depois, desabou completamente, enterrando o rosto na lama. Apenas mais uma estatística.

27

O fluxo regular de cartas cessou de repente; era sempre o primeiro sinal, frequentemente seguido por um telegrama indesejável.

Ruth adquirira o hábito de sentar-se à janela da sala de estar todas as manhãs, com as mãos cruzadas sob o ventre cada vez maior, trinta minutos antes que o sr. Rodgers subisse pela alameda de bicicleta. Quando ele aparecia, ela tentava decifrar a expressão em seu rosto. Seria a expressão de carta ou a expressão de telegrama? Ela achava que saberia a verdade muito antes que ele alcançasse a porta.

Assim que avistou o sr. Rodgers passando pelo portão, Clare começou a chorar. Será que ela ainda teria um pai? George morrera antes do nascimento de seu segundo filho?

Ruth estava de pé à porta quando o sr. Rodgers parou de pedalar e acionou o freio da bicicleta, ao pé da escadaria da frente. Era sempre a mesma rotina: ele desmontava, remexia na sacola, extraía as cartas relevantes e, finalmente, subia os degraus para entregá-las à sra. Mallory. Não foi diferente naquele dia. Ou foi? Quando o sr. Rodgers subiu os degraus, olhou para ela e sorriu. Não era um dia de telegrama.

— Duas cartas hoje, sra. Mallory. E, se não estou enganado, uma delas é de seu marido — informou ele, entregando-lhe um envelope com a caligrafia familiar de George.

— Obrigada — disse Ruth, quase incapaz de disfarçar o alívio. Então se lembrou de que ela não era a única pessoa a sofrer daquele modo todos os dias. — Alguma notícia de seu filho, sr. Rodgers? — perguntou ela.

— Infelizmente, não — respondeu o carteiro. — Pois é, nosso Donald nunca foi muito de escrever cartas, então vivemos na esperança.

Ele montou de novo na bicicleta e se afastou pedalando.

Ruth já abrira a carta de George muito antes de chegar à sala. Reacomodando-se em sua cadeira próxima à janela, começou a ler, primeiro rapidamente, depois bem devagar.

12 de janeiro de 1917
Minha amada,
Estou vivo, embora não possa chutar. Não se aflija. Acabei com um tornozelo quebrado. Poderia ter sido muito pior. O médico me disse que, com o tempo, estarei como novo, e até poderei escalar novamente. Enquanto isso, eles estão me enviando de volta para que eu me recupere em casa.

Ruth olhou para as colinas de Surrey, a distância, sem saber se deveria rir ou chorar. Só depois de algum tempo, retornou à carta de George.

Infelizmente, o sargento Davies e o cabo Perkins foram abatidos na mesma ação. Dois homens excelentes, como tantos de seus camaradas. Espero que você me perdoe, meu amor, mas achei que deveria escrever para as viúvas deles, antes de escrever para você.
Tudo começou quando o sargento Davies me disse que nós tínhamos um problema...

◄o►

— Vou recomendar que você seja dispensado nos próximos dias, Mallory, e enviado de volta à Grã-Bretanha até que esteja totalmente recuperado.

— Obrigado, doutor — disse George alegremente.

— Não me agradeça, meu velho. Para ser sincero, estou precisando do seu leito. Com um pouco de sorte, quando você estiver pronto para voltar, esta droga de guerra já terá terminado.

— Esperemos que sim — disse George, olhando em volta da tenda, cheia de homens corajosos, cujas vidas jamais seriam as mesmas novamente.

— A propósito — acrescentou o doutor —, um certo cabo Rodgers esteve aqui hoje de manhã. Achou que isto poderia ser seu.

— Certamente é — disse George, pegando a foto de Ruth que pensara que nunca mais voltaria a ver.

— Ela é muito bonita — admirou-se o médico.

— Até o senhor? — disse George sorrindo.

— Ah, você tem um visitante. Acha que está em condições de recebê-lo?

— Sim, ficarei encantado em ver Rodgers — respondeu George.

— Não, não é Rodgers, é um certo capitão Geoffrey Young.

— Oh, não tenho certeza se estou em condições de recebê-lo — com um enorme sorriso no rosto.

Uma enfermeira afofou o travesseiro de George e o colocou sob suas costas, enquanto ele aguardava seu líder de escaladas. Ele nunca conseguia pensar em Geoffrey Young como outra coisa. E o sorriso de boas-vindas em seus lábios se transformou em uma expressão sombria quando Young entrou claudicando na tenda.

— Meu caro George — disse Young. — Eu vim assim que soube. Uma das vantagens de se trabalhar no serviço de ambulâncias é que sabemos onde todo mundo está e o que aconteceu com cada um.

— Young puxou uma pequena cadeira de madeira, que deveria ter sido usada em uma sala de aula francesa, e sentou-se ao lado da cama de George. — São tantas as novidades que nem sei por onde começar.

— Por que não começa com Ruth? Você teve oportunidade de visitá-la quando esteve de licença?

— Sim. Passei na Holt no caminho de volta a Dover.
— E como está ela? — perguntou George, tentando não demonstrar impaciência.
— Linda como sempre, e parece totalmente recuperada.
— Totalmente recuperada? — perguntou George ansiosamente.
— Do nascimento do seu segundo filho — disse Young.
— Meu segundo filho? — admirou-se George.
— Você quer dizer que ninguém lhe contou que você é o orgulhoso papai de... — ele fez uma pausa. — Acho que foi uma menina.

George fez uma prece silenciosa para um Deus em quem não acreditava.

— E como é ela? — perguntou ele.
— A mim me pareceu bonita — disse Young. — Mas, para ser honesto, eu nunca consigo distinguir um bebê do outro.
— Qual é a cor dos olhos dela?
— Não tenho a menor ideia, meu velho.
— Os cabelos dela são claros ou escuros?
— Mais ou menos no meio, eu acho, mas posso estar errado.
— Você não tem jeito. Ruth já escolheu um nome?
— Eu estava com medo de que você fosse me perguntar isso.
— Poderia ser Elizabeth?
— Creio que não. É mais incomum. Vou me lembrar daqui a pouco.

George deu uma gargalhada.

— Você fala como um autêntico solteirão.
— Bem, você vai descobrir tudo por si mesmo dentro em breve — disse Young. — O médico me falou que vai mandar você para casa. Tome cuidado para não voltar. Você já fez mais que o suficiente para aplacar sua consciência, e não há necessidade de aumentar as chances contra você.

George pensou em um falecido cabo que teria concordado com Young.

— Quais são as outras novidades? — perguntou.

— Algumas são boas, outras são ruins. Na maioria, são ruins, infelizmente. — George permaneceu em silêncio enquanto Young tentava se recompor. — Rupert Brooke morreu em Lemnos, a caminho de Gallipoli, antes mesmo de pisar em solo estrangeiro.

George apertou os lábios. Ele carregava um livro de Brooke na mochila e acreditava que, quando a guerra terminasse, Brooke com certeza escreveria versos memoráveis. George não interrompeu Young enquanto esperava que este acrescentasse outros nomes à inevitável lista de mortos. Um deles era o que temia mais.

— Siegfried Herford foi morto em Ypres, o pobre-diabo; levou três dias para morrer. — Young suspirou. — Se um homem como ele tem de morrer antes do tempo, não deveria ser em um campo lamacento numa terra de ninguém, mas no topo de uma grande montanha que acabou de conquistar.

— E Somervell? — George ousou perguntar.

— Ele teve que testemunhar algumas das piores atrocidades desta guerra, o pobre sujeito. Ser um cirurgião na linha de frente não é brincadeira, mas ele nunca reclama.

— Odell?

— Ferido três vezes. O Ministério da Guerra finalmente entendeu o recado e o mandou de volta para Cambridge, mas só depois que sua velha faculdade lhe ofereceu um cargo. Alguém lá finalmente percebeu que nós iremos precisar de nossos melhores cérebros depois que esta confusão for resolvida.

— E Finch? Aposto que ele encontrou um lugar agradável, onde pode ficar tomando conta das enfermeiras.

— Longe disso — disse Young. — Ele se ofereceu para trabalhar em um esquadrão antibombas. Suas chances de sobrevivência são ainda menores que as dos rapazes na frente de batalha. Ele recebeu diversas ofertas para trabalhar num ministério, em segurança, mas recusou todas. É quase como se ele estivesse querendo morrer.

— Não — disse George —, ele não quer morrer. Finch é um desses raros indivíduos que não acreditam que alguma coisa ou alguém pode matá-los. Você se lembra dele cantando "Waltzing Matilda" no Mont Blanc?

Young deu uma risada.

— E ainda por cima ele vai receber uma medalha da Ordem do Império Britânico.

— Meu Deus — riu George —, agora nada vai ser capaz de deter Finch.

— A não ser que você faça isso — disse Young calmamente —, depois que ficar bom do tornozelo. Aposto que vocês dois serão as primeiras pessoas a pisar no topo do mundo.

— E, como sempre, você estará um passo à nossa frente.

— Acho que isso não vai ser possível, meu velho.

— Por que não? Você ainda é jovem.

— É verdade — disse Young. — Mas não será uma tarefa muito fácil com uma destas.

Ele levantou a perna esquerda da calça, revelando um membro artificial.

— Lamento profundamente — disse George, chocado. — Eu não fazia ideia.

— Não se preocupe com isso, meu velho — disse Young. — Eu agradeço por estar vivo. Mas depois que esta guerra terminar ninguém vai receber um prêmio se adivinhar quem vai ser designado pelo Comitê do Everest como líder da escalada.

◦

Ruth estava sentada ao lado da janela da sala de estar quando um carro marrom atravessou o portão. Ela não conseguiu distinguir quem estava ao volante, além do fato de que ele, ou ela, vestia um uniforme.

Já estava no lado de fora quando uma jovem motorista saiu do carro e abriu uma porta traseira. A primeira coisa que surgiu foi um par de muletas, seguido por um par de pernas, seguidas por seu marido. Ruth desceu correndo a escadaria, abraçou-o com força e o beijou como se fosse a primeira vez. O que a fez se lembrar da cabine de um trem que tomara em Veneza. A motorista permaneceu em posição de sentido, parecendo levemente embaraçada.

— Obrigado, cabo — disse George com um sorriso. Ela bateu continência, entrou de novo no carro e partiu.

Ruth enfim largou George, mas só porque ele se recusou a permitir que ela o ajudasse a subir os degraus para entrar em casa. Quando estavam entrando na sala de estar, ele perguntou:

— Onde está minha menininha?

— No quarto dela, com Clare e a babá. Vou trazê-la para você.

— Qual é o nome dela? — gritou ele, mas Ruth já estava subindo as escadas.

George se impulsionou pela sala de estar e deixou-se cair numa cadeira perto da janela. Não se lembrava de que houvesse uma cadeira posicionada ali, e se perguntou por que estaria virada para fora. Olhou então para a área rural inglesa que tanto amava e se lembrou novamente de como tinha sorte em estar vivo. Brooke, Herford, Wainwright, Carter menor, Davies, Perkins...

Seus pensamentos foram interrompidos por um choro que ele ouviu muito antes de pôr os olhos em sua segunda filha. Quando Ruth e a babá entraram na sala com suas duas filhas, ele se içou da cadeira e abraçou Clare mais uma vez, antes de segurar no colo o pequeno embrulho.

— Cabelos claros e olhos azuis — disse ele.

— Eu pensei que você já sabia disso — disse Ruth. — Você não recebeu minhas cartas?

— Infelizmente, não. Somente seu mensageiro, Geoffrey Young, que só se lembrou de que era uma menina, mas não conseguiu lembrar o nome dela.

— Engraçado — disse Ruth —, porque eu perguntei se ele queria ser o padrinho dela e ele concordou.
— Então você não sabe o nome dela, papai? — disse Clare, saltitando.
— Não, não sei — respondeu George. — Seria Elizabeth?
— Não, papai, não seja bobo. É Beridge — disse Clare rindo.
É mais incomum, disse George a si mesmo, lembrando-se das palavras de Young.
Depois de alguns momentos nos braços de George, Beridge começou a chorar. A babá logo se encarregou dela. A criança obviamente não gostava de ficar no colo de um desconhecido.
— Vamos ter mais meia dúzia — disse George, abraçando Ruth, após a babá ter levado Clare e Beridge para o quarto delas.
— Comporte-se, George — chasqueou Ruth. — Tente se lembrar de que você não está mais no *front* com suas tropas.
— Alguns dos melhores homens que já conheci — disse George com tristeza.
Ruth sorriu.
— Você vai sentir saudade deles?
— Não tanto quanto senti saudade de você.
— Agora que você voltou, meu amor, qual a primeira coisa que gostaria de fazer?
George pensou na resposta do cabo Matthews quando ele lhe fizera a mesma pergunta. E sorriu sozinho ao perceber que não havia uma grande diferença entre um oficial e um soldado raso.
Inclinando-se para a frente, começou a desamarrar os cadarços dos sapatos.

LIVRO QUATRO

SELECIONANDO A EQUIPE

1921

28

Quarta-feira, 22 de junho de 1921

Quando George desceu para tomar o café da manhã, ninguém falou nada.
— O que está havendo? — perguntou, ocupando seu lugar à cabeceira da mesa, entre suas duas filhas.
— Eu sei — disse Clare —, mas a mamãe falou para eu não contar para você.
— E Beridge? — disse George.
— Não seja bobo, papai, você sabe que Beridge não sabe ler.
— Ler? — surpreendeu-se George, olhando para Clare mais atentamente. — Sherlock Holmes diria que "ler" é a primeira pista.
— Quem é Sherlock Holmes? — perguntou Clare.
— Um grande detetive — respondeu George. Ele teria olhado em torno da sala para ver o que há para ler. Por acaso esse segredo está no jornal?
— Está — disse Clare, batendo palmas. — E a mamãe diz que é uma coisa que você sempre quis.
— Outra pista — disse George, pegando o *Times* daquela manhã, que estava aberto na página 11. No momento em que viu a manchete, sorriu. — Sua mãe tem razão.

— Leia a história, papai, leia a história.

— A deputada Nancy Astor fez um discurso na Câmara dos Comuns a respeito dos direitos das mulheres. — George olhou para Ruth e disse: — Eu só queria estar tomando o café da manhã com seu pai hoje.

— Sherlock Holmes diria que você está perdendo seu tempo. O discurso da sra. Astor é apenas uma pista falsa — disse Ruth.

George começou a virar as páginas. Ruth sorriu quando viu que a mão dele começava a tremer. Ela não via aquela expressão em seu rosto desde...

— Leia a história, papai.

Respeitosamente, George obedeceu.

— O sr. Francis Younghusband — começou ele — anunciou na noite de ontem que a Real Sociedade Geográfica unirá forças com o Clube Alpino para formar o Comitê do Everest, do qual será o presidente, com o sr. Geoffrey Young atuando como vice-presidente.

Ele levantou os olhos do jornal e viu que Ruth sorria.

— Continue a ler, papai, continue a ler.

— A primeira tarefa do comitê será selecionar a equipe de montanhistas que fará a primeira tentativa de escalar o Monte Everest.

George ergueu novamente os olhos. Ruth ainda estava sorrindo. Antes que Clare o repreendesse, ele voltou a ler o artigo.

— Entre os alpinistas cotados para chefiar a equipe, estão o sr. George Mallory, professor da Charterhouse, e o sr. George Finch, um cientista australiano, atualmente lecionando no Imperial College, em Londres.

— Mas ninguém ainda entrou em contato comigo — disse George.

Ainda sorrindo, Ruth lhe estendeu um envelope que chegara pelo correio da manhã. Tinha o brasão da Real Sociedade Geográfica.

— Elementar, meu caro Watson — disse ela.

— Quem é Watson? — perguntou Clare.

29

Os cinco homens sentados em volta da mesa não nutriam particular afeição uns pelos outros, mas não estavam ali para fazer amigos. Haviam sido escolhidos pelo Comitê do Everest por diferentes razões. O presidente, o sr. Francis Younghusband, estivera mais perto do Everest que qualquer um deles — 60 quilômetros. Fora então incumbido de negociar com o Dalai-Lama um acordo para que a equipe pudesse atravessar em segurança a fronteira do Tibete. O acordo dera origem a um tratado, subscrito no início do ano por Lord Curzon, ministro do Exterior. Sir Francis, empertigado, ocupava a cabeceira da mesa. Seus pés mal tocavam o chão, pois ele media cerca de 1,5 metro. A testa enrugada e os cabelos ondulados, já grisalhos, conferiam a ele um ar de autoridade — raramente questionada.

À sua esquerda, sentava-se Arthur Hinks, secretário do comitê, cujo principal objetivo era proteger a reputação da RSG, que ele representava e que lhe pagava sua remuneração anual. Sua testa ainda não estava vincada, e os poucos tufos de cabelo ainda restantes em sua cabeça ainda não estavam grisalhos. Pousados na mesa, em frente a ele, estavam diversas pastas e um recém-adquirido livro de atas. Alguns gaiatos diziam que ele escrevia as atas dos encontros no dia anterior, para se assegurar de que tudo correria conforme planejado. Ninguém diria isso na frente dele.

À esquerda de Hinks, estava o sr. Raeburn, outrora considerado um grande alpinista. No entanto, o charuto que trazia permanentemente na mão e a barriga que pressionava contra a mesa indicavam que só mesmo pessoas com excelente memória poderiam se lembrar de seus tempos de montanhismo.

Em frente a ele, sentava-se o comandante Ashcroft, um oficial da marinha reformado que sempre tomava uma bebida com Hinks antes das reuniões, para que este lhe dissesse como deveria votar. Ele chegara à posição de comandante por nunca desobedecer a uma ordem. Sua barba branca e seu rosto castigado pelas intempéries não deixavam nenhuma dúvida, mesmo para um observador casual, a respeito de onde ele passara a maior parte de seus dias. À sua esquerda e à direita do presidente, estava um homem que acalentara a esperança de ser o primeiro indivíduo a pisar no topo do mundo, antes que os alemães acabassem com suas expectativas.

O relógio de pêndulo em uma extremidade da sala bateu seis vezes. Sir Francis achou ótimo não ter de pedir silêncio. Afinal, os homens ao redor da mesa eram pessoas disciplinadas.

— Cavalheiros — disse ele —, é uma honra para mim abrir esta reunião inaugural do Comitê do Everest. Depois do sucesso da expedição que estudou a remota região do Himalaia no ano passado, nosso propósito agora é selecionar um grupo de montanhistas que seja capaz de plantar a bandeira do Reino Unido no pico da maior montanha do planeta. Recentemente, Sua Majestade me concedeu uma audiência — ele olhou para o retrato pendurado na parede. — E eu garanti a ele que um de seus súditos seria o primeiro homem a pisar no cume do Everest.

— Apoiado, apoiado — murmuraram Raeburn e Ashcroft em uníssono.

Sir Francis fez uma pausa e olhou para as anotações que Hinks preparara para ele.

— Nossa primeira tarefa, esta noite, será indicar um líder para levar a equipe que selecionarmos até os contrafortes do Himalaia, onde será estabelecido o acampamento-base, provavelmente em torno de 5 mil metros. Nossa segunda tarefa será escolher o líder da escalada. Durante alguns anos, cavalheiros, eu acreditava que este homem seria o sr. Geoffrey Winthrop Young, mas, em razão de um ferimento que ele sofreu na guerra, isso infelizmente já não será possível. Entretanto, ainda podemos contar com sua vasta experiência e conhecimento dos assuntos referentes ao montanhismo, e, portanto, nós o recebemos calorosamente neste comitê, onde ele exercerá a função de vice-presidente. — Young fez uma pequena mesura. — Agora, peço ao sr. Hinks que nos guie pela agenda traçada para este encontro.

— Obrigado, sr. presidente — disse Hinks, alisando o bigode.

— Como o senhor nos lembrou, nossa primeira tarefa é selecionar um líder para a expedição. Ele deve ser um homem de índole resoluta e liderança comprovada, de preferência com alguma experiência no Himalaia. Deve ter também talento diplomático, para o caso de ocorrer algum problema com os nativos.

— Muito bem, muito bem — disse um membro do comitê.

Young teve a impressão de que ele fora ensaiado.

— Cavalheiros — continuou Hinks —, eu não tenho nenhuma dúvida de que já identificamos o homem que incorpora todas essas características. Trata-se do general Charles Granville Bruce, que integrou até recentemente o Quinto Real Regimento Gurkha de Infantaria. O comitê talvez se interesse em saber que o general é o filho mais novo de Lord Aberdare e que foi educado em Harrow e Sandhurst.

Raeburn e Ashcroft imediatamente gritaram:

— Apoiado, apoiado.

— Portanto, não tenho nenhuma hesitação em recomendar a este comitê que apoie o general Bruce como líder da campanha e o convide para se juntar a nós como um de nossos membros.

— Parece bastante satisfatório — disse Younghusband. — Posso presumir então que o comitê concorda que Bruce é a escolha óbvia para o trabalho?

Olhando ao redor da mesa, ele constatou que todos os membros do comitê estavam meneando a cabeça afirmativamente, com exceção de um deles.

— Senhor presidente — disse Young —, essa decisão a respeito de quem deve liderar a expedição já foi tomada pela RSG, e corretamente. Entretanto, eu não participei do processo de seleção, e estou curioso para saber se outro candidato foi considerado para o posto.

— Talvez o senhor queira responder a essa pergunta, sr. Hinks — disse Younghusband.

— É claro, sr. presidente — respondeu Hinks, colocando um par de óculos em forma de meia-lua sobre a ponta do nariz. — Muitos nomes foram sugeridos para nossa consideração, mas francamente, Young, logo ficou claro que o general Bruce estava muito acima dos demais.

— Eu espero que isso responda à sua pergunta — disse Sir Francis.

— Eu também espero — respondeu Young.

— Então, talvez seja a hora de convidar o general a se reunir a nós — sugeriu Sir Francis.

Hinks tossiu.

— Sim, sr. Hinks? — disse Sir Francis. — Esqueci alguma coisa?

— Não, sr. presidente — respondeu Hinks, olhando por cima dos óculos. — Mas talvez seja bom colocarmos a matéria em votação, antes que o general Bruce seja eleito membro deste comitê.

— Sim, é claro — concordou Sir Francis. — Proponho que o general Bruce seja nomeado líder da expedição e incorporado a este comitê. Alguém poderia, por favor, secundar esta moção?

Hinks imediatamente ergueu a mão.

— Quem está a favor? — perguntou Sir. Francis.

Quatro mãos se levantaram.

— Quem está contra?

Ninguém levantou a mão.

— Alguma abstenção?

Young ergueu a mão.

— Não registre ainda na ata, sr. Hinks — disse Younghusband.

— Young, você não acha que seria bom concedermos apoio unânime ao general Bruce?

— Em circunstâncias normais, eu concordaria com o senhor, sr. presidente — ponderou Young. Sir Francis sorriu. — No entanto, acho que seria irresponsável de minha parte votar em um homem que não conheço, por mais qualificado que ele pareça ser.

— Que seja assim — concluiu Sir Francis. — Declaro esta moção aprovada por quatro votos a zero, com uma abstenção.

— Posso chamar o general Bruce? — perguntou Hinks.

— Sim, por favor — respondeu Sir Francis.

Hinks se levantou do lugar e um funcionário imediatamente abriu a porta da antessala, onde três homens estavam sentados, esperando que o comitê os convocasse.

— General Bruce, o senhor poderia fazer a gentileza de se juntar a nós? — disse Hinks, sem nem ao menos olhar para os outros dois homens.

— Obrigado, Hinks — disse o general, erguendo-se da cadeira e entrando na sala do comitê juntamente com o secretário.

— Seja bem-vindo, general Bruce — disse Sir Francis. — Junte-se a nós — acrescentou ele, indicando a Bruce uma cadeira vazia. — Fico feliz em lhe dizer — prosseguiu ele, depois que o general se sentou — que o comitê votou por sua nomeação para supervisionar essa grande aventura, e também por sua nomeação como membro do conselho executivo, juntando-se a nós.

— Muito obrigado, sr. presidente, e agradeço também ao comitê pelo voto de confiança — disse Bruce, servindo-se de uma generosa dose de uísque. — Pode ter certeza de que me esforçarei o máximo possível para me mostrar merecedor dele.

— Acho que o senhor já conhece todos os integrantes do comitê, general, com exceção de nosso vice-presidente, o sr. Young.

Olhando com mais atenção para o general, Young duvidou que ele tivesse menos de 60 anos. E, se ele ia mesmo empreender a árdua jornada até os contrafortes do Himalaia, seria necessário contar com uma montaria bem robusta para transportá-lo.

— Nossa próxima tarefa, cavalheiros — disse Sir Francis —, é selecionar um líder para a escalada, a quem o general Bruce passará o comando depois que a expedição tiver cruzado a fronteira com o Tibete e montado o acampamento-base. A pessoa selecionada terá a responsabilidade de estabelecer a rota pela qual a equipe final, possivelmente incluindo o general, fará a última investida até o pico do Everest. — Sir Francis fez uma pausa. — Vamos rezar para que o escolhido, seja quem for, seja bem-sucedido nessa nobre empreitada.

Young abaixou a cabeça e perguntou a si mesmo se algum daqueles homens sentados à mesa fazia alguma ideia do que estava pedindo àqueles jovens corajosos para fazer em nome de Deus.

Sir Francis fez mais uma pausa antes de acrescentar:

— O Clube Alpino apresentou dois nomes para nossa consideração. Talvez seja este o momento apropriado para perguntar ao nosso vice-presidente se ele gostaria de dizer algumas palavras de introdução.

— Obrigado, sr. presidente — disse Young. — Posso informar ao comitê que, na opinião do Clube Alpino, estes dois candidatos são inquestionavelmente os melhores montanhistas das Ilhas Britânicas. O único outro homem do mesmo nível era Siegfried Herford, que infelizmente foi morto em Ypres.

— Obrigado — disse o presidente. Devo lembrar mais uma vez que, se o capitão Young não tivesse sido ferido na Frente Ocidental, não haveria necessidade desta entrevista.

— É muito gentil de sua parte dizer isto, sr. presidente, mas posso garantir que esses jovens são ambos capazes de executar a tarefa.

— E qual desses dois cavalheiros devemos ver em primeiro lugar? — perguntou Sir Francis.

— O sr. Leigh Mallory — disse Hinks, antes que alguém pudesse dar uma opinião.

— O nome, na verdade, é George Mallory — retificou Young.

— Muito bem, talvez então seja hora de convidar o sr. Mallory a se reunir a nós — sugeriu o presidente.

Uma vez mais, Hinks se levantou da cadeira, enquanto o porteiro abria a porta da antessala. Hinks olhou para os dois homens sentados sob um retrato da rainha Mary. Sem saber quem era quem, disse:

— Sr. Mallory, por favor venha comigo.

George se levantou.

— Boa sorte, Mallory — disse Finch. — Não se esqueça de que você só tem um amigo lá dentro.

Hinks parou a meio caminho. Por um momento, pareceu ter a intenção de responder, mas evidentemente pensou melhor e voltou à sala do comitê, sem falar mais nada.

— Sr. Mallory — disse Sir Francis quando George entrou no aposento. — Foi muita bondade sua nos ceder seu tempo. — Ele se ergueu da cadeira e apertou a mão do candidato. — Peço desculpas por tê-lo deixado esperando. — George sorriu. — Eu sei que o sr. Young lhe informou por que o senhor está aqui esta noite. Por favor, queira se sentar à cabeceira da mesa. O comitê tem uma ou duas perguntas para lhe fazer.

— É claro, Sir Francis — concordou George, um tanto nervoso.

— Para começar — disse Sir Francis —, vou lhe perguntar se o senhor tem alguma dúvida de que podemos ser bem-sucedidos nesse grande empreendimento. Estou me referindo à conquista do Everest.

— Ninguém pode responder a esta pergunta com autoridade, Sir Francis — disse George —, pois apenas um punhado de montanhistas já subiu acima de 6 mil metros. Meu irmão Trafford, que é piloto da RAF, me disse que nem um avião já chegou a 8.800 metros, que é a altura do Everest.

— Mas você está disposto a fazer uma tentativa, não está? — perguntou Raeburn, dando umas baforadas no charuto.

George teve a impressão de que a ideia que ele fazia de uma escalada difícil era subir a escadaria de seu clube.

— Claro que sim — respondeu George com entusiasmo. — Mas ninguém nunca tentou escalar o Everest, e não temos como prever as dificuldades que irão se apresentar. Por exemplo...

— O senhor é casado, sr. Mallory? — perguntou o comandante Ashcroft, lendo um papel à sua frente.

— Sou sim, senhor.

— Tem família?

— Duas filhas — respondeu George, um tanto espantado com a pergunta.

Ele não conseguia entender como Clare e Beridge poderiam ajudá-lo a escalar uma montanha de 8.800 metros.

— Alguma outra pergunta para o sr. Mallory? — indagou Sir Francis, consultando o relógio.

O que era aquilo?, pensou George, incrédulo. Aquele bando de velhos patetas iria decidir entre Finch e ele com base em perguntas tão irrelevantes? Parecia que Finch tinha razão a respeito de Hinks e seus amigos.

— Eu tenho uma pergunta para o sr. Mallory — disse Hinks.

George sorriu. Talvez tivesse julgado mal o homem.

— Você pode confirmar que foi educado no Winchester College?

— Sim, fui — respondeu George, conjeturando sobre a relevância que aquela pergunta poderia ter.

— E de lá você foi para o Magdalene College, em Cambridge, para estudar história?

— Sim — repetiu George.

Ele se sentiu tentado a acrescentar: "Mas tive de pular o muro da faculdade para que eles me dessem uma vaga." Conseguiu, no entanto, segurar a língua.

— E, embora, como professor, fosse isento do serviço militar, o senhor se apresentou e foi comissionado como oficial da Real Artilharia, participando das ações na Frente Ocidental?

— Sim — disse George.

Ele olhou para Young, na esperança de obter alguma orientação, mas o amigo parecia igualmente atônito.

— E depois da guerra o senhor retornou à Charterhouse para se tornar o professor catedrático de história?

George assentiu com a cabeça, mas não disse nada.

— Era tudo o que eu precisava saber. Obrigado, senhor presidente.

George olhou novamente para Young, mas este se limitou a dar de ombros.

— Há mais perguntas para o sr. Mallory — perguntou Sir Francis — ou podemos permitir que ele se vá?

O homem com o charuto levantou a mão.

— Sim, sr. Raeburn? — disse Younghusband.

— Se você for selecionado como o líder montanhista desta expedição, Mallory, estaria disposto a adquirir seu próprio equipamento?

— Tenho certeza de que daria um jeito — disse George, depois de hesitar um momento.

— E também poderia pagar sua passagem até a Índia? — perguntou Ashcroft.

George hesitou, pois não sabia até que ponto seu sogro estaria disposto a ajudá-lo. Finalmente, ele disse:

— Eu espero que sim.

— Muito bem, Mallory — disse Sir Francis. — Agora, tudo o que me resta fazer é agradecer a você em nome do...

Hinks colocou sob o nariz de Younghusband uma anotação que escrevera com rapidez frenética.

— Ah, sim — retificou Sir Francis. — Se você fosse escolhido, estaria preparado para fazer um exame médico?

— É claro, Sir Francis — respondeu George.

— Ótimo — disse o presidente. — O comitê entrará em contato com você brevemente para informá-lo sobre nossa decisão.

George se levantou, ainda levemente aturdido, e saiu da sala sem dizer mais nada. Quando o porteiro fechou a porta, ele comentou:

— Foi ainda pior do que você previu.

— Eu avisei — disse Finch.

— Tome cuidado para não dizer nada de que possa se arrepender, George.

Finch sabia que Mallory estava falando sério quando se dirigia a ele pelo nome de batismo.

— O que você quer dizer com isso, meu velho? — perguntou ele.

— Tente agradá-los, não perca a calma. Tente se lembrar de que seremos nós que estaremos a 8.200 metros de altura nos preparando para a escalada final, enquanto esses caras vão estar em seus clubes, sentados ao pé da lareira, saboreando um cálice de conhaque.

―◄o►―

— Que camarada maravilhoso! — exclamou Hinks.

— Concordo — disse Raeburn. — Exatamente o tipo de cara que estamos procurando. O senhor não concorda, general?

— Certamente. Gostei do estilo dele — concordou Bruce. — Mas acho que devemos falar com o outro cara antes de tomarmos uma decisão.

Geoffrey Young sorriu pela primeira vez.

— No papel, o outro sujeito não parece ser da mesma categoria — comentou Ashcroft.

— As montanhas não são feitas de papel, comandante — disse Young, tentando não parecer exasperado.

— Pode ser — disse Hinks —, mas devo lembrar ao comitê que o sr. Finch é australiano.

— Pelo que me deram a entender — disse Raeburn —, só iríamos considerar caras nascidos nas Ilhas Britânicas.

— Creio que o senhor há de convir, senhor presidente — interveio Young —, que a Austrália ainda faz parte do vasto império de Sua Majestade.

— É verdade — disse Sir Francis. — Talvez seja melhor vermos o outro camarada, antes de tirarmos conclusões precipitadas.

Hinks não fez nenhum esforço para se levantar da cadeira. Limitou-se a cruzar os braços e a acenar com a cabeça para o porteiro, que se inclinou com deferência, abriu a porta e anunciou:

— O sr. Finch.

30

— O sr. Finch — repetiu o porteiro, com um pouco mais de firmeza.

— Vou ter de deixar você, meu caro — disse Finch, acrescentando com um sorriso —, o que é exatamente o que vou dizer quando estivermos a 50 metros do pico.

Finch entrou na sala do comitê e sentou-se à cabeceira da mesa, antes que o Sir Francis tivesse a oportunidade de lhe dar boas-vindas. Young teve de rir quando viu como Finch se vestira para a entrevista. Era quase como se estivesse provocando o comitê: um paletó comum, de veludo, calças largas de flanela e uma camisa aberta no colarinho, sem gravata.

Quando Young orientara Mallory e Finch, não lhe ocorrera mencionar o tipo de vestuário. Para aquele comitê, porém, a aparência do candidato era tão importante quanto seu currículo como montanhista. Os membros do conselho olhavam para Finch com incredulidade. Ashcroft estava até de boca aberta. Young se recostou na cadeira e esperou o foguetório começar.

— Bem, sr. Finch — disse Sir Francis, após se recobrar —, deixe-me lhe dar as boas-vindas, em nome do comitê, e lhe perguntar se o senhor está preparado para responder a algumas perguntas.

— Claro que sim — respondeu Finch. — É para isto que estou aqui.

— Ótimo — disse Sir Francis. — Então vou começar perguntando se o senhor tem alguma dúvida de que esse grande empreendimento possa ser bem-sucedido. Ou seja, o senhor se considera capaz de liderar uma equipe até o topo do Everest?

— Sim, posso fazer isso — disse Finch. — Mas ninguém faz ideia de como o corpo humano irá reagir a essa altitude. Um cientista chegou a sugerir que nós podemos explodir. Eu acho que essa ideia é insensata, mas mostra que ainda não sabemos ao certo com o que estamos lidando.

— Não tenho certeza se estou entendendo você, meu caro — disse Raeburn.

— Então permita que eu esclareça as coisas, sr. Raeburn. — O cavalheiro idoso pareceu surpreso com o fato de Finch saber seu nome. — O que nós sabemos é que, quanto mais alto subimos, mais rarefeito se torna o ar. Isso significa que, à medida que a altitude vai se elevando, cada movimento dos alpinistas vai se tornando mais difícil que o anterior. Isso pode provocar a queda de alguém.

— Inclusive você, talvez? — perguntou Hinks, sem olhar diretamente para ele.

— Sim, de fato, sr. Hinks — disse Finch, olhando para o secretário.

— Mas, apesar disso — observou Raeburn —, você está disposto a fazer uma tentativa.

— Sim, estou — respondeu Finch com firmeza. — Mas devo alertar o comitê de que o sucesso ou o fracasso desse projeto pode depender do uso de oxigênio nos últimos 600 metros.

— Não sei se estou entendendo muito bem o que o senhor está falando — disse Sir Francis.

— Eu calculo que acima de 7 mil metros fica quase impossível respirar. Mas as experiências que realizei a 4.500 metros demonstraram que, com a ajuda de tubos de oxigênio, é possível continuar a subir quase no mesmo ritmo que em uma altura menor.

— Mas isso não seria trapacear, meu caro? — perguntou Ashcroft.

— Nosso objetivo sempre foi testar a capacidade do homem para enfrentar a natureza sem ter que recorrer a dispositivos mecânicos.

— A última vez que ouvi uma opinião semelhante expressa publicamente foi em uma palestra realizada pelo falecido capitão Scott neste mesmo prédio. Tenho certeza, cavalheiros, de que os senhores não precisam ser lembrados do triste final daquela aventura.

Todos no comitê olharam para Finch como se ele fosse o personagem de um cartum de Bateman,[26] mas ele permaneceu imperturbável.

— Além de fracassar na tentativa de ser o primeiro homem a chegar ao Polo Sul — lembrou Finch —, Scott acabou morrendo, junto com o restante de sua equipe. Amundsen não só alcançou o Polo antes de Scott como também continua a liderar expedições a lugares inexplorados do planeta. Sim, eu gostaria de ser a primeira pessoa a pisar no topo do mundo, mas também gostaria de voltar a Londres para fazer uma palestra sobre o assunto na Real Sociedade Geográfica.

Levou algum tempo para que alguém perguntasse algo.

— Permita que lhe faça uma pergunta, sr. Finch — disse Hinks, escolhendo as palavras cuidadosamente. — O sr. Mallory concorda com o senhor a respeito do uso do oxigênio?

— Não, não concorda — admitiu Finch. — Ele acha que pode escalar o Everest sem isso. Mas ele é um historiador, sr. Hinks, não um cientista.

— Mais alguma pergunta para o candidato? — perguntou Sir Francis, com ar de que já escolhera quem o comitê deveria selecionar como líder montanhista da expedição.

— Sim, sr. presidente — disse Hinks. — Ainda há alguns assuntos que eu gostaria de esclarecer, apenas para fins de registro. — Sir Francis assentiu. — Sr. Finch, o senhor poderia informar ao comitê onde nasceu e onde foi educado?

— Não vejo em que isso possa ser relevante — replicou Finch.
— Não faço ideia de onde o sr. Alcock ou o sr. Brown foram educados, mas sei que eles foram os primeiros homens a atravessar o Atlântico

---

[26] Famoso cartunista britânico da época. (N.T.)

voando. E eles só realizaram essa façanha, sr. Hinks, com o auxílio de um dispositivo mecânico conhecido como avião.

Young tentou não sorrir, embora já não tivesse dúvidas a respeito de quem o comitê escolheria como líder da escalada.

— Seja como for — disse Hinks —, nós, da RSG...

— Peço desculpa pela interrupção, sr. Hinks, mas achei que estava sendo entrevistado pelo Comitê do Everest — atalhou Finch. — Como secretário da Sociedade, o senhor assinou uma ata nesse sentido.

— Seja como for — repetiu Hinks, tentando se recompor —, talvez o senhor queira ter a gentileza de responder à minha pergunta.

Young pensou em intervir, mas permaneceu em silêncio, certo de que Finch poderia se sair tão bem na sala do comitê quanto em uma montanha.

— Eu nasci na Austrália, mas fui educado em Zurique — disse Finch — e frequentei a Universidade de Genebra.

Ashcroft se inclinou sobre a mesa e cochichou para Raeburn:

— Eu não fazia ideia de que Genebra tinha uma universidade. Pensei que só tinha bancos.

— E relógios de cuco — completou Raeburn.

— E qual é sua profissão? — perguntou Hinks.

— Sou químico — respondeu Finch. — Por isso sei da importância do uso de oxigênio em grandes altitudes.

— Eu sempre pensei que a química era um hobby — disse Ashcroft, dessa vez alto o suficiente para ser ouvido —, não uma profissão.

— Só para crianças, comandante Ashcroft — disse Finch, olhando-o diretamente nos olhos.

— Você é casado, Finch? — perguntou Raeburn, sacudindo as cinzas da ponta do charuto.

— Sou viúvo — respondeu Finch, uma resposta que surpreendeu Young.

Hinks escreveu um ponto de interrogação em "estado civil".

— Você tem filhos? — perguntou Ashcroft.

— Sim, um filho. Peter.

— Diga-me, Finch — disse Raeburn, cortando a ponta de outro charuto. — Se você fosse escolhido para esse trabalho importante, estaria disposto a pagar pelo seu equipamento?

— Só se fosse obrigado — respondeu Finch. — Eu soube que este comitê fez um apelo e levantou fundos para a expedição. Presumi que parte desse dinheiro seria usada para equipar os montanhistas.

— E as despesas de viagem? — pressionou Ashcroft.

— De jeito nenhum — replicou Finch. — Para fazer parte da expedição, eu teria de me ausentar do trabalho por pelo menos seis meses. E, embora eu não espere nenhuma recompensa financeira, não vejo por que eu também deva cobrir minhas próprias despesas.

— Você se descreveria como um amador, meu velho? — questionou Ashcroft.

— Não, senhor, não me descreveria assim. Sou profissional em tudo o que faço.

— É mesmo? — comentou Ashcroft.

— Creio que não precisaremos ocupar o sr. Finch por mais tempo, cavalheiros — sugeriu Sir Francis, olhando ao redor da mesa.

— Tenho outras perguntas para o sr. Finch — interveio Young, incapaz de manter silêncio por mais tempo.

— Mas o senhor, com certeza, sabe tudo o que precisa saber a respeito do sr. Finch — disse Hinks. — O senhor já conhece esse candidato há anos.

— É verdade, mas o resto do comitê não conhece, e acredito que todos poderão achar as respostas do sr. Finch às minhas perguntas bastante esclarecedoras. Sr. Finch — disse Young, virando-se para encarar o candidato —, o senhor alguma vez já escalou o Mont Blanc, a montanha mais alta da Europa?

— Em sete ocasiões — respondeu Finch.

— E o Matterhorn?

— Três vezes.

— Algum outro dos picos mais altos dos Alpes?

— Todos eles. Eu faço escaladas nos Alpes todos os anos.

— E quanto às montanhas mais altas das Ilhas Britânicas?

— Essas, eu parei de escalar quando ainda usava calças curtas.

— Tudo isso está em nossos registros, sr. presidente — disse Hinks.

— Para quem se der ao trabalho de ler — retorquiu Young, imperturbável. — O senhor confirma, sr. Finch, que, após completar sua educação em Genebra, o senhor foi aluno do Imperial College, em Londres?

— Correto — confirmou Finch.

— E qual matéria o senhor estudou?

— Química — respondeu Finch, decidido a fazer o jogo de Young.

— Que tipo de classificação esse augusto estabelecimento concedeu ao senhor na sua formatura?

— Primeira classe com distinção — disse Finch, sorrindo pela primeira vez.

— O senhor permaneceu na Universidade de Londres depois da formatura? — indagou Young.

— Sim, permaneci — respondeu Finch. — Juntei-me ao corpo docente como professor de química.

— O senhor permaneceu no cargo depois que a guerra foi iniciada, sr. Finch, ou se alistou nas forças armadas como o sr. Mallory?

— Alistei-me no Exército em agosto de 1914, poucos dias depois que a guerra foi declarada.

— E em que qualidade o senhor serviu ao Exército? — perguntou Young.

— Na qualidade de químico — respondeu Finch, olhando diretamente para Ashcroft. — Achei que meus conhecimentos poderiam ser muito úteis no esquadrão antibombas, e me ofereci para trabalhar lá.

— Esquadrão antibombas — disse Young, enfatizando as palavras. — O senhor pode explicar melhor?

— Com certeza, sr. Young. O Ministério da Guerra estava procurando homens para desarmar bombas. Muito divertido, realmente.

— Então o senhor não participou das ações na linha de frente? — questionou Hinks.

— Não, sr. Hinks, não participei. Descobri que as bombas dos alemães tinham certa propensão a cair no nosso lado, não no lado deles.

— E o senhor recebeu alguma condecoração? — perguntou Hinks, folheando suas anotações.

Young sorriu. Fora o primeiro erro que Hinks cometera.

— Recebi uma medalha da Ordem do Império Britânico — disse Finch prosaicamente.

— Muito bem — disse Bruce. — Isso não é coisa que seja distribuída junto com as rações.

— Não vejo nenhuma menção a essa condecoração nas informações que o senhor me forneceu — vociferou Hinks, tentando se recuperar.

— Talvez porque eu não tenha achado que o lugar de nascimento de alguém, suas qualificações educacionais e seu estado civil tenham muita coisa a ver com a tentativa de escalar a montanha mais alta do planeta.

Hinks foi calado pela primeira vez.

— Bem, se ninguém tem mais nenhuma pergunta — disse Sir Francis —, permitam-me agradecer ao sr. Finch por ter comparecido a esta reunião. — Ele hesitou antes de acrescentar: — Alguém irá entrar em contato com o senhor brevemente.

Finch se ergueu, acenou com a cabeça para Young e já estava prestes a sair quando Hinks disse:

— Só mais uma pergunta. Posso confirmar que, como o sr. Mallory, o senhor está disposto a fazer um exame médico?

— Claro que sim — respondeu Finch, deixando a sala sem dizer mais nada.

— Sujeito esquisito, vocês não acham? — disse Raeburn, quando o porteiro fechou a porta.

— Mas com certeza não se pode duvidar de sua capacidade como alpinista — disse Young.

Hinks sorriu.

— Você sem dúvida tem razão, Young, mas nós, na RSG, sempre fomos muito cuidadosos com os alpinistas *sociais*.

— Você não acha que está sendo um pouco rude, Hinks? — comentou Sir Francis. — Considerando a atuação do camarada durante a guerra. — Virando-se para Bruce, ele perguntou: — O senhor já conduziu homens em batalha, general. O que acha do sujeito?

— Prefiro que ele esteja do meu lado que do lado do inimigo, isso é certo — disse Bruce. — Com um pouco de vento a favor, acho que consigo dar uma melhorada nele.

— O que vamos fazer agora? — perguntou Sir Francis, olhando para Hinks em busca de orientação.

— Os membros agora devem votar em quem escolheram para líder da escalada, sr. presidente. Para a comodidade do comitê, preparei papéis de votação, onde os membros poderão assinalar com uma cruz o nome de seu candidato. — Hinks entregou um pedaço de papel a cada membro do comitê. — Depois que fizerem a escolha, por favor, devolvam os papéis para mim.

O processo levou apenas alguns momentos. Quando Hinks começou a contar os votos, um fino sorriso apareceu em seu rosto, aumentando à medida que ele ia abrindo outro papel. Finalmente, ele passou os papéis ao presidente para que este pudesse anunciar oficialmente o resultado.

— Cinco votos para Mallory. E uma abstenção — disse Younghusband, sem conseguir disfarçar a surpresa.

— Fui eu, novamente — informou Young.

— Mas o senhor conhece bem ambos os candidatos — disse Sir Francis. — Afinal, foi o senhor quem apresentou seus nomes ao comitê.

— Talvez eu os conheça bem demais — replicou Young. — Ambos são ótimos, em estilos diferentes. Mesmo depois de todos esses anos, ainda não consegui decidir qual deles está mais apto a ser o primeiro homem a pisar no topo do mundo.

— Eu não tenho dúvidas a respeito de quem prefiro que represente nosso país — disse Hinks.

Ouviram-se alguns murmúrios de "apoiado", mas não vieram de todas as direções.

— Mais alguma tarefa? — perguntou Younghusband.

— Devemos simplesmente confirmar, para os registros oficiais — disse Hinks —, que já escolhemos um líder para a escalada e que aceitaremos sem restrições as recomendações do sr. Young para as oito vagas restantes da equipe de montanhistas.

— Sim, é claro — concordou Sir Francis. — Afinal, foi isso o que eu combinei com o Clube Alpino antes de estabelecermos este comitê.

— Eu espero — observou Ashcroft — que não haja muitos montanhistas parecidos com o tal de Finch.

— Não precisa ter medo — disse Hinks, olhando para a lista. — Além de Finch, todos são homens de Oxford ou Cambridge.

— Bem, isso encerra o assunto — disse Sir Francis.

O sorriso retornou aos lábios de Hinks.

— Sr. presidente, ainda há a questão dos exames médicos, que todos os possíveis membros da equipe de escalada concordaram em fazer. Presumo que o senhor queira que esse assunto já esteja resolvido quando o comitê se reunir no mês que vem.

— Faz sentido para mim — concordou Sir Francis. — Não tenho dúvida de que o senhor irá cuidar de todos os detalhes, sr. Hinks.

— É claro, sr. presidente.

31

Hinks sentou-se sozinho em seu clube segurando um copo de conhaque, enquanto aguardava seu convidado. Sabia que Lampton não chegaria atrasado, mas precisava de algum tempo para organizar seus pensamentos antes que o médico chegasse.

Lampton já realizara diversas incumbências difíceis para a RSG, mas sua próxima tarefa deveria ser tratada com o maior cuidado, para que ninguém suspeitasse que Hinks estava envolvido pessoalmente. Hinks sorriu ao se recordar das palavras de Maquiavel: *Quando você conhece a ambição de um homem e o ajuda, ele se tornará seu devedor.* Ele conhecia muito bem uma das ambições de Lampton.

Hinks se levantou da cadeira quando o porteiro introduziu o dr. Lampton na biblioteca. Após as amabilidades de praxe, ambos se instalaram em um canto do recinto e Hinks iniciou sua bem-ensaiada abertura.

— Vi que seu nome está entre os candidatos a sócio do clube, Lampton — disse ele, enquanto o garçom depositava dois cálices de conhaque na mesinha entre eles.

— Está, realmente, sr. Hinks — respondeu Lampton, brincando nervosamente com seu cálice. — Mas quem não gostaria de ser sócio do Boodle's?

— Você vai ser sócio, meu caro — disse Hinks. — Na verdade, posso lhe dizer que acrescentei meu nome à sua lista de padrinhos.

— Obrigado, sr. Hinks.

— Acho que podemos dispensar o "sr.". Afinal de contas, você brevemente vai ser sócio deste clube. Pode me chamar de Hinks.

— Obrigado, Hinks.

Hinks olhou em volta da sala, para se certificar de que mais ninguém poderia ouvi-lo.

— Como você sabe, meu caro, uma das regras do clube é que não podemos discutir negócios durante o jantar.

— Uma regra danada de boa — disse Lampton. — Gostaria que ela fosse aplicada no St. Thomas. Às vezes tenho vontade de dizer a meus colegas que a última coisa que desejo ouvir durante o almoço é o que está se passando no hospital.

— Isso mesmo — apoiou Hinks. — Mas, veja bem, a regra não se aplica aqui na biblioteca, portanto, deixe-me dizer, na mais estrita confidencialidade, que a Sociedade deseja que você realize uma pesquisa científica para ela. Devo enfatizar que isso deve permanecer na mais estrita confidencialidade.

— Pode confiar em mim, Hinks.

— Excelente, mas primeiro um pouco de contexto. Você deve ter lido no *Times* que a Sociedade está planejando enviar uma equipe de montanhistas selecionados ao Tibete, para tentarem chegar ao topo do Monte Everest.

— Deus do céu!

— Muito apropriado — disse Hinks, e ambos riram. — Com isso em mente, gostaríamos de indicar você para realizar uma série de testes com os 12 homens que estão sendo analisados para preencher as nove vagas disponíveis na equipe. Obviamente, a coisa mais importante será determinar se eles estão bem-preparados para sobreviver a uma altitude de 8.800 metros.

— É essa a altura do Everest?

— Oito mil oitocentos e quarenta e oito metros, para ser exato — disse Hinks. — Agora, nem é preciso dizer que a RSG não pode se arriscar a enviar um cara tão longe se ele vai sucumbir quando chegar a determinada altitude. Seria um desperdício do tempo e do dinheiro da Sociedade.

— Isso mesmo — concordou Lampton. — De quanto tempo disponho para realizar esses testes?

— Terei que informar os resultados ao comitê dentro de três semanas — disse Hinks, retirando um papel do bolso interno do paletó.

— Aqui estão os 12 nomes que foram apresentados pelo Clube Alpino. Somente nove deles farão parte da equipe de montanhistas. Portanto, sinta-se à vontade para eliminar três deles, que estejam abaixo dos padrões exigidos.

Ele entregou o papel a seu convidado para que este pudesse ler os nomes cuidadosamente. Lampton relanceou os olhos pela lista.

— Não vejo nenhuma razão para que meu relatório não esteja sobre sua mesa daqui a 15 dias. Presumindo que os montanhistas estejam disponíveis.

— Eles estarão disponíveis — disse Hinks. Ele fez uma pausa novamente e olhou em torno da sala. — Lampton, eu gostaria de saber se posso lhe falar em caráter confidencial.

— Fique à vontade, meu velho.

— Você precisa saber que o comitê não ficaria descontente se você concluísse que este candidato, em particular, não possui os atributos físicos necessários a uma expedição tão extenuante.

— Estou entendendo — disse Lampton.

Hinks se inclinou e pousou o dedo sobre o segundo nome da lista.

32

— ... Cento e doze... cento e treze... cento e catorze.

Finch acabou desabando no chão. George prosseguiu, mas só conseguiu fazer mais sete flexões até desistir: 121, um recorde pessoal. Ainda deitado no chão, ele ergueu a cabeça e sorriu para Finch, que sempre o levava a fazer o melhor. Ou seria o pior?

O dr. Lampton anotou em sua prancheta os totais alcançados por cada um dos 12 homens. Mallory e Finch estavam entre os cinco primeiros em todos os testes, com muito pouca diferença entre eles. Já estava começando a duvidar que conseguiria descobrir algum motivo para desqualificar Finch, que evidentemente só tinha um rival no grupo no tocante ao preparo físico.

De pé no centro da quadra do ginásio, Lampton pediu para que os 12 homens se reunissem a seu redor.

— Minhas congratulações a todos vocês — disse ele — por terem saído incólumes da primeira parte do teste. Isso significa que estão qualificados para entrar em minha câmara de torturas. — Todos riram. Lampton se perguntou quantos deles estariam rindo dentro de uma hora. — Por favor, senhores, queiram me acompanhar.

Ele os conduziu por um longo corredor até chegar a uma porta não identificada, que destrancou e abriu. Todos entraram em um grande aposento quadrado, de um tipo que George nunca vira.

— Cavalheiros — disse Lampton —, vocês estão em uma câmara de descompressão, que foi encomendada pelo almirantado para testar a capacidade dos tripulantes de submarinos para suportar longos períodos abaixo da superfície do oceano. A câmara foi modificada para reproduzir as condições que, segundo presumimos, são as que vocês deverão encontrar quando estiverem escalando o Everest.

E continuou:

— Deixem-me falar sobre o equipamento que estão vendo. A escada rolante no centro do aposento não é diferente daquelas que vocês já se acostumaram a usar no metrô de Londres. — Um ou dois dos presentes não quiseram admitir que nunca haviam utilizado o metrô e permaneceram em silêncio. — Entretanto, há uma importante diferença — continuou Lampton. — Nossa escada rolante não está aí para ajudar vocês; pelo contrário, está aí para resistir a vocês. Quando ela estiver se movendo para baixo, vocês terão de subi-la, um movimento que vocês podem demorar um pouco até se acostumar. É importante lembrar que isto não é uma competição, mas um teste de resistência. A escada irá se mover a 8 quilômetros por hora, aproximadamente, e vocês tentarão permanecer nela por sessenta minutos.

Prosseguiu Lampton:

— Posso ver, pela expressão de alguns de vocês, que estão começando a querer saber qual o objetivo de tudo isso. Afinal, subir durante horas a fio, sem fazer uma pausa, não é uma coisa incomum para homens com sua experiência e capacidade. Entretanto, há uma ou duas coisas que vocês terão de enfrentar durante os próximos sessenta minutos. A câmara, no momento, está à temperatura ambiente, e sua pressão atmosférica foi ajustada para se equiparar à que se encontra ao nível do mar. No final de uma hora, todos os que ainda estiverem em condições de acompanhar o ritmo estarão suportando as condições que podem esperar a 8.800 metros. A temperatura na câmara terá caído para 40 graus negativos. Por isso, pedi que vocês se vestissem exatamente como em uma escalada. "Também vou acrescentar mais um pequeno desafio.

Se vocês olharem para a parede oposta, verão dois grandes ventiladores industriais: são minhas máquinas de vento. Posso garantir, cavalheiros, que o vento que eles irão produzir não lhes será favorável. — Alguns dos homens riram nervosamente. — Quando eu colocar esses ventiladores em movimento, eles farão tudo para derrubar vocês da escada.

"Finalmente, vocês notarão diversos colchões de borracha, cobertores e baldes espalhados pela sala. Se forem forçados a sair da escada rolante, poderão descansar e se aquecer. Tenho certeza de que não preciso explicar por que os baldes foram colocados perto da base da escada.

— Dessa vez, ninguém riu. — Na parede à esquerda há um relógio com um termômetro, para mostrar a temperatura na câmara, e um altímetro, para informar a pressão atmosférica. Agora vou lhes dar alguns momentos para que se familiarizem com o movimento da escada. Sugiro que se mantenham afastados um ou dois degraus. Se alguém encontrar dificuldade para manter o ritmo, desça da escada pela direita e deixe o próximo da fila ocupar seu lugar. Alguma pergunta?"

— O que há no outro lado daquela janela? — perguntou Norton, o único candidato que George não conhecia. Era um soldado que fora sugerido pelo general Bruce.

— É onde está localizada a sala de controle. De lá, minha equipe vai observar os progressos de vocês. Nós poderemos vê-los, mas vocês não poderão nos ver. Quando a hora for completada, a escada vai parar, as máquinas de vento serão desligadas e a temperatura retornará ao normal. Nesse ponto, vocês serão examinados por diversos médicos e enfermeiras, que irão realizar testes para avaliar o índice de recuperação de cada um. Agora, cavalheiros, gostaria que ocupassem seus lugares na escada rolante.

Finch imediatamente subiu até o degrau mais alto, enquanto George se posicionou dois degraus atrás dele.

— A escada começará a se mover quando a campainha tocar — disse Lampton. — Ela vai tocar novamente dez minutos depois, quando a atmosfera na câmara será equivalente à encontrada na altitude de 1.500 metros, e a temperatura terá caído a zero. A campainha continuará a tocar a intervalos de dez minutos durante o teste. As máquinas de vento serão ligadas após quarenta minutos. Se algum de vocês ainda estiver de pé quando a hora terminar, estará enfrentando uma temperatura de 40 graus negativos e a pressão atmosférica encontrada a 8.800 metros de altitude. Boa sorte, cavalheiros.

Lampton deixou o aposento e fechou a porta. Todos ouviram o barulho de uma chave girando na fechadura.

Os 12 homens permaneceram parados na escada, nervosos, esperando que a campainha tocasse. George respirou fundo, enchendo os pulmões de ar. Evitou olhar para Finch, dois degraus acima dele, e para Somervell, dois degraus abaixo.

— Vocês estão prontos, cavalheiros? — disse a voz do dr. Lampton através de um alto-falante.

A campainha soou e a escada começou a se mover no que pareceu a George um ritmo bastante suave. Durante dez minutos, os alpinistas mantiveram suas posições. George não sentiu uma mudança muito grande quando a campainha tocou uma segunda vez. A escada continuou a se mover à mesma velocidade, embora os mostradores na parede indicassem que a temperatura caíra para zero grau, e a pressão atmosférica era equivalente à encontrada a 1.500 metros.

Todos ainda estavam em seus lugares vinte minutos mais tarde, quando a campainha soou pela terceira vez. Depois de trinta minutos, eles haviam atingido 4.500 metros e a temperatura estava a 20 graus abaixo de zero. Ninguém, no entanto, havia saído da escada. Kenwright foi o primeiro a sair pela direita, passando lentamente por seus colegas, até chegar à base da escada. Lutou então corajosamente para alcançar o primeiro colchão, onde desabou como um saco de batatas. Passaram-se alguns minutos antes que tivesse forças para se cobrir. Lampton traçou uma linha sobre seu nome. Ele não faria parte da equipe que viajaria para o Tibete.

Finch e Mallory mantinham o ritmo no topo da escada rolante, com Somervell, Bullock e Odell em seus calcanhares. George já tinha quase esquecido os ventiladores quando a campainha tocou pela quinta vez, e um jato de ar frio o atingiu no rosto. Ele sentiu vontade de esfregar os olhos, mas sabia que, se removesse os óculos de proteção em uma montanha de verdade, a 8.800 metros de altitude, correria o risco de ser acometido pela cegueira da neve. Ele pensou ter visto Finch tropeçar à sua frente, mas ele rapidamente se recuperou.

George não viu o pobre sujeito que estava a alguns degraus dele remover os óculos e cambalear para trás quando recebeu a forte rajada de vento em pleno rosto. Instantes depois, ele estava de gatinhas, próximo à base da escada, cobrindo os olhos e vomitando. Lampton traçou uma linha sobre o nome dele. Era mais um homem que não viajaria para o Tibete.

Quando a campainha soou, na marca de cinquenta minutos, eles haviam alcançado a altitude de 7 mil metros, e a temperatura era de 30 graus negativos. Somente Mallory, Finch, Odell, Somervell, Bullock e Norton ainda estavam de pé. Quando a altitude alcançou 7.600 metros, Bullock e Odell foram se juntar aos outros nos colchões. Estavam tão exaustos que não tiveram forças para acompanhar os progressos dos quatro sobreviventes. O dr. Lampton verificou o relógio e colocou um tique ao lado dos nomes de Odell e Bullock.

Somervell conseguiu resistir até pouco mais de 53 minutos, quando caiu na escada sobre as mãos e os joelhos. Tentou bravamente subir de volta, mas foi de novo levado para baixo. Norton estava ajoelhado ao lado dele pouco depois. Lampton escreveu *53 minutos* e *54 minutos* ao lado de seus nomes. Então, dirigiu a atenção para os dois homens que pareciam inabaláveis.

Lampton abaixou a temperatura para 40 graus negativos e reduziu a pressão atmosférica para a que se encontraria a 8.800 metros, mas os dois sobreviventes não saíram de seus lugares. Ele aumentou a velocidade dos ventos para 65 quilômetros por hora. Finch cambaleou, lamentando ter escolhido o degrau mais alto, pois estava protegendo George da força máxima do vento. Mas, quando parecia estar derrotado, recobrou-se de alguma forma e reuniu forças suficientes para acompanhar o ritmo implacável da escada rolante.

O relógio informou aos dois montanhistas que faltavam só três minutos. Foi quando George decidiu que teria de desistir. Estava enregelado e ofegante. Suas pernas pareciam dois pedaços de marmelada. E começara a deslizar para trás. Aceitou então o fato de que a vitória seria de Finch. De repente, sem nenhum aviso, Finch recuou um degrau; depois, outro e mais outro, o que aumentou a determinação de George para aguentar os últimos noventa segundos, até que a campainha tocasse. Quando a escada rolante finalmente parou, ele e Finch caíram nos braços um do outro, como dois bêbados.

Odell se içou do colchão e claudicou até onde eles estavam para congratulá-los. Somervell e Norton se juntaram a eles momentos depois. Se Bullock estivesse em condições de se arrastar, faria o mesmo, mas permaneceu esticado no colchão, tentando recobrar o fôlego.

Quando os ventiladores foram desligados, a altitude voltou ao nível do mar e a temperatura se normalizou, a porta do quarto foi aberta. Uma dúzia de médicos e enfermeiras irrompeu na sala e começou a realizar testes com os participantes, para avaliar seus índices de recuperação. Em menos de cinco minutos, os batimentos cardíacos de George já haviam recuado para 48 por minuto. A essa altura, Finch já estava andando pelo aposento, conversando com os colegas que ainda estavam de pé.

O dr. Lampton permaneceu na sala de controle. Ele sabia que teria de dizer a Hinks que Mallory e Finch eram, de longe, os candidatos mais notáveis, e que não havia muito a escolher entre ambos. E estava convencido de que, se havia alguém com chance de subir os 8.800 metros e pisar no topo do mundo, esse alguém seria um daqueles dois.

33

Quando Ruth atendeu o telefone, reconheceu imediatamente a voz no outro lado da linha.
— Bom-dia, diretor — disse ela. — Sim, ele saiu há poucos minutos. Não, ele nunca vai de carro à escola, diretor, ele sempre vai andando. São menos de 8 quilômetros, e ele costuma levar em torno de cinquenta minutos. Até logo, diretor.

George abriu seu velho guarda-chuva quando sentiu algumas gotas de chuva pingarem em sua testa. Tentou não pensar na aula que daria à quinta série naquela manhã — não que tivesse algo de novo a dizer aos alunos sobre os elisabetanos. E perguntou a si mesmo como Francis Drake teria resolvido o problema que o vinha atormentando na última década.

Ele ainda não fora contatado pelo Comitê Everest após os exames médicos da semana anterior. De qualquer forma, poderia haver uma carta à sua espera quando ele voltasse para casa à noite. Poderia até haver, no *Times*, uma referência à seleção da equipe. Nesse caso, era certo que Andrew O'Sullivan a mostraria para ele no intervalo da manhã. No entanto, após o valente esforço de Finch na avaliação médica, George não teria nada a reclamar se o comitê o escolhesse como líder da escalada. Ele rira às gargalhadas quando Young lhe relatara, fielmente, como fora o diálogo entre Finch e Hinks, ocorrido na reunião do comitê. Gostaria de ter testemunhado aquele encontro.

AS TRILHAS DA GLÓRIA

Embora não concordasse com Finch sobre o uso de oxigênio a grandes altitudes, ele admitia que, se quisessem ter boas chances de sucesso, teriam de abordar as técnicas de forma mais profissional que no passado, e aprender com os erros cometidos no fiasco do Polo Sul.

Seus pensamentos se voltaram para Ruth e para como ela o apoiava. O ano anterior fora idílico. Eles haviam sido abençoados com duas filhas adoráveis e um estilo de vida que faria inveja à maioria das pessoas. Será que queria mesmo viajar para o outro lado do mundo e acompanhar o crescimento de suas filhas por meio de cartas e fotografias? Foi Ruth quem resumiu seu dilema mais íntimo, cruelmente, ao lhe perguntar como ele se sentiria se Andrew lhe mostrasse no *Times*, quando ele estivesse voltando de uma aula para a quinta série, uma foto de Finch de pé no topo do mundo.

George consultou o relógio ao passar por uma placa de sinalização. Faltavam 5 quilômetros de caminhada. Ele sorriu. Estava alguns minutos adiantado, para variar. Não gostava de chegar atrasado para a reunião matinal, e Ruth fazia o possível para que ele saísse de casa a tempo. O diretor sempre entrava no auditório quando o relógio batia nove horas. Quando George estava trinta segundos atrasado, por exemplo, tinha de se esgueirar pelos fundos durante as orações, enquanto as cabeças estavam abaixadas. O problema era que o diretor nunca abaixava a cabeça — nem os alunos da quinta série, por falar nisso.

Entrando na alameda da escola, George ficou surpreso ao ver poucos alunos e professores. Ainda mais espantoso: quando chegou ao portão do colégio, não viu ninguém. Seria feriado? Ou domingo? Não, Ruth teria lembrado e o faria vestir seu melhor terno.

Ele atravessou o pátio vazio em direção ao auditório. Nenhum som vinha de lá. Nem a voz do diretor, nem música, nem mesmo uma tosse. Estariam rezando de cabeça baixa? Ele girou lentamente a maçaneta da porta, tomando cuidado para não fazer barulho, e espreitou o interior do recinto. O auditório estava lotado, com todos os alunos presentes. O diretor estava no palco, com os outros professores sentados atrás dele. George estava mais espantado que nunca — afinal, ainda não eram nove horas.

Então, um dos garotos gritou:

— Lá está ele!

Todo o auditório se levantou, aplaudindo e aclamando.

— Muito bem, senhor.

— Que triunfo!

— O senhor vai ser o primeiro a chegar ao topo! — gritou alguém, enquanto ele caminhava pelo corredor em direção ao palco.

O diretor apertou a mão de George afetuosamente e disse:

— Estamos todos muito orgulhosos de você, Mallory. — Depois de esperar que todos os alunos voltassem a se sentar, ele anunciou:

— Agora, chamo David Elkington para falar.

O representante dos alunos se levantou de seu lugar, na primeira fila, e subiu ao palco. Desenrolando um pergaminho, começou a ler.

— *Nos, scholae Carthusianae et pueri et magistri, te Georgium Leigh Mallory salutamus. Dilectus ad ducendum agmen Britannicum super Everest, tantos honores ad omnes Carthusianos iam tribuisti. Sine dubio, O virum optime, et maiorem gloriam et honorem in scholam tuam, in universitatem tuam et ad patriam.* (Nós, alunos e professores da Charterhouse, saudamos George Leigh Mallory. O senhor honrou todos os integrantes desta escola ao ser escolhido para liderar a incursão britânica ao Everest. Não temos dúvida, senhor, de que trará glórias ainda maiores para sua escola, sua universidade e sua pátria.)

O representante dos alunos fez uma mesura, antes de entregar o pergaminho a George. Uma vez mais, todos se puseram de pé e mostraram ao catedrático de história como, exatamente, estavam se sentindo.

George fez uma mesura, inclinando bem a cabeça. Achava melhor que a quinta série não visse suas lágrimas.

34

— Permita que eu lhe dê as boas-vindas como membro do comitê, Mallory — disse Sir Francis, calorosamente. — Devo acrescentar que estamos encantados por você ter aceitado a função de líder montanhista.
— Apoiado! Apoiado!
— Obrigado, Sir Francis — disse George. — É uma grande honra ter sido convidado a liderar uma turma tão boa — completou ele, sentando-se entre Geoffrey Young e o general Bruce.
— Você já deve ter lido o relatório do general Bruce — disse Younghusband —, em que ele descreve como o grupo irá se deslocar de Liverpool até os contrafortes do Everest. Talvez você possa explicar ao comitê o que acredita que irá acontecer depois que vocês montarem o acampamento-base.
— Eu li o relatório do general Bruce com grande interesse, sr. presidente — disse George —, e concordo com a opinião dele de que uma preparação detalhada determinará o sucesso ou o fracasso da expedição. Não devemos nos esquecer de que nenhum inglês esteve a menos de 60 quilômetros do Everest, muito menos montou um acampamento-base em seus contrafortes.
— Bem lembrado — admitiu Bruce, cujo monóculo se desprendeu do olho —, mas posso informar ao comitê que, depois que escrevi o relatório, tive um encontro com Lord Curzon no Ministério do Exterior, e ele

me garantiu que fará tudo o que estiver a seu alcance para que a equipe possa atravessar a fronteira com o Tibete de forma rápida e segura.

— Muito bem — disse Raeburn, sacudindo as cinzas do charuto.

— Mas, mesmo que atravessemos a fronteira sem nenhum incidente — disse George —, o comitê deve compreender que nenhum ser humano já subiu acima de 7.600 metros. Nem mesmo sabemos se é possível sobreviver a tal altitude.

— Sou obrigado a dizer, sr. presidente — disse Ashcroft —, que não consigo ver grande diferença entre 7.600 e 8.800 metros.

— Falando por mim mesmo, eu também não sei — disse George —, pois nunca estive a 7.600 metros, muito menos a 8.800. Mas, se um dia eu chegar lá, comandante, direi ao senhor.

— Agora, Mallory — disse Sir Francis —, como ninguém conhece a equipe de montanhistas melhor que você, estamos interessados em saber quem você acha que o acompanhará na investida final.

— Não poderei responder a essa pergunta, sr. presidente, até saber quem se aclimatou melhor às condições locais. Mas, se tivesse de arriscar um palpite, eu escolheria Odell e Somervell — um sorriso cruzou o rosto de Hinks — como a equipe de apoio. Entretanto, minha escolha óbvia para a escalada final sempre foi Finch.

Ninguém à mesa deu uma palavra. Raeburn acendeu outro charuto, e Ashcroft olhou para sua agenda. Coube a Sir Francis romper o embaraçoso silêncio. Virando-se para Hinks, ele disse:

— Mas eu pensei...

— Sim, sr. presidente. — Olhando para George, no outro lado da mesa, o secretário disse:

— Receio que isso não vá ser possível, Mallory.

— E por que não? — perguntou George.

— Porque Finch não vai fazer parte da equipe de escalada. Dois dos homens recomendados pelo Clube Alpino foram reprovados no exame médico. Um deles foi Kenwright, o outro foi Finch.

— Mas deve haver algum engano — disse George. — Poucas vezes eu vi, em todos os meus anos de montanhismo, um homem cuja forma física fosse tão boa.

— Posso lhe assegurar, Mallory, que não há nenhum engano — disse Hinks, tirando um papel de sua pasta. — Tenho em mãos o relatório do dr. Lampton. Parece que Finch teve um tímpano perfurado. Lampton acredita que isso pode provocar tontura e vômitos, o que o impede de escalar por longos períodos em grandes altitudes.

— É uma pena que o dr. Lampton não estivesse ao lado de Finch no topo do Mont Blanc ou no Matterhorn — disse Young. — Se tivesse estado, poderia registrar que Finch não teve nem um sangramento sequer no nariz.

— Pode ser — disse Hinks. — No entanto...

— Não se esqueça, sr. Hinks — disse George —, que Finch é o único membro da equipe com vastos conhecimentos sobre o uso de oxigênio.

— Corrija-me se eu estiver errado, Mallory, quando nos encontramos pela última vez você era contra o uso de oxigênio — disse Hinks.

— Você tem razão — disse George —, e ainda sou. Mas podemos chegar a 8.200 metros e descobrir que nenhum membro da equipe consegue colocar um pé na frente do outro. Se isso acontecer, estarei disposto a reconsiderar minha posição.

— Norton e Odell também declararam que não acreditam que o oxigênio será necessário para a escalada final.

— Norton e Odell nunca estiveram a mais de 4.500 metros — disse Young. — Eles também podem ser obrigados a mudar de opinião.

— Talvez eu deva esclarecer, Mallory — disse Hinks —, que o estado de saúde de Finch não foi o único fator que influenciou a decisão da Sociedade.

— Não se trata de uma decisão para ser tomada pela Sociedade — disse Young furiosamente. — Sir Francis e eu concordamos que o Clube Alpino recomendaria os nomes para a equipe de montanhistas, e o comitê não questionaria suas recomendações.

— Pode muito bem ser o caso — disse Hinks. — Entretanto, descobrimos que, quando entrevistamos Finch, ele mentiu para este comitê.

Mallory e Young ficaram momentaneamente em silêncio, o que permitiu a Hinks prosseguir sem ser interrompido.

— Quando o sr. Raeburn perguntou a Finch se ele era casado, ele informou a este comitê que era viúvo. — Young abaixou a cabeça. — Acontece que não é este o caso, como descobri, para meu espanto, quando a sra. Finch me escreveu e me garantiu que está viva e passando bem. — Hinks extraiu uma carta da pasta à sua frente. — O comitê pode querer registrar o parágrafo final da carta — acrescentou ele solenemente.

Mallory apertou os lábios. Young, porém, não pareceu surpreso.

— *George e eu nos divorciamos há cerca de dois anos* — leu Hinks —, *e lamento ter de informá-lo de que há uma terceira parte envolvida.*

— O canalha — disse Ashcroft.

— Não é um homem em quem se possa confiar — disse Raeburn.

— Francamente — disse George, ignorando ambos —, se conseguirmos chegar a 8.200 metros, não vai importar muito se meu parceiro de escalada é divorciado, viúvo ou até bígamo. Posso lhe assegurar, sr. Hinks, que ninguém vai reparar se ele está ou não usando uma aliança de casamento.

— Deixe-me entender o que você está dizendo, Mallory — disse Hinks, corando. — Você está dizendo a este comitê que escalaria os últimos 600 metros do Monte Everest com qualquer um, contanto que vocês fossem capazes de chegar ao cume?

— Com qualquer um — afirmou George sem hesitação.

— Até um alemão? — perguntou Hinks, abaixando a voz.

— Até o diabo — respondeu George.

— Ora, meu caro — disse Ashcroft —, você não acha que essa foi desnecessária?

— Não tão desnecessária quanto uma morte desnecessária a 8 mil quilômetros de casa porque não pude contar com o parceiro correto — disse George.

— Ficarei feliz em registrar suas fortes convicções nas atas, Mallory — disse Hinks —, mas nossa decisão a respeito de Finch é definitiva.

George ficou em silêncio por alguns instantes.

— Então, o senhor também pode registrar nas atas, sr. Hinks, minha renúncia como líder dos montanhistas e como membro deste comitê.

— Alguns dos presentes começaram a falar ao mesmo tempo, mas George os ignorou, acrescentando: — Não vou deixar minha mulher e minhas filhas por pelo menos seis meses para participar de uma missão condenada ao fracasso simplesmente porque o melhor montanhista ficou de fora.

Sir Francis teve de levantar a voz para ser ouvido acima do tumulto que se seguiu.

— Cavalheiros, cavalheiros — disse ele, batendo com um lápis em seu cálice de conhaque. — Está claro que chegamos a um impasse que só pode ser resolvido de uma forma.

— O que o senhor tem em mente, sr. presidente? — perguntou Hinks, desconfiado.

— Vamos fazer uma votação.

— Mas eu não tive tempo de preparar as cédulas — vociferou Hinks.

— As cédulas não serão necessárias — disse Sir Francis. — Afinal de contas, trata-se de uma decisão bastante simples. Finch deverá ou não ser incluído na equipe de montanhistas?

Hinks se afundou na cadeira, lutando para disfarçar um sorriso.

— Muito bem — disse Sir Francis. Os membros a favor da inclusão de Finch na equipe de escalada, por favor, levantem as mãos.

Mallory e Young imediatamente ergueram suas mãos. E, para espanto de todos, o general Bruce os acompanhou.

— Os que estão contra? — perguntou o presidente.

Hinks, Raeburn e Ashcroft levantaram as mãos sem hesitar.

— São três votos para cada lado — disse Hinks, registrando a decisão em sua ata. O que deixa o senhor, presidente, com o voto de minerva.

Todos ao redor da mesa olharam para Sir Francis. Ele analisou sua posição durante alguns momentos e disse:

— Voto a favor de Finch.

Hinks levantou a pena do livro de atas, aparentemente incapaz de registrar o voto do presidente.

— Sr. presidente — disse ele —, só para os registros. Podemos saber o que levou o senhor a tomar essa decisão?

— Certamente — respondeu Sir Francis. — Não sou eu que vou ter de arriscar a vida junto com Mallory quando chegar a 8.200 metros.

35

O pequeno sino de metal acima da porta tocou.

— Bom-dia, sr. Pink — disse George, entrando na Ede & Ravenscroft.

— Bom-dia, sr. Mallory. Como posso ajudá-lo nesta oportunidade, senhor?

George se debruçou no balcão.

— Acabei de ser selecionado como membro da expedição que irá ao Everest — sussurrou ele.

— Que interessante, sr. Mallory — disse o gerente. — Nós nunca tivemos nenhum outro cliente que planejasse passar as férias nessa parte do mundo. Portanto, posso me atrever a perguntar que tipo de condições climáticas o senhor está esperando?

— Bem, não tenho muita certeza — admitiu George. — Mas, tanto quanto eu saiba, quando chegarmos a 8.200 metros, poderemos esperar ventos extremamente fortes, uma temperatura de 40 graus abaixo de zero e tão pouco oxigênio que talvez seja quase impossível respirar.

— Então o senhor certamente irá precisar de um cachecol de lã e de luvas bem grossas, para não falar de uma proteção adequada para a cabeça — disse o sr. Pink, saindo de trás do balcão.

A primeira sugestão do gerente foi um cachecol de caxemira. Depois, um par de luvas negras de couro, forradas de lã. George acompanhou o sr. Pink pela loja, enquanto este selecionava três pares de espessas meias de lã, dois suéteres azuis, um anoraque, diversas camisas de seda e o último par de botas forradas de pele.

— Posso lhe perguntar se o senhor está prevendo neve durante esta viagem?

— Na maior parte do tempo, creio eu.

— Então o senhor vai precisar de um guarda-chuva — sugeriu o sr. Pink. — E quanto à proteção para a cabeça, senhor?

— Estou pensando em usar os óculos de proteção e o capacete de aviador do meu irmão, feito de couro — respondeu George.

— Não creio que seja o que os cavalheiros elegantes usarão este ano quando forem escalar, senhor — disse o sr. Pink, apresentando o modelo mais recente de boné de feltro.

— É por isso que não será um cavalheiro elegante o primeiro homem a pisar no cume do Everest.

George sorriu quando viu Finch se aproximando do balcão, com os braços repletos de mercadorias.

— Nós, na Ede & Ravenscroft — replicou o sr. Pink —, acreditamos que a aparência de um cavalheiro é importante quando ele atinge o cume de uma montanha.

— Não posso imaginar por quê — disse Finch, depositando suas compras sobre o balcão. — Não haverá nenhuma garota esperando por nós.

— O senhor desejaria mais alguma coisa, sr. Finch? — perguntou o gerente, tentando não demonstrar sua desaprovação.

— Não com esses preços — disse Finch, após verificar a conta.

O sr. Pink fez uma mesura polida e começou a embrulhar as compras de seu cliente.

— Estou feliz por termos nos encontrado, Finch — disse George. — Há uma coisa que preciso discutir com você.

— Não me diga que finalmente viu a luz — disse Finch —, e está considerando a hipótese de usar oxigênio.

— Talvez — disse George. — Mas eu ainda preciso ser convencido.

— Então vou precisar de pelo menos duas horas do seu tempo, e de ter o equipamento à mão para que eu possa lhe demonstrar por que o oxigênio fará toda a diferença.

— Vamos discutir isso quando estivermos no navio para Bombaim. Então você vai ter tempo mais que suficiente para me convencer.

— Presumindo-se que eu estarei no navio.

— Mas você já foi selecionado para a equipe.

— Somente graças à sua intervenção — disse Finch, de testa franzida. — E estou grato, pois desconfio que o mais perto que Hinks já chegou de uma montanha foi em um cartão de Natal.

— São 33 libras e 11 xelins, sr. Finch — disse o sr. Pink. — Posso perguntar se o senhor pretende acertar sua despesa nesta ocasião?

— Simplesmente, ponha na minha conta — disse Finch, tentando imitar a pronúncia do sr. Pink.

Depois de hesitar por um momento, o gerente fez uma leve mesura.

— Vejo você a bordo, então — disse Finch, antes de recolher sua sacola de papel pardo e sair da loja.

— Sua conta é de 41 libras, 4 xelins e 6 *pence*, sr. Mallory — informou o sr. Pink.

George preencheu um cheque no valor total.

— Muito obrigado, senhor. E posso dizer, em nome de todos nós aqui da Ede & Ravenscroft, que esperamos que o *senhor* seja o primeiro homem a alcançar o pico do Everest, e não...

O sr. Pink não concluiu a frase. Ambos olharam pela janela e observaram Finch, que se afastava a passos largos.

LIVRO CINCO

SAINDO DO MAPA

1922

36

Quinta-feira, 2 de março de 1922

No momento em que subiu a bordo do SS *Caledonia*, em Tilbury, George sentiu que estava empreendendo uma viagem para a qual se preparara durante toda a vida.

A equipe de montanhistas passou as primeiras cinco semanas de viagem se conhecendo melhor, melhorando a forma física e aprendendo a trabalhar em conjunto, como uma unidade. Todos os dias, durante uma hora antes do café da manhã, eles davam voltas em torno do convés, com Finch ditando o ritmo. De vez em quando, o tornozelo de George doía um pouco, mas ele não admitia isso, nem para si mesmo. Após o café da manhã, ele se estendia no convés, lendo *As consequências econômicas da paz*, de John Maynard Keynes, mas não sem antes escrever sua carta diária a Ruth.

Finch fez algumas palestras sobre a utilização de oxigênio a grandes altitudes. Os membros da equipe, aplicadamente, desmontaram e remontaram os aparelhos de oxigênio, que pesavam 14 quilos cada um, aprendendo a fixá-los nas costas uns dos outros e a ajustar as válvulas que regulavam a quantidade de gás liberado. Poucos pareceram entusiasmados. George observava tudo atentamente. Não havia dúvida de que Finch sabia o que estava fazendo, embora a maioria da equipe desaprovasse, em tese, a ideia de usar oxigênio. Norton disse que o simples peso dos cilindros anularia qualquer benefício que seu conteúdo poderia trazer.

— Que prova você tem, Finch, de que iremos precisar dessas gerigonças infernais para chegar ao pico? — perguntou ele.

— Nenhuma — admitiu Finch. — Mas, quando você estiver a 8.200 metros de altitude e não conseguir avançar nem mais um passo, talvez acabe se sentindo grato por ter uma dessas gerigonças infernais.

— Eu preferiria voltar — disse Somervell.

— E deixar de alcançar o pico? — indagou Finch.

— Se for esse o preço, que seja assim — disse Odell, inflexível.

Embora também fosse contrário à utilização de oxigênio, George não manifestou nenhuma opinião. Afinal, ele não precisaria tomar nenhuma decisão caso se provasse que Finch estava errado. Seus pensamentos foram interrompidos por um grito rouco e inconfundível:

— Hora da ginástica, pessoal.

A equipe formou três fileiras em frente ao general Bruce, que se manteve de pé com as mãos nos quadris e os pés firmemente plantados no piso, obviamente sem a menor intenção de dar exemplo.

Após uma hora de exercícios intensos, o general desapareceu para tomar seu drinque matinal, deixando o restante da equipe entregue a si mesma. Norton e Somervell começaram a jogar tênis de convés.[27] Odell começou a ler o último romance de E. F. Benson. George e Guy sentaram-se de pernas cruzadas no convés, conversando sobre a possibilidade de um homem de Cambridge vencer os 100 metros rasos nas Olimpíadas de Paris.

— Eu vi Abrahams correr em Fenners — disse George. — Ele é bom, muito bom. Mas Somervell me disse que há um escocês chamado

---

[27] *Deck tennis*: tipo de tênis adaptado para navios de passageiros. Não há bola nem raquete. É jogado apenas com uma rede e um anel de borracha. (N.T.)

Liddell que nunca perdeu uma corrida na vida. Vai ser interessante ver o que vai acontecer quando eles se enfrentarem.[28]

— Nós vamos voltar a tempo de ver quem vai ganhar a medalha de ouro. Na verdade — observou Guy com um sorriso —, vai ser uma boa desculpa para retornar a... ah, meu Deus. — Guy estava olhando por cima do ombro de George. — O que ele está querendo fazer?

George se virou e viu Finch de pé, com os braços cruzados e os pés afastados, olhando para as chaminés do navio, que soltavam nuvens de fumaça negra.

— Com certeza ele não deve estar pretendendo...

— Eu não diria que ele não é capaz disso — disse George. — Ele faria qualquer coisa para estar sempre um passo à frente do restante da equipe.

— Eu acho que ele não dá a mínima para o restante da equipe — disse Guy. — É só você que ele quer derrotar.

— Nesse caso — observou George —, é melhor eu ter uma conversa com o capitão.

―◄o►―

George disse a Ruth em uma de suas cartas que ele e Finch eram como duas crianças, sempre tentando sobrepujar um ao outro para ganhar a atenção do professor. No caso, o professor era o general Bruce, sobre o qual George confidenciou: *Pode ser um velho antiquado, mas não é bobo, e nós o aceitamos de boa vontade como líder da expedição.* Ele fez uma pausa para olhar a foto de Ruth, que dessa vez ele se lembrara de trazer, embora tivesse esquecido o barbeador e trazido apenas um par de meias. Continuou então a escrever.

---

[28] A história de Abrahams e Liddell foi contada no filme *Carruagens de fogo*. (N.T.)

Ainda passo muito tempo pensando se tomei a decisão certa ao fazer esta viagem. Se você já encontrou Guinevere, para que procurar o Santo Graal? Comecei a perceber que cada dia sem você é um dia desperdiçado. Deus sabe que eu espero exorcizar esse demônio de uma vez por todas, para poder retornar a Holt e passar o resto de minha vida com você e com as crianças. Sei como é difícil para você colocar em palavras seus verdadeiros sentimentos, mas, por favor, me diga como você realmente está se sentindo.
    Seu marido apaixonado,
    George

Ruth leu a carta de George pela segunda vez. Ainda se perguntava se fizera bem em não deixá-lo saber, antes de partir, que estava grávida novamente. Ela se levantou da cadeira ao pé da janela, caminhou até seu pequeno escritório e começou a escrever, com a sincera intenção de responder honestamente à última pergunta que ele fizera.

Meu amor,
    Eu nunca fui capaz de expressar devidamente como me sinto a cada vez que você parte. Esta vez não é diferente de suas outras viagens para a Frente Ocidental ou para os Alpes, quando passei cada hora do dia me perguntando se você estaria seguro e se eu veria você novamente. Não é diferente agora. Às vezes invejo as outras esposas que foram afortunadas o bastante para ver seus maridos retornarem incólumes daquela malfadada Grande Guerra, e sabiam que jamais sentiriam o mesmo medo no resto de suas vidas.
    Assim como você, torço para que essa expedição seja bem-sucedida, mas apenas pela razão egoísta de não querer passar por tal provação novamente. Você não faz a menor ideia de como sinto falta de você, de sua companhia, de seu humor gentil, de sua bondade, de sua orientação em todas as coisas, mas, acima de tudo, de seu amor e afeição, principalmente quando estamos a sós. Todas as horas que passo acordada, fico me

perguntando se você retornará, se nossas filhas terão de crescer sem um pai com quem poderiam aprender a ser tolerantes, compassivas e ponderadas, e se eu envelhecerei tendo perdido o único homem que eu pude amar.
   Sua devotada esposa,
   Ruth

Ruth retornou à cadeira e leu a carta antes de colocá-la em um envelope. Olhou então pela janela e para o portão aberto, pensando, como fazia durante a guerra, se voltaria a ver seu marido caminhando novamente por aquela alameda.

―◦―

Quando o general soprou o apito pela última vez, a maior parte da equipe permaneceu deitada de costas, tentando se recuperar da sessão de ginástica matinal. George sentou-se e olhou em torno, para se assegurar de que nenhum companheiro estava demonstrando interesse nele. Então se levantou e seguiu em direção à sua cabine.

Desceu a escada até o convés dos passageiros, atravessou o passadiço e deu uma olhada para trás, antes de abrir uma porta com o aviso TRIPULAÇÃO SOMENTE e descer três níveis pela escadaria da tripulação, até chegar à casa de máquinas, a cuja porta bateu. Pouco depois, o engenheiro-chefe saiu da casa de máquinas e se juntou a ele. Não fez nenhuma tentativa de falar, por causa do barulho dos motores, mas fez um aceno para George, que caminhou ao longo de um estreito corredor. Só parou diante de uma porta de aço com os dizeres PERIGO — ENTRADA PROIBIDA.

Retirando uma chave grande do bolso do macacão, abriu a porta.
   — O capitão me deu ordens claras, sr. Mallory — gritou ele.
— O senhor tem cinco minutos, não mais.
   George assentiu e desapareceu no interior do aposento.

Guy Bullock começou a bater palmas assim que viu George de pé no alto da chaminé central. Norton e Somervell interromperam o jogo de tênis de convés para ver o que estava acontecendo. Odell olhou para cima, fechou o livro e se juntou aos aplausos. Somente Finch, de mãos nos bolsos e pernas afastadas, não reagiu.

— Como ele conseguiu fazer isso? — perguntou Norton. — Basta a gente encostar numa dessas chaminés para ficar com uma bolha do tamanho de uma maçã.

— E, mesmo que não houvesse o calor — acrescentou Somervell, igualmente perplexo —, é preciso ter ventosas como as de uma lagarta para subir por aquela superfície.

Finch continuou a olhar para Mallory. Notou então que, pela primeira vez, não havia fumaça negra saindo da chaminé central. Depois, olhou para Bullock, que não conseguia parar de rir. Quando olhou de novo para cima, Mallory havia desaparecido.

Enquanto descia a escada no interior da chaminé, George não conseguia decidir se deveria contar a Finch que, todas as quintas-feiras de manhã, uma das chaminés ficava fora de uso para que os engenheiros do navio a inspecionassem detalhadamente.

Momentos depois, um penacho de fumaça irrompeu da chaminé central e, mais uma vez, o restante da equipe começou a aplaudir.

— Eu ainda não consigo entender — disse Norton.

— A única explicação que eu tenho — disse Odell — é que Mallory deve ter contrabandeado o sr. Houdini para dentro do navio.

Todos riram, mas Finch permaneceu em silêncio.

— Além disso, ele alcançou o topo sem auxílio de oxigênio — acrescentou Somervell.

— Eu gostaria de saber como ele fez isso — disse Guy, com um sorriso ainda grudado no rosto. — Sem dúvida, nosso cientista residente deve ter alguma teoria.

— Não, eu não tenho nenhuma teoria — respondeu Finch. — Mas uma coisa eu posso lhe dizer: Mallory não vai conseguir escalar o Everest por dentro.

Ruth sentou-se ao lado da janela segurando a carta que escrevera. Estava começando a se perguntar se sua honestidade não poderia desconcentrar George. Após alguns minutos de meditação, picou a carta em pedacinhos e os atirou nas chamas crepitantes da lareira. Retornando à escrivaninha, começou a escrever uma segunda carta.

Meu amado George,
   A primavera chegou a Holt, e os narcisos estão brotando. Na verdade, o jardim nunca pareceu tão bonito. Tudo está como você desejaria que estivesse. As crianças estão bem, e Clare escreveu um poema para você, que eu estou incluindo...

37

Quando o *SS Caledonia* atracou em Bombaim, a primeira pessoa a desembarcar foi o general Bruce. Vestia uma camisa cáqui de mangas curtas e uma bermuda da mesma cor — ambas muito bem-passadas. Era a indumentária-padrão para os militares britânicos que serviam em climas quentes. O general costumava lembrar à equipe que fora Lord Baden-Powell quem seguira seu exemplo quando escolhera o uniforme para os escoteiros, não o contrário.

George o seguiu de perto. A primeira coisa que o impressionou, ao descer a bamboleante passarela, foi o cheiro. Era o que Kipling descrevera como um aroma condimentado, pungente e oriental, como nenhum outro no mundo. A segunda coisa que lhe chamou a atenção foi o intenso calor e umidade. Para um cara-pálida de Cheshire, era como estar no forno abrasador de Dante. A terceira coisa que notou foi que o general tinha considerável influência naquela terra distante.

Dois grupos de homens estavam aguardando ao pé da passarela para saudar o líder da expedição. Mantinham-se a distância um do outro e não poderiam ser mais contrastantes. O primeiro grupo era composto de "britânicos no exterior". Seus integrantes não esboçavam a menor tentativa de se misturar à população local. Vestiam-se como se estivessem em uma festa nos jardins de Tunbridge Wells,[29] e não faziam

---

[29] Estação de águas britânica. (N.T.)

concessões ao clima inóspito, para não dar a impressão de que eram iguais aos nativos.

Quando o general pisou no cais, foi recebido por um deles, um jovem alto, que usava um terno azul-escuro, uma camisa branca de colarinho engomado e uma gravata de seda negra que o identificava como ex-aluno da Harrow School.

— Meu nome é Russell — informou ele, dando um passo à frente.

— Bom-dia, Russell — disse o general, apertando a mão do rapaz como se já o conhecesse há anos, embora, na realidade, o único vínculo entre eles fosse a gravata escolar.

— Bem-vindo de volta à Índia, general Bruce — disse Russell. — Sou o secretário particular do governador-geral. Este é o capitão Berkeley, ajudante de ordens do governador-geral.

Um homem ainda mais jovem, completamente uniformizado, que estivera em posição de sentido desde que o general desembarcara, bateu continência. O general fez o mesmo. Um terceiro homem, usando uniforme de chofer, postado ao lado de um reluzente Rolls-Royce, não foi apresentado.

— O governador-geral — prosseguiu Russell — espera que vocês venham jantar com ele hoje à noite.

— Ficaremos encantados — disse Bruce. — A que horas Sir Peter gostaria que comparecêssemos?

— Ele vai dar uma recepção em sua residência às sete horas — disse Russell —, seguida de um jantar às oito.

— E o traje?

— Formal, senhor, com medalhas.

Bruce acenou com a cabeça, demonstrando sua aprovação.

— Como o senhor pediu — continuou Russell —, reservamos 14 quartos no Palace Hotel. Também coloquei alguns veículos à sua disposição, enquanto o senhor e seus homens estiverem em Bombaim.

— Muito hospitaleiro — disse o general. — Talvez, neste momento, você possa providenciar para que meus homens sejam levados ao hotel, acomodados e alimentados.

— É claro, general — disse Russell. — O governador-geral me pediu para lhe entregar isto.

Ele estendeu um volumoso envelope marrom, que o general repassou a George como se este fosse seu secretário particular.

George sorriu e pôs o envelope embaixo do braço. Ele não pôde deixar de notar que o restante da equipe, incluindo Finch, observava toda a movimentação em respeitoso silêncio.

— Mallory — disse o general. — Quero que você me acompanhe, enquanto os outros homens são transportados até o hotel. — Dirigiu-se então ao secretário particular do governador: — Muito obrigado, Russell. Vejo você na recepção desta noite.

Russell fez uma mesura e deu um passo para trás, como se o general pertencesse à realeza.

O general voltou a atenção para o segundo grupo, também em número de três — a única coisa que ambos os grupos tinham em comum.

Os três indianos, vestidos com longas túnicas brancas, bastante leves, e sandálias brancas, haviam esperado pacientemente que o sr. Russell concluísse as formalidades em nome do governador-geral. Feito isso, seu líder deu um passo à frente.

— *Namaste*, general *sahib* — disse ele, fazendo uma profunda mesura.

O general não apertou a mão do *sirdar*[30] nem fez nenhuma saudação. Sem rodeios, perguntou:

— Recebeu meu telegrama, Kumar?

— Sim, general *sahib*, e todas as suas instruções foram cumpridas ao pé da letra. Creio que posso dizer, com alguma confiança, que o senhor ficará muito satisfeito.

— Eu decidirei isso, Kumar, e só depois de inspecionar a mercadoria.

---

[30] *Namaste*: saudação indiana, geralmente acompanhada por um gesto de juntar as mãos e uma leve inclinação de tronco; *sahib*: forma de tratamento cerimonioso na Índia; *sirdar*: título honorífico da aristocracia indiana.

— É claro, general — disse o indiano, fazendo outra profunda mesura. — Talvez o senhor queira ter a bondade de me acompanhar.

Kumar e seus dois compatriotas conduziram o general por uma rua repleta de pessoas e riquixás. Viam-se também centenas de velhas bicicletas Raleigh e Hercules, além de algumas vacas com ar satisfeito ruminando no meio da rua. O general avançou em meio à multidão alvoroçada e barulhenta, que abria caminho como se ele fosse Moisés cruzando o Mar Vermelho. George seguiu o líder, curioso para descobrir o que viria a seguir, enquanto, ao mesmo tempo, tentava assimilar os sons inusitados emitidos pelos camelôs que o importunavam, oferecendo produtos exóticos. Feijões enlatados da Heinz, cigarros Player's, fósforos Swan Vesta, garrafas de refrigerante Tizer e pilhas Eveready[31] eram continuamente enfiados sob seu nariz. Ele recusava polidamente as ofertas, sentindo-se cativado ante a energia e a exuberância daquele povo, mas horrorizado com a pobreza que via. Os mendigos eram muito mais numerosos que os camelôs. Ele entendia agora por que aquelas pessoas consideravam Gandhi um profeta, enquanto os britânicos continuavam a tratar o Mahatma como criminoso. Teria muita coisa para contar à quinta série quando retornasse.

O general continuava a caminhar, ignorando as mãos empoeiradas que se estendiam para ele e os gritos repetidos de "pão, pão, pão". O *sirdar* o levou até uma praça tão cheia de gente que lembrava um comício no Speaker's Corner.[32] A diferença era que todos falavam e ninguém escutava. A praça era cercada por prédios de concreto ainda não terminados. Pessoas curiosas e desocupadas ficavam nas janelas mais altas, observando a movimentação abaixo. Então, pela primeira vez, George viu o que o general descrevera como "mercadoria".

Em um pedaço de terra calcinado e empoeirado, cerca de cem mulas aguardavam a inspeção. Um grande grupo de carregadores se amontoava atrás delas.

---
[31] Produtos fabricados na Grã-Bretanha ou nos Estados Unidos. (N.T.)
[32] Lugar reservado à livre manifestação de ideias existente em vários pontos da Grã-Bretanha. O mais famoso é o Hyde Park, em Londres. (N.T.)

George se afastou para um lado e o general, cujos movimentos eram acompanhados atentamente pela multidão, iniciou sua inspeção. Ele primeiro verificou as patas e os dentes das mulas, e até montou sobre algumas para avaliar sua força. Duas delas tombaram sob seu peso. Após cerca de uma hora, ele havia selecionado setenta animais, que considerou à altura de suas exigências.

Em seguida, efetuou uma inspeção idêntica entre os silenciosos carregadores. Examinou suas pernas, depois os dentes e, em alguns casos, para espanto de George, até se pendurou nas costas deles. Como na inspeção anterior, alguns caíram sob seu peso. Apesar de tudo, antes que mais uma hora transcorresse, ele havia acrescentado 62 carregadores às setenta mulas já escolhidas.

Embora pouco tivesse feito além de observar, George suava dos pés à cabeça, enquanto o general parecia suportar tudo com facilidade, até mesmo o calor.

Quando a inspeção foi concluída, Kumar se adiantou e apresentou ao seu exigente freguês dois cozinheiros e quatro *dhobis*.[33] Para alívio de George, o general não pulou nas costas desses candidatos. Verificou seus dentes e pernas.

Completado o trabalho, virou-se para Kumar e disse:

— Providencie para que todos os cules e mulas estejam nas docas amanhã de manhã, às seis horas. Se estiverem todos presentes a essa hora, você receberá 50 rupias.

Kumar fez uma mesura e sorriu. O general se virou para George e estendeu a mão. George lhe passou o envelope. O general o abriu, extraiu uma nota de 50 rupias e a entregou ao *sirdar*, confirmando que a transação fora feita.

— E diga a eles, Kumar — acrescentou, apontando para os carregadores —, que receberão 10 rupias por semana. Qualquer um deles que

---

[33] Lavadores de roupas. (N.T.)

ainda estiver conosco daqui a três meses, quando voltarmos a embarcar no navio, receberá um bônus de 20 rupias.

— Muito generoso, general *sahib*, muito generoso — respondeu Kumar, inclinando-se quase até o chão.

— Você também conseguiu atender a meu outro pedido? — perguntou o general, devolvendo o envelope a George.

— Sim, general *sahib* — respondeu o *sirdar*, com um sorriso ainda maior.

Um dos dois jovens que estavam atrás de Kumar se adiantou e se colocou em posição de sentido em frente ao general. Depois, descalçou as sandálias. George desistiu de adivinhar o que iria acontecer. O general tirou uma fita métrica de um bolso da bermuda e mediu o rapaz, do alto da cabeça à sola dos pés.

— Creio que o senhor irá descobrir — disse Kumar com satisfação — que o rapaz tem exatamente 1,83 metro.

— Sim, mas ele sabe o que eu espero dele?

— Ele sabe sim, general *sahib*. Na verdade, ele vem se preparando há um mês.

— Fico encantado em ouvir isso — disse Bruce. — Se ele se mostrar satisfatório, receberá 20 rupias por semana. E, quando chegarmos ao local do acampamento-base, ele receberá um bônus de 20 rupias.

Uma vez mais, o *sirdar* fez uma mesura.

George estava prestes a perguntar para que a expedição precisaria de um jovem com 1,83 metro de altura quando o general apontou para o homem de traços asiáticos, baixo e troncudo, que estava atrás de Kumar e não dissera nem uma palavra sequer.

Dando um passo à frente, antes que Kumar tivesse a chance de apresentá-lo, o rapaz disse:

— Sou o *sherpa*[34] Nyima, general. Sou seu tradutor pessoal e serei o guia *sherpa* quando o senhor chegar ao Himalaia.

---

[34] *Sherpas*: grupo étnico que habita as partes mais altas do Himalaia. (N T.)

— Vinte rupias por semana — disse o general, caminhando para fora da praça sem dizer mais nada.

O trabalho fora concluído.

Uma coisa que sempre divertia George era o fato de que os generais, quando saem andando, presumem que todo mundo irá segui-los. Devia ser por isso, concluiu ele, que os britânicos haviam vencido mais batalhas do que perdido. George levou alguns minutos para se emparelhar com ele, pois quase toda a multidão corria atrás de Bruce, esperando se beneficiar com sua liberalidade. Quando finalmente o alcançou, o general disse simplesmente:

— Nunca se mostre amistoso com os nativos. Ou se arrependerá mais tarde.

E não disse mais nada até entrarem na alameda do Palace Hotel, vinte minutos mais tarde, deixando para trás a horda que os perseguia. Enquanto caminhavam em meio aos jardins bem-cuidados, George avistou um terceiro grupo de boas-vindas no alto da escadaria do hotel. Perguntou-se há quanto tempo estariam à espera.

O general parou diante de uma bela jovem que vestia um sári púrpura e dourado. Com a mão esquerda, segurava uma pequena tigela com ervas em pó, de aroma adocicado. Após mergulhar o dedo indicador na tigela, ela o pressionou delicadamente na testa do general, deixando uma nítida marca vermelha. Depois recuou, enquanto uma segunda jovem, também com a roupa tradicional, colocava uma grinalda de flores sobre a cabeça do general. Este fez uma mesura e agradeceu a elas.

Quando a cerimônia terminou, um homem elegantemente vestido com uma sobrecasaca negra e calças risca de giz se adiantou.

— Bem-vindo novamente ao Palace Hotel, general Bruce — disse ele. — Alojei sua equipe na ala sul, com vista para o oceano. E sua suíte habitual já foi preparada.

Afastou-se então para o lado, permitindo que seu hóspede entrasse no hotel.

— Obrigado, sr. Khan — disse o general, ignorando o balcão de recepção e se dirigindo a um elevador que, segundo presumiu, devia estar esperando por ele.

George o acompanhou. Ao desembarcar no último andar, avistou Norton e Somervell no fim do corredor, vestindo roupões. Sorrindo, fez um gesto com a mão espalmada, indicando que logo estaria com eles. Virou-se então para Bruce.

— General, suponho que esta será nossa última chance de tomar um banho durante três meses.

— Fale por si mesmo, Mallory — disse Bruce, enquanto o sr. Khan abria a porta da suíte rainha Vitória para ele.

George já estava começando a perceber por que a RSG escolhera aquele soldado reformado, baixo e gorducho, entre tantos candidatos.

38

— Por favor, eu gostaria de postar algumas cartas — disse George.
— É claro, senhor — disse o recepcionista. — Quantas?
— Dezessete — respondeu George.

Ele já havia remetido 18 cartas quando o navio atracara durante algumas horas em Durban, para se reabastecer de combustível e alimentos frescos.

— Todas para o mesmo país? — perguntou o recepcionista de modo casual, como se aquilo fosse uma ocorrência comum.

— Sim, na verdade são todas para o mesmo endereço. — Dessa vez, o recepcionista ergueu uma sobrancelha. — Minha esposa — explicou George. — Eu escrevo para ela todos os dias. E acabei de desembarcar, então...

— Deixe comigo — disse o recepcionista.
— Obrigado — disse George.
— Você vai à festa do governador-geral, George? — perguntou uma voz atrás dele.

George se virou e viu Guy se aproximando.
— Sim — respondeu.
— Então vamos dividir um táxi — sugeriu Guy, dirigindo-se à porta.

Ambos tomaram um riquixá.

— Vou comer como um porco hoje à noite — informou Guy, enquanto o riquixá driblava os obstáculos das ruas apinhadas. — Tenho o pressentimento de que essa vai ser a melhor refeição que teremos até retornarmos à Inglaterra. A menos, é claro, que o governador-geral decida nos convidar de novo quando voltarmos aqui.

— Vai depender de como vamos voltar: como heróis conquistadores ou como fracassados queimados pelo frio — disse George.

— Não vou deixar para a volta — observou Guy. — Principalmente depois que Bruce me disse que Sir Peter tem a melhor adega da Índia.

Quando o riquixá transpôs os portões da residência do governador-geral, dois soldados em uniforme completo se puseram em posição de sentido e bateram continência. Mallory e Bullock desceram e passaram sob um arco de madeira, desembocando num longo e ornamentado salão com piso de mármore, onde se alinharam na fila de recepção. O general estava ao lado do governador-geral, a quem apresentava cada integrante da equipe.

— Já que você parece estar tão bem-informado, Guy — sussurrou George —, quem é a moça que está ao lado do governador-geral?

— A segunda esposa dele — respondeu Bullock. — A primeira morreu há alguns anos, e esta...

— Este é Guy Bullock, Sir Peter — informou o general. — Ele tirou uma folga no serviço diplomático para nos acompanhar.

— Boa-noite, sr. Bullock.

— E este é George Mallory, o líder da escalada.

— Então este vai ser o primeiro homem a pisar no topo do Everest — disse o governador-geral, apertando calorosamente a mão de George.

— Ele tem um rival — disse Guy com um sorriso.

— Ah, sim — observou o governador-geral. — O sr. Finch, se me lembro corretamente. Nem posso esperar para encontrar o camarada. Permita que lhe apresente minha esposa.

Após fazerem uma mesura para a jovem, George e Guy entraram em uma sala apinhada, onde os únicos indianos à vista eram criados oferecendo bebidas. George escolheu um cálice de xerez e seguiu em direção à única pessoa que conhecia.

— Boa-noite, sr. Mallory — disse Russell.

— Boa-noite, sr. Russell — retribuiu George. — O senhor está gostando de servir neste posto?

George nunca se sentia à vontade em conversas fúteis.

— É maravilhoso, estou adorando cada momento — respondeu Russell. — O problema são os nativos.

— Os nativos? — repetiu George, achando que Russell estava brincando.

— Eles não gostam de nós — sussurrou Russell. — Na verdade, acho que nos detestam. E estão querendo armar confusão.

— Confusão? — indagou Bullock, que se juntara a eles.

— Sim. Desde que colocamos na cadeia aquele sujeito, Gandhi, por provocar distúrbios...

De repente, sem nenhum aviso, Russell parou no meio da frase, arregalou os olhos e ficou boquiaberto. Mallory e Bullock se viraram e viram o que o deixara tão espantado.

— Ele é um de vocês? — perguntou Russell, mal conseguindo ocultar sua perturbação.

— Receio que sim — disse George, disfarçando um sorriso enquanto observava Finch tagarelando com a esposa do governador-geral.

Finch vestia uma camisa cáqui de colarinho aberto, calças verdes de veludo e sapatos de camurça marrons, sem meias.

— Você deveria se sentir lisonjeado — comentou Guy. — Ele quase nunca se veste tão bem.

O secretário particular, visivelmente, não estava se divertindo.

— Esse sujeito é um cafajeste — disse ele, enquanto Finch passava um braço ao redor da cintura de Lady Davidson.

O general se aproximou de George, quase a galope.

— Mallory — disse ele, com as bochechas avermelhadas —, tire esse homem daqui, e seja rápido.

— Vou fazer o melhor possível — disse George —, mas não posso garantir...

— Se você não tirar esse indivíduo daqui, e agora — declarou o general —, eu vou fazer isso. E posso lhe garantir que não vai ser uma coisa bonita de se ver.

George entregou seu copo vazio a um garçom que passava e atravessou a sala, indo até onde estavam Finch e a esposa do governador-geral.

— Você já conhece Mallory, Sonia? — perguntou Finch. — É meu único rival de verdade.

— Sim, já fomos apresentados — respondeu a esposa do governador-geral, fingindo não se dar conta do braço de Finch em torno de sua cintura.

— Peço desculpas por interromper vocês, Lady Davidson — disse George —, mas preciso ter uma conversa particular com o sr. Finch, pois surgiu um pequeno problema.

Sem outra palavra, agarrou Finch pelo cotovelo e o levou rapidamente para fora da sala. Guy se aproximou de Lady Davidson e começou a conversar com ela, perguntando se ela pretendia regressar a Londres naquela estação.

— Então, qual é o pequeno problema? — perguntou Finch, assim que entraram no corredor.

— Você — replicou George. — Neste exato momento, acho que o general já está reunindo voluntários para um pelotão de fuzilamento.

Ele conduziu Finch para fora da casa.

— Para onde estamos indo? — perguntou Finch.

— De volta para o hotel.

— Mas eu nem jantei ainda.

— Acho que este é o menor dos seus problemas.

— Mandaram você me tirar de lá, não foi? — disse Finch, enquanto George o empurrava para dentro de um riquixá.

— Alguma coisa assim — reconheceu George. — Tenho o pressentimento de que esta foi a última vez que você foi convidado para um dos saraus do governador-geral.

— Fale por si, Mallory. Se você e eu pisarmos no topo daquela montanha, você com certeza vai jantar com o governador-geral de novo.

— Isso não quer dizer que você vai — disse George.

— Não, eu não vou. Vou estar lá em cima, no quarto da senhora dele.

─◄o►─

George pensou ter ouvido batidas à porta, mas achou que estava sonhando. Na segunda vez, as batidas soaram um pouco mais altas.

— Entre — disse ele, ainda meio adormecido.

Abrindo um dos olhos, viu o general olhando para ele, ainda de uniforme.

— Você sempre dorme no chão com as janelas totalmente abertas, Mallory? — perguntou ele.

George abriu seu outro olho.

— Era aqui ou na varanda — disse ele. — E posso garantir ao senhor, general — acrescentou, levantando-se —, que isso é um luxo, comparado à minha situação a 8 mil metros de altura, enfiado numa barraquinha, tendo somente Finch como companhia.

— É exatamente sobre isso que quero falar com você — observou o general. — Acho que você deve ser o primeiro a saber que decidi colocar Finch no primeiro navio de volta para casa.

George vestiu seu roupão de seda e sentou-se na única cadeira confortável do quarto. Lentamente, encheu o cachimbo de tabaco e o acendeu.

— O comportamento de Finch hoje à noite foi indesculpável — prosseguiu o general. — Agora estou percebendo que nunca deveria ter concordado com a inclusão dele na equipe.

George deu algumas baforadas no cachimbo antes de responder.

— General — disse ele calmamente. — O senhor não tem autoridade para enviar nenhum membro da minha equipe de volta para a Inglaterra sem me consultar.

— Estou consultando você agora, Mallory — disse o general, levantando a voz a cada palavra.

— Não, o senhor não está. O senhor irrompeu em meu quarto, no meio da noite, para me informar que decidiu mandar Finch de volta para a Inglaterra no primeiro navio disponível. Eu não chamo isso de consulta.

— Mallory — atalhou o general. — Não preciso lembrar a você que tenho o comando geral desta expedição. Sou eu quem toma a decisão final a respeito de qualquer membro da minha equipe.

— Então o senhor vai ficar sozinho, general, pois, se puser Finch nesse barco, eu e o restante da *minha* equipe iremos junto com ele. E tenho certeza de que a RSG vai querer saber por que, ao contrário do duque de York, o senhor não conseguiu nos levar ao topo do morro, nem muito menos nos trazer de volta para baixo.[35]

— Mas, mas... — balbuciou o general. — Você certamente não acha que aquilo são modos de se tratar uma dama, Mallory, principalmente sendo ela a esposa do governador-geral.

— Ninguém melhor que eu para saber que Finch pode ser cansativo — disse George —, e tenho certeza de que ele não vai dar lições de etiqueta para debutantes na próxima estação. A não ser que o senhor esteja querendo ocupar o lugar dele, general, sugiro que vá para a cama agora e agradeça por Finch não ter mais oportunidade de comparecer a nenhum coquetel nos próximos três meses. É pouco provável que ele encontre outras damas daqui até o Himalaia.

— Tenho que pensar no assunto, Mallory — disse o general, virando-se para ir embora. — Amanhã de manhã eu lhe comunico minha decisão.

---

[35] Alusão a uma cantiga infantil inglesa em que um fictício duque de York sobe e desce um morro com dez mil comandados. (N.T.)

— General, eu não sou um de seus cules, desesperado para obter 1 xelim do rei. Então, por favor, me diga agora se eu devo acordar meus homens para lhes dizer que irão voltar para a Inglaterra no primeiro barco ou se posso deixar que eles descansem antes de iniciar a jornada mais difícil de suas vidas.

O rosto do general ficou ainda mais vermelho.

— A responsabilidade vai ser sua, Mallory — replicou ele, antes de sair do quarto pisando duro e batendo a porta.

— Meu Deus — disse George, retirando o roupão e voltando a se deitar no chão. — Por favor, me diga, o que eu fiz para merecer Finch?

39

15 de abril de 1922
Minha amada Ruth,
Começamos nossa jornada de 1.660 quilômetros até a fronteira tibetana. Tomamos um trem para Siliguri, no sopé do Himalaia. A tabela de horários previa seis horas de viagem, mas levamos quase 16. Sempre me perguntei o que acontece com os trens quando são retirados de serviço. Agora já sei. Reencarnam na Índia.
Bem, nós nos amontoamos em uma velha locomotiva Great Northern da classe Castle, Warwick Castle, para ser mais preciso. Os assentos da primeira classe são um tanto ordinários e gastos, enquanto os da terceira classe ainda têm bancos de madeira, e nada de toalete. Ou seja, tínhamos de saltar sempre que parávamos em alguma estação e correr para o mato. O trem também tem vagões para o gado, onde Bruce alojou as mulas e os carregadores. Tanto umas quanto os outros reclamaram.
Há uma grande diferença entre viajar de Birkenhead a Londres, com todo o conforto, e ir de Bombaim a Siliguri: no norte da Inglaterra, nós mantínhamos as janelas fechadas e ligávamos a calefação; mas aqui, embora a ferrovia tenha dispensado as janelas de vidro, a sensação é de que estamos viajando em um forno sobre rodas.

— Onde está o papai? — perguntou Clare. — Onde ele está agora?
Ruth largou a carta e se juntou à filha no chão, onde poderiam estudar o mapa que o pai desenhara para elas e acompanhar seus progressos.

Ela correu o dedo sobre o oceano, de Tilbury a Bombaim, depois sobre uma linha férrea, até finalmente parar em Siliguri. Continuou então a ler para as crianças:

Imagine nossa surpresa quando desembarcamos em Siliguri e deparamos com a maravilha mundial da miniaturização, implantada pela Companhia Ferroviária Darjeeling Himalayan. Neste ponto, termina a bitola de 1 metro e começa a bitola de 60 centímetros, onde se desloca o que a população local chama afetuosamente de trem de brinquedo.

A gente entra em um agradável vagão, que seria ideal para Beridge e Clare, mas que me fez sentir como Gulliver, quando acordou na terra dos liliputianos. Com um barulho totalmente desproporcional ao tamanho, a pequena locomotiva a vapor começa sua subida, desde os contrafortes de Siliguri, apenas 90 metros acima do nível do mar, até Darjeeling, distante 80 quilômetros, a mais de 2 mil metros de altitude.

As crianças ficarão encantadas em saber que o caminho é tão íngreme que um nativo viaja sentado no para-choque dianteiro da locomotiva polvilhando areia nos trilhos, para que as rodas possam ter aderência, enquanto subimos cada vez mais.

Não sei lhe dizer quanto tempo a viagem demorou. Cada minuto foi um deleite, pois eu não conseguia parar de admirar a vista nem por um momento, com medo de perder alguma nova maravilha. Na verdade, o capitão Noel, nosso intrépido cameraman, ficou tão apaixonado com a experiência que, quando paramos em Tung para nos reabastecer de água — nós e a pequena locomotiva —, ele subiu no teto do vagão e começou a filmar tudo. Ficou lá até o final da viagem, enquanto nós, simples mortais, tivemos de nos contentar em olhar pelas janelas.

Quando finalmente paramos na estação de Darjeeling, após uma viagem de sete horas, eu só tinha um pensamento: se aquela pequena joia pudesse nos transportar até o local do acampamento-base, tornaria nossa vida muito mais fácil. Contudo, não tivemos essa sorte e, poucos momentos depois de saltarmos do trem, ouvimos a voz familiar do general Bruce latindo suas ordens, enquanto alinhava as mulas e os carregadores para que pudéssemos iniciar a longa viagem através das florestas e planícies tibetanas.

Cada um de nós teve direito a um pônei para transportar nossos pertences e equipamentos pessoais. Com exceção do general, precisamos caminhar pelo menos 30 quilômetros por dia. À noite, quando possível, tentamos montar acampamento perto de um rio ou lago, o que nos dá oportunidade de nadar e, por alguns gloriosos momentos, nos livrarmos das moscas, mosquitos e sanguessugas, que parecem preferir homens brancos a nativos em sua dieta.

O general trouxe a própria banheira, puxada por duas mulas. Todas as noites, em torno das sete horas, alguns carregadores enchem a banheira de água, que aquecem em uma fogueira. Eu tenho uma foto de nosso líder sentado em sua banheira, com um charuto em uma das mãos e um copo de conhaque na outra. Evidentemente, ele não vê nenhuma razão para mudar os hábitos de uma vida inteira só porque está passando algumas semanas na selva indiana.

Jantamos juntos à noite, ao redor de uma mesa montada sobre um cavalete. O general senta-se à cabeceira, no seu banquinho portátil. Nosso menu de guisado com bolinhos de massa raramente varia, mas, quando acampamos no final do dia, estamos famintos demais para perguntar qual foi o animal que colocaram na panela.

O general trouxe também uma dúzia de caixas do mais fino Châteauneuf-du-Pape e meia dúzia de caixas de champanhe Pol Roger, carregadas por duas das mulas mais robustas da manada. A única reclamação do general é não poder manter o champanhe na temperatura correta. Entretanto, como a temperatura está caindo um pouco a cada dia, não vai demorar muito para que ele possa encher a banheira com gelo para esfriar o champanhe.

Todo mundo parece estar suportando tudo muito bem. Um pouco de febre e de enjoo já era de esperar, embora eu tenha escapado — até agora — com apenas algumas picadas de mosquitos e uma urticária muito incômoda.

Três dos carregadores fugiram, e duas das mulas morreram de exaustão — não conte isso a Clare. As outras parecem estar em muito boa forma. Já temos nosso líder sherpa. *Ele se chama Nyima e, além de falar inglês perfeitamente, é excelente montanhista — e sobe as montanhas descalço.*

Somervell tem sido admirável, como sempre. Não só aguenta as mesmas privações que todo mundo como também cumpre seus deveres como nosso médico assistente, sem nunca reclamar do trabalho extra. Odell está em seu elemento, descobrindo novos tipos de rocha todos os dias. Quando retornar a Cambridge, não há dúvida de que vários livros novos vão aparecer nas prateleiras, para não falar das dezenas de palestras que ele vai realizar em salões lotados.

Norton, pobre homem, mede 1,95 metro e tem de montar a maior mula. Ainda assim, seus pés tocam o chão. Finch viaja sempre na retaguarda do comboio — escolha dele e nossa —, onde mantém um olho vigilante sobre seus preciosos cilindros de oxigênio. Ele ainda acredita que irão decidir o resultado da expedição. Eu continuo cético.

À medida que subimos cada vez mais alto, fico observando como os companheiros enfrentam as condições locais, e já estou pensando na composição dos grupos de subida. Finch presume que será selecionado para o assalto final ao Everest e, francamente, ninguém vai ficar surpreso se ele for. Ele e o general trocaram poucas palavras educadas desde que deixamos Bombaim. No entanto, a cada dia que passa, o "caso Sonia", como diz o pessoal, vai caindo em um abençoado esquecimento.

Um membro de nosso grupo acabou sendo uma revelação inesperada. Eu sempre soube que Noel era um alpinista de primeira classe, mas não tinha ideia de que ele era um fotógrafo e cineasta tão extraordinário. Nunca houve uma expedição tão bem-documentada e, como bônus adicional, Noel é um dos poucos membros da equipe que fala a língua local.

Uma de nossas rotinas diárias seria inacreditável se Noel não a tivesse filmado. Acho que você não conhece Morshead, um cartógrafo que, como membro da RSG, é responsável pela confecção de mapas detalhados da área. Ele faz muita questão de registrar as distâncias com precisão. Para auxiliar Morshead, o general contratou, por 20 rupias diárias, um jovem indiano que mede exatamente 1,83 metro. Vou lhe descrever qual é a tarefa dele, mesmo sabendo que você vai ver isso nos filmes depois que regressarmos. Ele se deita no chão, enquanto outro sherpa *faz uma marca na terra, junto ao alto de sua cabeça, para marcar a distância. O rapaz de 1,83 metro fica então de pé e alinha seus dedos do pé atrás da marca (ele fica descalço). Esse exercício é repetido a cada hora. Desse modo, Morshead pode medir a distância exata que cobrimos todos os dias — em torno de 30 quilômetros.*[36] *Deus sabe que ele merece suas 20 rupias.*

Meu amor, já é hora de parar de escrever e apagar minha vela. Eu divido uma pequena tenda com Guy. É ótimo ter um velho amigo como companheiro nesta viagem, mas não é a mesma coisa que estar com você.

— Até onde ele chegou? — perguntou Clare, olhando para o mapa.

Ruth dobrou a carta e se agachou novamente junto a Clare e Beridge. Estudou o mapa por alguns instantes e apontou um vilarejo chamado Chumbi. Como as cartas de George levavam seis ou sete semanas para chegar a Holt, ela nunca sabia ao certo onde ele estava de fato. Por fim, abriu a última carta dele.

Hoje cobrimos nossos habituais 30 quilômetros, e perdemos outra mula. Agora só restam 61. Eu me pergunto qual seria a decisão estratégica do general diante de uma falta de mulas, tendo de escolher entre se livrar de seus vinhos ou de sua banheira.

Todos os dias, às seis da manhã, os carregadores se perfilam e ele faz uma chamada. Hoje de manhã estávamos reduzidos a 37. Portanto, mais um fugiu. O general descreve os carregadores fujões como desertores.

---

[36] Como nos países de língua inglesa alturas e distâncias são normalmente medidas em pés, a estatura informada do rapaz é de 6 pés — correspondente a 1,8288 metro. Seis pés formam uma base de cálculo precisa, sem algarismos decimais, o que torna mais fáceis as aferições de Morshead. Isso não ocorreria caso ele utilizasse a escala métrica, situação em que talvez tivesse de encontrar um indivíduo com 2 metros de altura. (N.T.)

Em nossa marcha de ontem, deparamos com um mosteiro budista perdido no alto das montanhas. Paramos, para que Noel pudesse filmá-lo, mas o general nos aconselhou a não perturbar a adoração dos monges. Ele é uma estranha combinação de sabedoria e presunção.

Nyima me disse que, tão logo alcancemos Jelep La, iremos acampar a uma altura de 4.200 metros, sob o pico de uma montanha de onde poderei ter uma visão clara do Everest. Amanhã é domingo, o dia de descanso estabelecido pelo general para que os carregadores e as mulas recuperem suas forças, enquanto alguns de nós leem ou escrevem para as pessoas amadas. No momento estou lendo A terra devastada, *de T. S. Eliot, e gostando muito, mas confesso que pretendo subir naquela montanha amanhã, se tiver a menor chance de ver o Everest pela primeira vez. Vou ter de acordar cedo, pois Nyima calcula que o pico pode chegar a 6.400 metros. Eu não disse ao líder dos* sherpas *que nunca cheguei a essa altura.*

— O que vai acontecer se o papai não tiver permissão para atravessar a fronteira? — perguntou Clare, espetando o polegar na fina linha vermelha que separava a Índia do Tibete.

— Simplesmente, vai ter que voltar para casa — disse sua mãe.

— Que bom! — exclamou Clare.

40

George se esgueirou do acampamento antes do alvorecer, com uma sacola nas costas, uma bússola em uma das mãos e uma picareta de gelo na outra. Sentia-se como um colegial, fugindo para fumar escondido atrás do bicicletário.

Através do nevoeiro da manhã, ele mal conseguia divisar a montanha sem nome que avultava à sua frente. Calculava que levaria pelo menos duas horas para alcançar o sopé, quando ouviu um som diferente. Parou e olhou ao redor, mas não viu nada fora do comum.

Quando chegou às encostas mais baixas da montanha, ele já analisara diversas rotas até o pico. Uma escolha errada poderia resultar em desastre — ou pelo menos em ter de retornar outro dia. George não teria outro dia.

Ele acabara de escolher o que lhe pareceu o melhor caminho quando achou ter ouvido o som diferente outra vez. Olhou para o vale por onde chegara à montanha. Metade estava banhada em luz matinal, enquanto a outra metade, sombreada pela montanha, parecia ainda adormecida. No entanto, ainda não vira nada de estranho.

George voltou a checar a rota escolhida e começou a atacar o terreno pedregoso e acidentado das fraldas da montanha. Durante a hora seguinte, avançou bem, embora tivesse de mudar de direção diversas vezes quando um obstáculo bloqueava o caminho.

Ele já podia ver o pico à sua frente e calculou que alcançaria o topo dentro de uma hora. Foi quando cometeu seu primeiro erro. Alcançara uma rocha que, além de bloquear a trilha, parecia intransponível sem um parceiro para auxiliá-lo. George sabia, por amargas experiências, que grande parte do montanhismo termina em frustração e que ele não teria outra escolha a não ser dar meia-volta e procurar outro caminho. Sabia também que, se quisesse regressar ao acampamento antes do crepúsculo, chegaria uma hora em que apostar corrida com o sol seria muito arriscado.

Foi quando ouviu o som novamente, dessa vez mais perto. Ao se virar, viu que Nyima se aproximava. Lisonjeado com o fato de ter sido seguido pelo líder *sherpa*, George sorriu.

— Vamos ter que voltar — disse ele — e tentar encontrar outra rota.

— Não vai ser necessário — disse Nyima, pulando sobre a rocha e começando a escalá-la sem esforço.

Seus braços e pernas trabalhavam como uma só unidade, enquanto ele se movia pela superfície desigual. Claramente, já percorrera aquele caminho. George conjeturou se o *sherpa* já não teria alcançado o Everest. Momentos depois, Nyima chegou ao topo do obstáculo. Então, tudo o que George pôde ver foi sua mão, acenando para que ele o seguisse.

Seguindo a rota tomada pelo *sherpa*, George segurou um rebordo que não notara antes, mas que abria um atalho direto até o cume. Aquela manobra simples lhe pouparia uma hora, talvez duas, e transformara Nyima em seu líder naquela escalada. Ele logo alcançou o *sherpa* e, enquanto abriam caminho montanha acima, George não teve mais dúvida de que Nyima estava familiarizado com o terreno, pois mantinha um ritmo que ele mal conseguia acompanhar.

Ao chegarem ao pico, sentaram-se e olharam na direção norte, mas tudo estava envolto em nuvens espessas. Com certa relutância, George se conformou com o fato de que não seria apresentado a Chomolungma naquele dia. Abrindo a sacola, tirou um bolo de hortelã da Kendal, partiu-o ao meio e entregou um pedaço a Nyima. O líder dos *sherpas* só o mordeu depois que George já estava mastigando havia algum tempo.

Enquanto olhava para as nuvens imóveis, George concluiu que o *sherpa* Nyima era o companheiro ideal para uma escalada — experiente, desembaraçado, audaz e silencioso. Ele conferiu o relógio e percebeu que teriam de partir logo se quisessem estar de volta ao acampamento antes do pôr do sol. Então se levantou, deu uma batidinha no relógio e apontou para baixo. Nyima abanou a cabeça.

— Só mais uns minutos, sr. Mallory.

Como o *sherpa* mostrara estar certo quanto ao caminho a seguir, George decidiu sentar-se novamente e esperar mais alguns minutos. Entretanto, sempre chega um momento em que todo montanhista tem de decidir se a recompensa vale o risco. Na opinião de George, esse momento já passara.

Levantou-se então e, sem esperar que Nyima o acompanhasse, começou a descer a montanha. Devia ter percorrido cerca de 50 metros quando sentiu soprar uma brisa. Ao se virar, viu as nuvens se afastando devagar. Rapidamente, refez o caminho até o pico e se reuniu ao silencioso *sherpa*. Descobriu então que, como Salomé, Chomolungma já se desfizera de quatro de seus sete véus.

Quando a brisa se tornou mais forte, Chomolungma removeu mais um véu, revelando uma pequena cordilheira que lembrou a George os Alpes franceses. Depois, removeu mais um. Ele não acreditava que tanta beleza pudesse ser superada, mas uma rajada de vento removeu o último véu e provou que ele estava errado.

George ficou sem palavras. Estava olhando para a montanha mais alta do mundo. O cume radiante do Everest dominava o horizonte, fazendo os outros picos do portentoso Himalaia parecerem um parque infantil.

Pela primeira vez, George pôde estudar com atenção sua poderosa oponente. Abaixo de sua fronte vincada, projetava-se um estreito nariz tibetano, de arestas desiguais e precipícios inalcançáveis. Abaixo dele, ventas largas expeliam um vento tão forte que, mesmo em terreno plano, seria impossível dar um único passo. Entretanto, o pior, muito pior, era que a deusa tinha duas caras.

Na Face Oeste, seu zigoma era feito de um pináculo de rochas que se estendia até o céu, com uma altura que George jamais ousara imaginar, enquanto a Face Leste exibia, numa extensão de quilômetro e meio, um lençol de gelo que nunca descongelava, nem mesmo no dia mais longo do ano. Sua nobre cabeça repousava sobre um fino pescoço, aninhado em ombros de granito. De seu tronco maciço, pendiam dois longos braços flexíveis ligados a duas mãos espalmadas, que ofereciam alguma esperança, até se notarem seus dez dedos finos e gelados. Eles esperavam montar o acampamento-base na unha de um deles.

George viu Nyima olhar para Chomolungma com o mesmo medo, respeito e admiração que ele sentia. Ele duvidava de que, sozinho, qualquer um deles fosse capaz de alcançar até mesmo os ombros daquele gigante, muito menos escalar seu gélido rosto de granito. Mas juntos talvez...

41

Depois da discussão que haviam travado à meia-noite em Bombaim, George sentiu-se aliviado quando o general o convidou para integrar a missão diplomática que iria apresentar as credenciais da expedição no posto de fronteira.

Os 13 membros da equipe, 35 carregadores e 48 mulas haviam acampado durante a noite em um terreno plano ao lado de um rio de águas rápidas, próximo à fronteira entre a Índia e o Tibete. George e o restante do grupo passaram uma noite animada e, durante o jantar, puderam se deliciar com o excelente vinho e os charutos do general.

Às 5h45 da manhã seguinte, o general estava de pé em frente à barraca de George, vestindo uniforme completo e carregando uma pasta de couro negro. O *sherpa* Nyima se mantinha um passo atrás dele, usando o tradicional *bakhu* de lã e carregando uma grande caixa negra com as palavras LOCK'S *de Londres* impressas na tampa. George se arrastou para fora da tenda momentos depois, trajando o terno que usara na recepção do governador-geral e sua velha gravata escolar. Quando Bruce começou a se encaminhar em direção ao posto fronteiriço, ele o acompanhou.

— Bem, eu não estou esperando nenhum problema, Mallory — disse o general. — Mas, se houver qualquer desentendimento, deixe tudo comigo. Já lidei com esses nativos antes e os conheço muito bem.

George reconhecia que o general tinha muitos pontos fortes, mas receava que estivesse prestes a testemunhar um de seus pontos fracos.

Ao chegarem ao posto, George foi tomado de surpresa. A pequena cabana de bambu, camuflada pela densa vegetação, não parecia um lugar aonde estranhos fossem bem-vindos. Depois de mais alguns passos, George avistou um soldado, e mais outros, apontando velhos rifles na direção deles. A demonstração de hostilidade não fez o general diminuir o passo — ele até começou a andar mais depressa. Pesando bem as coisas, George concluiu que preferia morrer no topo de uma montanha a morrer a seus pés. Mais à frente, pôde ver exatamente onde estava a fronteira tibetana. Na única clareira que havia no paredão de bambu que atravessava a trilha estreita, via-se uma trincheira reforçada com sacos de areia, onde dois outros soldados estavam a postos, com os rifles também apontados para o perigoso Exército britânico. Sempre destemido, o general subiu os degraus de madeira da cabana e transpôs a porta aberta, como se o posto de fronteira estivesse sob seu comando. George o seguiu cautelosamente, com Nyima a um passo atrás.

No interior da cabana, o general parou diante de uma mesa de madeira. Um jovem cabo, que estava sentado à mesa, olhou para os três estranhos com ar descrente e, embora abrisse a boca, não falou nada.

— Quero falar com seu comandante — latiu o general.

Nyima traduziu o que ele disse em voz suave.

O cabo desapareceu rapidamente em um pequeno aposento nos fundos e fechou a porta. Passou-se algum tempo antes que a porta fosse reaberta. Um homem magro e baixo, de rosto encovado e duro, saiu do aposento e olhou para o general, como se seu território particular tivesse sido invadido. O general sorriu ao notar que o comandante do posto tinha apenas a patente de capitão. Ele bateu continência, mas o tibetano não retribuiu o cumprimento. Em vez disso, olhou diretamente para o *sherpa* Nyima e, apontando para o general, disse em sua língua nativa:

— Eu sou o *dzongpen*[37] do distrito de Phari. Quem é este?

Depois que Nyima fez a tradução, apenas acrescentando a palavra "cavalheiro", o general respondeu:

---

[37] Governador. (N.T.)

— Sou o general Bruce. — Abriu então sua pasta e retirou alguns papéis, que pousou firmemente sobre a mesa. — Essas são as permissões oficiais que autorizam minha equipe a entrar no distrito de Phari Dzong.

Depois de Nyima traduzir as palavras do general, o *dzongpen* examinou superficialmente os documentos e deu de ombros.

— Como você pode ver — prosseguiu o general —, estão assinados por Lord Curzon, ministro do Exterior.

O *dzongpen* ouviu a tradução do *sherpa* Nyima, antes de fazer uma pergunta.

— O *dzongpen* quer saber se o senhor é Lord Curzon.

— Claro que não — disse o general. — Diga a esse paspalho que, se ele não nos permitir atravessar a fronteira agora, eu não vou ter outra escolha a não ser...

Era óbvio que o comandante tibetano não precisava de tradução para as palavras do general, pois moveu a mão rapidamente até o coldre.

— O *dzongpen* disse que vai permitir que Lord Curzon atravesse a fronteira, mas ninguém mais — traduziu Nyima.

Bruce bateu com o punho na mesa e gritou.

— Será que esse idiota não percebe quem eu sou?

George abaixou a cabeça e começou a pensar na longa viagem de volta, enquanto aguardava resposta do *dzongpen*. Desejou que as palavras do general se perdessem na tradução, mas o *dzongpen* já havia retirado a pistola do coldre e apontado o cano para a testa do general antes que o *sherpa* Nyima completasse a tradução.

— Diga ao general que ele pode ir para casa — disse o comandante calmamente. — Vou mandar meus homens atirarem nele se ele chegar perto desta fronteira novamente. Será que fui claro?

O general não recuou, mesmo depois que Nyima traduziu as palavras do comandante. Embora tivesse abandonado qualquer esperança de ser autorizado a cruzar a fronteira, George ainda pretendia sair vivo dali.

— Posso falar, general? — sussurrou ele.

George conjeturou se deveria ter segurado a língua, pois a arma do comandante estava agora apontada para sua testa. Ele olhou o *dzongpen* diretamente nos olhos.

— Eu trouxe presentes de amizade de meu país para o seu.

O *sherpa* Nyima fez a tradução e o *dzongpen* abaixou a arma, guardou-a de volta no coldre e disse, de mãos na cintura:

— Quero ver esses presentes.

George removeu a tampa da caixa da Lock's e retirou do interior um chapéu gelô, que estendeu para o *dzongpen*. O comandante o colocou na cabeça, olhou-se num espelho pendurado na parede e sorriu pela primeira vez.

— Por favor, diga ao *dzongpen* que Lord Curzon usa um chapéu gelô quando vai para o trabalho, todas as manhãs — disse George. — Como fazem todos os cavalheiros na Inglaterra.

Quando o comandante ouviu essas palavras, inclinou-se sobre a mesa e olhou dentro da caixa. O general Bruce se inclinou, retirou outro chapéu gelô e o passou ao comandante, que o colocou na cabeça do jovem cabo que estava a seu lado. Dessa vez o *dzongpen* deu uma gargalhada. Depois, pegou a caixa, saiu da cabana e distribuiu os dez chapéus restantes entre seus guardas.

Ao retornar à cabana, começou a estudar os documentos do general com mais atenção. Estava prestes a carimbar a última página quando ergueu os olhos, sorriu e apontou para o relógio de ouro pendurado no peito do general. O general pensou em explicar que herdara aquele relógio de seu pai, Lord Aberdare; mas pensou melhor e, sem uma palavra, entregou o relógio. George sentiu uma onda de alívio, pois, na pressa de sair da tenda, acabara se esquecendo de prender o relógio que Ruth lhe dera como presente de aniversário.

O *dzongpen* olhou então para o largo cinto de couro do general Bruce — depois para seus sapatos de couro marrom e, finalmente, para suas meias de lã, cujos canos chegavam aos joelhos. Tendo despido o general, voltou a atenção para George, de quem arrebatou sapatos, meias e gravata. George não deixou de se perguntar quando e onde o *dzongpen* usaria uma gravata de ex-aluno do Winchester College.

Por fim, o *dzongpen* sorriu, carimbou a última página dos documentos de entrada e os devolveu ao general. Bruce já estava prestes a colocar os documentos na pasta quando o *dzongpen* abanou a cabeça. O general deixou a pasta na mesa e enfiou os documentos nos bolsos das calças.

Segurando as calças com uma das mãos, o descalço Bruce fez uma saudação com a outra. Dessa vez, o *dzongpen* retribuiu o cumprimento. O único do grupo a sair da cabana inteiramente vestido foi o *sherpa* Nyima.

Uma hora depois, os membros da expedição liderada pelo general Bruce avançaram em direção à fronteira e a barreira foi levantada para que entrassem no distrito de Phari Dzong.

Depois de conferir a hora em seu relógio de ouro, o *dzongpen* sorriu para o general, ergueu seu chapéu gelô e disse:

— Bem-vindo ao Tibete, Lord Curzon.

Nyima não traduziu suas palavras.

42

4 de maio de 1922

Minha amada Ruth,

Depois de atravessarmos a fronteira com o Tibete, estamos nos aproximando do Himalaia — uma cadeia de mil montanhas que cercam e protegem sua senhora como guardas armados, não aceitam a autoridade do dzongpen local e nunca ouviram falar de Lord Curzon. Apesar de sua fria acolhida e postura gélida, continuamos nossa luta.

Depois de montarmos o acampamento-base no local escolhido, cerca de 5 mil metros acima do nível do mar, vimos o general em sua melhor forma. Em poucas horas, ele fez os carregadores — reduzidos a 32 — erguerem a tenda da equipe, que é mais ou menos do tamanho da nossa sala de estar. Pudemos então nos sentar e jantar. Quando o café e o conhaque foram servidos, 15 outras tendas já estavam montadas. Isso significava que todos nós poderíamos dormir abrigados. Quando digo "todos", devo assinalar que os carregadores, inclusive Nyima, ainda estão dormindo ao relento. Eles se aninham no chão duro, tendo apenas pedras como travesseiros. Às vezes me pergunto se não é melhor me juntar a eles, se quiser ter alguma chance de conquistar essa montanha infernal.

O sherpa Nyima está se mostrando inestimável no tocante à organização dos nativos, e o general já concordou em elevar seu pagamento para 30 rupias por semana (cerca de 6 pence). Assim que chegarmos às encostas do Everest, será fascinante descobrir quão bom montanhista ele é.

Finch está convencido de que ele se equivale a qualquer um de nós. Depois eu lhe digo.

Esta noite o general me entregará oficialmente o comando, com o qual ficarei até o momento de nosso retorno à Inglaterra...

— À Sua Majestade, o rei — disse o general, erguendo seu copo.
— Ao rei — responderam os demais membros da equipe.
— Cavalheiros, podem fumar — convidou o general, sentando-se e cortando a ponta de seu charuto.

George, que permanecera de pé, assim como o restante da equipe, ergueu seu copo pela segunda vez.

— Cavalheiros — disse ele. — A Chomolungma, deusa-mãe da Terra.

O general se levantou rapidamente e se juntou aos colegas que erguiam os copos, enquanto os *sherpas* se curvavam até o chão na direção da montanha.

Pouco depois, George bateu em seu copo, para chamar atenção. O comando mudara de mãos.

— Eu gostaria de começar, cavalheiros, agradecendo ao general Bruce, por ter conseguido nos trazer sãos e salvos até aqui. E, para citar o senhor, general — acrescentou ele, virando-se para Bruce —, em plena forma.

— Muito bem, muito bem — entoaram os outros membros da equipe, unidos por um sentimento que até Finch foi capaz de compartilhar.

George desenrolou um mapa de pergaminho e o pousou na mesa.

— Cavalheiros — começou ele —, no momento estamos aqui. — Ele apontou com o cabo de sua colher de café para um lugar a 5.300 metros. — Nosso objetivo imediato é avançar até aqui — acrescentou, movendo a colher pela montanha e se detendo a 6.400 metros —, onde espero estabelecer o Acampamento III. Se quisermos conquistar Chomolungma, deveremos montar mais três acampamentos de altitude.

O Acampamento IV será no Colo Norte, a cerca de 7 mil metros. O Acampamento V será a 7.600 metros, e o Acampamento VI a 8.200 metros, a apenas 600 metros do cume. É importantíssimo descobrir uma rota pela crista, ou que contorne a Aresta Nordeste.

Ele continuou:

— Por enquanto, devemos nos lembrar de que não temos ideia do que nos aguarda. Não existem livros de referência para consultar, nem mapas para examinar, nem velhos bolorentos sentados no bar do Clube Alpino para nos regalar com histórias de seus triunfos passados, reais ou imaginários. — Vários membros da equipe sorriram e menearam as cabeças. — Portanto, devemos estabelecer uma rota que *nos* permita, um dia, ser os velhos bolorentos, passando *nossos* conhecimentos para a próxima geração de montanhistas. — Ele olhou para sua equipe. — Alguma pergunta?

— Sim — respondeu Somervell. — Quanto tempo você acha que vamos demorar para montar o Acampamento III? Quero dizer, totalmente aparelhado e estabelecido.

— Sempre um homem prático — observou George com um sorriso. — Na verdade, não tenho certeza. Eu gostaria de cobrir 600 metros por dia. Assim, amanhã à noite espero já ter erguido o Acampamento II, a 5.700 metros, e estar de volta aqui, no acampamento-base, antes do pôr do sol. No dia seguinte, vamos avançar para 6.400 metros, onde montaremos o Acampamento III; depois retornaremos ao Acampamento II para passar a noite. Vamos levar pelo menos duas semanas para nos aclimatarmos a altitudes que nenhum de nós jamais conheceu. Nunca se esqueçam, subam bem alto, mas durmam abaixo.

— Você pretende nos dividir em equipes antes de partirmos? — perguntou Odell.

— Não, não ainda — disse George. — Vamos continuar como uma só unidade até eu saber quais de vocês se acostumam melhor às condições. No entanto, acho que, no final, quem vai decidir a composição das equipes não serei eu, mas a própria montanha.

— Eu não poderia estar mais de acordo — disse Finch. — Mas você já pensou na possibilidade de usar oxigênio acima de 7.600 metros?
— Mais uma vez, espero que a montanha decida isso, não eu.
— George aguardou alguns instantes e perguntou: — Mais perguntas?
— Sim, capitão — disse Norton. — A que horas você quer que nos apresentemos amanhã de manhã?
— Seis horas — respondeu George. — E isso significa todo mundo equipado e preparado para partir. Lembrem-se: amanhã temos que ter coragem para pensar como Colombo, ou seja, temos que estar preparados para sair do mapa.

George não conseguiu saber ao certo se o motivo fora a responsabilidade da liderança ou a pura emoção de saber que, daquele momento em diante, cada passo que desse o levaria mais alto do que jamais subira. O fato foi que, na manhã seguinte, ele emergiu de sua tenda antes da hora marcada.

Poucos minutos antes das seis horas, em uma manhã clara e com pouco vento, enquanto o sol realizava a própria escalada no pico mais alto, George ficou encantado ao verificar que seus oito montanhistas já o aguardavam pacientemente diante das tendas. Estavam vestidos com uma variedade de indumentárias: coletes de lã, provavelmente tricotados por suas esposas ou namoradas, calças de caçador, casacos à prova de vento, camisas de seda, batas de algodão, botas de montanhismo, cachecóis Burberry e mocassins canadenses. Alguns pareciam estar preparados para esquiar em Davos.

Atrás dos montanhistas, estavam os *sherpas* locais, que Nyima recrutara. Cada um carregava 35 quilos de equipamentos amarrados às costas: tendas, cobertores, pás, potes, panelas, fogareiros Primus e alimentos, assim como uma dúzia de cilindros de oxigênio.

Exatamente às seis horas, George apontou para cima e seus homens iniciaram o primeiro estágio de uma jornada da qual nenhum deles podia prever o desfecho. Olhando para a equipe, ele sorriu, pensando no general sentado em sua banheira de água quente no acampamento-base, tendo de ler os incontáveis telegramas de Hinks perguntando quais progressos haviam sido feitos, e se Finch estava se comportando bem.

Durante a primeira hora, George manteve um ritmo constante em meio ao vale pedregoso e desolado que se estendia acima do acampamento-base, passando pelos carneiros-azuis sagrados do Vale de Rongbuk, que não podiam ser abatidos, por mais famintos que estivessem os membros das tribos locais. Ele sabia muito bem que os verdadeiros problemas não surgiriam até que eles contornassem a Crista Norte, a cerca de 7 mil metros, onde não só o ar seria mais rarefeito como também a temperatura cairia a níveis que poucos deles já haviam suportado. O pior, porém, é que eles não saberiam a rota que deveriam tomar para seguir em frente.

Enquanto caminhavam, George se deslumbrou com cores que nunca vira — uma tênue luz azul que mudava para uma rica tonalidade amarela, que parecia determinada a tostar suas pálidas peles inglesas. A distância, ele podia ver a face Kangshung com suas enormes presas gélidas entremeadas de fendas escuras e paredões insondáveis — uma ameaça constante de avalanches indesejáveis.

Ao final da segunda hora, George ordenou que o grupo fizesse uma parada a fim de que todos pudessem desfrutar de um bem-merecido descanso. Passeando em meio à equipe, ele notou que Morshead e Hingston pareciam ofegantes. Nyima relatou que três dos *sherpas* haviam largado suas cargas na neve e descido a montanha, de volta para seus vilarejos. George se perguntou quantos *sherpas* estariam à beira do cais, em Bombaim, esperando para receber o bônus de 20 rupias do general Bruce.

— Você vai poder contar todos com uma só mão — avisara Bruce.

Trinta minutos mais tarde, o grupo reiniciou a marcha e só parou quando o sol atingiu o zênite. Durante a pausa para o almoço, eles comeram bolo de hortelã, biscoitos de gengibre e damascos secos, e beberam leite em pó reconstituído. Depois partiram novamente.

Após mais uma hora de subida, tiveram de atravessar um riacho ladeado por tufos de capim verde. Em uma das margens, erguia-se um salgueiro coberto de borboletas, que alçaram voo quando eles se aproximaram; era como se fosse um oásis, cuja lembrança logo se transformou em miragem à medida que eles iam subindo cada vez mais alto.

Chegara a hora de procurar um lugar adequado para armar o Acampamento II. George acabou optando por uma área plana e pedregosa em meio à geleira East Rongbuk, cercada por gigantescos pináculos de gelo, onde teriam a vantagem de estar abrigados do vento. Ele conferiu o altímetro: estavam pouco acima de 5.800 metros. Diante dos olhos vigilantes de Nyima, os *sherpas* pousaram seus carregamentos na neve e removeram as pedras do terreno, antes de erguer a primeira barraca. Depois de descarregarem os equipamentos e as provisões destinadas ao Acampamento III — que teriam de durar pelo menos um mês —, eles finalmente montaram a tenda da equipe.

De volta ao acampamento-base, o jantar foi novamente guisado de carne de cabra e bolinhos; não havia necessidade de menu, pois o que viria a seguir seriam certamente bolachas e queijo. George aproveitou para dizer a seus homens que, em sua opinião, o primeiro dia não poderia ter sido melhor. Entretanto, ele não fazia ideia de quanto seria necessário para identificar uma rota a partir da geleira Rongbuk. Eles deveriam estar preparados para algumas decepções.

Com os Acampamentos II e III montados, George conjeturou sobre o número de dias que eles gastariam procurando uma rota segura ao norte, apenas para descobrir, no fim de cada trilha, letreiros com os dizeres: ENTRADA PROIBIDA ou SEM SAÍDA. Perguntou a si mesmo se ao menos seria possível que um ser humano atingisse o cume da montanha.

Os membros da RSG que diziam que Chomolungma seria como o Mont Blanc, somente um pouco mais alta, já estavam parecendo tolos.

Antes de apagar a vela, naquela noite, George leu algumas páginas da *Ilíada*. Acabara de escrever uma longa carta para Ruth. Ele a releria meses mais tarde, bem depois da tragédia.

―◦―

As cartas de George costumavam chegar a Holt várias semanas depois de suas informações terem sido publicadas no *Times*. Ruth sabia que acabaria recebendo uma carta que mostraria a versão de George sobre o episódio que ocorrera naquela fatídica manhã de junho. Até lá, ela só poderia acompanhar o drama em capítulos, como se estivesse lendo um romance de Dickens.

4 de maio de 1922

Minha amada Ruth,

Estou sentado em minha pequena tenda, escrevendo para você à luz de uma vela. O primeiro dia de subida transcorreu bem, e encontramos um lugar ideal para estabelecer um lar temporário. Mas está tão frio que, quando vou dormir, tenho de usar aquelas luvas que você tricotou para mim no último Natal, assim como as ceroulas de lã que seu pai me emprestou.

A montanha já nos deixa duvidar de que não estamos adequadamente preparados para uma empreitada tão exigente. Para ser franco, muitos dos membros da equipe são velhos demais. Apenas alguns estão aptos o bastante para continuar. Assim como eu, acho que eles também gostariam de ter tido a chance de tentar essa escalada em 1915, quando éramos todos mais jovens. Malditos alemães!

Meu amor, eu sinto tanto a sua falta que...

Ruth parou de ler e se ajoelhou ao lado de Clare e Beridge para estudar o mapa, que estabelecera residência permanente no piso da sala. Quando desenhou a figura de um homem usando óculos de neve apoiado numa picareta de gelo, a 6 mil metros de altitude, Clare começou a bater palmas.

43

16 de junho de 1922

Minha amada Ruth,

Já passamos mais de um mês procurando uma rota para transpor a geleira East Rongbuk. Comecei a ficar desanimado quando o sherpa Nyima me lembrou de que logo vai começar a estação das monções, quando não teremos escolha a não ser retornar ao acampamento-base e iniciar nossa longa jornada de volta à Inglaterra.

A solução surgiu hoje, quando Morshead localizou uma rota depois da geleira Rongbuk, que contorna Changtse e chega ao outro lado do Colo Norte. Então amanhã Norton, Somervell e Morshead voltarão lá. Se eles puderem encontrar uma plataforma grande o bastante, e presumindo que o vento — que aqui tem a força de um ciclone, Morshead me avisou — permita isso, eles tentarão erguer uma tenda e descobrir se é possível passar uma noite sob a lona no topo do Colo Norte, a cerca de 1.800 metros do cume.

Se for, Norton e Somervell farão a primeira tentativa de atingir o pico no dia seguinte. Sei que 1.800 metros não parece muito — já posso até ouvir Hinks dizendo ao comitê que não é uma altura muito maior que a do Ben Nevis. Só que o Ben Nevis não é formado por pináculos de gelo negro, intransponíveis, onde as temperaturas chegam a 40 graus negativos e sopra um vento que só nos permite avançar um passo a cada quatro que damos. Além disso, só estamos respirando um terço do oxigênio que você *está respirando em Surrey. E, como a descida será sem dúvida ainda mais arriscada, não podemos correr riscos desnecessários apenas para que Hinks possa informar ao comitê que um de nós subiu a alturas que nenhum homem jamais alcançou.*

Vários membros da equipe estão sofrendo do mal da altitude, cegueira da neve e, pior que tudo, ulcerações provocadas pelo frio. Morshead perdeu dois dedos da mão e um do pé. Valeria a pena ter perdido três dedos se ele tivesse alcançado o topo, mas só para chegar ao Colo Norte? Se Norton e Somervell fracassarem em atingir o cume depois de amanhã, Finch, Odell e eu faremos uma tentativa no dia seguinte. Se eles tiverem êxito, estaremos a caminho de casa muito antes de você abrir esta carta. Talvez eu até possa chegar antes dela — esperemos que sim.

Tenho a impressão de que Finch e eu acabaremos dormindo em uma pequena tenda 8.200 metros acima do nível do mar, embora haja outro membro da equipe que se compara a nós, em todos os aspectos.

Minha querida, estou escrevendo esta carta com sua foto a meu lado e...

Uma vez mais, Ruth se reuniu às filhas no tapete da sala, apenas para descobrir que Clare já estava com o polegar fincado firmemente no Colo Norte.

◄○►

— Eles já deveriam ter voltado há uma hora.

Odell não fez nenhum comentário, embora soubesse que George tinha razão. De pé em frente à tenda da equipe, eles olharam para a montanha, desejando que Norton, Somervell e Morshead aparecessem.

Se Norton e Somervell tivessem atingido o cume, o único arrependimento de George — que ele jamais admitiria para ninguém, com exceção de Ruth — seria não se ter incluído no primeiro grupo.

George conferiu o relógio novamente e concluiu que não poderia esperar mais. Virando-se para os demais integrantes da equipe, que olhavam ansiosos para a montanha, disse:

— Bem, está na hora de formar um grupo de busca. Quem quer ir comigo?

Diversas mãos se levantaram.

Poucos minutos depois, George, Finch, Odell e o *sherpa* Nyima já estavam completamente equipados e prontos para ir. George começou a subir a montanha sem falar mais nada. Um vento frio e cortante assobiava no desfiladeiro, abrasando suas peles e os cobrindo com uma fina camada de neve, que logo se congelava em suas bochechas crestadas.

George nunca enfrentara um inimigo tão determinado ou cruel, e sabia que ninguém poderia alimentar esperanças de sobreviver uma noite naquelas condições. Eles tinham de encontrar os companheiros.

— Loucura, isso é só loucura! — gritou ele em meio ao vendaval ululante, mas Bóreas não o escutou e continuou a soprar.

Após mais de duas horas nas piores condições que jamais enfrentara, George mal conseguia colocar um pé em frente ao outro. Estava prestes a ordenar o retorno ao acampamento quando ouviu Finch berrar:

— Estou vendo três carneirinhos que se perderam no caminho, béé, béé, béé.

Os três montanhistas perdidos desciam lentamente a montanha, quase invisíveis contra o fundo rochoso. George mal conseguia discerni-los. Andando o mais rápido que podia, a equipe de socorro foi ao encontro deles. Estavam todos ansiosos para saber se Norton e Somervell haviam alcançado o cume, mas ambos pareciam tão exaustos que ninguém lhes perguntou nada. Norton mantinha a mão sobre a orelha direita. George segurou o cotovelo do pobre homem e o conduziu devagar montanha abaixo. Olhando por cima do ombro, viu que Somervell estava a poucos passos. Seu rosto, entretanto, não dava nenhuma indicação do sucesso ou fracasso da missão. George olhou então para Morshead, cujo rosto permanecia inexpressivo enquanto ele cambaleava pela neve.

Passou-se mais uma hora antes de avistarem o acampamento. Sob um crepúsculo sombrio, George guiou os três montanhistas até a tenda da equipe, onde xícaras de chá quente os aguardavam. No momento em que entrou na tenda, Norton caiu de joelhos. Guy Bullock correu até ele e começou a examinar sua orelha, que estava enegrecida e cheia de bolhas.

Enquanto Morshead e Somervell se ajoelhavam ao lado do fogareiro Primus tentando se descongelar, o restante da equipe aguardava em silêncio, esperando que algum deles desse as notícias. Foi Somervell quem falou primeiro, depois de beber vários goles de chá, temperado com conhaque.

— Nós não poderíamos ter começado melhor hoje de manhã, depois que armamos a tenda no Acampamento V — começou ele. — Mas, depois de uns 300 metros, entramos direto numa tempestade de neve — acrescentou entre arquejos. — Minha garganta ficou tão entupida que eu mal conseguia respirar. — Ele fez outra pausa. — Norton me bateu nas costas até eu vomitar. Isso resolveu o problema temporariamente, mas eu já não tinha forças para dar nem mais um passo. Norton esperou até eu me recuperar e nós iniciamos a travessia da Face Norte.

Norton continuou a narrativa, enquanto Somervell bebia outro gole de chá.

— Não havia esperança. Nós avançamos um pouco, mas a tempestade de neve não cedeu. Então não tivemos escolha a não ser voltar.

— Vocês foram até que altura? — perguntou George.

Norton passou o altímetro para o líder da escalada.

— Oito mil cento e oitenta e quatro metros — engasgou-se George. — Essa é a maior altura já atingida por um homem.

Espontaneamente, o restante da equipe prorrompeu em aplausos.

— Se tivessem levado oxigênio — disse Finch —, vocês poderiam ter atingido o cume.

Ninguém emitiu nenhuma opinião.

— Acho que isso vai doer, velho amigo — disse Bullock, pegando uma tesoura, que aqueceu sobre o Primus.

Depois se inclinou para a frente e, cuidadosamente, começou a cortar partes da orelha direita de Norton.

—◆o◆—

Na manhã seguinte, George se levantou às seis horas. Espichou a cabeça para fora da tenda e viu um céu claro, sem a menor sugestão de vento. Finch e Odell estavam sentados no chão, de pernas cruzadas, devorando um substancial café da manhã.

— Bom-dia, cavalheiros — disse George.

Ele estava tão ansioso para iniciar a escalada que tomou o café da manhã de pé, e estava pronto para partir dez minutos depois. Bullock, Morshead e Somervell saíram de suas tendas para lhes desejar boa sorte. Norton permaneceu deitado.

George seguiu o conselho de Norton, a respeito de que rota deveria tomar, e conduziu Finch e Odell lentamente em direção à Crista Norte. Apesar do dia claro e sem ventos, cada passo parecia mais difícil que o anterior, pois eles tinham de respirar três vezes entre um e outro. Finch insistira em amarrar dois cilindros de oxigênio nas costas. Provaria que estava certo, e acabaria sendo o único a conseguir manter o avanço?

Hora após hora, eles se arrastaram montanha acima, em silêncio. Foi somente no fim da tarde que eles sentiram a primeira aragem gélida, que os visitou como um convidado indesejável. Em questão de minutos, a brisa suave se transformou em um vendaval. Se o altímetro de George não tivesse confirmado que eles estavam a apenas 100 metros do Acampamento V, a 7.600 metros de altitude, ele teria retornado.

Esses 100 metros exigiram uma hora de marcha, pois o vento e a neve açoitavam seus corpos implacavelmente, penetrando em suas roupas como se procurassem a pele exposta e tentando, ao mesmo tempo, soprá-los montanha abaixo, para o lugar de onde tinham vindo. Quando, por fim, alcançaram a tenda, George rezou para que o tempo melhorasse na manhã seguinte. Caso contrário, eles teriam de retornar, pois não poderiam sobreviver em tais condições por duas noites seguidas. George, na verdade, temia que morressem congelados se adormecessem.

Os três homens tentaram se acomodar para passar a noite. George notou que seu hálito se congelava e se transformava em pingentes de gelo, que pendiam do alto da tenda como candelabros em um salão de festas. Enquanto Finch passava o tempo checando os mostradores de seus preciosos cilindros de oxigênio, George tentou escrever a Ruth.

19 de junho de 1922

Minha amada Ruth,

Ontem, três homens corajosos tentaram alcançar o cume do Everest. Um deles, Norton, subiu a uma altitude de 8.184 metros, antes que a pura exaustão levasse a melhor sobre eles. Eles acabaram tendo de regressar, e Norton perdeu partes de sua orelha direita por causa do congelamento. Esta noite ele dorme sabendo que subiu mais alto que qualquer homem no mundo.

Amanhã, três de nós vamos tentar seguir suas pegadas, e talvez um de nós possa até...

— Depois do que nós passamos hoje, Mallory, você não vai reconsiderar sua decisão sobre o uso de oxigênio amanhã?

— Não, não vou — replicou George, pousando a caneta. — Estou determinado a fazer uma tentativa sem nenhuma ajuda artificial.

— Mas suas botas feitas à mão são uma ajuda artificial — disse Finch. — As luvas que sua esposa tricotou para você são uma ajuda. Até o açúcar no seu chá é uma ajuda. Na verdade, a única coisa que não ajuda é o nosso parceiro — concluiu ele, olhando para o adormecido Odell.

— E quem você teria escolhido no lugar dele? Norton ou Somervell?

— Nenhum deles — respondeu Finch —, embora eles sejam ótimos. Mas você deixou claro desde o início que a arremetida final deveria ser tentada por quem estivesse mais aclimatado às condições daqui, e nós dois sabemos quem é essa pessoa.

— Nyima — disse George, baixinho.

— Há outra razão pela qual você deveria ter convidado Nyima para nos acompanhar, e eu com certeza faria isso se fosse o líder da escalada.

— E qual seria?

— O prazer de ver a cara de Hinks quando tiver de relatar para o Comitê do Everest que os dois primeiros homens a pisar no topo do Everest foram um australiano e um *sherpa*.

— Isso nunca iria acontecer — replicou George.

— Por que não? — perguntou Finch.

— Porque Hinks vai relatar ao comitê que um inglês foi o primeiro homem a alcançar o cume. — George deu um rápido sorriso. — Mas não vejo nenhuma razão que impeça um australiano e um *sherpa* de fazer isso no futuro. — Ele pegou a caneta. — Agora vá dormir, Finch. Tenho que terminar esta carta.

George começou a mover a pena sobre o papel, mas nenhuma palavra surgiu. A tinta congelara.

◄○►

Às cinco horas da manhã seguinte, os três homens saíram de seus sacos de dormir. George foi o primeiro a emergir da barraca, sendo recebido por um céu azul sem nuvens, cuja cor teria maravilhado J. M. W. Turner caso o grande artista pudesse subir a uma altitude de 7.600 metros para pintar a cena. Havia apenas uma leve sugestão de brisa. George encheu os pulmões com o ar da manhã e olhou para o pico, apenas 1.200 metros acima.

— Tão perto... — disse ele, enquanto Finch se arrastava para fora da tenda. Carregava nas costas dois cilindros de oxigênio, que pesavam 15 quilos. Ele também olhou para o pico e bateu no peito.

— Psit — soprou George. — Não acorde Chomolungma. Deixe que ela durma. Assim podemos pegá-la de surpresa.

— Não é assim que se trata uma dama — replicou Finch com um sorriso.

George começou a andar de um lado para o outro, incapaz de disfarçar sua frustração por ter de esperar por Odell.

— Desculpe fazer vocês esperarem, rapazes — disse Odell humildemente, quando enfim saiu da barraca. — Não estava conseguindo encontrar minha outra luva.

Nenhum de seus companheiros demonstrou a menor solidariedade.

Ao se amarrarem na corda, George assumiu a liderança, seguido por Finch, com Odell na retaguarda.

— Boa sorte, cavalheiros — disse George. — Chegou a hora de cortejarmos uma dama.

— Vamos esperar que ela não deixe cair o lenço bem em cima de nós — comentou Finch, abrindo a válvula de um de seus cilindros de oxigênio e ajustando o bocal.

Mal dera alguns passos, George percebeu que aquela escalada seria diferente de qualquer outra que já fizera. No passado, quando se aproximava do pico de uma montanha, havia sempre locais onde era possível parar e descansar. Ali não havia nenhum. E o menor movimento era exaustivo, como se ele estivesse participando de uma corrida de 100 metros, embora progredisse a passos de tartaruga.

Ele tentou não pensar em Finch, que estava um pouco atrás, respirando alegremente seu oxigênio. Provaria ele que todos estavam errados? George lutava, mas a cada passo sua respiração ficava mais difícil.

Durante os últimos sete meses, ele praticara uma técnica especial de respiração: quatro segundos inspirando pelo nariz, enchendo o pulmão, e quatro segundos expirando pela boca; mas aquela era a primeira oportunidade que tinha de praticar a técnica acima de 7.600 metros. Olhou para trás e viu que Finch, embora carregasse 15 quilos extras, parecia bastante relaxado. Se ambos atingissem o topo, porém, não haveria dúvida sobre quem seria considerado o vencedor.

Centímetro a centímetro, metro a metro, George continuou a avançar. Só parou quando se viu diante do cachecol Burberry de Norton, que fora deixado ali como um marco do novo — e agora velho — recorde mundial de altitude para montanhistas. Olhando para trás, viu que Finch ainda subia energicamente. Odell, em dificuldade, ficara vários metros para trás. Finch iria provar que estava certo? George devia ter escolhido o melhor montanhista para acompanhá-los?

George conferiu o relógio: 10h12. Embora o avanço fosse mais lento do que previra, ele ainda acreditava que, se pudessem alcançar o cume por volta de meio-dia, teriam tempo suficiente para retornar ao Colo Norte antes do pôr do sol. Vagarosamente, contou até sessenta — algo que fazia desde os tempos de colegial —, antes de verificar seus progressos no altímetro. Não precisava do altímetro para saber que o avanço era cada vez menor, mas ainda acreditava que poderiam alcançar o topo se alcançassem 8.400 metros às 10h51. Foi quando ouviu um grito que parecia o de um animal ferido. Ele sabia que não era Finch.

Olhou para trás e viu que Odell estava de joelhos. Seu corpo estremecia com um acesso de tosse, e sua picareta de gelo estava caída na neve, a seu lado. Era evidente que ele não poderia avançar nem mais 1 centímetro. Relutantemente, George deslizou até onde ele estava, perdendo, no processo, 6 metros que conquistara a duras penas.

— Sinto muito, Mallory — arquejou Odell. — Não posso ir mais longe. Eu deveria ter deixado você e Finch partirem sem mim.

— Nem pense nisso, meu velho — disse George ofegante, passando um braço em torno dos ombros de Odell. — Posso fazer outra tentativa amanhã. Você não poderia ter feito mais do que fez.

Finch não perdeu tempo com palavras de consolo. Removendo o bocal do cilindro, disse:

— Já que você vai ficar cuidando de Odell, eu posso continuar?

George queria dizer não, mas sabia que não podia. Conferiu então o relógio — 10h53 — e assentiu.

— Boa sorte — disse ele —, mas você deve voltar ao meio-dia, o mais tardar.

— É tempo bastante — comentou Finch, antes de recolocar o bocal e se soltar da corda.

Quando passou por Mallory e Odell, nenhum deles pôde ver o sorriso estampado em seu rosto. Só restou a George observar o rival subir a montanha, aproximando-se lentamente do cume.

Muito antes que se passasse uma hora, entretanto, Finch já não conseguia pôr um pé adiante do outro. Ele abriu a válvula do segundo cilindro de oxigênio, mas só conseguiu avançar alguns metros. Soltou então um palavrão, pensando em como estava perto da imortalidade. Conferiu então o altímetro: 8.488 metros. Estava a míseros 360 metros de apertar a mão de Deus.

Encarando o pico resplandecente, ele retirou o bocal e gritou:

— É Mallory que você está esperando, não é? Mas eu voltarei amanhã!

44

28 de junho de 1922

Minha amada Ruth,

Nós quase alcançamos o cume, mas, poucas horas depois de retornar ao Colo Norte, o tempo ruim voltou novamente, e ainda pior. Não sei se os deuses estão enfurecidos porque fracassamos em alcançar o topo ou se chegamos perto demais e eles decidiram bater a porta na nossa cara.

No dia seguinte, o tempo estava tão horroroso que voltamos para o Acampamento II. Tivemos de permanecer lá durante a semana passada, esperando uma melhora no tempo. Ainda estou determinado a fazer uma tentativa final de chegar ao cume.

Norton teve de retornar ao acampamento-base. Desconfio que o general vai enviá-lo de volta à Inglaterra. Deus sabe que ele desempenhou seu papel.

Finch foi atacado por uma disenteria e também retornou ao acampamento-base, mas está bem o bastante para lembrar a quem quiser ouvir que ele subiu mais alto que qualquer homem na Terra (8.488 metros), inclusive eu. Morshead teve de se juntar a ele, pois suas ulcerações de frio se tornaram insuportáveis. Odell se recuperou totalmente da nossa primeira tentativa de chegar ao topo, quando ele sofreu horrores, e me disse que quer mais uma chance, mas se fizermos outra tentativa não vou me arriscar a escalar com ele novamente. Portanto, com Finch, Norton e Morshead sem condições de me acompanhar na escalada final, apenas Somervell, *entre os alpinistas de ponta, ainda está em condições, e ele tem todo o direito de obter uma segunda chance.*

Se o tempo melhorar, mesmo que seja por poucos dias, estou decidido a fazer mais uma tentativa antes que chegue a estação das monções. Não gosto da ideia de retornar à Grã-Bretanha em segundo lugar, não enquanto estiver convencido de que, se Odell não tivesse me segurado, eu poderia ter subido muito mais que 8.488 metros, sobretudo com Finch nos meus calcanhares. Talvez até conseguisse chegar ao topo. Agora que ele está doente, posso até fazer uma experiência com seus abomináveis cilindros de oxigênio, mas não vou dizer nada a ele, até retornar triunfante.

No entanto, o verdadeiro motivo que me leva a estar tão determinado a acabar com esta obsessão de toda a minha vida é que não tenho nenhum interesse em retornar a este lugar desolado, e tenho todo o interesse em passar o resto da minha vida com você e com as meninas — até sinto falta da quinta série.

Espero que, bem antes de você abrir esta carta, já tenha lido no Times *que seu marido pisou no topo do mundo e está voltando para casa.*

Mal posso esperar para ter você em meus braços.

Seu marido apaixonado,

George

George estava selando o envelope quando Nyima apareceu a seu lado com duas xícaras de Bovril.

— O senhor gostará de saber, sr. Mallory — disse ele —, que vamos ter três dias seguidos de tempo bom, mas não mais que isso. Assim, esta vai ser sua última chance, porque a estação das monções vai chegar logo depois.

— Como você pode ter tanta certeza? — perguntou George, aquecendo os dedos na xícara antes de tomar um gole.

— Eu sou como uma vaca no seu país — respondeu Nyima —, que sabe a hora de procurar abrigo embaixo de uma árvore porque sabe que vai chover.

George riu.

— Você tem bastante conhecimento sobre meu país.

— Mais livros já foram escritos sobre a Inglaterra do que sobre qualquer outro país no mundo. — Nyima hesitou por um momento, antes de acrescentar: — Se eu tivesse nascido inglês, sr. Mallory, talvez o senhor pudesse considerar minha inclusão na equipe de escalada.

— Por favor, me acorde às seis — disse George, dobrando a carta.

— Se você estiver certo a respeito do tempo amanhã, eu gostaria de alcançar o Colo Norte por volta do anoitecer. No dia seguinte, nós faremos uma investida final até o topo.

— O senhor gostaria que eu levasse sua carta até o acampamento-base, para que ela possa ser enviada imediatamente?

— Não, obrigado — disse George. — Outra pessoa pode fazer isso. Eu tenho um papel mais importante para você que o de carteiro.

—◄o►—

Quando Nyima o acordou na manhã seguinte, George estava muito bem-disposto. O Dia da Ascensão. Dia de fazer história. Ciente de que só poderia mordiscar bolos de hortelã da Kendal nos próximos dois dias, ele tomou um copioso café da manhã.

Quando saiu da tenda, ficou encantado ao ver que Somervell e Odell já o aguardavam, juntamente com nove *sherpas*, inclusive Nyima. Todos pareciam igualmente determinados a começar a jornada.

— Bom-dia, cavalheiros — disse George. — Acho que chegou a hora de deixarmos nosso cartão de visita no topo do mundo.

Sem mais nenhuma palavra, ele começou a subir a montanha.

O tempo estava perfeito para uma escalada: um dia claro e luminoso, sem sinal de vento. A neve que caíra durante a noite formava um tapete que lembrou a George os Alpes suíços. Se a previsão de Nyima estivesse correta, o único problema de George seria escolher quem faria parte da equipe para o assalto final. Mas ele já se decidira a seguir o conselho de Finch e convidar o montanhista mais competente para acompanhá-lo no dia seguinte.

—◄o►—

Na primeira hora, George fez mais progressos do que achava ser possível. Quando se virou para verificar como sua equipe estava se saindo, descobriu com satisfação que ninguém estava ficando para trás. Assim, resolveu não parar enquanto estivessem avançando tão bem, uma decisão que salvaria sua vida.

Ninguém esmoreceu durante a segunda hora, ao fim da qual George ordenou uma pausa. Ele gostou de ver que até mesmo os *sherpas*, embora carregassem 35 quilos de suprimentos nas costas, ainda estavam sorrindo.

Ao partirem novamente, o ritmo caiu um pouco à medida que a inclinação ia se tornando mais íngreme. A neve estava profunda, muitas vezes chegava aos joelhos, mas a disposição de George permanecia alta. Ele estava contente com o fato de que Somervell e Odell estavam acompanhando o ritmo; ambos presumiam, sem dúvida, que o acompanhariam no dia seguinte, durante a escalada final. Ele já decidira que, naquela vez, levaria apenas um deles. Um pouco mais abaixo na montanha, os *sherpas* subiam lentamente a encosta, com Nyima na retaguarda. Um sorriso satisfeito pairou no rosto de George, pois ele agora acreditava que poderia derrotar tanto Finch quanto Hinks.

Estavam a cerca de 200 metros do Colo Norte quando George ouviu, em algum lugar acima, o que parecia o ruído do escapamento de um carro. No mesmo instante, lembrou-se da última vez em que ouvira aquele som inconfundível e implacável.

— Por favor, Senhor, não outra vez — gritou ele, enquanto uma onda de neve, rochas e cascalho desabava de um despenhadeiro a uns 60 metros acima.

Em questão de segundos, ele estava completamente enterrado. Freneticamente, abriu caminho até a superfície, a tempo de ver a avalanche prosseguir sua rota impiedosa montanha abaixo, ganhando impulso à medida que ia engolfando o que havia no caminho. Enterrado até os ombros na neve, impotente, só lhe restou observar tudo. Um por um, seus colegas desapareceram sob a avalanche; depois os *sherpas*. O último a ser soterrado foi Nyima, uma imagem que permaneceria na mente de George pelo resto de sua vida.

Fez-se um silêncio lúgubre. George rezou para não ser o único membro da equipe ainda vivo. Gritou então o nome dos companheiros. Odell respondeu ao chamado; instantes depois, Somervell emergiu. Os três companheiros se desvencilharam do manto de neve e se apressaram em descer a montanha, esperando, contra todas as probabilidades, conseguir salvar os *sherpas* que os serviam tão fielmente.

Avistando uma luva na superfície, George correu até ela, afundando-se cada vez mais na neve encorpada, a cada passo que dava. Quando alcançou a luva, começou a cavar a neve ao redor com as mãos nuas. Já começava a perder a esperança quando um braço despontou na neve, seguido por uma cabeça ofegante. Mais atrás, alguém gritou. Era Odell, que resgatara outro *sherpa*, que claramente não esperava ver de novo a luz do dia. George vadeou pela montanha através da neve espessa e pulverizada, procurando alguma mochila, uma bota, uma picareta de gelo, qualquer coisa que pudesse levá-lo a Nyima. Ao ver o menor sinal de vida, escavava a neve desesperadamente. Quando o sol começou a se pôr, apenas dois dos nove *sherpas* haviam sido resgatados. Os outros sete, inclusive Nyima, permaneceram enterrados em seus túmulos acidentais. George se ajoelhou na neve e chorou. Chomolungma zombara da impertinência daqueles mortais.

Dias se passariam antes que a perda dos sete *sherpas* deixasse de ocupar constantemente os pensamentos de George. Por mais que seus colegas se esforçassem, não conseguiam convencê-lo de que a causa da morte dos *sherpas* não fora sua ambição. O general Bruce ordenou que um memorial fosse erigido com pedras em uma elevação próxima a um mosteiro tibetano. Enquanto os membros da equipe se perfilavam, de cabeças baixas, Somervell disse baixinho:

— Seria melhor se um de nós fosse enterrado junto com eles.

Bruce conduziu um grupo alquebrado de volta a Bombaim. Somente quando o navio já rumava para a Inglaterra havia dias, alguém conseguiu soltar uma risada. George se perguntava o que os estaria esperando quando atracassem em Liverpool.

Todos os integrantes da equipe haviam jurado não retornar ao Everest — nem por todo o ouro das Arábias, para citar seu líder de escaladas.

LIVRO SEIS

DE VOLTA À TERRA

45

Segunda-feira, 4 de setembro de 1922

George se debruçou na amurada do SS *Caledonia* e, assim como o restante da equipe, olhou para o cais com ar descrente. Nenhum deles conseguia acreditar no que estava testemunhando. Tão longe quanto podiam ver, o cais estava repleto de pessoas aplaudindo, dando gritos de alegria e agitando bandeiras do Reino Unido.

— Quem eles estão aplaudindo? — perguntou George, achando que talvez alguma estrela do cinema americano estivesse a bordo.

— Acho que você vai descobrir, George, que eles estão lhe dando as boas-vindas — disse Somervell. — Devem estar com a ilusão de que você alcançou o cume.

George continuou a olhar para a multidão barulhenta, mas procurava apenas uma pessoa. Só quando o navio atracou, ele a vislumbrou fugazmente: uma figura solitária que aparecia e desaparecia entre a barafunda de chapéus erguidos, mãos se agitando e bandeiras.

George seria o primeiro a descer pela prancha de desembarque se Finch não tivesse passado sua frente. Mas, quando pousou o pé no cais, foi engolido por uma massa de braços estendidos, que lhe trouxe vívidas lembranças de Bombaim — exceto que dessa vez as pessoas tentavam lhe dar tapinhas nas costas, e não pedir esmolas ou oferecer mercadorias de segunda mão.

— O senhor ainda espera ser o primeiro homem a conquistar o Everest, sr. Mallory? — gritou um jornalista, com o bloco de anotações aberto e a caneta a postos.

George não fez nenhuma tentativa de responder. Lutou para abrir caminho entre a multidão, encaminhando-se para o lugar onde a vira por último.

— *Eu* com certeza voltarei — berrou Finch, quando os repórteres o cercaram. — Afinal de contas, só me faltam pouco mais de 350 metros de escalada.

O homem com a caneta a postos escreveu todas as suas palavras.

— *O senhor* acha que alcançará o cume na próxima vez, sr. Mallory? — insistiu outro repórter.

— Não vai haver próxima vez — murmurou George em voz baixa.

Então a viu, a apenas alguns metros.

— Ruth! Ruth! — gritou ele.

Era claro que ela não conseguia ouvi-lo, por causa do clamor da multidão. Por fim, seus olhos se encontraram, e George viu o sorriso que ela reservava apenas para as pessoas de quem realmente gostava. Então estendeu a mão, que diversos desconhecidos tentaram apertar. Por fim, atirou-se para a frente e a tomou nos braços.

— Como vamos escapar dessa turma? — gritou ele no ouvido dela.

— O carro está bem ali — disse ela, agarrando sua mão e o puxando para longe da multidão. Os novos amigos de Mallory, porém, não iriam deixá-lo escapar tão facilmente.

— O senhor aceitou o posto de líder de escaladas para a viagem do ano que vem? — gritou outro jornalista.

— Viagem do ano que vem? — perguntou George, surpreso.

Ruth, entretanto, que já alcançara o carro, abriu a porta e o empurrou para o banco do carona. George não conseguiu disfarçar seu assombro quando ela sentou atrás do volante.

— Quando? — perguntou ele.

— Uma garota tem de encontrar alguma coisa para ocupar o tempo quando seu marido está fora, visitando outra mulher — respondeu ela com um sorriso.

Ele a abraçou e a beijou gentilmente nos lábios.

— Eu já falei com você sobre essa história de beijar mulheres desconhecidas em público, George — disse ela sem largá-lo.

— Eu me lembro — replicou George, e a beijou novamente.

— Vamos embora — disse Ruth, relutante —, antes que isso acabe virando a cena final de um filme de Lillian Gish.

Acionando a ignição, ela engrenou a primeira marcha. Depois, tentou abrir caminho em meio à multidão, mas levou vinte minutos para conseguir engrenar a segunda e se afastar da multidão ruidosa. Um último admirador ainda bateu no capô e gritou:

— Bom trabalho, senhor!

— O que foi isso tudo? — perguntou George, olhando para trás e percebendo que alguns integrantes da turba ainda os perseguiam.

— Você não tinha como saber, mas a imprensa vem cobrindo seus progressos desde que você partiu. Nos seis últimos meses, você se tornou uma espécie de figura nacional.

— Mas eu fracassei — disse George. — Ninguém levou isso em consideração?

— Parece que eles não ligam. O fato de que você ficou com Odell depois que ele desfaleceu e deixou Finch seguir sozinho foi o que captou a imaginação do público.

— Mas é o nome de Finch que está nos livros dos recordes. Ele subiu pelo menos 90 metros mais do que eu.

— Mas só com a ajuda de oxigênio — disse Ruth. — De qualquer forma, a imprensa acha que você teria subido muito mais alto que Finch se tivesse tido oportunidade, talvez tivesse até chegado ao topo.

— Não, eu não teria conseguido subir muito mais alto que Finch naquele dia — disse George, abanando a cabeça. — E só porque eu quis provar que era melhor que ele, sete homens bons perderam a vida. Um deles poderia estar a meu lado no cume.

— Todos os membros da equipe não sobreviveram? — perguntou Ruth.

— Ele não fazia parte da equipe oficial — disse George. — Mas eu já decidira que ele e Somervell é que me acompanhariam no assalto final.

— Um *sherpa*? — exclamou Ruth, incapaz de esconder a surpresa.

— Sim. O *sherpa* Nyima. Eu nunca consegui descobrir seu nome de família. — George permaneceu em silêncio por alguns instantes e acrescentou: — Sei que fui responsável pela morte dele.

— Ninguém está culpando você pelo que aconteceu — disse Ruth, segurando a mão dele. — É óbvio que você não partiria naquela manhã se tivesse pensado, mesmo por um instante, que havia a menor chance de ocorrer uma avalanche.

— Esse é o problema — disse George. — Eu não pensei. Deixei minha ambição pessoal ofuscar meu julgamento.

— Sua última carta só chegou hoje pela manhã — informou Ruth, tentando mudar de assunto.

— E onde eu estava? — perguntou George.

— Em uma pequena tenda, 7.600 metros acima do nível do mar, explicando a Finch por que você não pensaria em usar oxigênio.

— Se eu tivesse seguido o conselho dele — disse George —, talvez tivesse alcançado o cume.

— Não há nada que impeça você de tentar de novo — observou Ruth.

— Nunca.

— Bem, eu conheço alguém que ficará encantado ao ouvir isso — disse ela, tentando não revelar os próprios sentimentos.

— Você, querida?

— Não, o sr. Fletcher. Ele telefonou hoje de manhã e perguntou se você poderia se encontrar com ele às dez horas, amanhã, para uma conversa.

— Sim, claro que eu vou — disse George. — Mal posso esperar para voltar ao trabalho. Sei que você não vai acreditar, mas eu senti falta da quinta série e, mais importante, preciso começar a ganhar dinheiro novamente. Deus sabe que não podemos continuar a viver para sempre da generosidade de seu pai.

— Eu nunca o ouvi reclamar — replicou Ruth. — Na verdade, ele está muito orgulhoso do que você conquistou. Ele não para de contar aos amigos do clube de golfe que você é genro dele.

— A questão não é essa, querida. Eu preciso estar atrás da minha mesa no primeiro dia de aulas.

— Sem chance — disse Ruth.

— Por que não?

— Porque o primeiro dia de aulas foi na segunda-feira passada — explicou Ruth, sorrindo. — Deve ser por isso que o diretor está tão ansioso para ver você.

— Agora me fale sobre nosso filho — disse George.

Quando eles finalmente atravessaram os portões da Holt, cerca de seis horas mais tarde, George disse:

— Vá devagar, querida. Tenho pensado neste momento nos dois últimos meses.

Eles estavam na metade da alameda quando George viu as filhas acenando no alto dos degraus. Ele não conseguia acreditar em como elas haviam crescido. Clare segurava um pequeno embrulho.

— É quem eu penso que é? — disse George, sorrindo para Ruth.

— Sim. Você finalmente vai conhecer seu filho e herdeiro, o sr. John Mallory.

— Só um louco poderia deixar você por um dia que fosse, muito menos por seis meses — comentou George quando o carro parou em frente à casa.

— O que me faz lembrar uma coisa — disse Ruth. — Houve mais alguém que telefonou para você e pediu para você entrar em contato urgentemente.

— Quem? — perguntou George.

— O sr. Hinks.

46

Ruth ajudou George a vestir a beca antes de lhe entregar o capelo e o guarda-chuva. Era como se ele nunca tivesse se ausentado.

Depois de beijá-la e se despedir das crianças, George saiu pela porta da frente e começou a caminhar pela trilha que o levaria à estrada principal. Beridge perguntou:

— O papai vai embora de novo?

George conferiu o relógio, interessado em verificar quanto tempo levaria agora para chegar ao portão da escola. Ruth tomara providências para que ele saísse a tempo para seu encontro com o diretor.

O *Times* fora particularmente generoso naquela manhã, publicando uma extensa cobertura da *volta triunfante* da equipe do Everest. O correspondente parecia não se importar com o fato de que ninguém alcançara o cume, embora relatasse que Finch dissera ter intenção de fazê-lo no próximo ano. No fim do artigo, havia uma nota cautelosa do sr. Hinks, dando a entender que George seria a primeira opção do Comitê do Everest para ser o líder de escaladas da segunda expedição; não havia mais dúvida de que era por isso que Hinks tinha tanta urgência em falar com ele. Mas George pretendia dizer a Hinks exatamente o que diria ao diretor da escola dentro de poucos minutos: seus dias de escaladas haviam terminado. Agora almejava uma tranquila vida doméstica, lecionando para a quinta série, falando sobre as façanhas de Elizabeth, Raleigh, Essex e...

Um sorriso cruzou o rosto de George quando ele pensou no dilema que Hinks iria enfrentar quando tivesse de escolher quem ocuparia seu lugar como líder de escaladas. A escolha óbvia era Finch — inquestionavelmente, o montanhista mais habilidoso e experiente. E era o homem que atingira o ponto mais alto na última expedição. George, porém, não tinha dúvida de que Hinks encontraria algum motivo convincente para resistir a essa sugestão e o comitê acabaria designando Norton ou Somervell como líder de escaladas. E nem mesmo Hinks seria capaz de impedir que Finch alcançasse o cume muito antes dos dois, sobretudo se tivesse a ajuda de seus fiéis cilindros de oxigênio.

Quando a capela da escola surgiu em seu campo de visão, George voltou a conferir o relógio. Estava com 36 anos, mas não perdera a agilidade. Talvez não tivesse estabelecido um novo recorde, mas chegara bem perto.

Ele atravessou a quadra principal na direção do gabinete do diretor, sorrindo para uma dupla de alunos que não reconheceu. Pela resposta deles, estava claro que não faziam ideia de quem ele era, o que lhe trouxe lembranças de seus primeiros dias na Charterhouse, e de como ficava nervoso sempre que ficava frente a frente com um aluno, quanto mais com o diretor.

O sr. Fletcher era um maníaco por pontualidade. Sem dúvida, ficaria satisfeito, e possivelmente até surpreso, com o fato de que George estava cinco minutos adiantado. George ajeitou a beca e tirou o capelo antes de bater à porta do gabinete.

— Entre — disse uma voz.

George entrou no aposento e encontrou a srta. Sharpe, secretária de Fletcher, sentada à sua escrivaninha. Nada mudou, pensou ele.

— Seja bem-vindo, sr. Mallory — disse ela. — Devo dizer que todos nós estávamos ansiosos para ver o senhor novamente depois de seu triunfo no Everest. — No Everest, pensou George, mas não no topo do Everest. — Vou avisar ao diretor que o senhor está aqui.

— Obrigado, srta. Sharpe — disse George, enquanto ela entrava na sala adjacente.

Pouco depois, a porta foi reaberta.

— O diretor vai receber o senhor agora — informou a srta. Sharpe.

— Obrigado — repetiu ele, entrando no estúdio do sr. Fletcher.

A srta. Sharpe fechou a porta atrás dele.

— Bom-dia, Mallory — disse o diretor, levantando-se da escrivaninha. — Obrigado por ter sido tão pontual.

— De nada, diretor — disse George. — Devo dizer que é ótimo estar de volta — acrescentou, enquanto se sentava.

— Permita que eu comece lhe dando minhas congratulações por suas conquistas nos últimos seis meses. Mesmo sabendo que a imprensa tende a exagerar, todos nós sentimos que, com um pouco mais de sorte, você teria indubitavelmente chegado ao topo.

— Obrigado, diretor.

— E tenho certeza de que estou falando por todos aqui na escola quando lhe digo que não tenho dúvida de que você atingirá seu objetivo na próxima vez.

— Não haverá uma próxima vez — respondeu George. — Posso lhe assegurar que minha época de escaladas está encerrada.

— Entretanto, tenho certeza de que você há de entender, Mallory — prosseguiu o diretor, como se não o tivesse ouvido —, que, para dirigir uma escola como a Charterhouse, temos de contar com todos os membros do corpo docente o tempo todo.

— Sim, é claro, diretor, mas...

— Sua decisão de se alistar nas forças armadas, mesmo estando isento, embora louvável por si mesma, perturbou seriamente nosso programa, como eu deixei claro na época.

— O senhor fez isso realmente, diretor, mas...

— E sua decisão de aceitar o convite do Comitê do Everest, correta a meu ver, causou ainda mais transtornos ao funcionamento da escola, sobretudo considerando que você fora nomeado recentemente nosso professor catedrático de história.

— Eu peço desculpas, diretor, mas...

— Como você sabe, eu tive de designar o sr. Atkins para assumir o posto em sua ausência, e sou obrigado a dizer que ele desempenhou suas tarefas com notável diligência e autoridade, demonstrando um compromisso inabalável com esta escola.

— Fico feliz em ouvir isto, diretor. Só que...

— Também sou obrigado a dizer, Mallory, que, quando você deixou de se apresentar no primeiro dia de aulas, sem dúvida por motivos alheios à sua vontade, eu não tive outra escolha a não ser oferecer a Atkins uma vaga permanente de membro do corpo docente, o que *ipso facto* significa que no momento, lamentavelmente, não há uma posição disponível para você na Charterhouse.

— Mas... — balbuciou George, tentando não parecer desesperado.

— Eu tenho certeza de que muitas de nossas melhores escolas não deixarão escapar a oportunidade de adicionar Mallory do Everest a seus quadros. Na verdade, se eu perdesse um membro da equipe de história, você estaria entre os primeiros candidatos que eu gostaria de entrevistar.

George não mais se deu ao trabalho de interromper. Era como se o implacável vento leste do Everest golpeasse seu rosto novamente.

— Quero lhe assegurar, Mallory, que você deixa a Charterhouse com o respeito e a afeição tanto dos professores quanto dos alunos. Nem é preciso dizer que ficarei feliz em lhe dar uma carta de referência confirmando que você foi um membro valioso de nossos quadros.

George permaneceu em silêncio.

— Lamento que as coisas terminem desta forma, Mallory, mas permita-me acrescentar, falando por mim mesmo, por todo o corpo diretor e por todos nós da Charterhouse, que nós lhe desejamos felicidade em qualquer coisa que você decida fazer no futuro. Caso seja mais uma tentativa no Everest, nossos pensamentos e orações estarão com você.

O sr. Fletcher se levantou da escrivaninha. George também se levantou, apertou respeitosamente a mão dele, fez um cumprimento com o capelo e saiu do gabinete sem falar mais nada.

◄o►

Ruth estava lendo sobre o marido no *Times* quando o telefone tocou. Somente seu pai costumava ligar àquela hora do dia.

— Alô — disse ela alegremente, atendendo a chamada. — É você, papai?

— Não, não é, sra. Mallory. É Hinks, da RSG.

— Bom-dia, sr. Hinks — cumprimentou ela. Seu tom de voz mudou instantaneamente. — Receio que meu marido não esteja aqui no momento. Acho que ele só deve chegar à noite.

— Fico feliz em ouvir isso, sra. Mallory, pois eu estava esperando ter uma conversa particular com a senhora.

Ruth ouviu com atenção o que o sr. Hinks tinha a dizer. Então garantiu a ele que pensaria no assunto e lhe comunicaria sua decisão. Acabara de retomar a leitura do jornal quando ouviu a porta da frente se abrir. Fingiu surpresa quando George entrou na sala e se deixou cair no sofá em frente a ela.

— Foi tão ruim? — arriscou.

— Não poderia ter sido pior — respondeu ele. — A droga do homem me demitiu. Parece que sou tão pouco confiável que ele ofereceu meu posto para Atkins, o qual ele me garantiu que é diligente, conscioso e, mais importante, confiável. Você consegue acreditar nisso?

— Sim, consigo — disse Ruth. — Na verdade, não posso dizer que tenha sido uma grande surpresa — acrescentou ela, dobrando o jornal e o pousando na mesinha ao lado.

— Por que você diz isso, querida? — perguntou George, olhando para ela com mais atenção.

— Fiquei preocupada quando o diretor pediu para ver você às dez da manhã.
— Por que isso seria tão importante?
— Porque a vida do homem é regulada por horários. Se tudo estivesse bem, querido, ele nos teria convidado para um drinque às seis da tarde. Ou teria marcado sua reunião com ele para as oito da manhã, para que você pudesse ficar ao lado dele, triunfante, enquanto ele presidia a assembleia matinal.
— E por que ele me pediu para ir ao gabinete dele às dez?
— Porque, a essa hora, todos os alunos e professores estariam nas salas de aula, e ele poderia mandar você embora sem ninguém ter chance de falar com você. Ele deve ter planejado a manobra em todas as minúcias.
— Brilhante — disse George. — Você teria sido uma detetive de primeira classe. Tem alguma pista sobre o que vai acontecer comigo em seguida?
— Não — admitiu Ruth. — Mas, enquanto você estava fora, recebi um telefonema do sr. Hinks.
— Espero que você tenha deixado bem claro que não estou disponível para desempenhar nenhum papel na expedição do ano que vem.
— Foi por isso que ele telefonou — explicou Ruth. — Parece que a Sociedade Geográfica Americana quer que você faça uma série de palestras na Costa Leste. Washington, Nova York, Boston...
— Não vou — disse George. — Acabei de chegar em casa. Por que iria sair tão depressa?
— Possivelmente porque eles estão dispostos a pagar mil libras por meia dúzia de palestras sobre suas experiências no Everest.
— Mil libras? — repetiu George. — Isso é mais do que eu ganharia na Charterhouse em três anos.
— Bem, para ser mais exata — disse Ruth —, a SGA acha que as palestras vão render cerca de 2 mil libras, e a Real Sociedade Geográfica está querendo rachar os lucros com você meio a meio.

— Hinks não costuma ser tão generoso — comentou George.
— Creio que também possa explicar isso — disse Ruth. — Parece que, se você recusar a oferta, só há uma única pessoa que os americanos pensariam em convidar.
— E Hinks jamais concordaria com isso — observou George.
— Então, o que você disse a ele?
— Eu disse que discutiria a ideia com você e depois lhe diria qual foi sua decisão.
— Mas por que ele telefonou para *você* em primeiro lugar? Por que não quis falar comigo?
— Ele queria saber se eu gostaria de acompanhar você na viagem.
— O velho espertalhão — disse George. — Ele sabe que essa é a única coisa que poderia me fazer aceitar a oferta.
— Mas eu não vou — disse Ruth.
— Por que não, querida? Você sempre quis visitar os Estados Unidos, e nós poderíamos transformar a viagem em uma segunda lua de mel.
— Eu sabia que você iria encontrar um motivo para me fazer concordar com a ideia, assim como o sr. Hinks. Mas você parece ter se esquecido de que temos três filhos.
— A babá não pode tomar conta deles enquanto estivermos fora?
— George, as meninas não veem você há seis meses, e John nem sabia quem você era. Agora, nem bem o pai dele retornou, já parte para os Estados Unidos por mais seis semanas junto com a mãe deles. Não, George, isso não é jeito de criar os filhos.
— Então, pode dizer a Hinks que não estou interessado.
— Que bom — disse Ruth —, porque Deus sabe que eu não quero que você vá embora de novo depois de ter acabado de chegar em casa. — Ela hesitou um pouco, antes de acrescentar: — De qualquer forma, podemos visitar os Estados Unidos em outra ocasião.
George olhou diretamente para ela.
— Há alguma coisa que você não está me dizendo.

Ruth hesitou novamente.

— É que Hinks disse que, antes de recusar uma oferta tão lucrativa, não deve se esquecer de que, segundo os americanos, você é notícia quente no momento. E os americanos, evidentemente, são um povo que perde o entusiasmo com muita rapidez. E, para ser franca, duvido que você encontre um modo mais fácil de ganhar mil libras.

— E se eu não for — comentou George baixinho — posso ser obrigado a marcar outro encontro com seu pai e acabar ainda mais endividado com ele.

Ruth não disse nada.

— Vou concordar com isso, mas com uma condição — disse George.

— E qual seria? — perguntou Ruth, com ar desconfiado.

— Que você vá comigo a Veneza para passarmos alguns dias. E dessa vez — acrescentou ele — só nós dois.

1923

47

Quinta-feira, 1º de março de 1923

George estava no convés há cerca de uma hora quando o vapor SS *Olympic* entrou no porto de Nova York. Nos cinco dias que durou a travessia do Atlântico, Ruth estivera constantemente em seus pensamentos.

Ela o levara de carro até Southampton e, depois que ele relutantemente a deixara para embarcar, permanecera à beira do cais até que o navio se afastasse do porto, tornando-se uma pequena mancha no horizonte.

O sr. e a sra. Mallory já haviam passado as prometidas férias em Veneza. Foi um grande contraste com a última visita que George fizera à cidade, pois dessa vez ele reservara uma suíte no Hotel Cipriani.

— Podemos pagar isso? — perguntara Ruth, olhando pela janela da suíte às margens da laguna, que seu pai geralmente ocupava.

— Provavelmente não — respondeu George. — Mas decidi gastar 100 das mil libras que vou ganhar nos Estados Unidos para que essas férias sejam inesquecíveis.

— A última vez que você esteve em Veneza, George, *foi* inesquecível — lembrou Ruth.

Os recém-casados — como muitos outros hóspedes presumiram que eles fossem, pois apareciam tarde para o café da manhã, estavam sempre de mãos dadas e nunca paravam de se olhar nos olhos — fizeram de tudo, menos subir no Campanário de São Marcos, por dentro ou por fora. Depois de tanto tempo separados, aqueles poucos dias realmente pareciam uma lua de mel. Era como se estivessem se conhecendo de novo. Quando o Expresso do Oriente entrou na Victoria Station uma semana mais tarde, a última coisa que George desejava era deixar Ruth e viajar para os Estados Unidos.

Se aquele extrato bancário não estivesse entre a correspondência que os aguardava na Holt, ele poderia até ter pensado em cancelar as palestras e ficar em casa.

Havia também uma carta que George não esperava e o fez perguntar a si mesmo se, dadas as circunstâncias, ele não deveria aceitar o lisonjeiro convite. Antes de tomar uma decisão, no entanto, ele queria ver como se sairia nas palestras.

—◦—

O que mais impressionou George em Nova York, quando o navio ingressou no porto, foi o tamanho de seus prédios. Ele já lera sobre os arranha-céus e até vira fotos deles nas novas revistas ilustradas. Só que vê-los se avultarem lado a lado estava além de tudo o que imaginara. O prédio mais alto de Londres iria parecer um pigmeu entre aquela tribo de gigantes.

George se debruçou na amurada e olhou para o cais, onde uma multidão barulhenta sorria e acenava para seus amigos e entes queridos que iriam desembarcar. Ele teria procurado seu novo amigo em meio à aglomeração se tivesse alguma ideia da aparência de Lee Keedick. Então avistou um homem alto e elegante, trajando um longo sobretudo preto, que segurava um letreiro com o nome *Mallory*.

Tão logo desembarcou, com uma mala em cada mão, George se aproximou da figura alta e imponente. Quando estava a um passo de distância, apontou para o letreiro e disse:

— Esse aí sou eu.

Foi quando o viu pela primeira vez. Um homem baixo e gorducho, que jamais conseguiria chegar a um acampamento-base, adiantou-se para cumprimentá-lo. O sr. Keedick usava um terno bege, uma camisa amarela aberta no colarinho e uma corrente no pescoço, de onde pendia uma cruz de prata. Era a primeira vez que George via um homem usar uma peça de joalheria. Keedick devia ter pouco mais de 1,50 metro, mas somente porque seus sapatos de crocodilo tinham saltos mais altos que os que Ruth costumava calçar.

— Sou Lee Keedick — informou ele, após remover da boca a guimba de um charuto apagado. — Você deve ser George. Está tudo bem se eu o chamar de George?

— Você acabou de fazer isso — disse George com um sorriso caloroso.

— Este é Harry — disse Keedick, apontando para o homem alto. — Ele será seu motorista enquanto você estiver nos Estados Unidos.

Harry tocou na aba de seu chapéu com o polegar da mão direita, depois abriu a porta do que pareceu a George um pequeno ônibus.

— Alguma coisa errada? — perguntou Keedick ao ver que George continuava parado na calçada.

— Não — disse George, entrando no veículo. — É que esse é o maior carro que eu já vi.

— É o último modelo de *caddie* — explicou Lee.

George pensava que *caddie* era alguém que carregava os tacos dos golfistas,[38] mas depois se lembrou de que George Bernard Shaw uma vez lhe dissera: "A Inglaterra e os Estados Unidos são dois países divididos por uma língua comum."

---

[38] *Caddie* era o termo usado afetuosamente nos Estados Unidos para designar o automóvel *Cadillac*. (N.T.)

— É o melhor carro dos Estados Unidos — acrescentou Keedick, enquanto Harry dava a partida no carro e se juntava ao tráfego da manhã.
— Nós vamos recolher alguém no caminho? — indagou George.
— Eu adoro esse seu senso de humor inglês — disse Keedick.
— Mas não, o carro é todo seu. Você tem de entender, George, que é importante as pessoas acharem que você é um figurão. Ou você mantém as aparências, ou nunca vai chegar a lugar algum nesta cidade.
— Isso significa que as reservas para as minhas palestras estão indo bem? — perguntou George nervosamente.
— Estão simplesmente ótimas para a palestra de abertura no Broadhurst Theater amanhã à noite. — Keedick fez uma pausa para acender o charuto. — E, se você obtiver uma crítica favorável no *New York Times*, nós iremos muito bem no restante da excursão. Se você estourar nas paradas, teremos lotação completa todas as noites.
George sentiu vontade de lhe perguntar o que ele queria dizer com "estourar nas paradas", mas se contentou em olhar para os arranha-céus enquanto o carro abria caminho no trânsito.
— Aquele é o Woolworth Building — disse Keedick, abaixando o vidro da janela. — Tem 241 metros de altura. É o maior edifício do mundo. Mas estão planejando construir um com mais de 300.
— Isso é um pouco menos que a distância que me faltou — disse George, enquanto a limusine estacionava em frente ao Waldorf Hotel.
Um mensageiro correu para abrir a porta do carro, seguido de perto pelo gerente, que sorriu quando viu Keedick pisar na calçada.
— Olá, Bill — disse Keedick. — Esse é George Mallory, o cara que conquistou o Everest.
— Bem, não totalmente — replicou George. — Na verdade...
— Não se preocupe com os fatos, George — atalhou Keedick. — Ninguém em Nova York se preocupa.
— Parabéns, senhor — disse o gerente, estendendo a mão. George nunca apertara a mão de um gerente de hotel. — Em sua homenagem

— prosseguiu ele —, hospedamos o senhor na suíte presidencial, no décimo sétimo andar. Siga-me, por favor — acrescentou, enquanto atravessavam o saguão.

— Posso perguntar onde é a saída de incêndio? — perguntou George, antes que alcançassem o elevador.

— Ali, senhor — respondeu o gerente, apontando para o outro lado do saguão, com ar perplexo.

— Décimo sétimo andar, foi o que você disse?

— Sim — confirmou o gerente, ainda mais espantado.

— Vejo vocês lá em cima — disse George.

— Não existem elevadores nos hotéis ingleses? — perguntou o gerente a Keedick, enquanto George atravessava o saguão e entrava por uma porta com os dizeres: *Saída de Incêndio*. — Ou ele é maluco?

— Não — replicou Keedick. — Ele é inglês.

O elevador os levou até o décimo sétimo andar.

O gerente ficou ainda mais surpreso quando George apareceu no corredor poucos minutos depois, aparentando não estar sem fôlego. Destrancou então a porta da suíte presidencial e se afastou para o lado, de modo a permitir que seu hóspede entrasse no aposento. A primeira reação de George foi achar que estava havendo um engano. A suíte era maior que a quadra de tênis da Holt.

— Você pensou que eu viria com minha mulher e meus filhos? — perguntou ele.

— Não — disse Keedick, rindo. — É toda sua. Não se esqueça de que a imprensa pode querer entrevistar você. É importante que os repórteres pensem que é assim que você é tratado na Inglaterra.

— E podemos pagar isso?

— Nem pense nisso — disse Keedick. — Faz parte das despesas.

— Que bom ouvir você, Geoffrey — disse Ruth, ao reconhecer a voz familiar no outro lado da linha. — Faz muito tempo.

— A culpa é minha — respondeu Geoffrey Young. — É que assumi meu novo posto no Imperial College, e não tenho saído da cidade durante o período letivo.

— Infelizmente, George não está em casa no momento. Está nos Estados Unidos, realizando uma série de palestras.

— Sim, eu sei — disse Young. — Ele me enviou uma mensagem na semana passada dizendo que estava procurando emprego, e me pediu para avisar se aparecesse alguma coisa. Bem, apareceu uma posição em Cambridge que parece ideal para ele, mas pensei em falar com você primeiro.

— É muita consideração sua, Geoffrey. Podemos nos encontrar quando eu for a Londres?

— Não, não — disse Young. — Eu posso dar um pulo aí em Godalming.

— Que dia você tem em mente?

— A próxima quinta-feira está bem para você?

— Claro. Você vai passar a noite aqui?

— Obrigado, eu gostaria sim, se não for inconveniente.

— Você poderia passar um mês aqui, Geoffrey, e não seria inconveniente.

―◦―

George não conseguiu dormir em sua primeira noite em Nova York, e não foi por causa da diferença de fusos horários, pois os cinco dias de travessia do Atlântico já haviam cuidado disso. É que nunca passara a noite em uma cidade em que o trânsito nunca parava e sirenes de ambulâncias e carros da polícia soavam incessantemente. Ele tinha a impressão de que estava de volta à Frente Ocidental.

Finalmente desistiu. Pulou da cama, sentou-se a uma grande mesa junto à janela que descortinava o Central Park e repassou sua palestra mais uma vez, conferindo também os grandes slides de vidro. Com enorme satisfação, descobriu que nenhum deles se quebrara durante a viagem.

George estava cada vez mais apreensivo com o que Keedick chamava de "noite de abertura" e tentou pensar nas consequências de "se dar mal", outra das expressões do agente, embora este lhe tivesse assegurado que poucos assentos não haviam sido vendidos e que o importante era a opinião do *New York Times* sobre a palestra. Pesando bem as coisas, George concluiu que preferia as montanhas. Elas não davam a mínima para o que o *New York Times* pensava delas.

Duas horas mais tarde, ele se arrastou para a cama; quando adormeceu, já eram cerca de quatro da manhã.

―◁o▷―

Ruth estava sentada em sua cadeira à janela, divertindo-se com a primeira carta de George proveniente dos Estados Unidos. Ela riu quando leu sobre o *caddie* e a suíte presidencial com aquecimento central, sabendo que George estaria mais satisfeito se pudesse armar uma tenda no telhado. Duvidava, porém, de que o Waldorf lhe desse essa opção. Ao virar a página, ela franziu a testa pela primeira vez. O fato de George achar que muita coisa dependia da noite de abertura a deixava preocupada. Ele terminava a carta prometendo escrever para lhe contar como a palestra fora recebida, assim que retornasse ao hotel naquela noite. Ruth gostaria muito de ler a resenha do *New York Times* antes de George.

―◁o▷―

George ouviu uma batida à porta. Abriu-a e deparou com um sorridente Lee Keedick de pé no corredor. Vestia a habitual camisa de colarinho aberto, dessa vez verde. E o azul-claro de seu terno ficaria melhor na pá de um remo da equipe de Cambridge. A corrente que usava em torno do pescoço agora era dourada em vez de prateada; e os sapatos, antes de crocodilo, eram agora de cromo branco. George sorriu. Lee Keedick faria George Finch parecer elegante.

— Como está se sentindo, cara? — perguntou Keedick entrando no aposento.

— Apreensivo — admitiu George.

— Não precisa ficar assim — disse Lee. — Eles vão adorar você.

Uma observação interessante, pensou George, considerando que Keedick só o conhecera havia poucas horas e jamais o ouvira falar em público. Mas estava começando a perceber que Lee Keedick tinha um estoque de frases para seus clientes, fossem quem fossem.

Em frente ao hotel, Harry abriu a porta do carro e George entrou no veículo, sentindo-se mais nervoso do que se estivesse diante de uma escalada difícil. Durante o trajeto até o teatro, ele não falou nada — apenas agradeceu em silêncio o fato de Keedick permanecer calado, embora enchesse o carro com fumaça de charuto.

Quando pararam em frente ao Broadhurst Theater, George viu o pôster que anunciava sua palestra. E deu uma gargalhada.

Reserve Agora!
GEORGE MALLORY
O homem que conquistou
o Everest sozinho
Na próxima semana: Jack Benny

Ele sorriu ao ver a foto de um jovem tocando violino, feliz pelo fato de que a atração seguinte seria um músico.

Ao descer do carro, suas pernas tremiam; seu coração batia como se ele estivesse a poucos metros do cume do Everest. Keedick o conduziu até uma ruela lateral, de onde um assistente os conduziu por uma escadaria de pedra até uma porta com uma estrela de prata. Antes de se afastar, Keedick disse a George que ainda o veria antes que ele subisse no palco. George ficou sozinho no camarim frio e levemente mofado, iluminado por diversas lâmpadas nuas que cercavam um grande espelho. Repassou a palestra novamente. Pela primeira vez na vida, teve vontade de dar meia-volta antes de atingir o topo.

Alguém bateu à porta.

— Quinze minutos, sr. Mallory — disse uma voz.

George respirou fundo. Instantes depois, Keedick entrou no camarim.

— Vamos botar o show na estrada, cara — disse ele.

Depois de descer com George a escadaria de pedra, ele o conduziu por um corredor de tijolos até os bastidores do palco, onde o deixou.

— Boa sorte, compadre — disse ele. — Vou estar na primeira fila, aplaudindo você.

George começou a andar de um lado para o outro, mais nervoso a cada minuto. Embora pudesse ouvir o burburinho vindo do outro lado da cortina, não fazia ideia de quantas pessoas estavam na audiência. Keedick teria exagerado quando disse que poucos ingressos não haviam sido vendidos?

Aos cinco minutos para as oito horas, um homem de smoking surgiu ao lado de George e disse:

— Oi, eu sou Vince, o mestre de cerimônias. Vou apresentar você. Há alguma pronúncia especial para Mallory?

Era uma pergunta que nunca lhe haviam feito.

— Não — respondeu George.

Ele olhou ao redor, procurando alguém, qualquer um, com quem pudesse conversar, enquanto esperava nervosamente que a cortina fosse levantada. Ficaria feliz até em ver Keedick. Pela primeira vez, entendeu o que Raleigh devia ter sentido pouco antes de cortarem sua cabeça. De repente, sem nenhum aviso, a cortina se ergueu. O mestre de cerimônias caminhou até o palco, deu um tapinha no microfone e anunciou:

— Senhoras e senhores, tenho o prazer de lhes apresentar, como atração desta noite, George Mallory, o homem que conquistou o Everest.

Pelo menos ele não acrescentara "sozinho", pensou George, enquanto entrava no palco, sentindo uma desesperada necessidade de oxigênio. Logo se recuperou, no entanto, ao ser recebido com aplausos calorosos.

George iniciou a palestra de modo hesitante, em parte porque não conseguia ver a plateia, que devia estar em algum lugar à frente. Além disso, como diversos holofotes estavam apontados para ele, era impossível enxergar além da primeira fileira. Apesar de tudo, ele levou apenas alguns minutos para se acostumar com a estranha experiência de ser tratado como ator em vez de palestrante. Era encorajado por intermitentes salvas de palmas e até por risos generalizados. Depois de um começo trôpego, ele se firmou e falou por quase uma hora. Quando perguntou se alguém tinha perguntas e as luzes foram redirecionadas, pôde ver para quantas pessoas estivera falando.

Os balcões permaneceram na obscuridade, mas os assentos da plateia estavam praticamente lotados. George sentiu-se aliviado ao ver quantas pessoas estavam ansiosas para fazer perguntas. Logo ficou claro que havia alguns alpinistas calejados e verdadeiros entusiastas entre os ouvintes, que faziam observações inteligentes e relevantes. O que deixou George quase perplexo, porém, foi quando uma loura esbelta, sentada na terceira fileira, perguntou:

— Sr. Mallory, o senhor poderia nos dizer quanto custa a organização de uma expedição como essa?

George levou algum tempo para responder, e não apenas porque não sabia a resposta.

— Não faço ideia, madame — conseguiu finalmente responder. — Os detalhes financeiros são atribuição da RSG. Mas sei que a Sociedade está prestes a lançar um apelo a fim de levantar fundos para uma segunda expedição, que partirá para o Himalaia no início do próximo ano com o propósito exclusivo de colocar... — ele parou a tempo, antes de dizer "um inglês" — um membro da equipe no topo do Everest.

— Aqueles de nós que pensariam em contribuir com esse fundo — continuou a jovem senhora — podem presumir que o senhor será um membro dessa equipe, na verdade seu líder de escaladas?

George não hesitou.

— Não, madame. Já garanti à minha esposa que a Sociedade terá de procurar outra pessoa para liderar a equipe na próxima vez.

Ele ficou surpreso quando diversas interjeições de desapontamento se ergueram da audiência e até alguns gritos abafados de: "Que pena!"

Depois de mais algumas perguntas, George se recuperou e ficou até um tanto desapontado quando Lee sussurrou dos bastidores:

— Hora de fechar o boteco, George.

Imediatamente, George fez uma mesura e saiu do palco. Os espectadores começaram a aplaudir.

— Não tão depressa — disse Keedick e o empurrou de volta ao palco, onde ele foi recebido com risos e aplausos ainda mais generosos. Na verdade, Keedick teve de enviá-lo de volta três vezes antes que a cortina finalmente caísse.

— Maravilhoso — comentou Lee, enquanto subiam na traseira da limusine. — Você foi fantástico.

— Você acha mesmo? — perguntou George.

— Não poderia ter sido melhor — disse Lee. — Agora temos de rezar para que os críticos gostem tanto de você quanto o público. A propósito, você já conhecia Estelle Harrington?

— Estelle Harrington? — repetiu George.

— A dama que lhe perguntou se você iria liderar a próxima expedição.

— Não, nunca a vi antes — disse George. — Por que você está perguntando?

— Ela é conhecida como a viúva da caixa de papelão — explicou Lee. — O falecido marido dela, Jake Harrington, inventor da caixa de papelão, deixou tanto dinheiro que a mulher nem consegue contar tudo. — Lee deu uma profunda tragada no charuto e soprou uma nuvem de fumaça. — Já li uma tonelada de coisas sobre ela nas colunas de fofocas ao longo dos anos, mas não sabia que se interessava por escaladas. Se estiver disposta a patrocinar a viagem, não teremos que nos preocupar com o *New York Times*.

— A opinião desse jornal é tão importante assim?

— Mais importante que a de todos os outros jornais juntos.

— E quando ele vai publicar o veredito?

— Dentro de algumas horas — respondeu Lee, soprando outra nuvem de fumaça.

48

— Associação dos Profissionais de Educação — disse Geoffrey Young, enquanto ambos passeavam pelo jardim.

— Nunca ouvi falar — disse Ruth.

— Foi fundada nos primeiros dias do movimento trabalhista, e seu propósito é ajudar as pessoas que não tiveram oportunidade de obter uma educação decente na juventude, mas que podem se beneficiar dela mais tarde.

— Parece bem alinhada com os princípios fabianos de George.

— Na minha opinião — disse Geoffrey —, o trabalho é talhado para ele. Permitirá que George combine sua experiência didática com suas opiniões sobre política e educação.

— Mas isso significa também que teremos de nos mudar para Cambridge?

— Receio que sim. Mas posso pensar em lugares piores para morar — respondeu Geoffrey. — E não se esqueça de que George tem uma porção de velhos amigos por lá.

— Acho que devo lhe avisar, Geoffrey, que George está ficando muito ansioso a respeito do que ele chama de apuros financeiros. Na última carta, deu a entender que a excursão não está indo tão bem quanto ele esperava.

— Lamento ouvir isso — disse Young. — Mas sei que o salário básico para o trabalho é de 350 libras por ano, com a oportunidade de ganhar mais 150 mediante aulas extras, o que aumentaria seus rendimentos para alguma coisa em torno de 500 libras.

— Nesse caso — disse Ruth —, acho que George vai agarrar a oportunidade. Quando eles querem que ele comece?

— Não até setembro — disse Young. — Isso significa, eu me atrevo a dizer, que George pode até reconsiderar...

— Não agora, Geoffrey — disse Ruth, enquanto retornavam à residência. — Vamos discutir esse assunto no jantar. Agora, por que você não desfaz a mala? Depois, venha me fazer companhia na sala de estar por volta das sete horas.

— Nós não precisamos conversar sobre isso, Ruth.

— Ah, sim, nós precisamos — replicou ela.

—◄o►—

— Táxi! — gritou Keedick.

Quando o veículo parou, cantando pneus, ele abriu a porta traseira para que seu cliente entrasse. Harry e seu *caddie* não estavam à vista.

— É tão ruim assim? — perguntou George, enquanto se deixava cair no assento traseiro.

— Não é bom — admitiu Lee. — Embora o *New York Times* tenha lhe dado uma resenha favorável, as reservas fora da cidade têm sido... — ele olhou para fora da janela — digamos, decepcionantes. Mas parece que você atraiu pelo menos uma grande fã.

— De quem você está falando?

— Ora, George, você já deve ter notado que Estelle Harrington compareceu a todas as suas palestras. Estou disposto a apostar um bom dinheiro que ela vai aparecer de novo na de hoje à noite.

— Bem, pelo menos os ingressos para a palestra de hoje foram todos vendidos — disse George, sem querer ficar discutindo a onipresente sra. Harrington.

— "Vendidos" não é a palavra certa — retrucou Lee. — Eles se recusaram a assinar o contrato, a menos que concordássemos que os alunos tivessem entrada grátis. Grátis não é uma palavra que me deixe muito à vontade.

— E o que você me diz de Baltimore e Filadélfia? — perguntou George, enquanto o táxi deixava a estrada principal e entrava em um *campus* que George sempre desejara visitar, embora nunca tivesse imaginado que seria convidado a fazer uma palestra lá.

— Desculpe, compadre — disse Lee entre duas tragadas —, mas eu tive de cancelar as duas. Caso contrário, iríamos perder a pouca grana que ganhamos até agora.

— Ruim assim?

— Pior. Receio que vamos ter de encurtar a excursão. Na verdade, já reservei uma passagem para você no *Saxonia*, que sai de Nova York na segunda-feira.

— Isso significa...

— Que esta vai ser sua última palestra, George. Portanto, capriche.

— Mas quanto lucramos? — perguntou George baixinho.

— Não posso lhe dar um valor exato no momento — disse Lee, enquanto o táxi parava em frente à residência privada do reitor de Harvard. Há uma ou duas despesas que eu ainda tenho de calcular.

George pensou na carta que chegara a Holt um dia antes que ele partisse. Quando Hinks soubesse que a excursão não conseguira arrecadar o lucro previsto, o convite para que George realizasse a palestra da conferência anual da Sociedade seria retirado? Talvez a melhor solução fosse declinar do convite, para livrar a Sociedade de um embaraço desnecessário.

◆◦▶

— Você vem evitando o assunto a noite toda — disse Ruth, entrando com Young na sala de estar.

— Mas foi um magnífico jantar — respondeu Geoffrey, sentando-se no sofá. — E você é uma anfitriã maravilhosa.

— E você é um velho adulador, Geoffrey — comentou Ruth, enquanto lhe passava uma xícara de café e sentava-se em frente a ele.

— Você quer me persuadir de que George deve considerar a possibilidade de liderar a próxima expedição ao Himalaia? Porque eu não estou muito convencida de que é isso o que ele realmente quer.

— Estamos dizendo a verdade um ao outro? — perguntou Geoffrey.

— Sim, claro — disse Ruth, parecendo um pouco surpresa.

— Quando George me escreveu, um pouco antes de viajar, ele deixou claro que, só para citar o que ele disse, ainda queria fazer mais uma tentativa de realizar seu maior sonho.

— Mas... — começou Ruth.

— Ele também me disse que nem pensaria em deixar você outra vez, a não ser que tivesse seu apoio total.

— Mas ele já me disse que não voltaria lá em nenhuma hipótese.

— Ele também me pediu para não deixar você saber como ele se sente realmente. Contando a você, estou traindo a confiança dele.

— Ele lhe deu uma boa razão para querer passar por aquilo tudo de novo?

— Além da razão óbvia? Se ele tiver êxito, imagine a renda extra que seria gerada.

— Você sabe tão bem quanto eu, Geoffrey, que ele não faz isso por dinheiro.

— Foi você quem me lembrou que ele está preocupado com seus atuais apuros financeiros.

Ruth não falou por algum tempo.

— Se eu mentir a George sobre como realmente me sinto — disse ela finalmente —, e seria uma mentira, você tem de me prometer que esta será a última vez.

— Vai ter que ser — observou Geoffrey. — Se George aceitar o trabalho como diretor da APE, o conselho não vai querer que ele desapareça por seis meses a fio. E, para ser franco, querida, ele já estará velho demais quando a RSG pensar em organizar outra expedição.

— Eu gostaria que houvesse alguém a quem eu pudesse pedir conselho.

— Por que você não pede uma segunda opinião da única pessoa que pode entender exatamente pelo que você está passando?

— Quem você tem em mente? — perguntou Ruth.

Quando Young lhe disse, Ruth apenas perguntou:

— Você acha que ela vai querer me receber?

— Ah, sim. Ela vai receber a esposa de Mallory do Everest.

◄o►

George logo reconheceu a mulher atraente que estava conversando com Keedick na outra extremidade da sala. Não era alguém que ele fosse esquecer.

— Parabéns, sr. Mallory, muito estimulante — disse o reitor de Harvard. — Muito estimulante. Posso também dizer que espero que você tenha sucesso na próxima vez.

— É muito gentil de sua parte, sr. Lowell — respondeu George, não se dando ao trabalho de repetir que não participaria da próxima expedição. — E me permita agradecer ao senhor por ter organizado esta recepção.

— Foi um prazer — disse o presidente. Só lamento que a Lei Seca me impeça de lhe oferecer outra coisa além de suco de laranja e Coca-Cola.

— Um suco de laranja vai ser ótimo, obrigado.

— Eu sei que muitos alunos estão ansiosos para lhe fazer perguntas, sr. Mallory — disse o presidente. — Portanto, não vou monopolizar você.

Ele se afastou para se juntar à mulher que estava conversando com Keedick.

Em questão de segundos, George foi cercado por jovens rostos ávidos, que lhe trouxeram à lembrança seus tempos de Cambridge.

— O senhor ainda tem todos os artelhos, senhor? — perguntou um jovem olhando para os pés de George.

— Ainda estavam aí quando tomei banho hoje de manhã — disse George, rindo. — Mas meu amigo Morshead perdeu dois dedos da mão e um do pé. E o pobre capitão Norton teve a orelha direita podada depois de estabelecer um novo recorde de altitude.

Uma voz atrás dele perguntou.

— Há alguma montanha nos Estados Unidos que o senhor considere um desafio?

— Com certeza — respondeu George. — Posso lhe assegurar que o Monte McKinley constitui um desafio tão grande quanto qualquer montanha do Himalaia. E há diversos picos no Vale de Yosemite que testariam as habilidades do montanhista mais experiente. Caso você se interesse em escalar rochedos, não precisa ir mais longe que o Utah ou o Colorado para provar seu valor.

— Uma coisa sempre me intrigou, sr. Mallory — perguntou um jovem de ar compenetrado. — Por que o senhor quer escalar o Everest?

O presidente, que acabara de se aproximar de George, tossiu para disfarçar seu embaraço.

— Há uma resposta simples — disse George. — Porque ele está lá.

— Mas...

— Peço desculpas por interromper, Mallory — atalhou o sr. Lowell —, mas sei que a sra. Harrington está ansiosa para conhecer você. O finado marido dela foi aluno e também grande benfeitor desta universidade.

George sorriu e apertou a mão da jovem que lhe perguntara sobre as finanças da expedição em Nova York e, desde então, comparecera a todas as suas palestras. Ela não parecia muito mais velha que alguns dos alunos, e George presumiu que devia ser pelo menos a terceira sra. Harrington, a menos que o rei das caixas de papelão, como Keedick o descrevia, tivesse se casado muito tarde na vida.

— Eu confesso, Estelle — disse o reitor —, que não fazia ideia de que você se interessava por montanhismo.

— Quem pode resistir ao carisma do sr. Mallory? — "Carisma" era uma palavra que George nunca ouvira ser usada daquela forma; teria de consultar um dicionário para descobrir se, de fato, tinha outro significado. — E é claro — disse ela com efusão — que todos esperamos que seja ele a primeira pessoa a pisar no topo da montanha e que depois volte aqui para contar tudo para nós.

George sorriu e fez uma pequena mesura para ela.

— Como já expliquei em Nova York, sra. Harrington, eu não vou...

— É verdade — prosseguiu a sra. Harrington, que obviamente não estava acostumada a ser interrompida — que a palestra desta noite foi sua última antes de retornar à Inglaterra?

— Receio que sim — respondeu George. — Vou retornar de trem a Nova York amanhã à tarde e tomar um navio para Southampton na manhã seguinte.

— Bem, se você vai estar em Nova York, sr. Mallory, talvez queira tomar um drinque comigo amanhã à noite.

— É muita gentileza de sua parte, sra. Harrington, mas infelizmente...

— Veja bem, meu falecido marido era um filantropo muito generoso e tenho certeza de que ele gostaria que eu fizesse uma substancial contribuição à sua causa.

— Substancial? — repetiu George.

— Eu estava pensando em — ela fez uma pausa — 10 mil dólares.

George levou algum tempo para responder.

— Mas eu só vou chegar a Nova York por volta das sete da noite, sra. Harrington.

— Então vou enviar um carro para apanhar você no hotel às oito. E, George, pode me chamar de Estelle.

—◦—

Depois que a mesa do café da manhã foi desfeita e a babá levou as crianças para o passeio matinal, Ruth foi para a sala de estar. Sentando-se em sua cadeira favorita, à janela, abriu a última carta de George.

22 de março de 1923
Minha amada Ruth,
Estou sentado em um trem, viajando entre Boston e Nova York. Tenho algumas boas notícias, para variar. Harvard foi tudo o que eu poderia esperar. Não só o Taft Hall estava lotado — havia gente pendurada nos lustres, foi como Keedick descreveu a plateia — como os alunos e os professores não poderiam ter sido mais acolhedores.
Eu saí da recepção organizada pelo reitor me sentindo empolgado, embora não tenha tomado mais que um suco de laranja, em virtude da Lei Seca. Mas, quando acordei esta manhã, a realidade se impôs novamente. Minha excursão foi encurtada e vou retornar à Inglaterra muito antes do esperado. É uma pena que eu não tenha convencido você a vir comigo, pois a viagem toda acabou durando menos de um mês. Lembre-se de que nossas curtas férias em Veneza foram inesquecíveis, embora eu não tenha escalado o Campanário de São Marcos. Isto é só para avisar a você que, na próxima semana, estarei de volta. Vou lhe enviar um cabograma do navio, com detalhes sobre o dia e a hora que atracaremos em Southampton.
A única coisa boa do encurtamento da viagem é que vou ver você e as crianças mais cedo do que esperava. Mas voltemos à realidade. A primeira coisa que terei que fazer ao retornar é começar a procurar um emprego.
Vejo você em breve, querida.
Seu marido apaixonado,
George

Sorrindo, Ruth recolocou a carta no envelope e o guardou na gaveta de cima de sua escrivaninha, junto com todas as cartas que George lhe escrevera ao longo dos anos. Olhou então para o relógio sobre a lareira. Seu trem para Londres só deveria deixar Godalming dentro de uma hora, mas ela queria chegar bem cedo à estação, pois aquele era o tipo de encontro ao qual não devia chegar atrasada.

49

George bateu à porta da casa de tijolos marrons da Rua 64 Oeste alguns minutos antes das nove horas. Um mordomo envergando um longo fraque negro e gravata branca veio atendê-lo.

— Boa-noite, senhor. A sra. Harrington está aguardando o senhor.

George foi introduzido na sala de estar, onde encontrou a sra. Harrington de pé junto à lareira, sob um quadro a óleo de Bonnard, representando uma mulher nua saindo de uma banheira. Sua anfitriã usava um vestido de seda vermelho, que não chegava a cobrir seus joelhos. Não usava anel de casamento, nem nenhum sinal de que estivesse compromissada, mas exibia um colar de diamantes que combinava com sua pulseira.

— Obrigada, Dawkins — disse a sra. Harrington —, isso é tudo.

— Antes que o mordomo chegasse à porta, ela acrescentou: — E não vou mais precisar dos seus serviços esta noite.

— Como desejar, madame — respondeu o mordomo, curvando-se antes de fechar a porta.

George podia jurar que ouvira uma chave girar na porta.

— Sente-se, George. — A sra. Harrington apontou para o sofá. — Deixe eu lhe preparar um drinque. Você gostaria de tomar o quê?

— Acho que um suco de laranja está bom — disse George.

— Certamente que não — replicou a sra. Harrington, atravessando a sala e tocando a lombada de um exemplar de *Hard Times* (Tempos difíceis), de Charles Dickens.

A estante imediatamente se abriu, revelando um armário de bebidas.
— Uísque e soda? — sugeriu ela.
— Há alguma coisa que você não saiba a meu respeito? — perguntou George com um sorriso.
— Uma ou duas — respondeu a sra. Harrington, sentando-se ao lado dele no sofá, deixando que seu vestido se afastasse vários centímetros do joelho. — Mas, com um pouco de tempo, posso dar um jeito nisso. — Nervosamente, George aprumou a gravata. — Agora me diga, George, minha pequena doação pode ajudar em sua próxima expedição?
— A verdade, sra. Harrington — disse George, tomando um gole de uísque escocês; era até sua marca favorita —, é que precisamos de qualquer centavo que pudermos obter. Uma das coisas que aprendemos com a última viagem foi que simplesmente não estávamos bem-preparados. Foi o mesmo problema enfrentado pelo capitão Scott em sua viagem ao Polo Sul, em que ele e sua equipe perderam a vida. Não pretendo arriscar minha vida e a vida de minha equipe.
— Você é tão sério, George — disse a sra. Harrington, inclinando-se e lhe dando umas palmadinhas na coxa.
— É um assunto sério, sra. Harrington.
— Me chame de Estelle — disse ela, cruzando as pernas e revelando o alto de suas meias compridas. — Você acha que vai chegar ao topo dessa vez?
— Possivelmente, mas sempre é preciso um pouco de sorte — disse George —, sobretudo com o tempo. Com três dias claros seguidos, sem vento, ou mesmo dois dias, existe uma chance. Logo quando eu pensei que teria minha chance, infelizmente aconteceu um desastre.
— Se eu tiver minha chance — disse a sra. Harrington —, espero que não aconteça um desastre comigo. — A mão dela estava agora pousada sobre a coxa de George.

George ficou da cor do vestido de sua anfitriã. Decidiu então que chegara a hora de encontrar uma rota de fuga.

— Não há motivo para ficar nervoso, George — continuou a sra. Harrington. — Ninguém precisa saber desta pequena aventura. E ela certamente não precisa terminar em desastre.

George estava a ponto de se levantar e sair quando ela acrescentou:

— Quando estiver no topo da sua montanha, George, e tenho certeza de que você vai chegar lá, pense em mim pelo menos uma vez.

Ela remexeu na manga do vestido e retirou um pedaço de papel, que desdobrou e pousou na mesinha diante deles. George olhou para o cheque, em que se lia "Pague-se: Real Sociedade Geográfica — $10.000,00". Ele pensou no sr. Hinks e permaneceu sentado.

— Agora pense no assunto por uns momentos, George, enquanto eu visto alguma coisa menos formal. Sirva-se de outro drinque enquanto isso. O meu é gim-tônica — disse ela, antes de sair da sala.

George pegou o cheque e estava prestes a enfiá-lo na carteira quando viu a borda de um pequeno papel, entre duas notas de um dólar. Retirou o papel: era a foto de Ruth que batera durante a lua de mel e que sempre carregava em suas viagens. Sorrindo, repôs a foto na carteira e rasgou o cheque em dois pedaços. Depois, foi até a porta e, lentamente, girou a maçaneta; a porta estava trancada. Uma pena que a RSG não tivesse escolhido Finch para a excursão americana, pensou ele. Os recursos financeiros da Sociedade aumentariam em 10 mil dólares. E ele tinha certeza de que a sra. Harrington teria considerado tudo um bom investimento.

Caminhou então até o outro lado da sala e, sem fazer barulho, abriu a janela. Pôs a cabeça para fora e estudou a melhor rota possível. Ficou satisfeito ao ver que a fachada do prédio era formada por grandes blocos de pedra áspera, dispostos regularmente. Ele passou para o lado de fora e começou a descer lentamente. Quando estava a cerca de 1 metro do chão, pulou para a calçada e atravessou a rua a passos rápidos. Sabia que um montanhista nunca deve olhar para trás, mas não conseguiu resistir à tentação. Foi recompensado. De pé em uma das janelas mais altas, estava uma bela mulher, vestida com um leve *négligé*, que deixava pouco à imaginação.

— Droga — disse George, lembrando-se de que não comprara um presente para Ruth.

—o—

Ruth bateu suavemente à porta da frente do nº 37 da Tite Street; um instante depois, a porta foi aberta por uma criada, que fez uma mesura e disse:

— Bom-dia, sra. Mallory. Quer ter a bondade de me acompanhar?

Quando Ruth entrou na sala de estar, encontrou sua anfitriã de pé ao lado da lareira, sob uma pintura a óleo de seu falecido marido se aproximando do Polo Sul. Ela trajava um longo vestido negro, simples. Não usava maquiagem nem joias, além de um anel de casamento.

— Muito prazer em conhecê-la, sra. Mallory — disse Kathleen Scott, enquanto apertavam as mãos. — Por favor, vamos ficar junto ao fogo — acrescentou ela, indicando a Ruth uma confortável cadeira em frente à dela.

— Foi extremamente gentil de sua parte me receber — agradeceu Ruth, sentando-se.

A criada reapareceu, carregando uma bandeja de prata com chá e biscoitos, que pousou em uma mesinha ao lado de sua patroa.

— Pode nos deixar, Millie — disse a viúva do capitão Scott. — E nós não queremos ser incomodadas.

— Sim, é claro, senhora — respondeu a criada, saindo da sala e fechando a porta mansamente.

— Indiano ou chinês, sra. Mallory?

— Indiano, por favor.

— Leite e açúcar?

— Só leite, obrigada — disse Ruth.

A sra. Scott completou a pequeno ritual e entregou a Ruth uma xícara de chá.

— Fiquei intrigada com sua carta — comentou ela. — Você disse que queria discutir comigo um assunto pessoal.

— Sim — respondeu Ruth, hesitante. — Preciso dos seus conselhos.

A anfitriã de Ruth assentiu e sorriu calorosamente.

— Meu marido — começou Ruth — está realizando uma série de palestras nos Estados Unidos, e estará de volta dentro de poucos dias. Embora ele tenha me dito diversas vezes que não deseja liderar a próxima expedição da RSG ao Everest, não tenho dúvida de que é isso exatamente o que ele quer.

— E como você se sente a respeito do retorno dele ao Himalaia?

— Depois da longa ausência dele, durante a guerra, seguida pela expedição ao Everest e agora pela viagem aos Estados Unidos, realmente não desejo que ele se afaste por mais seis meses.

— Posso entender isso, querida. Con era exatamente igual, parecia uma criança, não era capaz de permanecer no mesmo lugar mais que alguns meses.

— Ele alguma vez lhe perguntou como você se sentia a respeito disso?

— Constantemente. Mas eu sabia que ele só queria que eu o tranquilizasse. Então eu lhe dizia o que ele desejava ouvir: que eu achava que ele estava fazendo a coisa certa.

— E a senhora achava?

— Nem sempre — admitiu a mulher mais velha com um suspiro. — Mas, embora eu quisesse muito que ele permanecesse em casa e levasse uma vida normal, isso jamais seria possível. Assim como seu marido, sra. Mallory, Con não era um homem normal.

— Mas a senhora não está arrependida agora de não ter dito a ele como realmente se sentia?

— Não, sra. Mallory, não estou. Ainda prefiro ter passado dois anos ao lado de um dos homens mais interessantes do mundo a ter passado quarenta ao lado de alguém que achasse que eu o impedi de realizar seu sonho.

Ruth tentou se recompor.

— Eu posso suportar a ideia de estar longe de George por mais seis meses. — Ela fez uma pausa. — Mas não pelo resto da minha vida.

— Ninguém compreende isso melhor que eu. Mas seu marido não é um homem comum, e eu tenho certeza de que você já conhecia a paixão dele muito antes de concordar em se tornar sua esposa.

— Sim, eu conhecia, mas...

— Então você não pode, na verdade não deve, se interpor no destino dele. Se algum outro mortal conquistar o sonho dele, talvez você é que tenha de passar o resto da vida se arrependendo.

— Meu destino precisa ser passar o resto da vida sem ele? — perguntou Ruth. — Se ele ao menos soubesse como eu o adoro...

— Posso lhe assegurar que ele sabe, sra. Mallory. Caso contrário, você não teria pedido para me ver. E, como ele sabe, você deve lhe dizer que acredita que é dever dele liderar a próxima expedição. E então, querida, tudo o que você pode fazer é rezar para que ele retorne são e salvo.

Ruth levantou a cabeça, com lágrimas rolando pelo rosto.

— Mas seu marido não retornou.

A sra. Scott respondeu calmamente:

— Se eu pudesse voltar no tempo e Con me perguntasse: "Você se importa se eu viajar de novo, querida?", eu ainda responderia como respondi há 13 anos, um mês e seis dias: "Não, querido, claro que não me importo. Mas dessa vez lembre-se de levar as meias grossas de lã."

◆◇◆

George já estava de pé, com as malas arrumadas e pronto para partir às seis horas da manhã seguinte. Quando foi registrar sua saída do hotel, não ficou muito surpreso ao descobrir que Keedick não pagara a conta. Estava até aliviado por ter passado sua última noite em uma hospedaria no Lower East Side, e não na suíte presidencial do Waldorf.

Ao chegar à calçada, por várias razões. não chamou um táxi. Caminhou 43 quarteirões, com uma mala em cada mão, desviando-se dos nativos que circulavam suados pela fervilhante selva de Manhattan.

Quando chegou à beira do cais, uma hora depois, viu Keedick de pé ao lado da prancha de embarque, charuto na boca, sorriso estampado no rosto e um discurso já preparado.

— Quando chegar ao topo da sua montanha, George, ligue para mim, porque essa vai ser a palavra final.

— Obrigado, Lee — disse George. Após um momento de hesitação, acrescentou: — Por esta experiência inesquecível.

— O prazer foi meu — retribuiu Keedick, estendendo a mão. — Fico encantado por ter sido útil.

George apertou a mão dele e estava subindo a prancha de embarque quando Keedick o chamou.

— Ei, não vá sem isso.

Ele estava segurando um envelope. George deu meia-volta e retornou, algo que não gostava muito de fazer.

— É sua parte nos lucros, meu velho — disse Keedick tentando imitar a pronúncia inglesa de George. — Cinquenta por cento, como combinado.

— Obrigado — disse George, enfiando o envelope no bolso interno do paletó. Não tinha intenção de abri-lo diante de Keedick.

Ao sair em busca de sua cabine, não ficou surpreso em descobrir que fora rebaixado para a terceira classe, quatro níveis abaixo do convés principal, e que teria de dividir com três outros indivíduos um espaço não muito maior que o oferecido por sua tenda no Colo Norte.

O primeiro apito do navio soou, anunciando a partida. George parou de desfazer as malas e subiu até o convés, para assistir ao navio saindo do porto.

Uma vez mais, debruçou-se na amurada e olhou para o cais: amigos e familiares acenavam para seus entes queridos. Ele não se deu ao trabalho de procurar por Lee Keedick, que já devia ter ido embora há muito tempo. Apenas observou os gigantescos arranha-céus se tornarem cada vez menores. Quando a Estátua da Liberdade finalmente saiu de seu campo de visão, decidiu que estava na hora de enfrentar a realidade.

Tirando o envelope do bolso, ele o abriu e extraiu um cheque. "Pague-se: Real Sociedade Geográfica — $48." Ele sorriu e pensou em Estelle por um momento. Mas só por um momento.

LIVRO SETE

O PRIVILÉGIO DE UMA MULHER

50

Eles caminhavam pela King's Parade[39] de mãos dadas, como um casal de colegiais.
— Não me deixe em suspense por mais tempo — disse Ruth.
— Como foi a entrevista?
— Acho que não poderia ter sido melhor — disse George. — Eles parecem concordar com todos os meus pontos de vista a respeito do ensino superior, e não fizeram objeções quando sugeri que chegou a hora de diplomar mulheres que desejem seguir as mesmas carreiras que os homens.
— Já era tempo mesmo — concordou Ruth. — Até Oxford já se conformou com isso.
— Talvez seja preciso mais uma guerra mundial para que Cambridge se mexa — disse George, enquanto dois sisudos professores da universidade passavam por eles.
— Então você acha que há uma chance de eles lhe oferecerem um emprego? Ou há outros candidatos para serem entrevistados?
— Acredito que não — disse George. — Na verdade, Young me levou a crer que eu estava numa lista de um só, e o diretor do comitê de entrevistas acabou entregando o jogo quando me perguntou se eu poderia começar a trabalhar em setembro.

---
[39] Rua histórica de Cambridge. (N.T.)

— Que maravilha — disse Ruth. — Meus parabéns, querido.

— Mas você não vai achar muito chato ter de sair de onde está e se mudar para Cambridge?

— Deus do céu, não — afirmou Ruth. — Não posso imaginar um lugar melhor para criar as crianças, e você ainda tem muitos amigos aqui. Vamos agradecer por eles não precisarem de você até setembro próximo, o que vai me dar tempo mais que suficiente para procurar uma casa nova e planejar a mudança, enquanto você estiver fora.

— Enquanto eu estiver fora? — disse George, parecendo perplexo.

— Sim. Já que o trabalho só começa no ano que vem, não vejo motivo para você não subir na sua montanha.

George olhou para ela como se não conseguisse acreditar no que estava ouvindo.

— Querida — conseguiu finalmente dizer —, você não faria objeção se eu me candidatasse a participar da expedição de retorno?

— Pelo contrário, eu gostaria muito — disse Ruth. — Nem quero pensar em ver você perambulando pela casa durante meses, como um urso com dor de cabeça. E com certeza não quero ver Finch de pé no topo da sua montanha sem que você possa fazer nada a não ser lhe enviar um telegrama de congratulações. Claro, é possível que eles não tenham a intenção de convidar você para a equipe de escalada.

— E por que não? — perguntou George.

— Bem, querido, você ainda pode ter a aparência de um colegial, e às vezes se comporta como um, mas, se forem conferir seu currículo com mais atenção, logo vão descobrir que você já não é nenhum frangote. Então, é melhor comunicar a eles que está disponível o mais rápido possível, pois essa, sem dúvida, vai ser sua última chance.

— Sua menininha atrevida — disse George. — Não sei se lhe dou um beijo ou umas palmadas. Acho que vou ficar com o beijo.

Quando ele finalmente a largou, tudo o que Ruth conseguiu dizer foi:

— Já falei com o senhor antes, sr. Mallory, sobre essa história de me beijar em público.

Ela não conseguia se lembrar da última vez em que o vira tão eufórico.

— Muito obrigado — querida — disse ele. — É um grande alívio saber como você se sente a respeito da minha última tentativa no Everest.

Ruth ficou feliz quando George a abraçou de novo, pois receava que ele a olhasse nos olhos e descobrisse como ela realmente se sentia.

◄o►

Ninguém se surpreendeu com o fato de George chegar atrasado para a festa de aniversário de seu irmão, mas sua irmã Mary troçou dele quando descobriu que ele esquecera o presente de Trafford em Holt.

— O que você comprou para ele? — perguntou Mary. — Ou também se esqueceu?

— Um relógio de pulso — disse George. — Comprei quando estive na Suíça pela última vez.

— Foi uma escolha surpreendente, considerando que é um instrumento pelo qual você tem demonstrado pouco interesse nos últimos 37 anos — disse ela, enquanto Trafford se aproximava deles.

— Posso ir buscar o presente no Natal — disse Trafford. — Como fiz no ano passado — acrescentou com um sorriso. — Mas tenho um assunto mais importante para resolver: acabar com uma discussão entre Cottie e mamãe a respeito do ponto mais alto que George alcançou no Everest.

George olhou para outro lado da sala e viu Cottie conversando com um homem que não reconheceu. Ele não a via desde que ambos tinham visitado a exposição de Monet na Royal Academy, um ou dois anos antes. Ela lhe lançou o sorriso que ele conhecia desde os tempos em que escalavam juntos, e ele se sentiu culpado por não tê-la mais procurado desde que o pai dela falira. Não que ele pudesse oferecer ajuda financeira, mas...

— Oito mil trezentos e noventa e sete metros — disse Mary —, como qualquer menino de escola sabe.

— Então é mais que qualquer piloto já subiu — disse Trafford.

— Senão, eu iria tentar pousar no topo da droga da montanha.

— Isso iria nos poupar um bocado de problemas — disse George, virando-se. — Até lá, alguém vai ter de chegar do jeito difícil. — Trafford riu. — Como vai Cottie? — perguntou George. — Ainda tem que trabalhar para ganhar a vida?

— Sim — respondeu Mary. — Mas felizmente já não precisa mais ficar atrás de um balcão na Woolworth's.

— Por quê? — perguntou Trafford. — Foi promovida a gerente?

— Não — respondeu Mary, rindo. — Ela acabou de publicar seu primeiro livro, e as críticas têm sido muito favoráveis.

George se sentiu ainda mais culpado.

— Vou ter de levar um exemplar comigo na minha próxima viagem — disse ele sem pensar.

— Sua próxima viagem? — estranhou Trafford. — Pensei que você tinha decidido não fazer parte da próxima expedição ao Everest.

— Cottie pode viver de escrever? — perguntou George, sem querer responder à pergunta do irmão. — Eu só ganhei míseras 32 libras de royalties com meu livro sobre Boswell.

— Cottie escreveu um romance de amor, não uma biografia enfadonha — disse Mary. — Além disso, os editores ofereceram a ela um contrato para três livros. Isso quer dizer que alguém acredita nela.

— Mais do que uma pessoa, ao que parece — disse Trafford, olhando atentamente para o homem com quem Cottie estava conversando.

— Como assim? — perguntou George.

— Cottie acabou de se casar — disse Mary. — Um diplomata do Ministério do Exterior. Você não sabia?

— Não, não sabia — admitiu George. — Não fui convidado para o casamento.

— Não é nenhuma surpresa — disse Mary. — Se você ler *Peking Picnic* (Piquenique em Pequim), vai entender por quê.
— O que você está insinuando?
— O herói do romance é um jovem professor educado em Cambridge que escala montanhas nas horas vagas.
Trafford riu.
— O quê? Nenhuma menção ao corajoso irmão caçula, o destemido ás da aviação que, depois de derrotar os alemães, volta para sua pátria e se torna o mais novo comandante da RAF?
— Só um parágrafo — disse Mary. — Mas ela sugere que, assim como seu irmão mais velho e mais bonito, ele está destinado a coisas mais elevadas.
— Isso vai depender de qual de nós vai ser o primeiro a alcançar 8.840 metros — observou Trafford.
— Oito mil oitocentos e quarenta e *oito* metros — disse George.

1924

51

Enquanto o restante do comitê estudava o mapa mais recente do Himalaia, confeccionado pela RSG, o general Bruce iniciou seu relatório.

— A maior parte da equipe de apoio já deve ter alcançado 5 mil metros — disse ele, batendo no mapa com seu monóculo, para indicar a posição. — O trabalho deles será garantir que tudo esteja preparado para Mallory e seu grupo de montanhistas quando eles chegarem ao acampamento-base dentro de 12 semanas.

— Ótimo — disse George. — E, como eu já identifiquei a rota que desejo tomar, isso nos dará mais de um mês para que possamos nos aclimatar e tentar alcançar o cume antes que comece a estação de monções.

— Podemos presumir, Mallory — disse Sir Francis —, que já resolvemos a maior parte dos problemas que você relacionou depois da primeira expedição?

— Com certeza, sr. presidente — respondeu George. — Mas, depois de meus esforços infrutíferos nos Estados Unidos, devo perguntar de onde saiu o dinheiro que tornou tudo isso possível.

— Recebemos uma quantia inesperada — explicou Hinks. — Embora nem tudo tenha corrido conforme os planos em sua estada nos Estados Unidos, Mallory, *Epic of Everest* (Epopeia do Everest), o filme de Noel, foi um enorme sucesso por aqui. Tanto que ele ofereceu 8 mil libras à Sociedade pelos "direitos cinematográficos", acho que a expressão é essa, da próxima expedição. Com uma só condição.

— E qual seria ela? — perguntou Raeburn.
— Que Mallory seja o líder da escalada — disse Hinks.
— Como eu já concordei com isso — observou Mallory —, tudo o que me resta é estabelecer a composição da minha equipe de escalada.
— Que, com toda a franqueza, sr. presidente, já selecionou a si mesma.

George assentiu e tirou um papel do bolso do paletó.

— Posso apresentar a lista de nomes para a aprovação do comitê, sr. presidente?

— Sim, é claro, meu velho — disse Sir Francis. — Droga, a equipe é sua.

George leu os nomes que ele e Young haviam escolhido no encontro anterior do Clube Alpino.

— Norton, Somervell, Morshead, Odell, Finch, Bullock, Hingston, Noel e eu.

Fez-se um longo silêncio antes que o presidente respondesse.

— Lamento ter de lhe comunicar, Mallory, que recebi uma carta do sr. Finch hoje de manhã informando que, dadas as condições, ele teria de retirar seu nome da lista de potenciais integrantes da expedição de 1924.

— Dadas as circunstâncias? — repetiu George. — Que circunstâncias?

Sir Francis acenou na direção de Hinks. Hinks abriu uma das pastas à sua frente, extraiu uma carta e a entregou a George.

George leu-a duas vezes e disse:

— Mas ele não menciona nenhuma razão específica para retirar seu nome. — Passando a carta a Geoffrey Young, ele perguntou: — Por acaso ele está doente?

— Não que seja do nosso conhecimento — disse Sir Francis cautelosamente.

— E não deve ser nenhum problema financeiro — disse Young, devolvendo a carta a Hinks —, pois, graças a Noel, temos dinheiro mais que suficiente para cobrir qualquer despesa de Finch referente a passagens e equipamento.

— Receio que a verdade seja um pouco mais delicada, Mallory — disse Hinks, enquanto fechava o livro de atas e recolocava a tampa de sua caneta-tinteiro.

— Com certeza, não deve ser nada relacionado com aquela história da esposa do governador-geral — observou George.

— Não, receio que seja muito pior que aquele desagradável incidente — disse Hinks, retirando os óculos meia-lua e os pousando na mesa.

George esperou impacientemente que ele prosseguisse. Finalmente, Hinks acrescentou:

— Finch aceitou diversos convites para fazer palestras no país inteiro. Acabou ganhando uma considerável soma de dinheiro, mas a Sociedade não viu nem 1 *penny* sequer.

— A Sociedade tinha direito a receber 1 *penny*? — perguntou Young.

— Certamente que tinha — disse Hinks —, pois Finch assinou um contrato, assim como você, Mallory, onde se estipulava que ele deveria repassar 50 por cento de qualquer ganho que obtivesse como resultado da expedição ao Everest.

— Quanto dinheiro está envolvido? — perguntou Young.

— Não fazemos ideia — admitiu Hinks —, pois Finch se recusa a apresentar qualquer prestação de contas, apesar de vários pedidos para que ele faça isso. No final, a Sociedade não teve outra escolha a não ser apresentar uma notificação a ele exigindo o que é nosso por direito.

— Eu disse desde o início que Finch era um grosseirão — exclamou Ashcroft. — Esse último incidente só prova que eu tinha razão.

— Você acha que esse assunto vai para os tribunais? — perguntou Young.

— Espero que não — disse Hinks. — Mas, se isso acontecer, o caso provavelmente será julgado quando a expedição já estiver no Tibete.

— Tenho certeza de que os *sherpa*s vão ficar muito perturbados com isso — disse George.

— Não é assunto para rir — disse Sir Francis gravemente.

— Há alguém aqui na mesa que acredite que esse último contratempo pode afetar a competência de Finch como montanhista? — perguntou Young.

— Essa não é a questão, Young — disse Hinks —, e você sabe bem disso.

— Vai ser a questão — disse George — quando eu estiver a 8.200 metros e precisar decidir quem será meu parceiro na escalada final.

— Você pode escolher entre Norton e Somervell — lembrou Hinks.

— Eles serão os primeiros a reconhecer que não estão no nível de Finch.

— Mallory, você há de admitir que a RSG não teve escolha depois desse último incidente.

— A RSG não tem nenhum direito divino de decidir quem deve e quem não deve fazer parte da equipe de escalada — disse Mallory. — Caso você tenha esquecido, sr. Hinks, este é o Comitê do Everest.

— Escute, Mallory — interpôs Ashcroft —, acho que essa foi um pouco forte.

— Então me deixe perguntar, comandante — vociferou George —, com toda a sua vasta experiência acima do nível do mar, quem você acha que seria a escolha óbvia para ocupar o lugar de Finch?

— Fico feliz por você ter levantado o assunto, Mallory — observou Hinks —, pois acredito que encontramos um substituto adequado.

— E quem seria ele? — perguntou Mallory.

— Um jovem chamado Sandy Irvine. Ele faz parte da equipe de remo de Oxford, e concordou em participar, apesar de ter sido convidado em cima da hora.

— Como não pretendo remar até o topo do Everest, sr. Hinks, talvez você possa nos dizer qual é a experiência do sr. Irvine como montanhista, porque eu nunca ouvi falar dele.

Hinks sorriu pela primeira vez.

— Parece que seu amigo Odell ficou muito impressionado com o rapaz quando eles escalaram juntos dentro do Círculo Polar Ártico no ano passado. Irvine foi o primeiro a chegar ao cume do pico mais alto de Spitsbergen.

Hinks parecia muito satisfeito consigo mesmo.

— Spitsbergen — interveio Young — é para novatos promissores. E, caso você não saiba, sr. Hinks, o pico mais alto tem cerca de 1.770 metros.

— Então, quando eu estiver procurando alguém para me acompanhar nos primeiros 1.700 metros — disse George —, posso lhe assegurar, sr. Hinks, que Irvine será o primeiro nome que me virá à cabeça.

— Devo também destacar, Mallory — disse Hinks —, que Irvine ensina química em Oxford, e está bem familiarizado com os aparelhos de oxigênio que Finch testou na última viagem. Na verdade, fui informado por fontes confiáveis que ele mantém contatos regulares com os fabricantes no sentido de estudar possíveis melhorias no sistema.

— Finch também é perito no que se refere ao uso de oxigênio, e tem um diploma de primeira classe para provar isso — lembrou George.

— E, caso o comitê tenha esquecido, ele já tem experiência com o uso de oxigênio acima de 8.200 metros, uso este que você criticou com veemência na época da primeira escalada, sr. Hinks. E talvez ainda mais relevante seja o fato de que Finch é o atual recordista em altitude, com 8.488 metros, como eu sei à minha própria custa.

— Cavalheiros, cavalheiros — disse Sir Francis —, devemos tentar resolver nossas diferenças com um mínimo de decoro.

— O que o senhor tem em mente, sr. presidente? — perguntou George. — Pois claramente o sr. Hinks e eu nunca iremos concordar nesse ponto.

— Que devemos permitir que a maioria decida, como sempre foi nosso costume na RSG. — Antes que George pudesse interrompê-lo, Sir Francis acrescentou: — E como eu tenho certeza de que é costume no Clube Alpino.

Young ficou em silêncio. Como ninguém mais aventurou uma opinião, Sir Francis continuou.

— Posso então sugerir, com certa relutância, que chegou a hora de votarmos novamente essa questão? — Ele esperou que alguma objeção fosse levantada, mas o restante do comitê permaneceu em silêncio.

— Você poderia organizar a votação, por favor, sr. secretário?

— Certamente, sr. presidente — disse Hinks. — Aqueles a favor de que o sr. Finch seja reincorporado como membro da equipe de escalada, por favor, levantem a mão.

Mallory, Young e, para surpresa geral, o general Bruce levantaram as mãos. Antes de registrar o voto do general no livro de atas, Hinks olhou para ele e disse:

— Mas eu pensei que você detestava o sujeito.

— Sim, meu velho, e detesto — disse Bruce. — Mas a altura mais elevada a que eu cheguei na última viagem foi de 5.300 metros. E posso lhe garantir, Hinks, que não pretendo apresentar meu nome quando Mallory chegar a 8.200 metros e tiver de escolher quem irá com ele na escalada final.

Hinks, relutantemente, registrou o voto do general.

— Aqueles que são contra? — perguntou em seguida.

Raeburn e Ashcroft se juntaram a ele e levantaram as mãos.

— Acho que foi empate, sr. presidente. Assim, mais uma vez, o senhor terá o voto decisivo.

— Nesta ocasião — disse o sr. Francis sem hesitação —, vou votar contra a reincorporação de Finch.

Imediatamente, Hinks registrou o resultado no livro de atas. E, antes que a tinta estivesse seca, anunciou:

— O Comitê do Everest decidiu, por quatro votos a três, que George Finch não seja reincorporado à equipe de escalada.

E fechou o livro de atas.

— Posso lhe perguntar o que causou sua mudança de opinião desta vez, sr. presidente? — perguntou George calmamente.

— Não manter o acordo com a RSG foi a gota final para mim — disse Sir Francis, olhando para o retrato do rei George V. — No entanto, eu também desconfio que Sua Majestade não gostaria que um divorciado fosse a primeira pessoa a pisar no topo do mundo.

— É uma pena que Henrique VIII não fosse o rei quando a primeira tentativa de escalar o Everest foi considerada — disse George em voz baixa. Lentamente, ele reuniu seus papéis e se levantou da cadeira.

— Devo pedir desculpas, sr. presidente, mas o senhor não me deixa outra escolha a não ser apresentar minha renúncia como membro deste comitê e como líder da equipe de escalada. Naturalmente, desejo boa sorte a meu sucessor. Bom-dia, cavalheiros.

— Sr. Mallory — disse Hinks, antes que George chegasse à porta.

— Espero que sua decisão não o impeça de fazer a palestra comemorativa da RSG hoje à noite. Os lugares já foram totalmente vendidos, há semanas, e de fato o...

— É claro que honrarei meu compromisso — disse Mallory. — Mas, se alguém me perguntar por que renunciei a este comitê e não irei liderar a próxima expedição ao Everest, não hesitarei em contar que fui voto vencido na votação que escolheu a equipe de escalada.

— Então, que assim seja — disse Hinks.

Mallory saiu da sala, fechando a porta sem fazer barulho.

— Lá se vão as 8 mil libras de Noel — disse Raeburn, apagando o charuto. O que nos deixa sem muitas opções, a não ser acabar com a droga da festa.

— Não necessariamente — disse Hinks mansamente. — Vocês devem ter reparado, cavalheiros, que eu não registrei a renúncia de Mallory no livro de atas. Ainda tenho algumas cartas na manga, que pretendo jogar antes que a noite termine.

—◆—

George saiu da sala e percorreu rapidamente o corredor que levava ao camarim do palestrante. Não parou para conversar com ninguém, pois receava que lhe fizessem alguma pergunta a que não desejava responder antes de terminar a palestra. E pretendia aproveitar os quarenta minutos que a precediam para ordenar seus pensamentos, pois sabia que estava prestes a realizar a palestra mais importante de sua vida.

Quando entrou no camarim do palestrante, ficou surpreso ao encontrar Ruth esperando por ele.

— O que aconteceu? — perguntou ela, ao ver a expressão de raiva em seu rosto.

Andando de um lado para o outro, George relatou ponto a ponto o que ocorrera durante a reunião do comitê. Ao terminar, parou diante dela.

— Fiz a coisa certa, não fiz, querida?

Ruth já previra a pergunta, e sabia que tudo o que teria de dizer seria: "Sim, é claro que você fez bem em renunciar, querido. Hinks se comportou lamentavelmente e, sem Finch, você se arriscaria muito. E não vamos esquecer que sua esposa também correria riscos, não a dele."

George ficou parado, esperando a resposta.

— Vamos esperar que você não passe o resto da vida lamentando sua decisão — foi tudo o que ela disse. Antes que ele pudesse pressioná-la mais, ela pulou da cadeira. — Vou deixar você agora, querido. Só dei um pulinho aqui para lhe desejar boa sorte. Sei que esta ocasião é muito importante e você precisa desses últimos minutos para se preparar.

Dando-lhe um beijo no rosto, ela saiu sem dizer mais nada.

George sentou-se atrás de uma pequena escrivaninha e tentou repassar suas anotações, mas seus pensamentos retornavam à reunião do comitê e à ambígua resposta de Ruth.

Então, ouviu uma leve batida à porta. Perguntou a si mesmo quem poderia ser. Uma das regras de ouro da Sociedade era que um orador não pode ser interrompido nos momentos finais de sua preparação. Quando viu Hinks passar pela porta, teve vontade de lhe dar um soco na droga do nariz. Até que viu quem o acompanhava. Pondo-se de pé, George fez uma mesura.

— Sua Alteza Real — disse Hinks —, permita-me ter a honra de lhe apresentar o sr. George Mallory, que, como o senhor sabe, fará a palestra de hoje à noite.

— Sim, realmente — disse o príncipe de Gales. — Peço desculpa por interrompê-lo tão bruscamente, Mallory, mas Sua Majestade, o rei, me confiou uma mensagem para que eu a trouxesse pessoalmente a você.

— É muita bondade sua se dar a esse trabalho, senhor.

— Que nada, meu velho. Sua Majestade quer que você saiba que ele ficou encantado por saber que você concordou em liderar a próxima expedição ao Everest e mal pode esperar para recebê-lo quando você retornar. — Hinks deu um leve sorriso. — Posso lhe dizer, Mallory, que esses são também meus sentimentos e acrescento que estou ansioso para ouvir sua palestra.

— Obrigado, senhor — disse George.

— Agora, é melhor deixar você à vontade — disse o príncipe — ou essa palestra nem começará.

George fez outra mesura, enquanto o príncipe de Gales e Hinks saíam do aposento.

— Hinks, seu miserável — murmurou, enquanto a porta se fechava atrás deles. — Não pense nem por um minuto que esse seu truquezinho vai me fazer mudar de ideia.

52

— Vossa Alteza Real, meus lordes, senhoras e senhores, é meu privilégio, como presidente da Real Sociedade Geográfica e do Comitê do Everest, apresentar o palestrante desta noite, o sr. George Mallory — anunciou Sir Francis Younghusband. — O sr. Mallory foi o líder da escalada na última expedição, quando atingiu a altura de 8.397 metros — a apenas 451 metros do cume. Esta noite, o sr. Mallory vai nos falar sobre suas experiências nessa aventura histórica em uma palestra intitulada "Saindo do Mapa". Senhoras e senhores, o sr. George Mallory.

George não conseguiu falar por vários minutos, pois os espectadores se levantaram como um só homem e começaram a aplaudi-lo, parando apenas quando ele fez um gesto para que sentassem. Olhando para a primeira fila, ele sorriu para o homem que deveria estar proferindo a palestra comemorativa naquela noite, se não fosse pelo ferimento que sofrera na guerra. Young retribuiu o sorriso, visivelmente orgulhoso de que seu pupilo o estivesse representando. Norton, Somervell e Odell estavam ao lado dele.

George aguardou que a plateia se acomodasse antes de dizer sua primeira frase.

— Quando estive em Nova York recentemente — começou ele —, fui apresentado como o homem que conquistou o Everest sozinho. — Ele esperou que os risos cessassem e continuou. — Uma afirmativa duplamente incorreta. Embora um homem possa acabar chegando sozinho ao topo daquela grande montanha, ele não poderia esperar conseguir tal feito sem o apoio de uma equipe de primeira classe. E com isso quero dizer que é melhor você ter de tudo, de setenta mulas indianas a um general Bruce, se quiser alcançar pelo menos o acampamento-base.

Esta foi a dica para que as luzes se apagassem e o primeiro slide aparecesse na tela atrás dele.

Quarenta minutos depois, George estava de volta ao acampamento-base e, mais uma vez, recebendo aplausos entusiásticos. Ele sentia que a palestra correra bem, mas ainda precisaria responder às perguntas e temia que uma resposta errada pudesse *realmente* devolvê-lo ao acampamento-base.

Quando indagou se alguém tinha alguma pergunta, ficou surpreso ao ver que Hinks não se levantara do lugar. Segundo a tradição, era o secretário da RSG quem fazia a primeira pergunta. Mas ele permaneceu resolutamente em seu lugar na primeira fila, de braços cruzados. George apontou para um cavalheiro idoso que estava na segunda fila.

— Quando o senhor chegou a 8.397 metros e viu Finch passar à sua frente, não pensou que seria melhor ter levado um par de cilindros de oxigênio?

— Quando nós partimos pela primeira vez, não pensei isso — respondeu Mallory. — Mais tarde, porém, quando eu não conseguia avançar mais que alguns metros sem ter de parar para descansar, concluí que seria praticamente impossível alguém alcançar o cume só com o próprio fôlego.

Indicou então outra mão levantada.

— Mas o senhor não acha que o uso de oxigênio é uma trapaça?

— Eu era dessa opinião — disse George. — Mas isto foi antes de um colega, que dividiu a tenda comigo a 8.200 metros, me lembrar que também se pode argumentar que usar botas de couro e luvas de lã, ou até colocar um cubo de açúcar no chá, pode ser considerado trapaça, pois tudo isso, sem dúvida, melhora as chances de sucesso. E, para ser sincero, de que serve viajar 8 mil quilômetros se você não tem nenhuma esperança de cobrir as últimas centenas de metros?

Ele selecionou outra mão erguida.

— Se não tivesse parado para ajudar o sr. Odell, o senhor acha que poderia ter feito melhor?

— Eu certamente podia ver o melhor — respondeu George —, pois o sr. Finch estava 90 metros à minha frente.

O comentário foi recebido com risos divertidos.

— Confesso que o cume parecia estar muito próximo naquela hora, mas isso pode ser enganador. Não se esqueça de que, em uma montanha, 150 metros não é uma distância pequena. Longe disso. É como se fosse 1,5 quilômetro. Mas essa experiência me convenceu de que, com tempo suficiente e condições adequadas, é possível alcançar o topo.

Por mais vinte minutos, George respondeu a diversas perguntas, sem dar nenhuma pista de que acabara de renunciar ao posto de líder da escalada.

— Última pergunta — disse ele finalmente, com um sorriso de alívio.

Apontou então para um jovem que estava sentado em uma fila do meio, que se levantara e estava abanando a mão, esperando ser notado. Com uma voz ainda não amadurecida, o rapaz perguntou:

— Depois que o senhor tiver conquistado o Everest, o que vai sobrar para gente como eu?

Toda a plateia começou a rir, e Mallory se lembrou de como ficara nervoso quando fizera quase a mesma pergunta ao capitão Scott. Olhando para as galerias, ficou feliz ao ver a viúva de Scott em seu lugar habitual, na primeira fila. A decisão que ele tomara mais cedo significava que, graças a Deus, Ruth não mais precisaria se angustiar com a perspectiva de sofrer o mesmo destino. Mallory olhou de novo para o jovem e sorriu.

— Você deveria ler H. G. Wells, meu rapaz. Ele acredita que, no devido tempo, a humanidade será capaz, como Puck,[40] de dar a volta ao mundo em quarenta minutos; que alguém um dia quebrará a barreira do som, com consequências que ainda não podemos prever; e que, durante o seu período de vida, embora talvez não no meu, um homem irá caminhar na lua. — George sorriu para o jovem. — Talvez você venha a ser o primeiro inglês lançado ao espaço.

Os espectadores deram sonoras risadas e aplaudiram mais uma vez, enquanto George fazia uma mesura de despedida, certo de que ninguém suspeitara do que ocorrera na reunião realizada mais cedo. Ele sorriu para Ruth, que estava sentada na primeira fila da plateia, entre suas irmãs Avie e Mary; outro pequeno triunfo.

Quando levantou a cabeça, viu seu amigo mais antigo de pé, aplaudindo freneticamente. Em questão de segundos, os demais espectadores se juntaram a Guy Bullock, sem demonstrar a menor vontade de se sentar novamente, apesar dos gestos de George.

Ele estava prestes a deixar o palco quando se voltou e viu Hinks subir os degraus e caminhar em sua direção, carregando uma pasta. Lançando a Mallory um sorriso cordial, ele se aproximou do microfone, que abaixou vários centímetros, e esperou os aplausos cessarem. Depois que todos reocuparam seus assentos, ele começou a falar:

— Vossa Alteza Real, meus lordes, senhoras e senhores. Aqueles de vocês que estão familiarizados com as tradições desta histórica Sociedade devem saber que, em ocasiões como esta, o secretário tem o privilégio de fazer a primeira pergunta. Nesta noite eu não fiz isso, quebrando a tradição; mas só porque meu presidente, Sir Francis Younghusband, me ofereceu um prêmio ainda maior, o de agradecer ao nosso palestrante e meu caro amigo, George Mallory.

George nunca ouvira Hinks chamá-lo pelo primeiro nome antes.

---

[40] Duende do folclore inglês. (N.T.)

— Mas permitam que antes eu fale sobre uma resolução que tomamos durante a reunião de hoje do Comitê do Everest, na ausência do sr. Mallory, e que queremos comunicar a todos os membros desta sociedade. — Hinks abriu o arquivo, retirou um papel, ajustou os óculos e começou a ler: — Foi decidido por unanimidade que devemos convidar o sr. George Leigh Mallory para ser o líder de escalada na expedição ao Everest que será realizada em 1924.

Os espectadores irromperam em aplausos, mas Hinks ergueu a mão para silenciá-los, pois claramente tinha mais coisas a dizer.

George permaneceu um passo atrás dele, com a cabeça fervilhando.

— Entretanto, o comitê sabe muito bem que existem razões que levam o sr. Mallory a não se sentir em condições de aceitar essa árdua tarefa pela segunda vez.

Gritos de "Não!" partiram da plateia, fazendo com que Hinks levantasse a mão novamente.

— São razões que vocês talvez desconheçam. Mas, quando eu lhes disser quais são, vocês poderão entender o dilema que ele atravessa. O sr. Mallory tem uma esposa e três filhos pequenos, que não deseja abandonar por outro período de seis meses. Além disso, eu soube hoje que ele está prestes a ser designado para o cargo mais importante da Associação dos Profissionais de Educação, cargo este que lhe permitirá colocar em prática as crenças que ele mantém apaixonadamente há muitos anos.

E prosseguiu:

— Como se não fosse o bastante, existe uma terceira razão. Eu devo tomar muito cuidado ao explicá-la, pois sei que há muitos cavalheiros da imprensa entre nós esta noite. A nossa sociedade soube hoje que o sr. Finch, companheiro do sr. Mallory na última expedição ao Everest, teve de se retirar da equipe de escalada por motivos particulares. Creio que os jornais irão relatar isso com mais detalhes amanhã. — O auditório agora se mantinha em silêncio. — Levando em conta tudo isso, o comitê decidiu que, como o sr. Mallory não se sente à vontade para liderar a expedição de 1924, muito compreensivelmente, não temos outra escolha a não ser adiar, não abandonar, mas adiar, o projeto desta expedição, até que um substituto à altura seja encontrado para liderar a escalada.

George percebeu de repente que o rei e o príncipe de Gales eram apenas uma atração secundária. Hinks estava prestes a desferir o golpe final.

— Permita que eu termine — disse Hinks, voltando-se para olhar George — dizendo que, seja qual for sua decisão, senhor, esta sociedade será eternamente grata por seu inabalável comprometimento com nossa causa e, mais importante, pelos serviços que prestou a este país. Naturalmente, esperamos que o senhor aceite a posição de líder de escalada que lhe oferecemos e que, dessa vez, conduza sua equipe a uma glória ainda maior. Senhoras e senhores, peço a todos que se unam a mim nos agradecimentos a nosso palestrante da noite, Mallory do Everest.

Os espectadores se levantaram como se fossem um só. Homens que normalmente aplaudiriam o palestrante de forma cortês e respeitosa pularam de suas poltronas, alguns dando vivas, outros implorando, todos esperando que Mallory aceitasse o desafio. George olhou para Ruth, que também aplaudia de pé. Quando Hinks deu um passo atrás e se juntou a ele, George disse pela segunda vez naquela noite:

— Seu miserável.

— É bem possível — respondeu Hinks. — Mas, quando eu for atualizar o livro de atas esta noite, presumo que poderei registrar que você aceitou o posto de líder da escalada.

— Mallory do Everest! Mallory do Everest! — entoavam os espectadores em uníssono.

— Seu miserável — repetiu George.

53

George se debruçou sobre a amurada do *SS California*, procurando vislumbrar sua esposa. Sorriu quando a localizou em meio à multidão que o aclamava. Ao notar que ele a tinha descoberto, ela começou a acenar. O fato de que ele não pudesse ver as lágrimas que lhe rolavam pelo rosto a deixou feliz.

Por fim, a tripulação ergueu a prancha de embarque e desamarrou as cordas. Nem bem o navio começou a se afastar do cais, ele já sentia falta dela. Por que sempre tinha de partir para perceber o quanto a amava? Durante os próximos seis meses, tudo o que teria para se lembrar da beleza dela era uma desgastada foto sépia, tirada durante a primeira semana da lua de mel. Se ela não tivesse insistido tanto para que fosse, ele teria permanecido em casa, satisfeito em seguir os progressos da expedição pelo *Times*. George sabia que Hinks não tinha nenhuma intenção de adiá-la, mas, como todas as palavras que lhe dissera haviam sido publicadas pelo jornal na manhã seguinte, ele percebeu que o blefe do secretário funcionara. Hinks mostrara ser um jogador de pôquer muito melhor do que ele.

Portanto, lá estava ele a caminho da Índia, sem Finch para desafiar cada movimento seu. E o *sherpa* Nyima não estaria no cais para recebê-lo quando ele descesse do navio no outro lado do mundo.

Foi então que George o viu, de pé atrás da multidão, um pouco apartado, como convém a um solitário. Não o reconheceu a princípio, até que ele levantou o chapéu, revelando a cabeleira volumosa e ondulada que encantara tantas mulheres. George retribuiu o cumprimento, surpreso por Finch não ter entrado às escondidas no navio. Mas Hinks manobrara para que ele não pudesse mostrar o rosto em público até o escândalo arrefecer — muito menos aparecer sozinho no palco mais alto da Terra.

George procurou Ruth mais uma vez e, ao encontrá-la, não mais desviou o olhar, até que ela deixou de estar visível em meio à enorme multidão que acenava no cais.

—◦—

Quando uma negra coluna de fumaça era tudo o que podia enxergar no horizonte, Ruth relutantemente voltou para o carro. Afastando-se das docas, iniciou sua longa viagem de regresso à Holt. Dessa vez não havia multidões entusiasmadas que a impedissem de escapar.

Ruth não sentia falta de multidões entusiasmadas. Só queria que seu marido retornasse vivo. Mas desempenhara tão bem seu papel que todos estavam convencidos de que ela queria que George tivesse uma última chance para realizar seu sonho. Na verdade, Ruth não se importava que ele tivesse sucesso ou fracassasse, contanto que ambos pudessem envelhecer juntos e aquele dia não fosse mais que uma pálida lembrança.

—◦—

Quando deixou de ver o chão de sua pátria, George se recolheu à sua pequena cabine. Sentou-se à mesa sob a escotilha e começou a escrever uma carta para a única mulher que sempre amou. *Minha amada Ruth...*

LIVRO OITO

O DIA DA ASCENSÃO

54

12 de março de 1924

Minha amada Ruth,

A longa viagem marítima serve para me lembrar como é excelente o grupo de caras que tenho o privilégio de liderar. Muitas vezes, penso nos sacrifícios que tenho feito, sem pensar o bastante nesses homens admiráveis que estão dispostos a me acompanhar nesta aventura extravagante ou nas tribulações que eles também têm enfrentado nos últimos dois anos, juntamente com suas famílias e amigos.

Apesar de minhas apreensões iniciais, Sandy Irvine está se revelando um companheiro excepcional. Embora tenha só 22 anos, tem uma lúcida cabeça nortista firmemente plantada nos ombros largos. E a coincidência de nós dois sermos de Birkenhead é tão incrível que não seria aceita nem em um romance.

Claro, ainda estou preocupado com o fato de que ele nunca escalou mais que 1.700 metros, mas tenho de admitir que ele está mais em forma que qualquer um de nós, como os passageiros têm testemunhado em nossas sessões matinais de ginástica conduzidas pelo temível general Bruce. Bruce gosta muito de ser nosso maestro, mas não tem nenhum desejo de fazer parte da orquestra.

Devo confessar também que Hinks não exagerou ao elogiar os conhecimentos químicos de Irvine. Ele se equipara a Finch nesse departamento, embora Norton e Odell ainda se recusem a apoiar a ideia de usar oxigênio, *muito menos de amarrar às costas aqueles cilindros volumosos. Será que, no final, aceitarão a ideia de que não temos nenhuma esperança de alcançar o cume sem o auxílio dessa heresia infernal ou continuarão sendo, nas palavras de Finch, abençoados amadores que certamente fracassarão? Só o tempo dirá.*

*

Nosso navio atracou em Bombaim em 20 de março. Imediatamente, tomamos o trem para Darjeeling, onde selecionamos nossos pôneis e carregadores. Uma vez mais, o general Bruce operou milagres e, na manhã seguinte, iniciamos a longa jornada até o Tibete, juntamente com sessenta pôneis e mais de cem carregadores. Antes de deixarmos Darjeeling no Trem de Brinquedo, jantamos com Lord Lytton, o novo governador-geral, e sua esposa. Como Finch não estava presente, não tenho nada de interessante para contar, além do fato de que o jovem Irvine demonstrou mais que um interesse passageiro em Lynda, a filha do governador-geral. Lady Lytton pareceu feliz em encorajá-lo.

Na embaixada, havia uma carta de minha irmã Mary esperando por mim. Por sorte, o marido dela foi alocado no Ceilão. Agora ela vai poder nos avisar com antecedência sobre a chegada das monções, que costumam passar pela ilha cerca de dez dias antes de chegar ao Everest.

Na manhã seguinte, iniciamos a viagem de 130 quilômetros até a fronteira, que transcorreu sem incidentes. Infelizmente, o general Bruce contraiu malária e teve de retornar a Darjeeling. Receio não vê-lo novamente. Ele levou a banheira com ele, além de uma dúzia de caixas de charutos e metade das caixas de vinho e champanhe — mas gentilmente nos deixou ficar com a outra metade, para não mencionar os presentes que escolheu para oferecermos ao dzongpen quando apresentarmos nossas credenciais na fronteira.

Ele foi substituído por seu assistente, o tenente-coronel Norton. Você deve se lembrar de Norton, o homem que deteve o recorde mundial de alti-

tude por 24 horas, antes que Finch tão petulantemente o arrebatasse dele. Embora Norton nunca fale sobre o assunto, sei que está ansioso para recuperar o recorde. E devo admitir que, se ele concordasse em usar oxigênio ao alcançarmos 8.200 metros, ele seria a escolha óbvia para me acompanhar até o cume. Somervell, no entanto, está indeciso quanto ao uso de oxigênio. É bem possível que ele seja a alternativa, pois nem penso em escalar os últimos 600 metros com Odell.

Atravessamos a fronteira com facilidade desta vez, mesmo usando nossas botas mais velhas e os relógios baratos comprados em Bombaim. Inundamos o dzongpen *com presentes da Harrods, Fortnum's, Davidoff e Lock's, inclusive uma elegante bengala preta, com um castão prateado representando a cabeça do rei. Garanti a ele que era um presente de Sua Majestade.*

Ficamos surpresos quando o dzongpen *nos disse que ficou muito desapontado ao saber que o general Bruce ficara doente, pois estava ansioso para reencontrar seu velho amigo. Não pude deixar de notar que ele estava usando o chapéu e o relógio de ouro do general, embora não houvesse sinal da minha gravata do Winchester College.*

*

Hoje de manhã, quando passávamos por Pang La, as nuvens se abriram de repente e nós vimos as imponentes alturas de Chomolungma dominando o horizonte à nossa frente. Sua beleza vertical, mais uma vez, me fez perder o fôlego. Um homem sábio certamente resistiria a seus encantos sedutores e logo viraria as costas. Só que, como as sereias de Eurípedes, ela atrai o passante para suas terras rochosas e traiçoeiras.

Enquanto subíamos cada vez mais alto, mantive um olho vigilante sobre Irvine, que parece ter se aclimatado às condições locais tão bem quanto qualquer um de nós. Bem, às vezes me esqueço de que ele é 16 anos mais novo que eu.

Hoje de manhã, tendo o Everest como pano de fundo, realizamos um culto em memória de Nyima e dos outros seis sherpas que perderam as vidas na última expedição. Temos de alcançar o cume desta vez, mesmo que seja apenas para honrar a memória deles. Eu gostaria muito que Nyima estivesse ao meu lado agora, pois não hesitaria em convidá-lo para me acompanhar na escalada final, pois é justo que um sherpa seja a primeira pessoa a pisar no topo de sua própria montanha. Para não falar que seria uma doce vingança contra Hinks, depois de seu comportamento maquiavélico na palestra comemorativa. Mas, infelizmente, não será um sherpa quem atingirá o topo desta vez, pois procurei entre os conterrâneos de Nyima e não encontrei ninguém que se compare a ele.

Por fim, no dia 29 de abril, chegamos ao acampamento-base. Para ser justo com Hinks — coisa que nunca achei fácil —, tudo o que solicitei estava no lugar. Desta vez não perderemos dias preciosos montando e desmontando acampamentos, e movendo equipamentos para cima e para baixo. O sr. Hazard (nome infeliz para alguém com a responsabilidade de organizar nosso dia a dia)[41] me garantiu que o Acampamento III já foi instalado a 6.400 metros. Onze de nossos melhores sherpas estão aguardando nossa chegada, sob o comando de Guy Bullock.

Não podemos esquecer que foram as 8 mil libras de Noel que tornaram tudo isso possível, e ele está filmando tudo o que se mexe. O documentário final desta expedição rivalizará com O nascimento de uma nação.[42]

*

Estou escrevendo esta carta em minha pequena tenda no acampamento-base. Dentro de poucos minutos, vou jantar com meus companheiros, quando Norton irá transferir para mim a responsabilidade do comando.

---

[41] *Hazard*: "risco, perigo" em inglês. (N.T.)
[42] Filme americano de 1915, de grande popularidade. (N.T.)

AS TRILHAS DA GLÓRIA

Informarei então à equipe meus planos para a escalada do Everest. E desse modo, meu amor, a grande aventura recomeça. Estou muito confiante nas minhas chances desta vez. Assim que conquistar minha magnífica obsessão, vou apertar um botão e, instantes depois, estarei a seu lado novamente. Depois desta, você já deve ter adivinhado que estou relendo A máquina do tempo, *de H. G. Wells. Mesmo que eu não possa apertar esse botão mítico, retornarei tão depressa quanto for humanamente possível, pois não tenho nenhum desejo de me separar de você por nenhum momento mais que o necessário. Como prometi, pretendo deixar sua foto no cume...*

55

Quinta-feira, 1º de maio de 1924

Agora restavam oito.

— Cavalheiros, à Sua Majestade, o rei — brindou o tenente-coronel Norton, levantando-se do banco à cabeceira da mesa e erguendo a caneca de metal.

Os demais integrantes da equipe imediatamente se puseram de pé e, como uma só pessoa, disseram:

— Ao rei.

— Por favor, permaneçam de pé — pediu George. — Senhores, a Chomolungma, deusa-mãe da Terra.

O grupo ergueu as canecas pela segunda vez. Fora da tenda, os *sherpas* se curvaram até o chão, com os rostos voltados para a montanha.

— Cavalheiros — disse George. — Podem fumar.

A equipe reocupou as cadeiras, acendeu charutos e começou a passar o decantador com vinho do Porto em torno da mesa. Minutos depois, George se levantou novamente e bateu na caneca com uma colher.

— Permitam-me começar, cavalheiros, dizendo como todos lamentamos que o general Bruce não possa estar conosco nesta ocasião.

— Apoiado, apoiado. Apoiado, apoiado.

— Graças à antevisão e à diligência do general Bruce, só nos resta uma tarefa: domar finalmente este monstro, para podermos voltar para casa e começar a levar vidas normais. Quero deixar absolutamente claro, desde o início, que ainda não decidi qual será a composição dos dois grupos que irão me acompanhar na escalada final.

"Um dos aspectos que não mudarão quanto à expedição anterior é que eu vou ficar de olho em cada um de vocês antes de decidir quem está mais bem-aclimatado às condições daqui. Com isso em mente, espero que todos vocês estejam de pé e prontos para partir amanhã de manhã, às seis horas, para podermos alcançar 5.800 metros, por volta de meio-dia, e retornar ao acampamento-base ao pôr do sol."

— Por que tornar a descer — perguntou Irvine — se nós estamos tentando chegar ao topo tão depressa quanto possível?

— Não tão depressa quanto possível — disse George, sorrindo ao perceber como o jovem Sandy Irvine era inexperiente. — Até você levará algum tempo para se aclimatar a novas altitudes. A regra de ouro — acrescentou ele — é subir a determinada altitude e voltar para dormir mais abaixo. Quando estivermos totalmente aclimatados — continuou ele —, pretendo subir a 7 mil metros e montar o Acampamento IV no Colo Norte. Dormiremos lá e depois subiremos até 7.600 metros, onde montaremos o Acampamento V. O Acampamento VI será armado a 8.200 metros. A escalada final vai partir de lá.

George fez uma pausa antes da frase seguinte:

— Quero que todos saibam que o companheiro que eu convidar para me acompanhar fará a *segunda* tentativa para chegar ao cume, pois pretendo permitir que dois dos outros companheiros tenham a primeira oportunidade para fazer história. Se a primeira equipe falhar, meu parceiro e eu faremos nossa tentativa no dia seguinte. Tenho certeza de que cada um de nós tem o mesmo desejo: ser o primeiro homem a pisar no topo de Chomolungma. Mas é justo lhes dizer, cavalheiros, que este homem serei eu.

Os membros da equipe riram e bateram com as canecas na mesa. Quando o barulho cessou, George os convidou a fazer perguntas.

— Você pretende usar oxigênio na segunda tentativa de chegar ao cume? — perguntou Norton.

— Sim, pretendo — respondeu George. — Relutei, mas cheguei à conclusão de que Finch tinha razão. Não podemos esperar subir os últimos 600 metros sem a ajuda de oxigênio.

— Então vou ter de me incluir na primeira equipe — disse Norton —, para provar que você está errado. É uma pena realmente, Mallory, pois isso significa que eu serei o primeiro homem a pisar no topo do Everest.

A declaração foi recebida com risos ainda mais altos e mais batidas na mesa.

— Se você conseguir, Norton — replicou George —, vou desistir do oxigênio e, no dia seguinte, subo até o cume descalço.

— Isso não vai ter muita importância — disse Norton, erguendo a caneca para George —, porque ninguém nunca vai se lembrar do nome do segundo homem a escalar o Everest.

—◄o►—

— E aí?
— Não foi fora.

Mallory não sabia se estava sonhando ou se realmente ouvira o som de bola batendo no taco. Colocou a cabeça para fora da tenda e viu que um quadrado coberto de neve no Himalaia fora transformado em um rústico campo de críquete.

Duas picaretas de gelo haviam sido fincadas na neve a 20 metros de distância uma da outra, para servir de balizas. Odell, de bola na mão, estava prestes a lançar para Irvine. Mallory só precisou observar alguns arremessos para perceber que o rebatedor era muito superior ao arremessador. Achou engraçado ver os *sherpas* reunidos ao redor, em pequenos grupos, tagarelando entre si, visivelmente perplexos com o jogo dos ingleses. Noel filmava o evento como se fosse uma final de campeonato na Inglaterra.

Mallory engatinhou para fora da tenda e foi se juntar a Norton atrás das balizas, tomando posição como primeiro receptor.

— Irvine não está indo mal — disse Norton. — Faltam só algumas corridas para ele chegar a cinquenta.

— Há quanto tempo ele está rebatendo?

— Quase meia hora.

— E ainda consegue correr entre as balizas?

— Parece que não é problema. Ele deve ter pulmões como foles. Mas é preciso lembrar, Mallory, que ele tem cerca de 15 anos a menos que o restante de nós.

— Acorde, capitão — gritou Odell, enquanto a bola passava ao lado da mão direita de Mallory.

— Desculpe, Odell, erro meu — disse Mallory. — Eu estava desconcentrado.

Irvine ganhou quatro pontos na rebatida seguinte, elevando a contagem para cinquenta, o que foi saudado com calorosos aplausos.

— Já estou cheio desse maldito oxfordiano — disse Guy Bullock, substituindo Odell no arremesso.

A primeira tentativa de Guy foi um pouco curta, e Irvine despachou a bola para além do perímetro, somando mais quatro pontos. A segunda, no entanto, pegou na borda do taco de Irvine. Caindo para o lado direito, George pegou a bola com uma só mão.

— Boa recepção, capitão — disse Guy. — É pena você não ter aparecido antes.

— Tudo bem, pessoal, vamos nos mexer — disse Mallory. — Quero estar fora daqui em meia hora.

De repente, o campo ficou vazio, enquanto os peladeiros de críquete voltavam a ser calejados alpinistas.

Trinta minutos depois, nove montanhistas e 23 *sherpas* estavam prontos para partir. Mallory abanou o braço direito como um guarda de trânsito e iniciou a marcha, num ritmo que logo revelaria quem tinha poucas probabilidades de sobreviver a grandes altitudes.

Alguns *sherpas* ficaram pelo caminho, largando as cargas na neve e batendo em retirada montanha abaixo. Mas ninguém da equipe de montanhistas parecia estar com problemas. Irvine se mantinha nos calcanhares do líder, embora transportasse dois grandes cilindros de oxigênio amarrados às costas.

Intrigado, pois o rapaz parecia não ter fixado o bocal, Mallory acenou para que ele se aproximasse.

— Você não vai precisar de oxigênio, Irvine — disse ele —, até pelo menos 7.600 metros.

Irvine meneou a cabeça.

— Eu não pretendo usar nem 1 grama desta preciosa carga até pelo menos 8.200 metros. Mas é que, se eu for selecionado para acompanhar você na escalada final, já quero ir me acostumando com o peso extra. Como você vê, estou planejando me sentar no topo — disse ele, apontando para o pico — enquanto espero você chegar. Afinal de contas, é dever de um homem de Oxford deixar sua marca sempre que possível.

George fez uma pequena mesura.

— Me prepare dois dos seus cilindros amanhã — disse ele. — O importante não é só nos acostumarmos com o peso extra. Quando tivermos que enfrentar paredões íngremes e escarpas de gelo, a menor mudança no equilíbrio pode ser fatal.

Cerca de duas horas mais tarde, George autorizou uma breve pausa, quando todos saborearam alguns biscoitos digestivos e tomaram um pouco de chá, reiniciando a marcha logo depois. O tempo não poderia estar mais propício a escaladas, com exceção de uma rápida nevasca que não teria perturbado nem uma criança que estivesse construindo um boneco de neve. Assim, eles puderam manter um ritmo constante. George perguntou a si mesmo quanto tempo as condições atmosféricas se manteriam tão brandas.

Então rezou. Mas suas preces não foram atendidas.

56

17 de maio de 1924
Minha amada Ruth,
Desastre. Nada correu bem nas duas últimas semanas. O tempo tem estado tão ruim e a neve tão implacável em certos dias que fica impossível alguém ver mais que poucos metros à frente do nariz.

Norton, sempre corajoso como um leão, conseguiu alcançar 7.100 metros, onde ele e Somervell montaram o Acampamento IV e passaram a noite. No dia seguinte, mal haviam retornado ao Acampamento III, a noite caiu. Eles levaram oito horas, em meio a uma forte nevasca, para descer 720 metros. Pense nisso — é uma média de 90 metros por hora, uma distância que Harold Abrahams cobriria em 9,6 segundos.[43]

No dia seguinte, Odell, Bullock e eu atingimos 7.700 metros, onde conseguimos montar o Acampamento V em uma plataforma de gelo. Mas, depois de passarmos a noite lá, o tempo não nos deixou outra opção a não ser retornar para onde estou agora, o Acampamento III. Ao chegarmos, o dr. Hingston me recebeu com a notícia de que um dos sherpas quebrara a perna e outro estava com suspeita de pneumonia; não me dei ao trabalho de lhe dizer que meu tornozelo estava aprontando de novo. Guy e Odell gentilmente se ofereceram para acompanhá-los até o acampamento-base, de onde eles foram levados de volta a seus vilarejos.

---

[43] Atleta inglês, vencedor dos 100 metros rasos nas Olimpíadas de 1924, realizadas em Paris, fato abordado no filme *Carruagens de fogo*. (N.T.)

Quando retornou no dia seguinte, Guy relatou que nosso sapateiro morrera de congelamento, um cabo gurkha[44] *desenvolvera um coágulo no cérebro e 12 outros* sherpas *haviam fugido. Recebendo menos que 1 xelim por semana, quem pode culpá-los? O moral no acampamento-base, ao que parece, está muito baixo. Como será que eles acham que as coisas são aqui em cima?*

*

Após mais três tentativas, Norton e Somervell finalmente alcançaram o Colo Norte, onde até conseguiram estabelecer um acampamento, embora a temperatura fosse de 30 graus negativos. Quando já estavam descendo, quatro dos sherpas *perderam a coragem e, temendo uma avalanche, subiram de novo para passar a noite no Colo Norte.*

Na manhã seguinte, Norton, Somervell e eu montamos uma equipe e conseguimos resgatar os sherpas, *que trouxemos até a relativa segurança do Acampamento III. Aposto que é a última vez que os vemos.*

Como se não fosse o bastante, nosso meteorologista me informou hoje durante o café da manhã que, em sua opinião, as monções logo estarão aqui. Mas me lembrou que, na última vez, as monções foram precedidas por três dias de céu claro. Não é um padrão muito confiável, mas isso não me impediu de oferecer uma prece a seja qual for o deus que estiver encarregado das condições atmosféricas.

―◆―

George deveria ter percebido, mas estava tão absorvido pelo desejo de obter mais uma chance que não notou o que ocorria ao redor. Até que Norton convocou um conselho de guerra.

---

[44] Os *gurkhas* são um povo do Nepal e do Norte da Índia, cujas qualidades bélicas eram muito apreciadas pelos britânicos, que incorporaram muitos deles a seus exércitos. (N.T.)

— Cavalheiros, creio que seria aconselhável, em vista das circunstâncias — disse ele —, que reduzíssemos nossas perdas e regressássemos agora, antes de perdermos mais alguém.

— Não concordo — retrucou George imediatamente. — Se fizermos isso, teremos sacrificado seis meses de nossas vidas por nada.

— Pelo menos sobreviveremos para lutar outro dia — comentou Somervell.

— Nenhum de nós terá oportunidade de lutar outro dia — disse George bruscamente. — Esta é nossa última chance, Somervell, e você sabe bem disso.

Momentaneamente atônito com a veemência de Mallory, Somervell levou algum tempo para responder.

— Pelo menos estaremos vivos — conseguiu dizer.

— Essa não é a minha ideia de viver — respondeu George. E, antes que alguém tivesse a oportunidade de dar uma opinião, ele se voltou para seu amigo mais antigo e perguntou: — O que você acha de dar meia-volta, Guy?

Bullock não respondeu imediatamente, embora os outros membros da equipe aguardassem sua resposta.

— Ainda estou disposto a apoiar seu julgamento, George — disse ele finalmente. — Podemos ficar por aqui por mais alguns dias para ver se o tempo melhora.

— Eu também — concordou Irvine. — E não vejo problema em retornar. Afinal, sou o único aqui jovem o bastante para lutar outro dia.

Os outros membros da equipe começaram a rir, o que contribuiu para amenizar a tensão.

— Por que não esperamos mais uma semana antes de dar o fora? — sugeriu Odell. — Se o tempo não melhorar até lá, talvez seja a hora de reconhecer a derrota e voltar para casa.

George olhou em volta e viu os companheiros meneando a cabeça. Lembrou-se então do sábio conselho do sr. A. C. Benson: *Quando você sabe que está derrotado, aceite a derrota dignamente.*

— Que seja — disse George. — Vamos ficar mais sete dias; se o tempo não melhorar, Norton reassumirá o comando e nós retornaremos à Inglaterra.

◆◦▶

29 de maio de 1924

Portanto, a menos que o tempo mude completamente nos próximos dias, você pode me esperar de volta à Inglaterra no final de agosto ou início de setembro, no máximo.

Por favor, agradeça a Clare pelo lindo poema — Rupert Brooke ficaria orgulhoso dela — e a Beridge, pelo desenho de um gato, ou seria um cachorro? Para não mencionar os votos de boa sorte de John, curtos mais apreciados.

Estou feliz por você ter encontrado tempo para visitar Cambridge e começar a procurar uma casa. E obrigado por me avisar de que faz muito frio nos Fens[45] nesta época do ano.

Minha amada, estou ansioso para começar no novo emprego e para dormir com uma mulher que eu queira abraçar — não com um homem a quem eu tenho de me agarrar apenas para me manter vivo. Quando eu voltar para casa, desta vez, não haverá multidões no cais para saudar Mallory do Everest, apenas uma jovem senhora esperando um homem de meia-idade que não vê a hora de passar o resto da vida com a mulher que ama.

Seu marido apaixonado,
George

---

[45] Região pantanosa onde se localiza Cambridge. (N.T.)

57

Segunda-feira, 2 de junho de 1924

Agora restavam cinco. George tomava o café da manhã em um dia claro e sem vento quando um *sherpa* chegou do acampamento-base e lhe entregou um telegrama. Ele o abriu, leu o conteúdo devagar e sorriu quando analisou suas implicações. Olhou então para Norton, que estava ao lado dele, sentado de pernas cruzadas no chão.

— Podemos conversar, meu velho?

— Sim, claro — disse Norton, deixando de lado seu prato de bacon e língua.

— Vou lhe perguntar pela última vez. Se eu lhe oferecesse a oportunidade de me acompanhar na escalada final, você estaria disposto a considerar o uso de oxigênio?

— Não, não estaria — respondeu Norton com firmeza.

— Que seja — disse George em voz baixa, percebendo que alongar a discussão não persuadiria Norton a mudar de ideia. — Nesse caso, você irá liderar a primeira investida, sem oxigênio. Se for bem-sucedido...

— Cavalheiros — disse George, depois de reunir a equipe —, lamento interromper o café da manhã de vocês, mas acabei de receber uma mensagem da minha irmã, em Colombo. — Ele leu o telegrama de Mary: — *"Uma semana, talvez dez dias de tempo bom antes de a estação das monções chegar aí. Boa sorte."* Não temos nem um minuto sequer a perder. Tive bastante tempo para considerar minhas opções e vou comunicar minhas ideias a vocês. Selecionei duas equipes para as investidas ao cume. A primeira será composta de Norton e Somervell. Eles partirão dentro de uma hora, para tentar chegar ao Acampamento V, a 7.700 metros, ao cair da noite. Amanhã eles terão de acordar cedo se quiserem contornar a Aresta Nordeste, estabelecer o Acampamento VI em torno de 8.200 metros e se recolher antes do pôr do sol. Eles terão de dormir o máximo de horas possível, pois na manhã seguinte farão a primeira tentativa de alcançar o cume. Alguma pergunta, cavalheiros?

Tanto Norton quanto Somervell balançaram a cabeça. Haviam passado o último mês discutindo todos os cenários possíveis. Agora, tudo o que queriam era acabar logo com aquilo.

— O restante do grupo — prosseguiu George — ficará no acampamento brincando com os dedos, aguardando a volta dos heróis conquistadores.

— E se eles não conseguirem? — perguntou Irvine com um sorriso.

— Então você e eu, Sandy, faremos a segunda tentativa com o uso de oxigênio.

— E se nós conseguirmos? — perguntou Norton.

Mallory sorriu sardonicamente para o velho soldado.

— Nesse caso, Odell e eu faremos uma segunda escalada sem o auxílio de oxigênio.

— E descalços, lembre-se disso — acrescentou Somervell.

Enquanto os outros membros da equipe riam, Mallory fez uma leve mesura para seus dois colegas. E esperou um pouco antes de falar novamente.

— Cavalheiros — disse ele —, este não é o momento de fazer um discurso sobre o que significaria, para nossos compatriotas em todo o Império, ser o primeiro homem a pisar no topo desta montanha. Nem é o momento de sonhar com as grinaldas que serão colocadas em nossas cabeças. Teremos bastante tempo para sentar no bar do Clube Alpino e cansar os jovens montanhistas com as histórias de nossas glórias passadas. Mas agora, se quisermos ter sucesso, não podemos nos dar ao luxo de desperdiçar um tempo precioso. Então, boa sorte, cavalheiros, e vão com Deus.

Trinta minutos mais tarde, Norton e Somervell estavam totalmente equipados e prontos. Mallory, Odell, Irvine, Bullock, Morshead e Hingston se alinharam para vê-los partir. Noel os filmou até eles desaparecerem. Ele não viu Mallory olhar para o céu e dizer:

— Só me dê mais uma semana, e nunca mais lhe pedirei nada.

―◦―

Sentado sozinho em sua tenda, George acompanhou Norton e Somervell passo a passo, consultando regularmente o relógio e tentando imaginar que altura seus dois companheiros já teriam alcançado.

Após um demorado almoço de macarrão e ameixas secas junto com o restante da equipe, George retornou à tenda, onde escreveu sua carta diária para Ruth e outra para Trafford — o major-aviador Mallory: mais um homem da família interessado em atingir grandes altitudes. Em seguida, traduziu algumas linhas da *Ilíada* e participou de uma partida de bridge contra Odell e Irvine, tendo Guy como parceiro. Quando a última rodada foi decidida, Odell retirou das provisões uma lata de carne em conserva, descongelou-a sobre uma vela e dividiu o conteúdo em quatro porções. Mais tarde, todos os membros remanescentes da equipe de montanhistas sentaram-se ao relento e observaram a lua substituir o sol que resplandecera sobre a neve no que acabara sendo um dia perfeito para uma escalada. Em suas mentes só havia um pensamento, que não verbalizavam: onde estariam eles?

George se enfiou no saco de dormir pouco antes das onze da noite, exausto pelas horas que passara ocioso. Antes de cair em um sono profundo, perguntou a si mesmo se lamentaria ter permitido que Norton e Somervell fizessem a primeira tentativa de chegar ao cume. Será que retornaria à Inglaterra dentro de uma semana, depois de comandar a equipe vitoriosa, apenas para se lembrar pelo resto da vida das palavras de Norton — *Ninguém nunca vai se lembrar do nome do segundo homem a escalar o Everest?*

━◆━

Irvine foi o primeiro a se levantar na manhã seguinte e, imediatamente, começou a preparar o café da manhã dos companheiros. George jurou que nunca mais comeria sardinha quando voltasse para casa.

Depois de limpar a mesa, Irvine enfileirou os nove cilindros de oxigênio e, como fizera seu líder, selecionou a melhor dupla para a escalada final. Enquanto o observava dar metódicas pancadinhas nos cilindros e ajustar os manetes, George conjeturou se aqueles dispositivos seriam mesmo usados ou descartados no Colo Norte, junto com seu proprietário. Odell se afastou à procura de pedras raras e fósseis, feliz em escapar para um mundo próprio.

À tarde, os três se reuniram para examinar as fotos que Noel tirara dos pontos mais altos, em busca de qualquer informação que lhes pudesse ser útil na tentativa de alcançar o cume. Discutiram se deveriam seguir a aresta e atacar o Segundo Degrau de frente ou simplesmente seguir pela Face Norte, atravessando as lajes de calcário da Faixa Amarela e contornando o Segundo Degrau. Na verdade, eles sabiam que a decisão final não poderia ser tomada antes que Somervell e Norton retornassem com informações em primeira mão, com as quais poderiam preencher as diversas lacunas que havia tanto no mapa quanto em seus conhecimentos.

Após o jantar, George retornou à sua tenda, com uma caneca de leite em uma das mãos e o exemplar de *Ulisses* na outra. Na página 172, caiu no sono, determinado a terminar a obra-prima de Joyce na viagem de volta à Inglaterra.

—◦—

Na manhã seguinte, Odell acordou cedo e, para espanto dos companheiros, colocou as luvas e os óculos, e pôs a mochila nas costas.

— Vou dar um pulo no Acampamento V para ter certeza de que a tenda ainda está no lugar — explicou, no momento em que George saía do saco de dormir. — E posso também levar algumas provisões, pois eles devem estar com muita fome.

George poderia ter rido de uma observação tão prosaica feita a 7.600 metros, mas era típico de Odell se preocupar com os apuros dos outros, e não com os riscos que poderia correr. Acompanhado por dois *sherpas*, Odell começou a subir a montanha, como se estivesse dando uma caminhada vespertina nos Cotswolds. George começou a conjeturar se Odell não seria a melhor opção para acompanhá-lo na escalada final, pois parecia ter se aclimatado às condições locais melhor que qualquer um dos outros, inclusive ele mesmo.

Odell voltou a tempo de almoçar uma ou duas sardinhas sobre um biscoito integral, e não estava nem mesmo ofegante.

— Algum sinal deles? — perguntou George, antes mesmo que ele tivesse tirado a mochila das costas.

— Não, capitão — respondeu Odell. — Mas se eles chegaram ao cume por volta de meio-dia e retornaram ao Acampamento VI para passar a noite, eu não esperaria que estivessem de volta ao Acampamento V antes das duas da tarde. Nesse caso, eles deverão estar conosco por volta das quatro.

— Bem a tempo para o chá — comentou George.

Após um almoço de seis minutos, George retornou à leitura de *Ulisses*, mas passou a maior parte do tempo olhando para a montanha, esperando que duas pequenas manchas emergissem da desolada Face Norte, em vez de folhear as páginas do romance. Ele conferiu seu relógio: passava um pouco de duas horas. Se eles surgissem agora, não poderiam ter alcançado o cume; se chegassem em torno das quatro, com certeza receberiam os louros. Se não tivessem retornado por volta das seis... ele tentou nem pensar nisso.

Três horas da tarde, quatro horas, cinco. A conversa amena foi substituída por discussões mais sérias. Ninguém falou em jantar. Por volta de seis horas, a lua substituiu o sol, e todos foram ficando apreensivos. Por volta das oito, começaram a temer o pior.

— Acho que vou voltar à Crista Norte — disse Odell casualmente — para ver se eles decidiram dormir lá à noite.

— Vou com você — disse George, pondo-se de pé com um pulo. — O exercício vai ser bom.

Ele tentou dar a impressão de que não havia nada com que se preocupar, mas na verdade todos sabiam que ele iria conduzir uma expedição de busca.

— Eu também — disse Irvine, largando na neve seus cilindros de oxigênio.

George sentiu-se grato pela lua cheia e por não haver vento nem neve. Vinte minutos depois, Odell e Irvine estavam totalmente equipados e prontos a se juntar a ele na busca.

Começaram então a subir a encosta. A cada passo que dava, George sentia-se mais desesperado. Mas não pensou nem por um momento em dar meia-volta, pois poderiam estar a apenas alguns metros de...

Foi Irvine quem os avistou primeiro; afinal, era quem tinha os olhos mais jovens.

— Lá estão eles! — gritou, apontando para o alto da montanha.

O coração de George bateu mais forte quando ele os viu, ainda que parecessem dois velhos soldados claudicantes, retornando de um campo de batalha. Norton, o mais alto dos dois, mantinha um braço em torno do ombro de Somervell, cobrindo os próprios olhos com o outro braço.

George foi ao encontro deles o mais rápido que pôde, seguido de perto por Irvine. Ambos abraçaram Somervell, que quase tiveram de arrastar. Norton transferiu o braço liberado para o ombro de Odell, ainda mantendo o outro sobre os olhos.

Mallory e Irvine conduziram Somervell até a tenda da equipe, deitaram-no gentilmente no chão e o cobriram com um cobertor. Norton entrou pouco depois e, imediatamente, caiu de joelhos. Bullock já havia preparado duas canecas de Bovril e passou uma delas para Somervell, enquanto Norton se deitava de costas em um colchão. Ninguém falou nada enquanto os dois homens se recuperavam.

George desamarrou os cadarços das botas de Somervell e as retirou gentilmente. Depois, começou a massagear seus pés para restituir a circulação. Bullock segurou uma caneca de Bovril sob os lábios de Norton, mas este não conseguiu tomar nem um gole. Embora nunca tivesse acreditado que a paciência fosse uma virtude, George conseguiu permanecer em silêncio, embora estivesse desesperado para saber se algum deles havia alcançado o cume. Para surpresa de todos, foi Somervell quem falou primeiro.

— Muito antes de chegarmos ao Segundo Degrau — começou ele —, decidimos dar a volta, em vez de subir pela Faixa Amarela. Era uma rota mais longa, porém mais segura — acrescentou ele, ofegante. — Seguimos esse caminho e então chegamos a um grande desfiladeiro. Achei que, se conseguíssemos transpor o desfiladeiro, poderíamos avançar até a pirâmide final, onde a inclinação seria mais suave. Nosso avanço era lento, mas eu ainda acreditava que teríamos tempo suficiente para chegar ao topo.

Vocês chegaram? Era a pergunta que George queria fazer. Somervell sentou-se e tomou outro gole de Bovril, que já estava frio.

— Até que atingimos 8.350 metros, quando minha garganta começou a aprontar de novo. Comecei a tossir catarro. Norton me deu um tapa nas costas com toda a força, e quase cuspi fora minha laringe. Tentei me esforçar, mas, quando alcançamos 8.530 metros, eu já não conseguia pôr um pé adiante do outro. Tive que parar e descansar. Mas já podia ver o pico à minha frente, então insisti com Norton para ele continuar. Fiquei ali parado, assistindo à subida dele em direção ao cume, até que ele sumiu de vista.

George se virou para Norton e perguntou suavemente:

— Você chegou lá?

— Não, não cheguei — disse Norton. — Porque, quando parei para descansar, cometi o erro clássico.

— Não vai me dizer que tirou os óculos? — perguntou George, incrédulo.

— Quantas vezes você nos avisou para não fazer isso, em circunstância nenhuma — disse Norton, retirando o braço de cima dos olhos. — Quando coloquei os óculos de novo, minhas pálpebras já estavam quase grudadas uma na outra, e eu não conseguia ver nem um passo à frente. Gritei para alertar Somervell. Ele gritou de volta, para eu saber onde ele estava. Então fui descendo devagar até me aproximar dele.

— Foi um autêntico coral — disse Somervell, esboçando um sorriso.

— Com a ajuda da minha lanterna, conseguimos descer de volta, embora meio devagar.

— Deus lhe pague, Somervell — disse Norton, enquanto Odell pousava um lenço molhado com água quente sobre seus olhos.

Levou algum tempo para que qualquer um deles voltasse a falar. Norton respirou fundo.

— Acho que nunca houve exemplo melhor de um cego guiando outro.

Dessa vez, George riu.

— Então, qual foi a altura que você atingiu?

— Não tenho a menor ideia, meu velho — disse Norton, passando seu altímetro para Mallory.

Depois de estudar o altímetro por um momento, George anunciou:

— Oito mil quinhentos e setenta e dois metros. Meus parabéns, meu velho.

— Por não ter conseguido escalar os últimos 276 metros? — disse Norton, parecendo desesperadamente desapontado.

— Não. Por fazer história — disse George. — Por recuperar o recorde de altitude. Nem posso esperar para ver a cara de Finch quando eu contar isso a ele.

— É muita bondade sua dizer isso — observou Norton —, mas Finch vai ser o primeiro a me lembrar de que eu deveria ter escutado o que ele sempre recomendou e usado oxigênio. — Ele fez uma pausa antes de acrescentar: — Se o tempo se mantiver firme, acho que não vou ser mais que uma nota de rodapé na história, porque, se você me permite o clichê, meu velho, você vai triturar esse recorde.

George sorriu, mas não fez nenhum comentário. Somervell acrescentou:

— Concordo com Norton. Sinceramente, a melhor coisa que você, Odell e Irvine podem fazer é ter uma boa noite de sono.

George assentiu. E, embora estivessem todos juntos há três meses, ele apertou a mão de ambos os companheiros, antes de retornar à sua tenda e tentar ter a referida boa noite de sono.

Poderia até ter conseguido, se uma das observações de Norton não estivesse constantemente em sua cabeça: *se o tempo se mantiver firme.*

58

Sexta-feira, 6 de junho de 1924

Agora restavam três.

Despertando muito antes do alvorecer, George contemplou a lua cheia, cujo brilho fazia a neve parecer um canteiro de diamantes finamente lapidados. Embora a temperatura fosse de 30 graus negativos, ele sentia uma grande animação, uma certeza de que eles teriam sucesso, mesmo que ainda não tivesse decidido quem seriam *eles*.

Precisaria mesmo se preocupar com o oxigênio, depois de Norton e Somervell chegarem tão perto? E Odell não demonstrara estar mais bem-aclimatado que qualquer um deles? Ou Odell ficaria à margem do caminho de novo, quando a recompensa estivesse logo a seu alcance? A inexperiência de Irvine se tornaria uma desvantagem quando pisassem em terreno desconhecido? Ou quem sabe seu entusiasmo, apoiado por aqueles abençoados cilindros de oxigênio, seria a única coisa que poderia garantir o sucesso?

— Bom-dia, senhor — disse uma voz atrás dele.

George se virou e foi recebido pelo sorriso contagiante de Irvine.

— Boa-noite, Sandy — respondeu. — Vamos tomar café?

— Mas são só cinco horas — disse Irvine, conferindo o relógio.

— De qualquer forma, Odell ainda está dormindo.

— Então o acorde — disse George. — Devemos partir por volta das seis.

— Seis? — disse Irvine. — Mas nas suas instruções de ontem à noite você nos disse para tomar o café da manhã às oito, pois queria partir às nove, para não passar mais tempo que o necessário num ressalto de pedra a 8.200 metros de altura.

— Seis e meia, então — concedeu George. — Se Odell não estiver de pé a essa hora, partiremos sem ele. E, já que você está aqui, meu jovem, por que não faz alguma coisa útil para variar?

— O que, senhor?

— Prepare meu café da manhã.

O sorriso contagiante retornou.

— Posso lhe oferecer sardinhas com biscoito, levemente grelhadas, sardinhas sem espinhas, com passas, ou a especialidade da nossa tenda, sardinhas...

— Ande logo com isso — disse George.

—◦—

Mallory, Odell e Irvine, acompanhados por cinco *sherpas*, que transportavam tendas, equipamentos e provisões, deixaram o Colo Norte pouco depois das 7h30 da manhã do dia 6 de junho. Odell perdera o café da manhã, mas não reclamou. Guy Bullock foi o último a apertar a mão de George, antes que este partisse.

— Vejo você daqui a dois dias, amigo — disse ele.

— Sim. Mantenha a chaleira no fogo.

Como costumava dizer seu velho inspetor de alojamento, o sr. Irving — George se perguntou se ele ainda estaria vivo —, nunca se pode começar cedo demais, somente tarde demais. George iniciou a marcha como um possuído, a um ritmo que Odell e Irvine estavam achando difícil acompanhar.

Ele não parava de olhar o céu limpo e azul com ar desconfiado, tentando detectar a menor sugestão de vento, um simples fiapo de nuvem ou o primeiro floco de neve, coisas que poderiam modificar os planos mais bem-concebidos. Mas o céu permanecia resolutamente tranquilo. Por experiência própria, no entanto, ele sabia que aquela dama, em particular, poderia mudar de ideia num piscar de olhos. Ele também mantinha um olhar vigilante sobre seus dois companheiros para ver se algum deles parecia estar com problemas. Depois de algumas horas, porém, ele acabou concluindo, com certa relutância, que não havia como escolher entre eles.

O grupo alcançou o Acampamento V poucos minutos após as três da tarde, bem antes do programado. George conferiu o relógio e tentou fazer um cálculo. Enquanto estava atravessando os Alpes, Aníbal costumava deixar que o sol decidisse por ele. Deveria forçar a marcha até o Acampamento VI para poupar um dia? Ou isso os deixaria tão exaustos que eles não teriam forças para enfrentar o desafio mais importante? Ele optou pela cautela, e resolveu dormir cedo no Acampamento V. Partiriam de manhã bem cedo para o Acampamento VI. Mas com quem ele partiria? Qual deles o acompanharia até o cume, e qual retornaria para o Colo Norte com os *sherpas*?

Recolher-se cedo não garantiu a George uma boa noite de sono. Aproximadamente de hora em hora, ele enfiava a cabeça para fora da tenda e verificava se ainda conseguia enxergar as estrelas — que pouca gente havia visto com tanta clareza. Conseguia. Irvine dormia como um bebê, e Odell ainda tinha a petulância de roncar. Enquanto olhava para eles, George continuava a se debater com o dilema de decidir quem o acompanharia na escalada final. Seria Odell, que, após anos de dedicação, certamente merecia sua chance — provavelmente a última? Ou seria Irvine? Afinal de contas, era natural que o jovem sonhasse com seu lugar ao sol. Mas, caso não fosse escolhido, ele ainda teria muitos anos para tentar de novo.

George só estava certo de uma coisa: aquela era sua última chance.

Pouco depois das quatro da manhã, com a lua ainda brilhando tranquilamente sobre eles, os três homens partiram de novo. Seu ritmo de marcha caía a cada hora que passava. A certa altura, estavam praticamente se arrastando embora Odell e Irvine não demonstrassem nenhum sinal de sofrimento. Obstinados, seguiam seu líder.

O sol estava começando a se pôr quando avistaram a Crista Nordeste. George verificou seu altímetro: 8.260 metros. Meia hora e 70 metros depois, com enorme alívio, os três homens descobriram que a pequena tenda montada por Norton e Somervell ainda estava no lugar. Exaustos, deixaram-se cair no chão. George não poderia adiar sua decisão final por mais tempo, pois três homens não poderiam dormir naquela tenda exígua, e não havia espaço na laje para uma segunda tenda.

Sentando-se, escreveu um bilhete para Norton, relatando seus progressos e informando que tentariam a ascensão final na manhã seguinte. Depois se pôs de pé e olhou para os dois homens, que se mantinham em silêncio. Então, entregou o bilhete a Odell.

— Por favor, meu velho, você poderia levar este bilhete até o Colo Norte e entregar a Norton?

Odell não demonstrou nenhum sinal de emoção. Apenas fez uma mesura.

— Peço desculpas, velho amigo — acrescentou George.

Estava prestes a explicar suas razões quando Odell disse:

— Você fez a escolha certa, capitão.

Ele apertou a mão de George e, em seguida, a mão do jovem que ele mesmo recomendara à RSG para substituir Finch.

— Boa sorte — disse, dando meia-volta e iniciando sua solitária jornada até o Acampamento V, onde passaria a noite antes de retornar ao Colo Norte na manhã seguinte.

Agora só restavam dois.

59

7 de junho de 1924

Minha amada,
 Estou sentado dentro de uma pequena tenda, 8.300 metros acima do nível do mar e a quase 8 mil quilômetros de minha pátria, seguindo as trilhas da glória...

— Você não dorme nunca? — perguntou Irvine, sentando-se e esfregando os olhos.
 — Só na descida — respondeu George. — Portanto, amanhã a essa hora estarei dormindo profundamente.
 — Amanhã a essa hora, todo mundo vai aclamar você como o novo São Jorge, depois de você finalmente matar seu dragão pessoal — disse Irvine, ajustando o indicador de um dos cilindros de oxigênio.
 — Não me lembro de São Jorge ter precisado de oxigênio para matar o dragão.
 — Se Hinks estivesse no comando, na época — disse Irvine —, São Jorge não teria permissão nem para usar uma espada. Ele diria: "Saiba que isso é contra o código do amadorismo, meu velho" — acrescentou Irvine alisando um bigode imaginário. — Você vai ter de estrangular a droga do bicho com as próprias mãos.
 George riu ante a plausível imitação que Irvine fizera do secretário da RSG.

— Bem, se vou ter que romper com o espírito amadorístico — disse ele —, preciso saber se esses seus benditos cilindros de oxigênio estarão funcionando amanhã às quatro horas. Senão, vou mandar você retornar ao Colo Norte para pedir a Odell que assuma o seu lugar.

— Sem chance — disse Irvine. — Todos os quatro estão em perfeitas condições para nos fornecer bastante oxigênio, presumindo que você não esteja planejando demorar mais que oito horas só para percorrer 600 metros e voltar.

— Logo você vai descobrir como é a sensação de percorrer *só* 600 metros, meu jovem. E vou ter muito mais chances de conseguir isso se você voltar a dormir e me deixar terminar esta carta para minha esposa.

— Você escreve para a sra. Mallory todos os dias, não é?

— Sim — respondeu George. — E, se você tiver sorte o bastante para encontrar uma mulher que seja metade do que ela é, vai se sentir exatamente do mesmo jeito.

— Acho que já encontrei — disse Irvine, deitando-se novamente.

— O problema é que me esqueci de dizer isso a ela antes de partir, então não sei com certeza absoluta se ela sabe como eu me sinto.

— Ela vai saber — disse George —, pode acreditar em mim. Mas, na dúvida, você sempre pode escrever para ela. Isto é, presumindo que a escrita ainda é uma forma de comunicação utilizada em Oxford.

Preparou-se para ouvir uma resposta sarcástica, mas isso não aconteceu. O rapaz já estava profundamente adormecido. Ele sorriu e continuou a carta para Ruth.

Depois de ter escrito com mão trêmula "seu marido apaixonado, George" e selado o envelope, leu a *Elegia escrita em um cemitério de aldeia*, de Gray, antes de finalmente apagar a vela e adormecer.

Domingo, 8 de junho de 1924

— Você quer que eu retire o cachecol, velho amigo? — perguntou Odell.
— Sim, por favor faça isso — disse Norton.
Delicadamente, Odell levantou o cachecol de seda do rosto de Norton.
— Ah, Jesus, eu ainda não consigo enxergar nada — disse Norton.
— Não entre em pânico — disse Somervell. — Não é incomum que uma pessoa com cegueira da neve leve dois ou três dias para recuperar a visão. De qualquer maneira, não vamos a lugar algum antes de Mallory descer de volta.
— Não é a descida que me preocupa — replicou Norton. — É a subida. Odell, eu quero que você retorne ao Acampamento VI com um vidro de Bovril e um punhado de bolos de hortelã da Kendal. Pode ter certeza de que Mallory se esqueceu de levar alguma coisa.
— Já estou indo — disse Odell, olhando para fora da tenda.
— Nunca vi condições tão boas para uma escalada.

—◦—

George acordou alguns minutos após as quatro horas e encontrou Irvine preparando o café da manhã.
— O que temos no cardápio do Dia da Ascensão? — perguntou, espichando a cabeça para fora da tenda e verificado como estava o tempo.
Apesar da rajada de ar frio que fez suas orelhas formigarem, o que viu fez com que sorrisse.
— Macarrão com sardinhas — respondeu Irvine.
— Uma combinação interessante — comentou George. — Mas tenho o pressentimento de que essa receita não vai figurar na próxima edição do livro de culinária da sra. Beeton.
— Eu poderia lhe oferecer um pouco mais de opções — disse Irvine com um sorriso — se você tivesse se lembrado de trazer suas rações.
— Peço desculpas, meu velho — disse George. — *Mea culpa*.

— Isso não me preocupa muito — observou Irvine. — Sinceramente, estou nervoso demais até para pensar em comer.

Ele vestiu uma velha jaqueta de aviador, não muito diferente da que Trafford, o irmão de George, estava usando quando visitara Holt pela última vez, em sua folga. George se perguntou como Irvine a obtivera, pois era jovem demais para ter servido durante a guerra.

— É do meu inspetor de alojamento — explicou Irvine, enquanto abotoava a jaqueta, respondendo à pergunta não formulada de George.

— Pare de fazer com que eu me sinta velho — disse George.

Irvine riu.

— Vou preparar seus cilindros de oxigênio enquanto você come.

— Duas sardinhas e um bilhete curto para Odell, e eu já me junto a você.

Fora da tenda, o sol que brilhava num claro céu azul cegou Irvine por alguns momentos.

Depois de comer o que restava das sardinhas, ignorando o macarrão, George escreveu um rápido bilhete para Odell, que deixou sobre seu saco de dormir. Estava apostando que Odell retornaria ao Acampamento VI naquele dia.

Ele dormira com quatro camadas de roupas, às quais adicionou uma grossa camiseta de lã e uma camisa de seda, seguidas por uma camisa de flanela, outra camisa de seda, uma jaqueta Burberry e uma bata Shackleton. Vestiu então uma larga calça de gabardine. Depois, amarrou perneiras de caxemira em volta dos tornozelos, calçou as botas e colocou um par de luvas de lã tricotadas por Ruth. Finalmente, enfiou na cabeça o boné de aviador do irmão e pegou o par de óculos que Finch doara. Estava feliz por não haver nenhum espelho nas proximidades. E Chomolungma teria concordado em que ele estava corretamente trajado para uma audiência com Sua Majestade.

Engatinhando para fora da tenda, foi se juntar a Irvine. Enquanto este o ajudava a amarrar nas costas os cilindros de oxigênio, George conjecturou se o peso extra não iria se mostrar uma desvantagem maior que as dificuldades respiratórias. No entanto, ele tomara sua decisão ao enviar Odell de volta. Como último ritual, cada um dos homens esfregou óxido de zinco nas partes expostas do rosto do outro. Antes de partir, observaram o cume da montanha, que parecia tão próximo.

— Fique atento — recomendou George. — Ela é uma Jezebel. Quanto mais perto você chega, mais atraente fica. Esta manhã ela está nos tentando com a magia do tempo perfeito. Mas, como acontece com qualquer mulher, é privilégio dela mudar de ideia. — Ele conferiu o relógio: 5h07. Gostaria de ter começado um pouco mais cedo.

— Vamos, meu jovem — disse ele. — Repetindo as palavras de meu amado pai, está na hora de dar tudo o que temos.

Ele ajustou o bocal e acionou a válvula de oxigênio.

◄o►

Se Hinks pudesse me ver agora, pensou Odell, enquanto escalava os últimos metros que o separavam do Acampamento VI. Ao chegar à tenda, ajoelhou-se e viu o tipo de bagunça que se poderia esperar em uma casa na árvore, depois de duas crianças terem passado a noite lá: um prato de macarrão não terminado, uma lata de sardinhas vazia e uma bússola — que George devia ter esquecido. Odell riu e começou a arrumar as coisas. Aquela não seria a tenda de Mallory se ele não tivesse esquecido alguma coisa lá.

Estava pousando o Bovril e um par de bolos de hortelã da Kendal no saco de dormir de George quando avistou os dois envelopes. Guardou no bolso o que estava endereçado à "Sra. George Mallory, The Holt, Godalming, Surrey, Inglaterra". O outro trazia seu nome rabiscado nas costas. Ele o abriu.

AS TRILHAS DA GLÓRIA

Caro Odell,
Mil desculpas por ter deixado as coisas tão bagunçadas. O dia está perfeito para escalar. Se quiser nos ver, olhe para a faixa rochosa ou para a linha do horizonte.
Vejo você amanhã.
Sempre seu,
George

Odell sorriu. Depois de se certificar de que tudo estava em ordem para o retorno dos heróis, engatinhou para fora da tenda. Então, contemplou o pico mais alto do mundo. As condições climáticas estavam tão perfeitas que, por um momento, ele sentiu-se tentado a segui-los, pois não podia deixar de sentir um pouco de inveja de seus dois companheiros, que deviam estar se aproximando do cume.

Subitamente, ele avistou duas figuras delineadas no horizonte. Enquanto olhava, o maior dos dois se juntou ao outro. Ele pôde ver que estavam no Segundo Degrau, a cerca de 200 metros do topo. Conferiu o relógio: 12h50. Tinham tempo mais que suficiente para alcançar o topo e voltar para a pequena tenda antes que os últimos raios de sol desaparecessem.

Ao vê-los entrar em um nevoeiro e sumir de vista, não pôde deixar de pular de alegria.

―◦―

Após alcançar o topo do Segundo Degrau, Irvine escalou com dificuldade uma pedra denteada e se juntou a George.

— Faltam 200 metros — disse George, verificando o altímetro. — Lembre-se de que é o equivalente a pelo menos 1.500 metros. Sem oxigênio, Norton só conseguiu subir 40 metros por hora. Portanto, podemos levar ainda umas três horas — acrescentou ele, entre profundas inspirações. — Isso significa que não podemos nos dar ao luxo de perder tempo, pois, quando nós começarmos a descer aquela parede rochosa, mais tarde — disse ele, apontando para cima —, quero ter certeza de que ainda consigo enxergar vários metros à frente.

Enquanto George recolocava o bocal, Irvine fez o sinal de polegar para cima. Lentamente, começaram a subir por uma aresta jamais escalada por ninguém.

60

14h07, domingo, 8 de junho de 1924

Ao olhar para cima, George teve a impressão de que o pico estava ao alcance da mão, embora o altímetro indicasse que faltavam ainda 90 metros. Tão assombrosamente perto, embora tivessem demorado muito mais do que esperavam para chegar ali.

Eles transpuseram o Segundo Degrau e avançaram pela estreita Aresta Noroeste, cientes de que as vertentes nevadas de cada lado eram como os beirais de um telhado — não havia nada embaixo, com exceção de ar. Bastaria escorregar alguns palmos e...

A neve, sedutora e imaculada, tinha meio metro de espessura, tornando quase impossível dar um passo à frente. Quando eles o faziam, avançavam apenas alguns centímetros antes de afundar novamente.

Duzentos e onze passos depois — George contara cada um deles —, eles se desvencilharam do lençol de neve. Apenas para deparar com um íngreme paredão rochoso, que teria sido um desafio para George mesmo em uma manhã de verão a 1.000 metros de altitude — quanto mais quando seu corpo estava encharcado de suor e seus membros, quase congelados. Tudo o que ele desejava fazer era deitar e dormir, embora soubesse que, a 40 graus negativos, congelaria até a morte se ficasse parado por mais de alguns minutos.

Ele pensou até em dar meia-volta enquanto ainda havia boas chances de poderem se abrigar sob uma lona, em segurança, antes do pôr do sol. Só que teria de passar o resto da vida explicando por que deixara a recompensa escapar no último momento. E pior: todas as noites, ao pegar no sono, sonharia que estava escalando os últimos 100 metros, apenas para acordar do pesadelo suando frio.

Virando-se para trás, viu um exausto Irvine desvencilhar o pé da neve e encarar, com ar incrédulo, o paredão à frente. Por um instante, George hesitou. Teria o direito de arriscar a vida de Irvine e a sua própria? Deveria sugerir que o jovem descansasse e aguardasse seu regresso ou que retornasse enquanto ele subia sozinho? Baniu, porém, esses pensamentos da cabeça. Afinal, Irvine conquistara o direito de dividir os trunfos com ele. Removendo o bocal, disse:

— Estamos quase lá, meu velho. Essa rocha é o último obstáculo antes de atingirmos o topo.

Irvine deu um leve sorriso.

George examinou o rochedo vertical, recoberto por um gelo perene. Procurou um ponto de apoio para o pé. Normalmente, estabelecia este ponto a 45 centímetros do chão, ou mesmo a 60. Mas não naquele dia, quando poucos centímetros eram como uma montanha. Com mão trêmula, agarrou um rebordo a alguns centímetros de sua cabeça e foi subindo lentamente. Levantando a bota, procurou apoio para o pé, de modo a poder erguer o outro braço e avançar mais alguns centímetros na jornada vertical até o alto do rochedo. Tentou não pensar em como seria a descida. Seu cérebro gritava "volte", mas seu coração sussurrava "prossiga".

Quarenta minutos depois, ele se içou até o topo do rochedo e puxou a corda, para facilitar um pouco o trabalho do parceiro. Quando Irvine se juntou a ele, George conferiu o altímetro: faltavam 34 metros. Olhando para cima, deparou com uma cornija de gelo formada ao longo dos anos, que se projetava da Face Leste. Aquilo impediria o avanço até mesmo de um animal de quatro patas e cascos denteados.

George estava tentando encontrar apoio para o pé quando um relâmpago atingiu a montanha abaixo dele, logo seguido pelo estrondo de um trovão. Ele presumiu que seria engolfado por uma tempestade, juntamente com Irvine. No entanto, ao olhar para baixo, percebeu que ambos estavam muito acima da tempestade, que devia estar ventilando sua fúria sobre o restante da equipe, 600 metros abaixo. Era a primeira vez que via uma tempestade pelo lado de cima. Torceu para que, quando estivessem descendo, aquela fúria já tivesse ido embora, deixando em seu rastro o ar limpo e imóvel que muitas vezes sucede as tormentas.

Uma vez mais, George levantou a perna e tentou escalar o gelo, cuja superfície imediatamente quebrou, enquanto o salto de sua bota escorregava para baixo. Ele quase chegou a rir. As coisas poderiam ficar piores? Ele cravou a picareta no gelo. Dessa vez a superfície não se rompeu tão facilmente. Mas, quando o fez, ele enfiou o pé no buraco que se formara. O gelo ainda deslizou alguns centímetros. Ele não riu ao se lembrar do ditado: dois passos para a frente, um passo para trás. Ele agora tinha de se contentar com um passo para a frente e 15 centímetros para trás. Após uma dúzia de passadas desse tipo, a estreita aresta tornou-se ainda mais estreita, até que ele teve de ficar de quatro e engatinhar. Não olhava para a esquerda nem para a direita, pois sabia que de ambos os lados havia uma queda livre de centenas de metros. Olhe para cima, ignore tudo ao redor e lute. Mais 1 metro para a frente, mais meio metro para trás. Quanto o corpo poderia suportar? De repente, ele sentiu uma rocha sólida sob o corpo. Saindo do leito de gelo, ficou de pé sobre uma plataforma irregular, a 15, talvez 20 metros do cume. Virou-se e viu Irvine ainda engatinhando, exausto.

— Só mais 15 metros — gritou ele desamarrando a corda, para que ambos pudessem avançar no próprio ritmo.

Passaram-se vinte minutos antes que George Leigh Mallory pousasse uma das mãos, a direita, sobre o cume do Everest. Depois de se içar lentamente até o topo, permaneceu onde estava, deitado de barriga para baixo. "Nem parece um momento de triunfo", foi seu primeiro pensamento. Então se ajoelhou e, num supremo esforço, conseguiu se pôr de pé. O primeiro homem a pisar no topo do mundo.

George contemplou o Himalaia, admirando um panorama que ninguém jamais vira. Sentiu vontade de pular de alegria, mas não tinha energia nem fôlego para isso. Vagarosamente, girou o corpo; ventos cortantes pareciam vir de todas as direções e não permitiam que ele se movesse mais rápido. Inúmeras montanhas não conquistadas se erguiam orgulhosamente ao redor, com as cabeças inclinadas diante de seu monarca.

Um estranho pensamento lhe passou pela cabeça. Lembrar-se de contar a Clare que o topo do Everest era mais ou menos do tamanho da mesa de jantar.

George verificou o relógio: 3h36. Tentou convencer a si mesmo de que dispunham de tempo mais que suficiente para retornar à segurança da pequena tenda do Acampamento VI, principalmente se a noite fosse clara e sem ventos.

Olhando para baixo, viu que Irvine se aproximava cada vez mais, embora em ritmo de tartaruga. Iria vacilar no último instante? Então, como uma criança que ainda não sabe andar, Irvine se arrastou até o cume.

Após ajudá-lo a se pôr de pé, George remexeu no bolso de sua bata Shackleton, esperando não ter se esquecido do que estava procurando. Seus dedos estavam tão dormentes de frio que ele quase deixou cair sua câmera de bolso. Quando se firmou, tirou uma foto de Irvine, com os braços levantados, como se tivesse acabado de vencer uma corrida de barcos. Passou então a câmera ao companheiro, que tirou uma foto em que ele posava como se estivesse caminhando pelas colinas galesas.

Conferindo o relógio novamente, George franziu a testa e apontou firmemente para baixo. Irvine enfiou a câmera em um bolso traseiro da calça, que abotoou, guardando a prova do que haviam acabado de realizar.

George estava prestes a descer quando se lembrou da promessa que fizera a Ruth. Com os dedos pesados, cobertos de gelo, puxou desajeitadamente a carteira e retirou a foto sépia que sempre levava com ele em todas as viagens. Lançou um último olhar à esposa, sorriu e depositou a imagem no ponto mais alto do planeta. Depois começou a remexer nos bolsos.

— O rei da Inglaterra envia seus cumprimentos, madame — disse ele, fazendo uma mesura —, e espera que a senhora conceda a seus humildes súditos um retorno seguro à terra natal.

George sorriu. George praguejou.

Tinha se esquecido de trazer a moeda de ouro de Geoffrey Young.

61

17h49, domingo, 8 de junho de 1924

Quando chegou ao Acampamento IV, Odell foi incapaz de conter seu entusiasmo. Entrando na tenda de Norton, contou-lhe o que vira.

— Mais ou menos 200 metros do cume, você disse? — exclamou Norton, ainda deitado de costas.

— Sim — confirmou Odell, tenho certeza disso. Eles estavam de pé no Segundo Degrau quando eu vi um deles andar na direção do outro; depois eles rumaram para o topo, a todo vapor.

— Então, nada poderá pará-los agora — disse Bullock, pousando mais um pano morno sobre os olhos de Norton.

— Vamos esperar que você tenha razão — disse Somervell. — Mas acho aconselhável Odell escrever os detalhes do que viu, enquanto ainda estão recentes em sua cabeça. Eles podem ser significativos quando a história da expedição for escrita.

Odell se arrastou até a mochila, de onde retirou seu diário. Sentado em um canto da tenda, passou os vinte minutos seguintes escrevendo tudo o que testemunhara naquela manhã. Exatamente onde vira os dois vultos, a hora em que eles continuaram a subir a montanha e o fato de que pareciam não estar em dificuldades quando desapareceram no nevoeiro. Quando terminou, conferiu seu relógio: 18h58. Mallory e

Irvine estariam a salvo na tenda do Acampamento VI, depois de pisarem no topo do mundo?

—◦—

Ao deixar o cume do Everest amarrado a Irvine, o primeiro pensamento de George foi se perguntar quanto tempo duraria o suprimento de oxigênio. Irvine brincara com o fato de que eles não demorariam mais que oito horas, mas esse limite certamente estava se aproximando. Seu segundo pensamento foi se perguntar quantas horas de sol ainda haveria, pois não era algo que se pudesse modificar girando uma válvula. Finalmente, torceu para que a noite fosse clara, o que permitiria que a lua os acompanhasse em seus últimos passos até o abrigo.

Ele ficou surpreso ao constatar que o fluxo de adrenalina se interrompera após a conquista, e tudo o que lhe restava agora era a vontade de sobreviver.

Depois de cobrir apenas 50 metros, sentiu vontade de sentar e descansar, mas, com o corpo tão fatigado e dolorido, sabia que, se fechasse os olhos, mesmo por um momento, poderia nunca mais abri-los novamente.

Ele espetou a picareta na superfície rachada, deu um passo atrás e, imediatamente, sentiu a corda se retesar. Irvine devia estar achando a descida ainda mais difícil que ele, se isso era possível. Cautelosamente, George pousou o pé esquerdo na ladeira gelada, agora mais traiçoeira do que nunca. Tentou se valer das reentrâncias para os dedos e pés que escavara na subida, mas estas já estavam quase cheias de gelo. Embora perdesse o equilíbrio e caísse várias vezes, conseguiu se manter em movimento até alcançar a faixa rochosa, apenas para deparar novamente com o paredão congelado, dessa vez visto de cima. George sabia que seria a parte mais perigosa da escalada, e era forçado a presumir que Irvine ainda estava em piores condições do que ele. Se algum deles cometesse o menor erro, ambos despencariam para a morte. Ele se virou para o parceiro e sorriu. Pela primeira vez, Irvine não retribuiu seu sorriso.

Segurando o topo do rochedo com ambas as mãos, George desceu lentamente alguns centímetros, procurando a menor irregularidade que pudesse oferecer apoio para os pés. Quando um deles encontrou um ressalto, ele abaixou a outra perna. De repente, a corda afrouxou. Ele olhou para cima e viu que a mão de Irvine escorregara em um rebordo de gelo, e ele estava caindo. Seu corpo passou por George um momento depois.

George sabia que não conseguiria se segurar em um paredão de gelo, com um homem de 1,90 metro e 100 quilos, a quem estava amarrado, despencando pelo ar. Um instante depois, ele foi arrancado da encosta. Nem mesmo teve chance de pensar na morte enquanto acompanhava Irvine, caindo, caindo, caindo...

Um segundo mais tarde, ambos aterrissaram sobre a espessa camada de neve que tanto os atormentara na subida, e que agora funcionara como uma almofada, salvando suas vidas. Depois de um breve momento de aturdido silêncio, eles começaram a rir, como dois colegiais travessos que tivessem despencado de uma árvore e afundado na neve natalina.

George se ergueu lentamente e verificou como estavam seus membros. Ainda trôpego, viu que Irvine também já se levantara. Os dois homens caíram nos braços um do outro. George deu uns tapinhas nas costas de seu jovem parceiro, afastou-se e fez o gesto de polegar para cima. Depois, recomeçaram a descer a montanha.

George sabia que, agora, nada mais o deteria.

62

Segunda-feira, 9 de junho de 1924

Quando acordou no dia seguinte, às cinco da manhã, a primeira coisa que Odell viu foi Noel montando seu tripé numa pequena plataforma plana. As enormes lentes de sua câmera estavam posicionadas na direção do Acampamento VI, prontas para funcionar ao primeiro sinal de vida. Alguns momentos depois, Norton saiu da tenda para se juntar a eles.

— Bom-dia, Odell — disse ele alegremente. — Confesso que, no momento, você não passa de um borrão, mas pelo menos consigo distinguir você de Noel... não muito bem.

— Que boa notícia — respondeu Noel —, pois acho que não vai demorar muito para que a gente veja George e Sandy no horizonte.

— Não conte com isso — observou Norton. — Mallory nunca foi madrugador, e acho que o jovem Irvine ainda está dormindo profundamente.

— Não consigo ficar aqui sem fazer nada, esperando por eles — disse Odell. — Vou lá em cima preparar o café da manhã. Depois vou descer com eles em triunfo.

— Você me faz um favor assim que chegar lá, meu velho? — perguntou Noel. Odell se virou e olhou para ele. — Você poderia tirar os sacos de dormir da tenda e esticá-los lado a lado na neve, para a gente saber que eles alcançaram o cume?

— E se não tiverem alcançado? — Odell fez uma pausa. — Ou pior?

— Coloque os sacos em forma de cruz — disse Noel abaixando a voz.

Odell assentiu, pegou a mochila e começou a subir em direção ao Acampamento VI — pela segunda vez em três dias. Mas dessa vez o tempo piorava a cada minuto. Em questão de segundos, ele estava lutando contra o vento brutal que começava a açoitar o vale, um claro aviso de que, em poucas horas, a monção os alcançaria. A todo instante, ele olhava para cima, ansiosamente, esperando avistar seus triunfantes companheiros descendo a montanha.

Ao se aproximar do Acampamento VI, tentou tirar da cabeça o pensamento de que algo de mau lhes acontecera. Quando finalmente avistou a pequena tenda, ela estava recoberta com uma camada de neve recente. Não havia sinal de pegadas, e a lona da porta tremulava ao vento.

Odell tentou apressar o passo, sem sucesso, pois suas pesadas botas afundavam cada mais na neve, até que ele teve a impressão de que estava vadeando um pântano. Então desistiu. Caindo de joelhos, começou a engatinhar em direção à tenda. Quando chegou lá, enfiou a cabeça na abertura da porta e retirou os óculos, esperando deparar com dois homens exaustos profundamente adormecidos. Mas sabia que isso era apenas uma fantasia, embora não conseguisse acreditar no que estava vendo. Durante muitos anos, Odell diria a seus amigos que fora como olhar para uma natureza-morta. Sacos de dormir não usados, o vidro de Bovril ainda fechado, barras de bolo de hortelã da Kendal não desembrulhadas e uma vela que não voltara a ser acesa.

Odell recolocou os óculos e saiu da tenda. Levantando-se, olhou em direção ao pico da montanha, mas não enxergava mais que alguns palmos à frente. Então gritou a plenos pulmões:

— George! Sandy!

Suas palavras se perderam no vento cortante e nos redemoinhos de neve. Ele continuou a gritar até sua voz se transformar em um gemido, que ele mal conseguia escutar em meio ao barulho da tormenta. Por fim, desistiu, mas só ao constatar que sua própria vida estava em perigo. Então, arrastando-se para dentro da tenda, retirou um saco de dormir e o estendeu na encosta da montanha.

— Alguém está arrastando um dos sacos de dormir — anunciou Noel.

— Qual é a mensagem? — gritou Norton.

— Ainda não sei. Ah, ele está arrastando o outro agora.

Noel focalizou a figura que se movia.

— É George? — gritou Norton, olhando esperançoso para a montanha, com a mão em pala sobre os olhos para protegê-los da nevasca. Noel não respondeu. Apenas abaixou a cabeça.

Somervell correu o mais rápido que pôde até a plataforma e assumiu seu lugar atrás da câmera. Olhou então pelo visor.

Todo o diâmetro da lente estava ocupado por uma cruz.

EPÍLOGO

*O homem valente que enfrenta o desastre*⁴⁶

Se George Leigh Mallory ficou surpreso com a recepção que teve no retorno à Inglaterra após a expedição de 1922, o que teria achado da cerimônia fúnebre oficiada em sua memória na Catedral de São Paulo? Não havia corpo, não havia ataúde, não havia túmulo; mesmo assim, milhares de cidadãos comuns viajaram de todos os recantos do país para formar filas nas ruas de Londres e lhe prestar homenagem.

Fiel e constante acompanha seu Mestre

Sua Majestade, o rei, o príncipe de Gales, o duque de Connaught e o príncipe Arthur se fizeram representar. O primeiro-ministro, Ramsay MacDonald, o ex-ministro do Exterior, Lord Curzon, o Lord Mayor de

---

⁴⁶ Este verso e os que se seguem em itálico fazem parte do hino religioso *To Be a Pilgrim* (Ser um peregrino), composto em 1906 por Percy Dearmer, inspirado na alegoria *Pilgrim's Progress* ("O Peregrino", no Brasil), de John Bunyan, publicada em 1678. Os versos originais são: *He who would valiant be 'gainst all disaster/ Let him in constancy follow the Master/ There's no discouragement shall make him once relent/ His first avowed intent to be pilgrim// Who so beset him round with dismal stories/ Do but themselves confound, his strength the more is/ No foes shall stay his might; though he with giants fight/ He will make good his right to be a pilgrim*. (N.T.)

Londres[47] e o prefeito de Birkenhead compareceram pessoalmente à cerimônia.

E nunca desiste do sonho divino

O general Bruce, na ala oeste da catedral, organizou a guarda de honra de George, formada pelo tenente-coronel Norton, dr. Somervell, professor Odell, major Bullock, major Morshead, capitão Noel e Geoffrey Young. Portando picaretas de gelo sob os braços direitos, a comitiva seguiu o deão de São Paulo pela nave em meio aos bancos lotados, assumindo seus lugares na primeira fila, juntamente com Sir Francis Younghusband, sr. Hinks, sr. Raeburn e o comandante Ashcroft, que representaram a Real Sociedade Geográfica.

Sua meta na vida é ser peregrino

Quando o bispo de Chester subiu os degraus do púlpito para se dirigir à congregação que apinhava a igreja, iniciou seu elogio fúnebre tentando incorporar os sentimentos de afeição e admiração de todos pelos dois rapazes de Birkenhead, que, no Dia da Ascensão, haviam dominado a imaginação do mundo.

— Jamais saberemos — disse ele — se eles chegaram ao cume daquela grande montanha. Mas quem entre nós poderá duvidar que, se a recompensa estivesse a seu alcance, George Mallory teria lutado para alcançá-la, fossem quais fossem suas chances, e que o jovem Sandy Irvine o teria seguido até o fim do mundo?

Ruth Mallory, também sentada na primeira fila, não tinha dúvida de que seu marido não teria dado meia-volta se houvesse alguma possibilidade de realizar seu maior sonho, mesmo que mínima. O reverendo

---

[47] Prefeito nobre, com status de ministro, que dirige o centro de Londres. Não deve ser confundido com o prefeito de Londres. (N.T.)

Herbert Leigh Mallory, que estava ao lado de sua nora, também não tinha dúvida. Hugh Thackeray Turner, no outro lado de sua filha, iria para o túmulo sem jamais externar sua opinião.

Os que vaticinam a sua má sorte

Depois que o deão de São Paulo deu sua bênção e os dignatários se retiraram, Ruth permaneceu sozinha no portão norte, apertando a mão de amigos e cidadãos solidários, muitos dos quais lhe disseram como suas vidas haviam sido enriquecidas por aquele cavalheiro galante e corajoso.

Ela avistou George Finch na fila e sorriu. Ele vestia um terno cinza-escuro, camisa branca e gravata preta, e tinha o ar de quem estava usando a indumentária pela primeira vez. Ao apertar a mão dela, fez uma mesura. Ruth se inclinou e sussurrou em seu ouvido:

— Se fosse você que estivesse acompanhando George, ele poderia estar vivo hoje.

Finch não verbalizou sua profunda convicção de que, se tivesse sido convidado para participar da expedição, ele e Mallory com certeza alcançariam o cume e, mais importante, retornariam em segurança. Embora admitisse a possibilidade de que, caso ocorresse algum contratempo, Mallory poderia ignorar seus conselhos, deixando que ele voltasse sozinho.

Enganam a si mesmos, pois ele é mais forte

Por fim, o pai de Ruth achou que já era tempo de levar a filha para casa, embora muita gente enlutada ainda desejasse apresentar seus respeitos.

Na viagem de volta a Godalming, ambos mal falaram alguma coisa. O que é compreensível, pois Ruth acabara de perder o único homem que amara, e cavalheiros idosos não esperam jamais ter de comparecer aos funerais de seus genros. Ao passarem pelos portões de Holt, Ruth agradeceu a seu pai sua bondade e compreensão, mas disse que preferia ficar sozinha. Relutantemente, ele partiu, retornando a Westbrook.

Nenhum inimigo terá sua força, embora ele lute com gigantes

Quando abriu a porta da frente, a primeira coisa que Ruth viu foi um envelope sobre o tapete. Estava endereçado a ela na inconfundível caligrafia de George. Dolorosamente consciente de que deveria conter sua última carta, ela o recolheu. Foi até a sala de estar, serviu-se do que George teria chamado de uma "dose caprichada" de uísque e se acomodou na cadeira de braços ao pé da janela. Olhou então para a alameda, esperando que, de alguma forma, George passasse pelo portão e viesse abraçá-la.

Sua meta na vida é ser peregrino

Ruth abriu o envelope, retirou a carta e começou a ler as últimas palavras de seu marido.

7 de junho de 1924
Minha amada,
 Estou sentado dentro de uma pequena tenda, 8.300 metros acima do nível do mar e a quase 8 mil quilômetros de minha pátria, seguindo as trilhas da glória. Mesmo que a encontre, não significará nada se eu não puder compartilhar o momento com você.
 Eu não precisaria ter percorrido metade do mundo para descobrir que, sem você, eu não sou nada, como muitos homens menos afortunados, com inveja nos olhos, muitas vezes me lembraram, e eles não sabem metade da história. Pergunte a qualquer um deles o que ele sacrificaria para que seu primeiro momento de paixão perdurasse por toda a vida. Ele lhe diria que sacrificaria metade de seus dias, pois não existe uma mulher assim. Eles estão errados. Eu encontrei essa mulher, e nada tomará seu lugar, certamente não esta virgem gélida que cochila acima de mim.

Alguns homens alardeiam suas conquistas. Mas a verdade é que só tenho uma, pois amei você desde o primeiro momento em que a vi. Você é a manhã que me desperta e o meu pôr do sol.

Como se isso não fosse o bastante, eu ainda me assombro com minha boa sorte, pois fui triplamente abençoado.

A primeira bênção foi quando você se tornou minha esposa e concordou em passar o resto da vida comigo. Naquela noite você se tornou minha amante e, desde então, minha melhor amiga.

A segunda bênção foi quando você, altruisticamente, me encorajou a realizar meu maior sonho, permitindo que minha cabeça permanecesse nas nuvens enquanto você, com sabedoria e bom-senso, conseguia manter os pés firmemente plantados no chão.

A terceira foi quando você me abençoou com uma família maravilhosa, que continua a trazer infindáveis alegrias à minha vida, embora os minutos de cada dia nunca sejam suficientes para ouvir os risos das crianças e limpar suas lágrimas. Muitas vezes lamento me privar de uma parte tão grande de seus curtos anos de infância.

Clare, como eu, deverá ir para Cambridge, onde irá superar muitos homens em inteligência e, com certeza, terá sucesso onde eu fracassei. Beridge foi abençoada com a graça e o charme da mãe, e está cada dia mais parecida com você. Quando se transformar em uma mulher, muitos homens se curvarão para pedir a mão dela. Para mim, nenhum deles há de merecê-la. Quanto ao pequeno John, mal posso esperar para ler sua primeira redação, assistir à sua primeira partida de futebol e estar ao lado dele quando tiver de enfrentar o que pensará ser seu primeiro infortúnio.

Meu amor, há muito mais coisas que eu gostaria de dizer, mas minha mão está ficando trêmula, e a luz bruxuleante da vela me lembra que eu tenho uma meta a cumprir amanhã, quando pretendo depositar sua foto no ponto mais alto da Terra, a fim de exorcizar esse demônio de uma vez e retornar aos braços da única mulher que sempre amei.

Posso ver você em Holt, sentada em sua cadeira de braços perto da janela, lendo esta carta e sorrindo ao virar cada página. Levante os olhos por um momento, meu amor, e você me verá passar pelo portão e caminhar pela alameda em sua direção. Você pulará da cadeira para que eu a tome nos braços e nunca mais a deixe?

Me perdoe por ter demorado tanto a perceber que você é mais importante para mim do que a própria vida.

Seu marido apaixonado,

George

Todos os dias, à mesma hora, pelo resto de sua vida, Ruth Mallory se sentaria na cadeira de braços à janela e leria novamente a carta de seu marido.

Em seu leito de morte, ela disse a seus filhos que não se passara um dia sequer sem que ela visse George passar pelo portão e caminhar pela alameda ao encontro dela.

APÓS 1924

George Leigh Mallory
O corpo de George foi descoberto no dia 1º de maio de 1999, a 8.156 metros. A foto de sua esposa Ruth não estava em sua carteira e não havia nenhum sinal de câmera. Até os dias de hoje, a confraria dos montanhistas está dividida quanto à possibilidade de ele ter sido a primeira pessoa a conquistar o Everest. Poucos duvidam de que ele tenha sido capaz de fazê-lo.

Sandy Irvine
Quando a morte de Irvine foi anunciada no *Times*, três mulheres se apresentaram alegando estarem noivas dele. Embora diversas expedições tenham sido realizadas para encontrar seu corpo, ele ainda não foi encontrado. Entretanto, em 1975, um montanhista chinês chamado Xu Jing disse a um colega que deparara com um corpo, que descreveu como "o inglês morto", congelado em uma ravina a 8.299 metros. Poucos dias depois, antes que pudesse responder a perguntas mais detalhadas, Xu Jing morreu em uma avalanche.

Ruth Mallory
Depois da morte de George, Ruth e as crianças permaneceram em Surrey, onde Ruth passou o resto da vida. Ela morreu de câncer no seio, em 1942, aos 50 anos.

Marechal do Ar Sir Trafford Leigh Mallory, Cavaleiro Comandante da Ordem do Banho
O irmão de George morreu quando seu avião caiu nos Alpes, em novembro de 1944. Ele se dirigia ao Ceilão para assumir o comando das Operações Aéreas Aliadas na região do Pacífico. Acredita-se que ele estava pilotando o avião.
Trafford morreu aos 52 anos.

Arthur C. Benson
Em 1915, o tutor de George se tornou reitor do Magdalene College, Cambridge, e permaneceu nesse cargo até 1925. Ele escreveu um comovente tributo para a cerimônia fúnebre em memória de Mallory oficiada em Cambridge, mas não o leu na ocasião, por estar muito doente. Benson é mais conhecido por ter escrito a letra de *Land of Hope and Glory* (Terra de esperança e glória), hino patriótico britânico.
Ele morreu em 1925, aos 63 anos.

OS MONTANHISTAS

General de Brigada C. G. Bruce, Companheiro da Ordem do Banho e Membro da Real Ordem Vitoriana
Embora gravemente ferido em Gallipoli durante a Primeira Guerra Mundial, Bruce comandou seu regimento na Fronteira Noroeste até 1920. Ele presidiu o Clube Alpino de 1923 a 1925. Em 1931, foi nomeado Coronel Honorário do Quinto Real Regimento Gurkha de Infantaria.
Bruce morreu em 1939, aos 73 anos.

Geoffrey Young, Doutor em Letras, Membro da Real Sociedade de Literatura

Nomeado consultor da Fundação Rockefeller em 1925. Lente de Educação na Universidade de Londres em 1932. Presidente do Clube Alpino de 1940 a 1943. Young escalou o Matterhorn (4.478 metros) em 1928, aos 52 anos, e o Zinal Rothorn (4.221 metros) em 1935, aos 59 anos, embora usasse uma perna mecânica.

Ele morreu em 1958, aos 82 anos.

George Finch, Membro da Real Sociedade e Membro da Ordem do Império Britânico

Nomeado Membro da Ordem do Império Britânico em 1938. Presidente do Clube Alpino de 1959 a 1961. Em 1931, três amigos de Finch morreram nos Alpes, e ele deixou de escalar.

Morreu em 1970, aos 82 anos.

Seu filho, Peter Finch, tornou-se ator. Peter morreu pouco antes de saber que obtivera o Oscar de melhor ator em 1977, com o filme *Rede de intrigas*.

Tenente-general Sir Edward Norton, Cavaleiro Comandante do Império Britânico, condecorado com a Ordem por Serviços Distinguidos e com a Cruz Militar

Continuou sua carreira de soldado profissional. Depois de servir como ajudante de ordens do rei George VI, foi designado governador militar de Hong Kong. Em 1926, recebeu a Medalha dos Fundadores da Real Sociedade Geográfica.

Manteve o recorde mundial de altitude (8.572 metros) até 1953, quando Sir Edmund Hillary e o *sherpa* Tensing conquistaram o Everest.

Norton morreu em 1954, aos 70 anos.

T. Howard Somervell, Oficial da Ordem do Império Britânico, Mestre em Ciências Humanas, Doutor em Medicina, Doutor em Cirurgia e Membro do Real Colégio de Cirurgiões
Passou o restante de sua vida profissional como cirurgião num hospital missionário de Travancore, no sul da Índia, onde se tornou uma das maiores autoridades mundiais em úlcera duodenal. Em 1956, aposentou-se e regressou à Inglaterra. Foi presidente do Clube Alpino de 1962 a 1965.

Somervell morreu em 1975, aos 85 anos, após uma caminhada no Lake District, uma área montanhosa no Norte da Inglaterra.

Professor Noel Odell
O Comitê do Everest recusou a solicitação de Odell para participar da expedição de 1936 ao Everest por causa de sua idade, 51 anos. Nesse mesmo ano, ele escalou o Nanda Devi, com 7.816 metros de altura, a montanha mais alta a ser escalada na época. Nenhum integrante da expedição ao Everest de 1936 conseguiu atingir 7.300 metros de altitude.

Pelo resto de sua vida profissional, Odell trabalhou como geólogo e professor nas universidades de Harvard e McGill. Aposentou-se em Cambridge, onde recebeu o título de Membro Honorário do Clare College.

Odell morreu em 1981, aos 96 anos.

Tenente-coronel Henry Morshead, condecorado com a Ordem por Serviços Distinguidos
As extremidades de três dedos da mão direita de Morshead foram amputadas quando ele retornou da expedição ao Everest em 1924. Ele retornou à Índia em 1926 para trabalhar como topógrafo. Em 1931, quando estava cavalgando à noite, foi morto a tiros pelo amante paquistanês de sua irmã.

Morshead tinha 49 anos quando foi assassinado.

Capitão John Noel
Prosseguiu em sua carreira de fotógrafo profissional e cineasta. Seu filme *Epic of Everest* foi visto por mais de um milhão de pessoas na Grã-Bretanha e nos Estados Unidos. Seu trabalho está preservado no Arquivo Nacional de Filmes, do Reino Unido.
Noel morreu em 1987, com a idade de 99 anos.

A REAL SOCIEDADE GEOGRÁFICA (RSG)

Sir Francis Younghusband, Cavaleiro Comandante da Ordem da Estrela da Índia e Cavaleiro Comandante da Ordem do Império Indiano
Continuou no cargo de presidente do Comitê do Everest até 1934. Em 1925, escreveu um livro best-seller intitulado *The Epic of Mount Everest* (A epopeia do Monte Everest). Todos os lucros foram doados à RSG. Em 1936, ele fundou o World Congress of Faiths (Congresso mundial das crenças).
Younghusband morreu em 1942, aos 79 anos.

Arthur Hinks, Membro da Real Sociedade e Comandante da Ordem do Império Britânico
Em 1912, Hinks foi agraciado com a Medalha de Ouro pela Real Sociedade de Astronomia. Em 1913, foi eleito Membro da Real Sociedade. Em 1920, recebeu o título de Comandante da Ordem do Império Britânico por serviços prestados ao montanhismo. Em 1938, foi condecorado com a Medalha Vitória da Real Sociedade Geográfica. Continuou no cargo de secretário do Comitê do Everest até 1939.
Hinks morreu em 1945, aos 72 anos.

OS AMIGOS DE MALLORY

Guy Bullock
Em 1938, Bullock foi designado ministro-residente britânico no Equador. Em 1944, foi nomeado cônsul-geral em Brazzavile.
Bullock morreu em 1956, aos 69 anos.

Mary Ann "Cottie" Sanders
Depois que seu pai foi à falência, Cottie trabalhou como vendedora na loja de departamentos Woolworth's. Tornou-se mais tarde uma romancista de sucesso, escrevendo sob o pseudônimo de Ann Bridge. Muitos de seus heróis ficcionais são versões disfarçadas de George Mallory. Ela se casou com um diplomata, Sir Owen O'Malley, e continuou amiga íntima da família Mallory.
Cottie morreu em 1974, aos 86 anos.

OS OUTROS MEMBROS DA FAMÍLIA MALLORY

Reverendo Herbert Leigh Mallory, Mestre em Ciências Humanas
Em 1931, o pai de George se tornou cônego da Catedral de Chester. Ele morreu em 1943, aos 87 anos.

Sra. Annie Mallory
Annie sobreviveu ao marido, a seus dois filhos e a ambas as noras. Morreu em 1946, aos 83 anos.

AS IRMÃS DE MALLORY

Mary, a sra. Ralph Brook, morreu em 1983, aos 98 anos.

Avie, a sra. Harry Longride, morreu em 1989, aos 102 anos.

OS FILHOS DE MALLORY

Clare obteve a First-Class Honours (primeira classe com distinção) na Universidade de Cambridge. Casou-se com um cientista americano, Glenn Millikan. Viveram na Califórnia e tiveram três filhos. O marido de Clare morreu em 1947, ao se acidentar em uma escalada no Tennessee. Como sua mãe, Clare teve de criar três filhos sozinha. Ela morreu em 2001, aos 85 anos.

Beridge se tornou médica e se casou com David Robertson, professor de inglês na Universidade de Columbia e autor do livro *George Mallory*. O casal teve duas filhas e um filho. Tal como a mãe, Berry teve câncer de mama e morreu em 1953, aos 36 anos.

John emigrou para a África do Sul, onde trabalhou como engenheiro hidráulico. É casado e tem cinco filhos. Um deles é George Leigh Mallory II.

George Leigh Mallory II
O neto de Mallory é um conceituado engenheiro hidráulico, que trabalha em projetos de abastecimento de água no estado de Victoria, Austrália.

Às 5h30 da manhã, no dia 14 de maio de 1995, George Leigh Mallory II depositou uma foto laminada de seus avós, George e Ruth, no topo do Everest. Em suas próprias palavras, ele estava *resolvendo um pequeno assunto de família*.

FIM

Impresso no Brasil pelo
Sistema Cameron da Divisão Gráfica da
DISTRIBUIDORA RECORD DE SERVIÇOS DE IMPRENSA S.A.
Rua Argentina 171 – Rio de Janeiro, RJ – 20921-380 – Tel.: 2585-2000